鹰都侨影

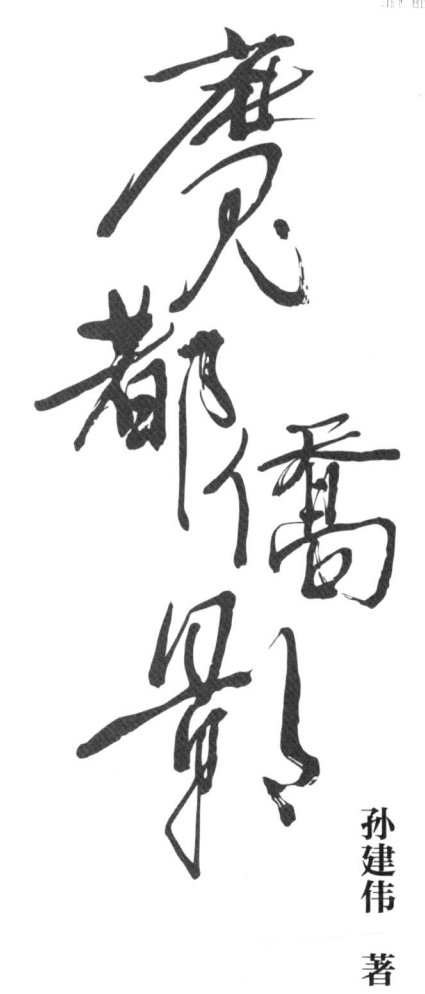

孙建伟 著

文汇出版社

序：海纳的气度

桂国强

这是一部以上世纪二十年代到四十年代上海外国侨民为主人公的中篇小说集。

那个年代斑斓多姿、五色杂陈。

一座由开埠而崛起的口岸城市迅速吸引了世界的目光，也迅速汇集了来自世界各国的侨民。第一代英、法、美侨民来了，他们的二代甚至三代也大多生于斯长于斯，几乎完全融入了上海，是当年不折不扣的"新上海人"。他们以不平等条约进入上海。以同样方式来上海经商的还有日本人，后者很快成为上海最大的外国人族群。再后来德国人、葡萄牙人、意大利人和印度人、越南人、韩国人纷至沓来，还有鲜为人知的吉卜赛人等"小众"侨民。除了欧美侨民，之后还有随着两次世界大战爆发落脚上海的白俄和犹太人。英、法、美殖民者视上海为淘金拓荒之地，而在白俄和犹太人的境遇里，上海则是避难所，尽管他们并不甘心。遭际虽然不同，却沿袭了大致相同的轨迹：从陌生到熟客，从生存到融入，也有人干脆以"上海人"自居。无可置疑的是，外侨的上海生活留下了特有的印迹，至今影响深远,构成了这座现代城市的奇观,也成就了她的"海纳百川"。一个"纳"字,最初呈现的其实是无奈和仓促,更多地表现为本土文化和外来文化在抵牾和博弈中达成的妥协与合作。她以文明的辨识和共同认知,承载着上海的世界性与地域性,这是一座国际性大都市不可或缺的元素,从而铸就了她的国际形象。

这部小说集由五个中篇组成,主人公分别为英国纱厂老板比尔和日本纱厂老板中村、法租界巡捕房巡捕杜瓦尔、犹太难民弗兰克尔、白俄难民卡乔洛夫斯基兄弟和意大利船长乔瓦尼。他们的生活和情感历程勾勒出一个个色彩缤纷、各具特色的外国侨民的"上海故事"。

那是一个辉煌和苦难并存、崛起与挣扎共在的年代,外侨们享受着现代城市的华丽和机遇,也经受着血与火的洗练。外侨与上海的相遇相随,与上海本地人的交往和结合,触发着不同寻常和耐人咀嚼的历史况味。他们在这座城市行走奔波,为了各自的欲望和梦想,为了避难与重生,把自己连成了城市的筋脉。他们的爱恨情仇,欢愉痛彻,都成了他们勾连城市的理由和信念。如果说当年是邂逅上海,那么相隔多年,他们再次驻足上海,则是被那一段刻骨铭心的往事驱使着的时空回归。

这些在"魔都"留下的"侨民故事"视角独特,语言精巧,想象丰满,富有画面感和人文精神的参悟。上海方言俚语和著名地标的契入,又为小说增加了浓烈的"上海味道",别具风韵地铺陈着这个国际大都会的兼容与谦和。

在我的阅读经历中,有关上海叙事的表达卷帙浩繁,外侨的记忆却付之阙如。在一次笔会中,孙建伟君偶然与我谈起他正在一本杂志上开设的相关专栏,不禁引起了我浓烈的兴趣。时隔半年多,孙建伟拿出了这个由五部中篇组成的集子。我在这些故事中读到了彼时上海的灵动和鲜活,也感受着她的悲悯和沉重。在我看来,没有厚实的历史知识,没有对上海这座城市特殊的情愫,作者是很难写出这样的文字的。

记得旅日学者刘建辉先生在他的名著《魔都上海》中曾如此表述:人们把二十世纪前半叶的某个时期的上海,形容为"冒险家的乐园""欢乐之都""东方巴黎",给它戴上各式各样梦幻般的绰号,称之为能够使所有人实现梦想与欲望的地方,是一个"世界上最受注目"的城市。上海这种凌驾于世界其他大城市的"魔性"究竟来自何方?

建伟君试图在他的小说中解构这种"魔性"的繁盛和隐秘,同时又精心探讨着人性和人类的命运。也许二十世纪中叶的上海外侨已经和这个城市结成了命运共同体,由他们的生活状态拼接出的这个全球独一无二的"国际社会",以一种特异的姿态叙述着他们生存和发展的图景。时至今日,这里的所见所闻似乎并没有给人们多少"恍若隔世"之感。

上海是追逐时尚的,也是稳健的,外来文化和吴越文化都在这座城市留下深深的印记;而上海之"海"更是浩瀚的,包容的,因为她有一种别样的气度——"海纳"。

(作者系中国出版协会理事、文汇出版社社长、编审)

目录

序：海纳的气度 / 1

兄　弟 / 1

杜瓦尔在法租界的巡捕生涯 / 61

船　殇 / 123

生死丰德里 / 183

斗　纱 / 253

跋 / 315

兄　弟

1

　　西北风在空气中放肆地打着旋,翻着筋斗,哈哈大笑。这是它们一年一度的节日,长达三个多月的节日。它们从北边千里迢迢赶到南方,在这里展示它们的豪气。豪气很快被这座城市化整为零,变成建筑物外墙的冷峻和硬朗,变成空气中的凛冽和尖利,变成人们嘴里吐出的雾气状的一团一团,那层薄雾刚一出口,就被紧接着赶到的豪气吞噬得无影无踪。

　　尽管如此,惠罗公司大门前仍聚了一大群人。人群中心是两个身材高大的外国青年。他们满头银发,戴着小红帽,长至胸际的白色长髯随风飘拂。长袍尽是皱褶,但围着鲜红底色的白边还算清晰。

　　这两位是扮演的圣诞老人。

　　他们用手指在结了霜的商店玻璃橱窗上写着祝福的词语,中文,英文,俄文,为公司,也为过路的行人。他们的手簌簌发抖,他们满脸笑容,和善喜庆,向围观的众人伸出手去,人们纷纷掏出纸币角子放在他们的手心里。他们不断说着,斯巴西巴(俄语:谢谢),斯巴西巴……这时他们的眼睛里分明藏着一种愁怜。

　　冷风嗖嗖地往骨头里钻,像一把衔着寒气的锥子。即便年轻,也挡不住这种刺骨的冷。这才知道这座远东第一城市的人们为什么不喜欢冬天。吼叫着的风其实源自他们的家乡西伯利亚，它们以一种汹涌凌厉的姿态集结而来，却被这里的暖湿气流温柔地阉割了雄浑和狂放，那种变了声的呼号似乎就是一种证明，它们在这里有点水土不服，就像他们俩眼下的样子。

一九二二年深秋，季捷里赫斯中将的俄罗斯滨海地区临时政府宣布放弃对红军的抵抗，下令撤退。随后，斯塔尔克将军率领庞大的逃难船队绕道元山港和釜山，历经艰险驶入长江口。吴淞人一夜醒来突然发现一个壮观的景象，十几艘外国舰船在吴淞炮台边一字排开。在此之前，面对中国海军"永绩号"军舰的阻拦，这位将军拒不降下俄罗斯帝国三色国旗，因此得到强硬的限令，四十八小时内率部离开上海。无处可去，无可奈何，季捷里赫斯中将最终服软，降下国旗，舰上重兵器均被解除。中将和他的一百余名手下和所有同船平民一样成了难民。

人们从没见过这么大的舰船阵仗。除了军舰和渔船，那个比军舰还高的大家伙是什么，有个戴眼镜的中年人说，那叫邮轮。另外一艘，戴眼镜的也看不懂，第二天才从报道中知道那叫破冰船。各式各样的船舱里挤满了蓬头垢面衣衫褴褛的外国人。船舱里乱七八糟的像个杂货铺，锅碗瓢盆应有尽有。一个妇女用一支步枪扛着一个包裹，包裹晃荡着，直到发出哭闹的声音，人们才知道竟然装着一个婴儿。有老人捋着白发说："看起来像罗宋人。"不明白的问罗宋人是什么人。老人很执拗，也很自尊，"罗宋人，就是罗宋人。"不明白的不识好歹，继续问罗宋人来干什么。老人瞪他一眼，又捋白发："不知道。"又补充道，"自己问去。"

卡扎科夫和卡乔洛夫斯基兄弟还有他们的父亲，一位年近七十的伯爵挤在人潮中，惊魂不定，完全无措。就在几个小时前，距离上海仅百来海里的时候，"阿历克斯"号扫雷舰和"卡里莫夫中尉"号炮舰遭遇台风正面袭击后沉没，一百三十余人溺毙。这个刚获知的消息让船上所有人浑身发抖，人们紧紧拥抱在一起，才知道刚刚躲过了一场劫难。除了庆幸，还能奢望什么呢？他们也不知道到这里来干什么。最要紧的就是两个字：避难。

上海完全没有准备。一下子这么多俄国逃亡者，上海容得下他们吗？工部局和公董局、华界官方紧急商量，也拿不出主意。没拿出主意之前，当然不允许难民踏上自家的门户。于是船上出现了更壮观的景象，甲板上铺开了大小不一奇形怪状的帐篷，这算眼疾手快的，稍稍动作慢点的只能在过道、厨房或者炙热的轮机间觅一块小小的栖身之地了。

兄弟俩是最早的甲板帐篷拥有者之一，老伯爵的体力透支过大，又没补充，只能一直蜷缩在帐篷里，忽醒忽睡着。两个儿子在船舱里翻了半天，也没翻到什么可以充饥的。老父亲的样子实在令人担心。用不了几天，这十几条载着两千多难民的船上就会不断出现饿死的人……

一周之后，难民终于登岸。大多囊空如洗。

上海滩的街头，一千多个来自俄罗斯的白种难民开始在这座城市漂浮。租界里的外国人把他们叫做白俄，上海人叫他们罗宋人。

兄弟俩搀着老父亲走进极司菲尔路（今万航渡路）弄堂里的这间小屋时，边上围着几个上海人。上了点年纪的上海人知道，俄国人很早就来上海做生意了，很有钱，但现在是来避难的，听说他们是被苏维埃赶出来的。苏维埃是什么，上海人也不太晓得。不是一家人吗？一家人还赶一家人？有人说这些白俄都是犯了罪的。也有人说，苏维埃已经赦免了他们，但他们不理睬，不管将军和贵族，士兵和平民都不理睬，宁愿待在上海混下去。但是，上海有这么好混的吗？你看这两个年轻人，还有这个气喘吁吁的老头子，衣裳皱皱巴巴，蔫头耷脑，他们混得下去吗？据说租界里的英国人法国人美国人都反感，就连老俄侨对新来的同胞也不欢迎。嗨，虽然都是白种人，但富人穷人的分界线也划得飒飒清。富人一定会想，这么多穷人到了上海，会不会坏了我们的规矩，会不会抢我们的饭碗。麻烦事太多了。

兄弟俩根本没心思想这些事，让父亲在显出破洞的藤椅上坐下后，第一件事就是先得找到东西吃。这里家徒四壁,跟老家的豪阔完全不能比,但这是避难,避难还有什么讲究。父亲哆哆嗦嗦地从肮脏皱褶的西装内衣里掏出几张纸币,这是三个人唯一的财富了。更惨的是,他们的俄国国籍都被苏维埃取消了。

哪里有面包?从下午到晚上,卡扎科夫沿着极司菲尔路一直走到静安寺路(今南京西路),才找到一家面包铺。但他手里捏着的这几张卢布,人家不收。问他有没有银元,或者"道勒"(美元),他也听不懂,就举着两张纸币摇头。绕了一圈,最后人家给了他一个面包,挥挥手让他走,那神情有些鄙夷,卡扎科夫很想冲上去给这个满脸不屑的家伙一拳头。说起来,卡扎科夫的曾祖父十九世纪中叶就做过中国茶叶贸易,既赢暴利,又是贵族头衔加身。这一切被一纸跨时代的红色法令彻底终结了。在他的故乡叶卡捷琳堡,他们家族拥有很高的声望,一夜之间,他们的财产被国有化了,声望变成了一种可怕的耻辱。没有了沙俄帝国,贵族还值得几个钱呢。人们把海外俄罗斯人称为白俄,虽然他们内心并不接受这个称呼。卡扎科夫根本不关心赤俄是怎么回事,却无端来了顶白俄的帽子。英国佬美国佬都这么叫他们,与俄国分分合合的法国佬也这么叫,这层白俄的盔甲卸不下来了。他原希望在这层盔甲里继续保持他的优裕,但现实很快就让他丢盔弃甲了。在这个八方杂处的地方,上天堂下地狱机会均等。母亲登上这艘船后一直处于剧烈的惊恐之中,整夜整夜地梦魇,没几天就撒手而去了。父亲痛苦地说,她是被恐惧吓死的。父子三人含着泪把她葬在黑夜的大海里,父亲叫着她的名字,卡佳,到那里你就不用怕了,即使海盗也不会比叶卡捷琳堡的新主人更心狠手辣。卡扎科夫清楚地记得,母亲的眼睑似乎动了一下,他差点叫出来,但一切稍纵即逝。这个镜头被他永久性摄入大脑深层,母亲是听见了父亲说的话吗?眼下父亲的境况也是一天不如一天,他还能撑得下去吗?毕竟这里是人家的地盘,栖身已不容易,还是忍了吧。

一个面包,三个男人,卡乔洛夫斯基看着哥哥说:"我不吃了,你和爸爸吃吧。"

卡扎科夫摇头："不,怎么能不吃呢,我们一起吃。"

父亲轻声说,"都别争了,你们是年轻人,都需要补充,我年纪大了,喝点水就可以了。"

"不,爸爸,您一定要吃。否则我们也不吃。"

父亲低下头,又抬起来,两兄弟看见,他流泪了。

一个年老的父亲和他的两个儿子掰着一个拳头大小的面包,充满幸福和哀怜地吞咽着,他们非常努力地让面包在他们的唾液里继续发酵,以期变得更加膨胀,这样在到达食管的时候可以最大限度地感受到它的存在。这一个面包,他们破天荒咀嚼了将近半个小时,直到夜色完全把小屋覆盖。

2

第二天早上醒来的时候,卡扎科夫发现,弟弟不在屋里了。父亲还睡着,看上去还安详。他站起来,打开门,看见城市的第一缕阳光。在这里看到的阳光和在海上看到的完全不一样,海上的阳光是跳跃着的,连着海面上的波纹,好像一个顽童,城市里的阳光就显得呆板,悬在上空,但看上去比海上的要亲切得多。亲切的阳光照下来,他也感到了这座城市的些许暖意。

卡乔洛夫斯基在这个清冷萧瑟的早晨开始了他的寻工之旅。昨天深夜他辗转不能入眠,干脆去大街上碰碰运气吧。据说早些年来这里的俄罗斯同胞开了不少餐馆,如果在那里能找到一份工作,那就能维持三个人的基本生活了。

也不知道跑了多久,身体还是嗦嗦抖,饥肠辘辘,没有热量,他无谓地做着吞咽动作,感觉自己的喉结很可怜,光靠唾液,不,就连唾液都入不敷出了。所以,他看见那家叫做卡夫卡斯餐馆的招牌时,就再也走不动了。

帕舍维奇先生神情怪异地上下打量着站在面前的卡乔洛夫斯基,一个来自祖国的年轻难民,他说,"先生,非常抱歉,我不能给你这份工作,你还是到别的地方去试试运气吧。"

卡乔洛夫斯基目光恳切地看着这个自称经理的人说,"尊敬的先生,我们实在是陷于绝境了,请求您先试用我几天,给我一个机会,可以吗?"

"不瞒你说,先生,这几天我接待了好几个像你一样的年轻人,但我这里并不需要雇员。聘用了你,原先的雇员将会减薪,餐馆的声誉也将因此受到影响。你明白吗?"

"经理先生,求您再考虑一下,我还有一个老父亲,我们已经身无分文了。"

帕舍维奇耸了耸肩,摊了摊手,"我真是爱莫能助啊,先生,我不能因为你坏了规矩。规矩,你明白吗?这是一个非常讲规矩的城市。"

卡乔洛夫斯基慢慢转过身,艰难地向门外走去。帕舍维奇示意一个小伙计装上几个面包送给他。卡乔洛夫斯基停下脚步,接过来,贪婪地嗅着,然后,又放回到桌上,再次向门外走去。帕舍维奇轻轻摇着头,一直凝视着这个年轻同胞的背影。卡乔洛夫斯基暗暗发誓,今天不找到一份工作就不回家了。他拖着灌铅一般的腿,在大街上徘徊,接着他连续被拒绝了三次。他实在无法再走下去了,瞥见那边几个人坐在街沿上乞讨,再一看,是他的同胞。他就像看到救星一样,然后无可选择地在他们旁边坐了下来。他知道,今天不可能兑现自己的誓言了。

两个多小时的乞讨得到了两个面包,他拿着面包嗅着,吞咽功能立即被唤醒,但他只能咽着唾液。他回到小屋,和另外两个男人一起,挨过去又一个冬日。

兄弟俩把面包泡软送进父亲的嘴里,但父亲的牙齿好像失去了咀嚼的兴趣。这时卡乔洛夫斯基感觉自己的喉结不动,被刚刚送到口腔里一大块奢华的硬面包噎住了。他凑近父亲:"爸爸,您吃点,吃点吧。"父亲含糊地应着,接着沉沉睡去。卡乔洛夫斯基试了试父亲的额头,说:"爸爸发烧了,应该送他去医院啊。"他用一块小毛巾沾水后放在父亲额头上。

卡扎科夫说:"送医院,钱呢?爸爸从早上到现在一直昏沉沉的,有时突然清醒一下,我刚想去叫,他又再次睡了过去。我想,也许睡眠可以抵挡饥饿。上海俄侨救济会的人来过,告诉我们从现在起可以得到一份施舍,还给了一点钱。"他把几张纸币拿出来,摊在一个小凳上。

卡乔洛夫斯基叹了口气,把自己的求职遭遇告诉哥哥,"明天还要再去,你不去找,人家永远不会来找你。你在家里照顾爸爸,我们两个人必须有一个人找到一份工作。我们不能靠施舍过日子。"

"明天还是我去吧,你走了一天,太累了。"

"不,还是我去。你不知道你的脾气不好吗?"他笑了一下,"我怕你跟人家发脾气。"

"哎,我现在哪敢有脾气,我们这样只有让人家发脾气的份了。"

"那,你就去吧,也许你的运气比我好。"

卡扎科夫找的是一家英国人开的咖啡吧。卡扎科夫喜欢喝咖啡,对牙买加蓝山、意大利卡布奇诺、俄罗斯热的摩加佳巴、法国欧蕾等等信手拈来。他觉得,凭他对咖啡的情有独钟,应该不难在一个咖啡吧谋到一个侍应生甚至咖啡调制师的位置。

卡扎科夫谦卑地表达了自己的愿望,他的英文带着浓重的俄罗斯口音,谢顶的老板一眼就看出了这个人的身份。老板摸着下巴,这个动作一定是下意识的,然后他说,"先生,我可以请你喝一杯咖啡,但是不想邀请你来这里工作。"

这句话在卡扎科夫听来带着轻蔑,他觉得自己的脾气有点上来了,但得忍住,你不是在向人家讨饭吃吗?他继续疙疙瘩瘩地倾诉自己的愿望,顺带抖搂了一些关于咖啡的知识,他发现对方的眼睛亮了一下,不过马上恢复如常了,并且打断了他:"先生,我已经明白你的意思,但我这里并不需要。当然你可以坐下来,如果你想喝一杯咖啡的话。"

卡扎科夫再次感到了难言的羞辱。他靠近老板,突然伸出手去,抓住了他的领带。老板瞪着他,大声说,"嘿,你想干什么?"

卡扎科夫勒着老板的领带,眼里喷着火,大口喘着粗气,终于他的手松了,反身抓起一个咖啡杯往地上摔去,两个伙计上来夹住了他,谢顶老板气哼哼地整理着被拉乱的领带,说要报警。卡扎科夫身高体壮,不过几天没吃饱饭,体力不支,想挣脱也难。他懊悔自己终究还是没控制住脾气,让弟弟说中了。谢顶老板走过来,在他身边徘徊,似乎对刚才仓促中做出的这个决定有些迟疑。最终他挥了挥手,掉头走了。那意思就是放过卡扎科夫了。

转眼就快圣诞了,好运仍未光顾父子三人。那天卡乔洛夫斯基突然问卡扎科夫,"想不想当一次圣诞老人?"

"嗯?"卡扎科夫没听明白。

"我们去扮圣诞老人。"

"扮圣诞老人?"

"对,圣诞老人会给人送礼物,不知道会不会给我们也送一次。我们扮成圣诞老人给人家祝福,人家就会给我们钱,你说对不对?还有,戴上面具,总比直接在街上乞讨好得多。"

"不过,我们哪儿来的圣诞老人服装?"

"我已经去看过,上海人叫大马路的一家惠罗公司外面有落地大玻璃窗和马赛克地坪,我们可以在那里扮圣诞老人。那是个好市口,来往人很多,一定会有生意的。至于圣诞老人的服装嘛,我们去跟惠罗公司谈一笔生意,我们不是为他们公司做了活的广告吗?赚了钱跟他们分成。不过这还得碰碰运气,我也没有把握。"

"好主意啊。你们去试试吧。"虽然声音仍还含糊,但父亲说的这句话兄弟俩听得真切。这几天父亲的身体渐渐有了起色。两个儿子走到父亲跟前,说:"爸爸,我们去试试,等我们有了钱,我们一定会好起来的。"

父亲划着十字,努力使自己说得清楚些:"你们要记住,主永远不会抛弃我们。"

惠罗公司英国老板简森对卡乔洛夫斯基的想法很感兴趣,这倒是他从来没想到过的,而且这个俄国青年谈吐不俗,那就试试吧。然后双方就签了字据。

从圣诞前夜到圣诞节,这个寒冬里的露天表演给人们带来了温馨,人们对圣诞老人的祝福大表赞赏,人挤得越来越多,惠罗公司聘请的印度巡捕("红头阿三")都忙不过来了。要知道,这是向外国侨民提供高档商品和高档服务的大型公司,平时大部分华人经过这里也会绕着走,"阿三"柱子一般站在门口,一天都没事,突然涌过来这么多人看这两个俄国人,他们的任务一下子加重了。但简森先生说了,表演要热闹,店门口秩序也要维持好。这是活的广告,是给惠罗公司打牌子的。

3

圣诞老人给兄弟俩带来了一点小财,让父子三人高兴了好一阵子。终于可以吃几个像样的面包,喝一点咖啡了。父亲为卡乔洛夫斯基骄傲,他的主意帮他们获得了一笔意外之财。他坐在床上,激动地挥着手,含糊不清地表示着自己的想法,这是你们到上海的第一次成功,你们还会继续成功的。

卡乔洛夫斯基激动地握着父亲的手,使劲摇着,"爸爸您放心,我们一定会成功的,我们记着您的话,主是不会抛弃我们的。"

几天之后,两兄弟又出现在辣斐德路(今陕西南路)和霞飞路(今淮海中路)交界的街市口,他们依然在表演,不过这次不是圣诞老人,而是哑剧,他们自编自导的哑剧。部分灵感来自他们登上难民之途一路过来的辛酸,不同的是,他们把辛酸涂上了一层幽怨的甜味,就有了苦中作乐的意味。围观者越来越多,这样就对他们的难民同胞构成了威胁。人家也在表演,比如在咖啡馆卖艺的长着一头黄栗色波浪形卷发的瓦柳纳斯。他的小提琴声悠扬婉转,来喝咖啡的多半是被他的曲子吸引过来的。但是现在，人们的兴趣都被那两个新来的家伙拉过去了，连咖啡馆里的人都被勾引出来了。瓦柳纳斯有点不平，既然咖啡馆里的人一天比一天少，既然外面有更多的观众，那么我也可以到外面来拉琴。

于是他就坐在咖啡馆门口不远处开始他的小提琴演奏。他声明，只要一杯咖啡的钱。如果不满意，听得不耐烦了，就立刻停下来，给半杯咖啡钱就可以。有人就被这种独特的卖艺方式逗乐了，还可以卖半杯咖啡的。瓦柳纳斯的围观者于是又多了起来。这下卡扎科夫不满意了，本来一个里面一个外面井水不犯河水，你偏要出来，分明是跟我们抢观众嘛。他停下了表演，也和别人一起听他拉琴。然后接二连三地要求拉半个，瓦柳纳斯明知他是来挑衅的，却也不点破，就按着他的要求来。有人看不惯了，就对着卡扎科夫嚷，你干什么，是来捣乱的吗？明显是法国口音。卡扎科夫不予理睬，继续他的搅局游戏。他知道有人会不满，这正是他希望的结果。这时卡乔洛夫斯基走过来，想把他拉出人群，卡扎科夫甩掉了弟弟的手，走近瓦柳纳斯，对他说，请你回到你的咖啡馆去，否则，我会让你的咖啡钱见鬼去的。他掏出几个硬币放在瓦柳纳斯头上。瓦柳纳斯被这个举动激怒了，他霍地站起来，推了一把卡扎科夫。卡扎科夫刚想还手，却被卡乔洛夫斯基紧紧抱住了，卡乔洛夫斯基抱着他使劲往外拉。卡扎科夫大声喊着，你放开，我要惩罚这个抢地盘的家伙，我要惩罚他。那个法国人笑了，他安抚着瓦柳纳斯，先生，别理那个狂妄的家伙，我非常喜欢你的音乐。不过，你们还是维持原来的状态吧。他朝咖啡馆那边扬了扬肥厚的下巴。

人群中有一双眼睛一直注视着这个场景。

帕舍维奇是偶尔看到这个场景的。

路过的时候，就发现那个正在演哑剧的同胞青年眼熟，虽然演得不怎么样，但看得出他非常认真非常投入。对俄罗斯人来说，拥有表演才能不算什么，但是，如果不是为了生活，谁愿意这样呢。他驻足看了一会儿，觉得有点意思,还觉得这个曾经见过面的年轻人确有不同之处。他在他们的礼帽里多放了点钱,他放下硬币的时候,感觉那双眼睛盛满谢意。他会认出他吗,一个曾经拒绝过他的人。不,这不重要,重要的是现在他正感谢着他。

帕舍维奇饶有兴趣地欣赏着,那边突然嘈杂起来,年轻人中断了表演,并企图把他的搭档拉出人群。这才明白发生了冲突,冲突的起因也很清楚。帕舍维奇为他的举动深感欣慰,而那个冲动的家伙喋喋不休。他罢演了。

第二天,帕舍维奇再次走过这个地方,看到演出者只有年轻人独自一个,他的搭档不在。

昨天晚上,卡扎科夫回家后宣布,他不再和弟弟一起演什么哑剧了,他决定另谋生路。

几天后,卡扎科夫就以自己的选择为傲了。他新结识的朋友,从哈尔滨过来的白俄同胞雷斯金,一个满脸青春痘残骸的褐发青年,他们俩成了新搭档。他们的生意是贩卖来自东北的毛毯。在公共租界,毛毯销路很不错,到新年前夕,他们就大赚了一笔。这在两个月前,是卡扎科夫完全无法想象的。遇到大街上的广告和橱窗里的诱惑,他唯有目不斜视,让空气的加快流动迅速掐灭肚子里的骚乱。那天傍晚两个人在小饭馆里尽情喝酒,他们两眼发光,满脸通红。总算可以像样地喝上一杯伏特加了。不,是一瓶。一瓶很快就见了底。很快,第二瓶,第三瓶……对俄国男人来说,这太不算回事了。雷斯金狠劲擦了一把脖子,捋下来油泥般发黑的积垢,他炫耀地展示给他的新搭档,新搭档笑了。似乎为了回应,卡扎科夫也抹了一把,效果同样不错,两双沾着污垢的手就搭在一起,然后各自拿起酒杯,干,再干。两张年轻的脸被伏特加烧得通红,脖子上的青筋在通红的皮肤下不安分地弹跳着,蠕动着。然后,他们勾着肩搭着背,哼着不搭边的曲调,踏着摇晃的碎步。下一个方向,赌场。有钱了,干嘛不玩。别看卡扎科夫醉醺醺的,一到赌场,顷刻就抖擞起来,像是回到了叶卡捷琳堡的贵族子弟岁月。雷斯金兴奋地看着卡扎科夫潇洒的动作,几个回合下来,他知道自己的赌技明显在卡扎科夫之下。

这个晚上,运气真好,赌场里又赢了一把。他们在夜空中发泄一般的大喊大叫引来了印度巡捕的哨子,两个蓄着大胡子的印度巡捕还没走近,混合着食物和发酵的酒味气势磅礴地向他们袭来,这对印度巡捕来说是一种可恨的挑逗。他们巡逻了几个小时,目前正饥肠辘辘。于是他们各自拎住一个酒鬼的领子,把他们推搡到墙上,大声斥责着,"俄国佬,给我站稳了。把你们的臭嘴闭上。"巡捕用枪管在他们的嘴边比划着。卡扎科夫歪斜着身体对巡捕嘿嘿地笑,雷斯金则一脸傻乎乎的样子,"先生,你们辛苦了。我……给你钱。给……你钱。"一个巡捕也嘿嘿笑着,突然踢了雷斯金一脚,雷斯金像一根浸透了水的烂木一样倒了下去,然后发出了呼噜声。马上这巡捕感觉自己的脸被拧了一下,一张狰狞的脸正对着他,充血的双眼在昏黄的路灯下变得有点怪异,青黑色毛刺刺的短须在光影下泛着扎眼的光,卡扎科夫努力仰着头与被他拧了脸的巡捕互相瞪视着,另一个巡捕向他使了个眼色,两人转身离去。卡扎科夫又嘿嘿地笑了,他感觉回到了当年在叶卡捷琳堡街头恣意张扬的那个场景。

他和雷斯金成了哥们。

卡扎科夫整天忙他的生意,回家的次数越来越少,即使回来,也很少跟父亲和弟弟说什么,似乎一夜之间变成了沉默寡言闷头赚钱的职业商人。

4

天色暗了下来,卡乔洛夫斯基的表演终于结束。看得出他非常疲劳。围观的人群散去后,帕舍维奇没有走。他对卡乔洛夫斯基打了个招呼,卡乔洛夫斯基随意响应着,根本没注意对方,听到他问:"先生,您还记得我吗?"

卡乔洛夫斯基一愣:"先生,您是……"他注意到,对方用的是尊称。

"卡夫卡斯餐馆,还记得吗?"帕舍维奇说。

"哦,是您啊,先生……您怎么会到这里来的?"卡乔洛夫斯基终于把当初拒绝他的人跟眼前这个笑容可掬的先生关联起来了。

"啊,是您的表演把我带过来的。说实话,我看了好几天了,您的表演相当精彩。"帕舍维奇毫不吝啬地赞美着。

卡乔洛夫斯基显得不安了:"先生,您太夸奖了,我只是用这种方式换点钱而已,因为我至今找不到更好的工作。"

"卡乔洛夫斯基先生,如果我现在向您发出邀请,您会拒绝吗?"帕舍维奇问道。

"您是说,我将成为卡夫卡斯餐馆的雇员吗?哦,当时我并不知道,在上海,卡夫卡斯是多么受人推崇的一家餐馆,也许是我冒昧了。那天我实在跑不动了,恰好就看到了这家餐馆。"卡乔洛夫斯基觉得太突然了。

"年轻人,也许这就是一种机缘。当时我拒绝了您,现在我又被您吸引过来了。事情就是这么奇妙。"

"先生,我能为您做什么呢?"卡乔洛夫斯基怯怯地问。

"我想,如果我的餐馆在客人用餐时增加一个表演环节,就像您做的那样,是否会让客人感到一种特别的趣味呢?"

"啊,我明白了。但我还从来没听说过,餐馆有这种表演吗?"

"餐厅里可以唱歌,可以有琴声,为什么不能有哑剧呢。再说,凡事都有开始,从卡夫卡斯开始不就有了吗?"帕舍维奇仍笑着。

"你不觉得我的表演不太……不太……"

"不,卡乔洛夫斯基先生,这么多人围着您,就是最好的证明了。当然,我最欣赏的还是您的坚持。"

帕舍维奇的算盘不错,卡夫卡斯的生意越来越好。更令他欣喜的是,卡乔洛夫斯基对他的这份工作很敬业,依旧保持着他在大街上的热情,这让帕舍维奇更庆幸自己的判断。

一年已逝。卡乔洛夫斯基的生活渐趋稳定,父亲的身体也渐有起色。卡乔洛夫斯基从心里感激帕舍维奇,这位来自祖国的餐馆老板收留了他,给了他一份安定的生活,对他来说太重要了。

遗憾的是,卡扎科夫像失踪了一样,从他们的生活中溜走了。他和父亲似乎都在刻意回避,心里却根本无法漠视。他们能做的只有等待。但他没想到,兄弟俩的重逢会是这样一个场景。

那天照例是他的表演。一进入状态,他就完全沉浸到"剧情"中去了。可就在这当口,有人上来一把抱住了他。他抬眼一看,喜出望外,"哥哥,真的是你吗?我太高兴了。"他热烈地回应着。卡扎科夫的臂膀力量很大,这是弟弟从小就感受到的力量,现在依然如此。但哥哥接着说出了一句话让他不知所措了。"弟弟,别在这里表演了。"卡扎科夫冷漠地说。

卡乔洛夫斯基没想到卡扎科夫会这么说,他说:"这可是我在餐馆的工作。"

"哼,这是什么工作,你以为这个能干一辈子吗?"

"不,跟你想的是两回事,既然现在干这份工作,我就得干好。"

"那我要不让你再干呢?"卡扎科夫瞪着他。

"我跟餐馆签的协议还没到期啊,如果提前不干,那就是我违约。"

"什么违约不违约的,你还真守规矩啊。"

有人上来,横在两人中间,然后问卡扎科夫:"先生,请问你是谁,你在干什么?"

卡扎科夫瞄他一眼:"我是谁跟你没关系。"

来人说:"但是,卡乔洛夫斯基先生跟我有关系啊。你是在阻止他吗?"

"是的,你说对了,我的确是在阻止他的愚蠢行为。"

卡乔洛夫斯基对卡扎科夫说:"哥哥,这是餐馆经理帕舍维奇先生,请你注意礼貌。"

"哈,我不讲礼貌了吗?既然是经理先生,那我就跟你说,我要带他,我的弟弟离开这个地方。"

"请问你的理由呢?"

"理由?很简单,我不想看到他在这里表演什么哑剧,供人取笑。"

"先生,这是供人取笑吗,请你别玷污它,这是艺术。"

"哈,这算什么艺术。先生,别自夸了,你不过利用他赚钱罢了。"

"先生,请你注意,这是在我的餐馆,我不允许一个不负责任的人对我的餐馆评头论足。否则,我将以妨碍餐馆正常营业的理由要求你离开。"

卡扎科夫对卡乔洛夫斯基说,"我再次要求你离开这里,别忘了自己的身份。"

"不,这是我的工作。至少现在是。"

卡扎科夫一把拽住卡乔洛夫斯基,"你走不走?走不走?"他大声说着。几个客人围了过来。帕舍维奇环顾四周,对一个伙计果断地说,"报警。"

在巡捕房待了一天,卡扎科夫心里实在不快。这一年来,他和雷斯金贩卖地毯的生意不错,上海和东北两头跑,运输走货,非常累。所以想拉弟弟一起入伙。晚上回到雷斯金那个租赁的肮脏小屋里照例要喝上几杯,不喝到酩酊大醉似乎就不能驱逐一天的疲劳。小屋逼仄,不断添加的酒瓶、烟蒂和食物残余甚至尿骚沉瀣杂处,散发着呕吐物一般的难闻气味,可两人浸润其中毫无不适,因为这些和他们的消化器官内容物是同一个格调,并无排斥。然后就在这气味中等待新一天的降临。钱是赚了点,还有时不时冒出来的潜藏的贵族身份,但他并不明白自己究竟要做什么。他见过严寒中倒毙街头的同胞,见过向英国人法国人和中国人磕头乞讨的老白俄,他们眼窝深陷,面色青紫暗沉,就像他刚踏上上海的大街一样。上海人叫他们"罗宋阿大",这算是善意的。也有人叫他们"罗宋瘪三"。"瘪三"是上海人骂人的话,就是乞丐的意思。是的,他们就是乞丐,跟中国的乞丐一样,他们流落异乡,比中国的乞丐还低声下气。一年之前,他不是也在这里乞讨过吗。他不甘心,他要做些什么。有了点钱,这种不甘心就越来越充盈。他看不起那些在霞飞路上自得的同胞,好像在这里找到了新的人生。他可不是,他要做更大的事。所以他不能容忍弟弟在这种场合表演所谓的哑剧,简直太丢份了。他一定要阻止。没想到弟弟对现状毫无怨言,反而乐此不疲。太让他失望了。

这天晚上他终于回了家。

父亲见到他很高兴,他和父亲抱在一起,哭了。

然后,两兄弟再次抱在一起。卡扎科夫拍了拍卡乔洛夫斯基的肩,轻声问:"你明天还去吗?"

卡乔洛夫斯基说,"是的,我必须去。我不想违约。做事总要讲规矩的。"

"你对这份工作很满意吗,如果它也可以叫工作的话。"

"当然是一份工作,至于是不是满意,我也不知道,因为我没有其他的可以比较。"

"这么说来你是不想接受我诚意的规劝了。那么好吧,从现在起,我们互不干涉。你可别怪我不管你。"

卡乔洛夫斯基沉默着。从小至今,这个大他三岁的哥哥的确一直像大鸟一样为他张开着羽翼,但懂事之后却发现哥哥其实是霸道的,对他的保护则为了使这种霸道变得具体和清晰,让他真切地感受。他并不因此拒绝这种保护,因为他们是亲兄弟,无论如何,血缘可以融化一切。现在,这种霸道再次粉墨登场了,他是拒绝还是接受呢? 他真的拿不准。也许哥哥是对的,但他想要的是一种稳妥安静的生活。上海人常说的那个词叫缘分,就像他和帕舍维奇先生的相遇,就是两个人的缘分。缘分既然让他做了这件事,那就做下去,再说他在餐馆里做得很好。

父亲好像觉察到了什么,但什么都没表示。卡扎科夫提议晚饭去法式餐馆,父亲才说,"现在法租界都是俄式餐馆了,找一家法式的太难了。"卡扎科夫点头称是,"所以我们才要吃法式大餐啊,那些俄式的味道都不正。"父亲又感慨,"真是不敢想象啊,一年多前,我们三个人吃一个面包,我想这辈子大概永远都吃不饱了。现在竟然吃上法式大餐了。我亲爱的儿子,难道你成了富翁了吗?"卡扎科夫矜持地笑笑,"爸爸取笑我了,跟当年您在老家的荣誉比,我没有半点可以吹嘘的。"卡扎科夫一直对父亲充满尊敬,作为长子,他非常看重父亲的爵位,如果不是苏维埃,他是可以继承这个伯爵位的。

不管怎么说,这是他们在上海的第一次法式大餐。记忆中距离在叶卡捷琳堡的上一次相隔快两年了。味道十分纯正,三人就放开了肚子。

5

主显堂就在北河南路距离北火车站不远,这是上海最早的东正教堂。做完晨祷后,卡扎科夫心里踏实多了。然后他将去参加俄国民族主义全民党的一个重要活动。一个月前,他已成为这个萌发于苏联各流放地而后迅速扩大到全苏境内的政党成员,也是该党在上海成立的远东分部的第一批成员。

卡扎科夫见到了舍夫丘克少将。同样的贵族身份使他很快得到了少将的认同。

舍夫丘克少将开始演讲,他充满激情,讲得声泪俱下。他说俄罗斯正被赤色蹂躏,无数人正在遭难,连苏维埃自己的人也正受到残酷清洗。我们有责任把俄罗斯从这种野蛮统治下解救出来……

包括卡扎科夫在内的十几个成员因少将的演讲亢奋着,他们满脸潮红,感到血液加速流动,甚至可以听到血液的喊叫。当狂跳的心脏安定下来的时候,卡扎科夫一下子释然了,他觉得终于找到了一直苦苦寻找的东西。

所以,当舍夫丘克要求他去筹集经费用于党的活动时,他一刻都没有犹豫,依然潮红着脸,血脉贲张。他认定自己开始了一次神圣的旅程。

他和雷斯金又一次喝醉了。是烂醉。两个酒量绝顶的男人喝得烂醉并非易事。事实上,卡扎科夫是因为被筹集经费缠得无法自拔借酒浇愁,酒后他断断续续地说起了这件事。他不会对雷斯金讲他加入全民党的事,雷斯金是平民,也不识几个字,完全不懂他的工作的神圣性。他说的是钱,钱的事。但雷斯金的反应让他的醉醒了一半。雷斯金叫着,缺钱嘛,抢啊。卡扎科夫想过很多办法,接二连三都被否定了。作为一个贵族后裔,他的想法从没跟抢沾过边。雷斯金简洁痛快地说了出来,使他恍然一震。毋庸置疑,这的确是一条快捷方式。当然会有风险,但没有风险哪来快捷方式。抢?他脑袋发胀,被这个字痛苦地折磨着,沁出一头汗来。真要去干这个可耻的勾当吗?不,不可能。他对自己说。这太不可思议了。不过,为了神圣的理想,又有什么不可能的呢?

一摊泥一样的雷斯金鼾声大作。可是第二天,卡扎科夫是被雷斯金推醒的。卡扎科夫感觉自己脑袋沉重,好像停止了思维,在停止了思维的卡扎科夫眼里,雷斯金成了一个陌生人。他烦躁地推开雷斯金,头一转完全不理他了。雷斯金感到奇怪,继续推搡,卡扎科夫突然跳起来,瞪起通红的双眼对雷斯金吼道,"你是谁,敢来骚扰我。你知道我是谁吗,啊?"雷斯金一下子愣住了,然后回敬了一把,说,"你知道我是谁吗,卡扎科夫,你疯了吗?"卡扎科夫晃着沉重的脑袋,他想起来了,对面这个面露凶光的家伙叫雷斯金,是他的哥们雷斯金。雷斯金揪住了他的衣领,像他刚才一样大声吼着,"你以为你是谁,你是一堆狗屎。"卡扎科夫暴怒,"你说我是狗屎,狗屎,你跟我在一起,不也是狗屎吗?雷斯金,我们都是狗屎,明白吗?"

两个人都沉默了。

好一会儿,卡扎科夫拍了一下雷斯金的肩,说:"上海人叫我们'罗宋阿大',你知道'阿大'是什么意思吗?"

"不知道。"

"其实我也不太明白,阿大的意思很复杂,上海人把一家人最大的孩子也叫阿大,阿大在家里是有权威的。但是叫我们阿大,一定不是这个意思。"

雷斯金不解:"你为什么跟我说这个?"

"你觉得我们现在过得怎么样?"

"我从来不想这些,我只知道有钱赚有饭吃就可以了。"

"你不觉得我们在这里屈辱吗?"

"我不觉得。这个地方对我们很公平,否则我们做生意还能赚钱吗?"

卡扎科夫摇了摇头,一副不可理喻的样子:"好吧,我们还是想想未来吧。"

"未来会怎么样,我可不愿想。你别忘了,我们都是流亡者,我从哈尔滨来上海,有了这样的生活,你还想怎样?"

"我想过更好的生活,你想吗?"

"我当然想,谁不想,但是我们再也别想回到过去的生活了。"

"听我说雷斯金,如果要回到过去的生活,像现在这样贩卖毛毯,哼,我们能过上更好的生活吗?"

雷斯金瞪大眼睛:"你到底想说什么?"

"还记得我昨天说了什么,你又说了什么吗?"

"你说了什么,我说什么,谁知道。全是酒话。"

"酒话。可中国人说,酒后吐真言,你说了,雷斯金,你说了。"卡扎科夫声音大了起来。

雷斯金一怔:"我说了什么?"

"我说缺钱,你说,抢。"

"就算我说的,那你敢吗?"雷斯金坏笑着。

"你敢吗?"卡扎科夫反问道。

"不瞒你说,我在哈尔滨就干过,抢过当地的中国富翁。"雷斯金大大咧咧地说。

"上海的富翁可比哈尔滨的富得多啊。"

"不过,在这儿干太冒险了。上海的巡捕很厉害啊。"

卡扎科夫刺激他:"不敢了吧。"

"你真的想干?"

"我昨天一夜没睡,一直在想你说的这句话。其实就是想让这些富翁拿点钱出来,可是你开口要,他们肯定不会给,那就只有强迫他们给了。这样我们就能成为真正的罗宋阿大了。怎么样,干不干?"

"为什么不干,我们可是搭档。这生意值得干。"

"而且还是一笔大生意。"

他们哈哈大笑着。为了一笔新鲜出炉的生意。

6

罗德水被塞进轿车时,感觉身体像被扔进一个容器里。他的第一反应居然还是"刮勒松脆"这句本地方言。这是他一天说话中频率最高的一个词,因为他非常欣赏这个词表达的那种意境,干脆、果断、决绝,像他平时的为人处事,但此时此刻这个词变成了外力强加给他的一种现实状态。他尽力把自己蜷缩起来,微微有些颤栗。眼睛被蒙起来,什么都看不见。罗德水毕竟是经过世面的人,他意识到自己被绑架了,绑匪还蛮职业,整个过程也许就只有一分钟。是不是大难临头还不清楚,要钱还是要命也不清楚。

当年他从宁波到上海来混世面,经人介绍辗转到一家洋行。一个青皮小子,肚子里的墨水不多,就会几句洋泾浜英语,但他做事勤奋实在,吃得起苦,且机敏活络,很快得到洋行老板的赏识。五年前,四十出头的买办罗德水用他所有的积攒开了一家五金公司。三年后,罗氏五金就在顾客中有了名气。

罗德水被带出车的时候,不仅眼睛是黑的,外面也是一片漆黑。这辆福特才用了两年。当时有人跟他打招呼,示意要递给他一个东西,他刚摇下车窗,头就被生生摁住了,脖子被摁得到现在还疼。然后一双手就伸进前窗玻璃,从里面打开了车门。然后他就被蒙上了眼睛带到这个不知是哪里的地方。他被推搡了一把,脚下磕磕绊绊的,听到"砰"的一声,门被关上了。接着腘窝被顶了一下,膝盖就着地了。罗德水没经过这招,蒙着的眼睛里一片金星乱闪,簌簌发抖。也许是视觉被强行阻断,嗅觉功能异常发达起来。这里的味道实在令人作呕,劣质烟酒夹杂着肉馊味,还有狐臭,他判断是外国人浓烈的狐臭。近在咫尺的脚步声时急时缓,像是测试他的定力。其实何用测试,他一个老板,哪会有什么定力。他只想知道结果,要钱还是要命。要钱简单,只要开出的价码他承受得起,要命就……他不敢想,脑袋里只转一个念头,咋弄弄,咋弄弄……可是绑架者偏偏就不说话,围着他转,一副不把他转晕不罢休的架势,越转他就越怕,渐渐他就扛不住了。于是绑架者闻到了尿骚味,混杂的气味又不合时宜地添了一道臭烘烘的气息。罗德水再次重重地挨了一脚,他开始嘤嘤抽泣起来。一个男人,抽泣实在是一件太不上台面的事,可现在他真的撑不牢了。

终于他耳膜里传来一句生硬的中国话:"好了,别苦(哭)了。"

果然是外国人。

绑架者把塞在罗德水嘴里的东西拿了出来。

"你是老板?"声音听起来还算客气。

"是。我是。"

"祈祷(知道)为什么要照(找)你吗?"

"知道,哦,不知道。"

"老板,你,是咬(要)命,还是咬(要)钱?"

这句话听得明白,他赶紧回答:"要命,要命。"

"那就好办了。三十玩(万),换你的命。"

"三十万?"

"多了还是少了?"

"三十万……"这大约超过罗德水目前全部积蓄的一半,他闷闷地重复着这个数字。

"三十玩(万)换命,老板不值这个价吗?"

"不,好,好。三十万。"罗德水狠了狠心。

"听着,你要是报警,就是,就是,找死。对,找死。祈祷(知道)吗?"

"我知道,不报警,不报警。"

开局告捷,卡扎科夫和雷斯金心满意足。但雷斯金很快就不高兴了,因为卡扎科夫说他要拿二十五万,理由是他将去做一件大事,这件大事与他们俩有关,作为他最亲密的朋友就有支持的义务。雷斯金爆了句粗口,说既然是大事,又与我们都有关那就一起做。为什么是你一个人?卡扎科夫苦口婆心地劝说雷斯金一定要相信他,这是恢复俄罗斯帝国秩序的大事,由于行动的机密性,不能让他参与,但他一定会记着。雷斯金没有让步的意思,三十万必须平分。再说这次的事你卡扎科夫都没出啥力气,凭啥要拿二十五万。否则我明天就把事情捅出去。卡扎科夫突然对雷斯金咆哮起来,说如果你想捅你就去捅,到时候蹲监狱的还是你。因为我没干什么事,这可是你说的。停顿了一下他又放低了声音,知道我们在上海多少同胞自杀了吗?他们为什么自杀?我们是亡命徒,用中国话说叫做丧家犬,失去了主人的狗。我也想过自杀,但我现在不想了,我要做的大事就是让同胞看到恢复秩序的希望。跟你说这些没用,你不会懂的。

不管懂不懂,雷斯金沉默了。

卡扎科夫也沉默了。

沉默对男人来说很重要,有时甚至比表达还重要。两个男人终于在沉默之后达成了妥协。他们曾说过,这是一笔生意,生意就是用来讨价还价的。雷斯金说可以用五万来表示他对卡扎科夫声称的这件大事的责任。也就是说,卡扎科夫最多只能拿二十万。

卡扎科夫虽然不满意,但依然很有风度地向雷斯金承诺,他一定会奉还这五万的,可能还会更多。雷斯金用一根火柴在磷皮纸上的豁然一闪作为响应,闷头点起一支烟,火柴的微光勾勒在他鹰嘴一般的鼻子上。

7

卡乔洛夫斯基有点神不守舍,神不守舍表演起来就打了折扣。他听到了议论声,振作了一下,算是掩饰过去,却还是草草结束了。客人都是熟人,难免有点不解,也都没说。一段时间以来,很多客人就是冲着他的表演来的,本来就极具人气的餐馆更加火爆。帕舍维奇先生不仅给他加了薪水,而且还让他帮着管理一部分事务。帕舍维奇越来越认可这个年轻的同胞了。

这天中午匆匆用过餐,卡乔洛夫斯基告诉帕舍维奇要去处理一件私事,晚上的表演就不能照常了。帕舍维奇愣了一下,但没多问,就点了点头。毕竟年轻人还是第一次向他提出这样的请求。

卡乔洛夫斯基跨上新买的自行车,一骑绝尘,在一场透雨淋过的弹硌路上溅起一道清晰的水漪。

就在中午表演之前,他接到了罗诗茵的电话。电话里的声音带着哭腔,"爹爹,爹爹……"

"诗茵,你怎么啦,你爹爹怎么啦?"

"他,他又不见了……"

"啊!你别急,我马上来。"卡乔洛夫斯基的汉语已经相当不错了,而且还会几句上海话。他想,一定是她家里出事了。他听她说起过她的父亲,做五金生意。难道他遭遇了什么不测?所以他立即就跟帕舍维奇先生告了假。

罗诗茵是卡夫卡斯餐馆的常客,卡乔洛夫斯基表演的第一天就让她撞上了。她后来对卡乔(她喜欢这么叫他)说,没想到吃一顿饭还能看到这么精彩的表演,我真是太幸运了,当时我就决定至少一个星期要来两次,不,是三次。她果然使自己的想法变成了现实。卡乔洛夫斯基开始并没注意这个上海姑娘,后来渐渐发现这姑娘看他的眼神有点异样。妙龄男女,风情使然,几个来回便有了私底下的接触,顺理成章地发酵成浪漫。

前一段时间,被绑架之后的罗德水面对女儿的询问,轻描淡写一笔带过,但细心的罗诗茵看得出来,爹爹窝着火,强压着。那天罗诗茵告诉爹爹她正和一个俄罗斯青年恋爱,罗德水一听屁股像着火一样跳了起来,指着女儿说,"娘希匹,不作兴的。"罗诗茵说,"为啥不作兴啦,现在上海滩跟外国人恋爱又不稀奇的喽。"罗德水说话本来就响,刮勒松脆,嗓门一大,简直连房子都抖,"阿娟,侬搭我听好,侬要是搞七捻三,当心我敲断侬的脚骨。"罗阿娟是罗诗茵的原名,罗诗茵是她自己改的名字,罗德水叫起来永远是阿娟。阿娟就是阿娟,罗诗茵这种酸唧唧的名字他是叫不来的。

罗诗茵知道,爹爹虽然很早就吃了洋行饭,骨子里还是传统的,不像三天两头出现在报纸上的大老板那么洋派,她本来想试探一下爹爹的态度,不料引发了他的震怒。这种气急败坏的样子更证实了她的猜测。他肯定瞒着什么事。所以她很快换了一副嘴脸,说:"爹爹侬勿动气嘛,我总归听爹爹闲话的。爹爹,这些日脚侬好像不开心,到底啥事体啦?"

"阿娟侬勿惹事体就好了。"罗德水实际很宠这个奶末头独生女儿,两个儿子都被他送去留洋了,这个女儿从小像水晶球一样捧着,遭绑架这种事情不到万不得已,他是不愿向老婆小囡讲的,讲了又有啥用呢,还让她们跟着一道担心。他罗德水经过那么多事,也不会扛不起这件事。上海滩遭绑架的商界朋友最近好像闹猛起来,比起席大老板的儿子被绑匪一枪击中不治身亡,他还算幸运的。算了,破财消灾,破财消灾。只要人在,钞票总归赚得回来。娘希匹,这个外国赤佬,不晓得是哪个国家的杂种,讲起来总归是穷鬼可能性大。现在上海滩外国赤佬啥人最穷,罗宋瘪三啊。对了,多数是罗宋瘪三。想不到女儿跟一个罗宋瘪三轧朋友,不是朝他冒火的脑门上浇油吗?哎,罢了罢了。这个女儿是从小宠惯了,胡天野地,要好好管管了。

可是就在第二天,罗德水再次遭遇了绑架。距离上一次还不到三个月。

不过这次,被蒙着眼睛的罗德水反倒坦然了,因为他再次闻到了他熟悉的气味,他知道绑匪图的是财,不是命。味道难闻,却使他稍稍安定了。他告诫自己,这次不能轻易松口了,况且,他也拿不出多少了。

绑匪一直在吸烟,劣质烟草味充斥着狭小的空间,罗德水连连呛咳着。这时他听到了绑匪的声音,短促而粗重:"老板,二十万。"比上次那个声音更难听懂。

罗德水继续呛咳着,暗想应对之策。

"快点,我,没有,耐,心。"绑匪很努力地表述着,并且用他的烟嘴重重地敲了一下罗德水的后脑勺。

罗德水感到一阵闷痛,他的手被绑着,只能徒劳地挣扎。

"怎么样?"

罗德水闷声闷气地说:"我没有这么多钞票。"

"你这个,大老板,还没有钞,票?"

罗德水挨了一脚,一下子扑倒在地,两只手趁势用劲一拽,感觉绳子竟然松动了,他立即屏住了声息,如果被绑匪发现会更糟。他哼哼着,表达着此刻的痛楚。他听见绑匪走近的声音,走近了,他的头发被抓了起来,绑匪朝他蒙着的脸上吐着浓浓的烟圈,一圈又一圈,"再问一次,二十万,有没有?没有,你就,像它。"罗德水听到了玻璃瓶掉在地上的碎裂声,微微有酒精味道漂浮起来。罗德水心里突然有了主意。最好是拖延时间,而且最好把绑匪惹毛,让他再击打自己,就可以松开绳子了,然后他就……他尽力大声说着:"我没钞票,没钞票,娘希匹。"他的脊背如愿以偿被狠踢了一下,他趁机发力,把绳子松开了,疼痛被兴奋遮蔽了。他一把扯下蒙在脸上的布条,另一只手伸向裤袋,迅速点燃打火机就朝那堆破碎的玻璃扔去。他惊讶自己在险境下完成了一串难以想象的连贯动作,他的脸又重重挨了一拳,鼻腔里的血腥味使他更加亢奋,他看到了燃起来的火。火势顺着罗德水的愿望欢快地扩大着地盘。罗德水快绑匪一步跨到屋门边,此刻两人的选择完全一致,夺路而逃。他们在扭打中撞开了门,冲了出去。罗德水失魂落魄地在前面猛跑,大声喊着"捉强盗,捉强盗",这个喊起来顺口,反正强盗和绑匪是一家。喊了一阵,跑了一阵,发现路人没有帮他的,却在奇怪地朝他看。他渐渐慢下脚步,回头看,哪里还有绑匪的影子。只见不远处阴沉的天空中,一股灰黑的浓烟缓缓升腾。

风吹过来,罗德水打了一个寒颤,冷汗蒸汽一样从毛孔里泌出来,他无助地蹲下,像街边的乞丐,眼神变得十分空洞。

罗德水回到家的时候,却是铁将军把门。

就在两个小时前,卡乔洛夫斯基到了罗家。罗诗茵哭哭唧唧地说完,卡乔的结论更使她惊慌失措,爹爹极有可能遭遇了绑架。两个无措的女人听候卡乔洛夫斯基吩咐,罗妻去警察局报案,罗诗茵和他到街上去找。他想,眼下绑架之事频繁,如果有目击者,就可能得到帮助。

凌晨时分,罗德水终于和老婆女儿团聚了,却也看到了陪伴在女儿身边的罗宋瘪三。他找到了怨恨的出气口,他用对方完全不懂的宁波方言竭尽粗鄙地羞辱着对方。卡乔洛夫斯基只能默默跟罗诗茵道别,身后是一个狂怒的中年男人雷鸣一般的咆哮。

8

热血满涌的卡扎科夫带着舍夫丘克少将给他的指令潜回苏联,哪想到入境后就受到了监视。半年多后他成功逃离,可二十万打了水漂。再次返回上海,他的名字变成了叶菲莫夫。

那天他不知不觉逛到了那间小屋,看到黑乎乎的外墙和碎裂的窗,屋门洞开,门铰链早已斑斑锈迹,几乎脱落。一群孩子窜进窜出嬉闹着。趁着孩子奔跑追逐的时候,他进去一看,已是面目全非。夹杂着他和雷斯金两人气息的味道消失殆尽,只有墙角四处可见的蜘蛛网和几个横七竖八躺倒在地的酒瓶储藏着两个白俄男人留下的印记。

那帮孩子忽然又一阵风似的回来了。他们吵闹的声音因为一个不速之客的突然出现戛然而止。不过片刻之后,喧闹重现,孩子们发现这是一个可以供他们取乐的人,他们学着父辈的腔调兴奋地喊着:"罗宋瘪三,罗宋瘪三……"

卡扎科夫默默地站着,甚至有些滑稽地跟小孩笑。他已经习惯了,大街上常常可以听到这样的声音,他为此深感耻辱,但有什么办法呢?既然你的祖国都可以抛弃你,别人为什么不能戏谑你?罗宋阿大也好,罗宋瘪三也罢,也许在上海人看来,都不是什么受欢迎的家伙。一个流亡的民族还能指望别人高看你吗?还有资格跟人家谈尊严吗?当然,话又说回来,如果没有上海的接纳,自己可能早就曝尸街头了,哪还有今天霞飞路上的俄罗斯大列巴,上海人叫它罗宋面包,颇为喜欢,上海人的味蕾正在被大列巴征服。霞飞路都让俄式食品占据了。但这绝不是他卡扎科夫,包括他的同志的理想。看看那些陶醉于此的商人同胞,他们被蝇头小利蒙住了眼,多么可怜,多么不知廉耻。罗宋汤霓虹灯广告像婊子一样向他一眨一眨抛着媚眼,忽然他感觉脚被硌了一下,一块粗砺的石子傻乎乎地在他脚下欢快旋转,他抬起脚,用他破旧的皮鞋对准它精准地射了出去,带着他的沮丧和迷离。远看,天色朦胧,树影萋萋,夕阳遗驻。已是傍晚景致。从弄堂小屋出来,他在这条俄国店铺林立的大街上晃荡了好几个小时。

他不想回家,也不想让人见到,更不想见到父亲和弟弟。叶菲莫夫先生幽灵一般出没于这个城市,心里暗藏舍夫丘克将军的嘱咐。眼下,他必须找到一份保证基本生存的工作。

那天,叶菲莫夫出现在一家法国公司的应聘现场,他应聘的职位是老板的专职司机。几个回合后,他成为十几个竞争者中的幸运儿。

一个月之后,叶菲莫夫成功地得到了法国老板对他的欣赏。他的优势在于熟练的法语,这优势源于贵族习俗。俄罗斯贵族通常以法语为尊,这种习俗也沿袭至民间,使俄罗斯人很多不会英语。叶菲莫夫以勤勉敬业的形象出现在老板的认知中,默默等待时机的出现。

懒洋洋的春风吹过之后,一条消息突然把人们浸润在春风里的懒骨头强劲地刺激了一把。

几家小报同时以头条的醒目位置刊载消息,上海滩几位著名富商财产先后遭劫。作案人手段高明,痕迹全无,警探在失窃现场无法提取指纹。受害人中既有法国老板,又有本土财阀。

持续几天的报道像一部连载的侦探小说,主角却成了窃贼,吊足了市民的胃口。一时间,大街小巷、茶馆酒肆,家长里短不再是人们的谈资,窃贼的本事才是人们津津乐道的,对受害人反而缺乏同情。

还没来得及让人们淡忘,三个月之后,一样的头条再现,一样的套路,一样的手段。不一样的是作案人由一个变成了几个。也有人传言,其实就是一个人,作案人会易装,还会易容,但人家不动声色,不留痕迹,水平远超一般江洋大盗。

谈论讽刺之余,法租界当局承受着巨大压力,巡捕房首当其冲。

窃笑的当然只有卡扎科夫一个人,不,应该是叶菲莫夫,又好像是阿列克谢耶维奇,也可能是加扎洛夫,还可能是奥涅金……

每一次出现在应聘名单中的都是不同的名字,仅仅几个月,卡扎科夫就成功地实现了自己的计划。这才觉得上海初夏的暖风并不总是让人热汗涔涔,并不总是那么令人生厌,相反倒有了些亲切。他现在也要学上海人的样,焐一焐,不像英国人法国人那样,一暖就脱得只剩一件衬衫。再说俄国贵族向来讲究仪态,就是热,领带还必须系得正式。看看美国人那种把领结拉下来的样子,敞着领子,甚至胸毛都从里面蹿出来,简直粗鄙不堪。

志得意满中的卡扎科夫不知道有人暗中盯他的梢了。盯梢的就是从哈尔滨回来的雷斯金,尽管是一次巧遇。

小屋着火后雷斯金重返哈尔滨。日本人正一步步控制这个城市,被当地人称作老毛子的俄侨日子也不好过,雷斯金能有什么在哈尔滨施展的机会呢,最终还是决定去大上海。毕竟那是一个财路亨通黄金遍地的地面。

他很想单枪匹马干,至今也说不准卡扎科夫什么路数,这家伙酸不拉叽,文不文商不商盗不盗的,不知道在想什么,还说要做大事。一年多了,做成了吗?那五万的承诺恐怕是没影子的事了。

倒是眼下这个上海滩风传的家伙是个厉害角色。人家打一枪换一个地方,改个名字,钱就到手了,还没有绑架那样的风险。雷斯金觉得这才配是自己的偶像。

所以几天来他一直在寻找偶像。

他知道很难,不是连巡捕房都找不到这个偶像吗?

那天下午,他正从陶而斐司路(今南昌路)拐角处走过,一辆劳斯莱斯猛一个急刹,在他身旁停下了。司机从驾驶室出来,一手打开后车门,一手挡在车门檐上,一位戴着礼帽的摩登女士款款走出,雷斯金猜测女士应该是法国人。待她站稳,朝前走去,司机又回身钻进驾驶室。就在一刹那,雷斯金看到了司机的侧脸,嗯,怎么这么脸熟呢?是卡扎科夫吗?像,太像了,但他原来脸上似乎没有胎记的。啊,实在是太像了。他不是去办大事吗,怎么当上司机了?他没想明白,脚已向车那边迈过去了。然后他敲了敲车窗玻璃,他看到了卡扎科夫惊讶的神色,然后别转头去。雷斯金觉得奇怪,这是什么意思?假装不认识我?正懵的时候,摩登女人回来了,手里拎着一个精美的包装袋。卡扎科夫赶紧打开车门出来,雷斯金拍了拍他的肩,"嗨,不认识我了吗?""你是谁呀?我不认识你。"这时女人用法语问:"奥涅金,他是谁?"卡扎科夫也用法语回复,"夫人,他可能认错人了。"说完就去为女人开门。雷斯金对法语不太熟稔,但"奥涅金"三个字听得真切,嗨,这家伙怎么叫奥涅金了?待卡扎科夫关上车门,雷斯金再次拍了下他,"你什么意思,奥涅金先生?"卡扎科夫使劲推了他一把,说,"先生,请让开,我要开车了。"雷斯金感到两道凌厉的光向他射过来,不容置疑地否认认识他。雷斯金恍然之际,车尾已喷出一道黑雾,绝尘而去。

女人似乎不太相信奥涅金的话,问道:"刚才这个男人究竟是谁呀?他想敲诈你吗?"

"卡米尔夫人,我也不知道他想干什么,也没觉得想敲诈我。"

"奥涅金,我告诉你,你可别想骗我,什么都瞒不住我的眼睛。"

"夫人,我绝对不敢欺骗您。"

"说说,今天准备带我去什么新鲜的地方?"

"前几天报纸上说迈尔西爱路(今茂名南路)蒲石路(今长乐路)十字路口的新法国总会落成了。那里面游泳池、舞厅、酒吧、网球场什么都有。听说舞厅的地板还有弹簧,真是闻所未闻。"

"你说的都是真的,哦,那可太好了。今天我们就泡在那里,一样样地玩过来。"

"遵命,卡米尔夫人。"

卡米尔夫人是法国富商妻子,富商繁忙,夫人生性好动,富商就为她聘了一名司机,专职为她开车到处兜风。卡扎科夫,不,奥涅金被卡米尔当场选中,成为她的第三任司机。前两个被她炒了鱿鱼的,时间都没超过半年。卡扎科夫后来听说此事正中下怀,这本来就是他计划中的时间。一年多来,他先后换了几个雇主。与众不同的是,不是雇主炒的他,而是他在成功实施计划后主动撤退。每一次他都给自己起了新名字,再稍微变换一下自己的容貌。但这一次,好像要打破半年的纪录了。因为他一直没找到下手的机会。夫人也没有炒他的意思,甚至还暗示他挑逗他。他知道卡米尔对他颇有好感,不过他没有回应。夫人保养得很好,很难看出真实年龄。据他判断,一定已过了四十。他当然不会感兴趣,他感兴趣的是钱。不过越是这样越纠结,他的计划可能会搁浅。雷斯金难道在盯我的梢?这么一想,他不禁有些发虚。

从陶而斐司路到迈尔西爱路,车子一拐就到了。卡扎科夫有点后悔,接下来他该怎么应付呢?

9

卡乔洛夫斯基深陷痛苦中。罗诗茵好几天没来了,演出前夕他默默祈祷她的出现,但终究还是失望。失望过后的表演完全失去了昔日的风采。帕舍维奇什么都没说,卡乔洛夫斯基竭力告诫自己专注,但分神无可遏制。罗诗茵之外,还有父亲的病况。父亲又开始神志不清了,有时突然狂暴,忽而又重归死一般的静寂。卡乔洛夫斯基无法继续忍受这样的折磨,他向帕舍维奇先生提出辞职。但帕舍维奇不同意,只允许卡乔洛夫斯基休息一段时间。他说,一个对自己对他人都负责的男人正是他需要的。"我相信你就是这样的男人。"

父亲越来越衰弱,卡乔洛夫斯基没钱送父亲去医院,只能整天守护着他,静候着他沉沉睡去,或者静候下一次的爆发。在炎夏的某个早晨,父亲最后一次雷霆震怒地叫着卡扎科夫的名字后,卡乔洛夫斯基再也听不到他粗重的鼾声和突如其来的咆哮了。

帕舍维奇先生为这位前伯爵请来了东正教司祭尼古拉先生,尼古拉为逝者敷擦经过祝圣的橄榄油,诵念祈祷经文。

卡乔洛夫斯基没花多少时间就清扫了房间。按照俄罗斯习俗,与遗体接触过的东西都要扔掉,但是前白俄贵族的这个家没一样值钱的东西,真正一直与伯爵相伴的只有一个石楠木烟斗。然后,卡乔洛夫斯基找到一块黑布盖在镜子上,就进入了他的治丧时间。

父亲的脸看上去很安详,只有卡乔洛夫斯基看得出他嘴角边那道小小的褶,那是一年多来他说到卡扎科夫时留下的印记。他常常唠叨他的大儿子,或者咬牙切齿地咒骂,说连面都见不上。卡乔洛夫斯基知道,在两个儿子当中,哥哥在父亲的心里更重要。他从小受到哥哥的庇护,现在连他的人影都见不着,上次突然回来又突然消失,像幽灵一样。他还知道,哥哥是关心大事的人,从小就这样,现在还这样,他整天眉头紧蹙,心事重重,为他们失去的祖国担忧,也为他们的未来担忧,他有着不同常人的理想和自尊,就像干预他在餐馆的演出那样。他知道,在惠罗公司和大街上的表演需要哥哥付出多大的勇气。而他则更倾向于安定的生活。兄弟之间的气质和追求有太多的差异,却并不妨碍他对哥哥的敬重。

三天后,卡乔洛夫斯基穿着黑衣,唱着悼歌,在教堂圣像旁的棺木里放入面包、盐和烟斗,然后在父亲的遗体上撒上一把黄土。尼古拉司祭口诵经文后,《安魂曲》响起。随后,卡乔洛夫斯基扶着灵柩去往靠近霞飞路的八仙桥坟山。他一个人送走了父亲。

有个人一直远远注视着他,直到丧事全部结束。

她是罗诗茵。

帕舍维奇那天跟卡乔洛夫斯基谈了一个下午,最后告诉他,要正式聘他当卡夫卡斯经理。卡乔洛夫斯基像突然被一块石头砸中,震了一下,定了定神,问道:"先生,您不是开玩笑吧?"

帕舍维奇笑了笑:"我生性喜欢开玩笑,但我从不拿严肃的事情开玩笑,就像现在。"

"先生,我一点也没有管理餐馆的经验啊。"

"这个你不用担心,经验都是积累出来的,我在经营这家餐馆之前也不懂,但是你看,现在的上海滩,谁不知道辣斐德路上的卡夫卡斯。卡乔洛夫斯基先生,请不要推辞,我相信你,更相信自己的选择。"帕舍维奇还告诉他,他将以合伙人的身份继续拥有卡夫卡斯的股权,餐馆还要扩张成饭店,成立董事会,到时候他们忙都忙不过来的。

帕舍维奇不容置疑的样子让卡乔洛夫斯基再也无话可说。

当帕舍维奇向餐馆员工宣布这一决定时,卡乔洛夫斯基看到了他的同事们有点异样的目光。坐在他身旁的帕舍维奇先生要求他发表就职演说了,他硬着头皮说了几句自己都不太满意的话,就算上任了。他还表示将继续保留哑剧表演。

现在,店外海报上写着,餐馆经理卡乔洛夫斯基先生亲自表演哑剧。餐馆一向人气旺盛,海报一挂,更是宾客盈门。

店里有人向帕舍维奇先生提议,既然生意这么好,何不借此提高价格呢?帕舍维奇想了想说,还是让经理来决定吧。

卡乔洛夫斯基不同意提价，他认为不能因为生意兴隆就提价，这会伤害顾客。霞飞路上餐馆林立，要想在日趋激烈的竞争中占得上风，非但不能提价，还要经营低价菜品。上海人不是把我们的红菜汤叫做"罗宋汤"吗？我们就把"黄油面包加罗宋汤经济大菜"的招牌打出去，一定会吸引更多的顾客。他知道，要实现帕舍维奇的扩张目标，现在还只是刚刚开始。

帕舍维奇听完卡乔洛夫斯基的想法，拍了一下他的臂膀，连表赞赏。

罗诗茵事先没跟卡乔洛夫斯基说，悄悄陪着罗德水来到卡夫卡斯，他们挑了一个不显眼的角落坐下。客人陆续到来，罗诗茵好像有说不完的话，罗德水只能乖乖听宝贝女儿絮叨。上次被绑架后，老婆和女儿都把他看得很紧。罗德水想，这样也好，省得这小姑娘到外面瞎逛，搭识那些不三不四的人，尤其是罗宋瘪三。不知不觉中，罗德水被女儿不失时机地加紧策反，使他对罗宋瘪三的看法有了些许改变。今天到这里来，其实也是罗诗茵策反计划的一部分。刚才进门时已经看到海报，这位卡乔洛夫斯基成了餐馆经理，经理还亲自表演哑剧。哑剧这种舶来品，罗德水当然是不懂的，不过当年也听英国洋行老板说起过，他说得哈哈大笑，罗德水云里雾里。女儿说，人家来看，有时还坐不上位子，就站在门口看。现在正好见识一下这东西到底是怎么回事。

卡乔洛夫斯基还是穿着那身客人们熟悉的行头登场，人们报以礼貌的掌声。他持续着一贯的风格，不少作品已重复表演多次，人们依然看得津津有味，不时发出会心的笑。罗德水觉得蛮有趣，哑剧原来是这样的，不说话光做动作，蛮嚎。罗诗茵一直在观察爹爹的脸色，见他兴趣盎然的样子，心下释然了。她想，看来还有转机啊。

10

新法国总会里，卡米尔夫人兴致高昂，让卡扎科夫给她照相。好在这里清静,没几人光顾,所到之处都要留下好几个镜头。镜头里的卡米尔姿态丰富,或娇嗔,或美艳,或哀怜,姿势摆得有模有样,卡扎科夫也暗暗为之惊叹。当卡米尔让卡扎科夫当她的模特儿时,卡扎科夫为难了,他刻意不让自己出现在镜头中,但是如何拒绝得了,只能硬着头皮听任卡米尔摆布,这时他觉得自己很像砧板上的肉。几个楼层照下来,天色渐暗。卡米尔夫人头发一甩,"走,去酒吧。"卡扎科夫觉得眼前瞬间豁亮了一下,卡米尔的金发在太阳俯瞰大地的最后一瞥中,涂上了一层纤美的柔光,有一种无法抵御的怦然。至少卡扎科夫此刻的感觉就是这样。有了这一层的铺垫,被卡米尔摄入镜头的担忧减轻了不少。夫人是主,他是仆,他不知道接下去还会发生什么。

夜幕渐启,灯火阑珊,酒吧里的人渐渐多了起来,卡米尔夫人要了两杯杜松子酒,往卡扎科夫这里一推,"奥涅金,尝尝,跟你们的伏特加比怎么样?"

卡扎科夫的确是第一次喝杜松子酒,他知道这款荷兰人引以为豪的蒸馏酒举世闻名,因为杜松子酶的怡人芳香而冠名,声誉远在伏特加之上,夫人也喜欢这样的烈酒吗?

其实一点都不用他担心,卡米尔一会儿就让他见识了她的酒量,多半也是今天的兴致。她很高兴,很久没有这么高兴了。丈夫永远以工作为乐,工作就是他的目的,赚钱却是次要的,更不知道如何享受金钱带来的快乐。卡米尔怀疑他遥远的德国血统是否还在左右着他的生活基因。久而久之,她的酒量就在寂寞和冷淡的双重压迫下苦壮成长了。前两任司机是丈夫为她选的,那种彬彬有礼在她看来就是木讷,而她拍板奥涅金就看中了这个年轻白俄眼睛里潜着的忧郁、窘迫,甚至还夹杂着痛苦,当然还有他的涵养。就是他了。

他少言,冷漠,除了开车,好像整个世界与他无关。卡米尔有时候感到,她就像一条坐在车里的狗,被人牵着在大街上遛,牵狗的却不是主人。卡米尔觉得这个白俄青年好像藏着什么秘密,让她感到一种无形的诱惑。

这种诱惑随着时间的推移一步步加深,渐渐把她拖到一个说不清道不明的深潭里,让她充满探究的欲望,不仅是心里的,还有身体的。她明白,通常情况下,后者才是开始的地方。

也不知喝了多少,两个人的酒量开始有了分别。卡米尔完全放开了,她靠在卡扎科夫身上,让他喂她,她的脸在幽暗的灯光映射下格外妩媚,卡扎科夫禁不住为这张脸动心了。卡米尔说要去跳舞,卡扎科夫已经挪不动脚了。卡米尔说,你不是告诉我舞厅的地板会动吗?卡扎科夫说,夫人现在还能跳吗?卡米尔说怎么不能跳啊,你以为我喝醉了吗?告诉你,这才刚刚开始呢。走,跳舞去。

卡扎科夫无奈拥着卡米尔去了舞厅。

舞池里已经有了不少舞客,卡米尔一下子就把卡扎科夫拽进了舞池,但她的舞步完全紊乱,被弹簧地板一颠,就势贴在卡扎科夫身上,闭起了眼睛。

客房里,卡米尔用她纤细的手指在卡扎科夫筋脉清晰的手臂上缓缓向上移动,像个女巫师一样喃喃自语,手指移到了他紧实的胸大肌上,抚摸着褐色的胸毛。卡扎科夫终于被撩拨起来,双手突然同时伸进卡米尔的腰间,把她的内衣一把剥去,捕获猎物一般攥住两个丰满的乳房,卡米尔的喃喃声瞬间尖细起来,在渐变成呻吟的同时,她的手也以卡扎科夫同样的迅疾伸向他……

顺理成章,水到渠成,一对主仆男女,一个纵情夜晚,欲望面前完全平等。

对卡米尔而言,是一种销魂的满足,是一种身心的敞开,而对卡扎科夫,在稍纵即逝的自责之后,一个新的想法呼之欲出。

随后的几个星期,这对男女同进同出,像煞一对真正的恋人。这时卡米尔才感到自己是一个被宠爱的女人,坐着劳斯莱斯有了贵妇的感觉,这个年轻的白俄情人拜倒在自己的石榴裙下,像条狗一样忠实地按着她的指令在这个光怪陆离无所不有的城市里徜徉。

当这条狗连同她的贵重饰物和钱财一起失踪的时候,她仍然坚信这是她的小企鹅(她已经这么称呼奥涅金了)跟她开的一个玩笑。所以她必须竭力阻止丈夫的发现。她不怕被丈夫发现,她是怕被丈夫发现她是一个自作多情的被男人抛弃的女人。但她的掩饰太刻意,她突然变得百无聊赖,整天待在家里,不再要求丈夫给她再找一个司机。她没有意识到,被欺骗的感情其实是最难掩饰的,尤其对一个女人,像她这样一个养尊处优,追逐销魂,恰恰爱情生活空白的女人。这种状态不难让丈夫察觉端倪。整天埋头工作的丈夫不能无视她的背叛,更不能无视这个卑鄙的白俄。他很快找到了证据,那些出入新法国总会和奢华场所的照片,包括还没有来得及洗印出来的底片。看看,她多么风骚,妖娆,再看那个白俄,哦,这家伙,的确招女人喜欢。不过,我可不喜欢你,我要让你进监狱。

卡扎科夫的照片上了报纸的头条,哦,多么令人兴奋啊,报纸销量大增,总编和记者乃至报童们都高兴。富豪太太和司机仆人的浪漫之爱,劫财,桃色,情欲,一个都不缺。上海滩太需要这样的新闻了。闲人喜欢,忙人再忙也会停下来光顾一下。

接着,法国男人怒斥巡捕房无能,办案巡捕则认为是你自己的女人倒贴,还不是自己的事。

这样的跟踪报道永远会在街头巷尾保持热度。

过程应有尽有,正是卡扎科夫希望的结果。劫财变成一起桃色事件,可不能怨我,是你卡米尔自找的。我的贵妇人,你把我拖下水,我就只能顺水而下了。

不过,雷斯金前往报社的一番透露很快让报道发生了质的变化。不请自来的新闻啊,桃色事件加上了阴谋与欺诈,这太像一部曲折离奇的小说了,简直令人拍案叫绝呀。老总们使出浑身解数,派出记者四处撒网,广布耳目,倒有密探出征的架势,各路报道纷纷出笼,都是语不惊人死不休。终于有位记者抛出一张背影模糊的照片,说此人就是那个头条上的白俄,此前的几起劫财案也与他有关,此人惯以假名和易容术应聘富人驾驶员,劫财后立即销声匿迹。

公众哗然,也更增加了对巡捕房的指责。公董局坐不住了,要求巡捕房限期破案,以正视听。

虽然报纸对爆料人的身份遮遮掩掩,但卡扎科夫一眼就见到了底。他恨得牙痒痒的,自己一手导演的好戏全被雷斯金毁了。

当他再次到圣尼古拉斯大教堂祈祷之后,稍稍感觉安宁了些。密室里,舍夫丘克将军正在等他。将军郑重地接过卡扎科夫递上的一沓纸币和若干金银饰物,说,"卡扎科夫先生,不,叶菲莫夫先生,我不知道怎样才能表达我对您的感激,您为神圣解放运动和我们恢复秩序的理想做出了卓越的贡献。您贡献了才智和胆略,情感,还面临通缉。为此,我谨代表俄国民族主义全民党向您致以崇高的敬意。"

卡扎科夫一直保持着安详的神态,他确信自己真诚地投入了神圣解放运动。

"为了帮助你更好地完成使命,我给你找了一位助手。"舍夫丘克转身向外面招了招手,片刻,一个人弓着腰走了进来,"雷斯金先生。早年在哈尔滨经商,才刚到上海。"

雷斯金朝卡扎科夫点了点头,他突然怔了一下,对面那个人是谁,不仅光头,连胡须都分毫不留,像是卡扎科夫,但不能确认。所以他就点头致意了一下,对方也不露声色地回应了一下。

舍夫丘克对雷斯金说,"从今天起,你就接受叶菲莫夫先生的绝对指挥。"雷斯金愣了愣神,朝卡扎科夫看过去,对方却对他视而不见。哦,他现在叫叶菲莫夫。舍夫丘克分别跟两人握了握手,"请记住,为了神圣解放运动,为了恢复俄罗斯帝国的秩序,我始终跟你们一起在战斗。"

三人告别。出门之前,卡扎科夫戴上了鸭舌帽,把帽檐压得很低,头也不回地走在前面,雷斯金紧随其后,但很快就被卡扎科夫甩开了距离,他只得加快了脚步。

卡扎科夫蹓进一条弄堂,雷斯金生怕跟不上,奔跑起来。进了弄堂没几步,一个身影拦住了去路,然后他就连续吃了几个巴掌,晕头转向。等他回过神来,面前站着的正是卡扎科夫。

雷斯金想还手,想想也不是对手。这副横竖都不好的样子,让卡扎科夫终于笑出声来,"如果想还手,就试试,来吧。不想试,就乖乖地听着,看见对面那个银行了吗?"

雷斯金回过头去看了一眼,似乎不明白的样子,卡扎科夫说,"你觉得在那里弄钱需要多少时间?"

"抢银行?"

"对,我的财路给你堵住了,只能让你自己去闯闯新的门路了。"

"哼,你当时要是不这么对我,我也不会这么做。"

"这么说来,你是为了报复我?好啦,对你这种愚蠢的家伙,无须多做解释。一句话,干不干?"

"干,有什么不敢的。"雷斯金不甘示弱,黑着一张脸。

"那好,给你三天时间,要是干成了,我们两清,要是干不成,我不会像今天这么客气了。你知道,巡捕房正在通缉我,我随时都有被捕的可能,如果你干成了,也算给我送了件礼物。记住,我会及时给你指令。"

雷斯金面对一张极度自信和充满挑衅的脸。这家伙丝毫不提上次那五万,好像根本就不存在这件事。但他现在不敢提,现在他归这家伙管。他只不过是想找个靠山混下去,那个舍夫丘克跟他说了什么他都不太明白。哼,你让我抢银行,我要是干成功了,你以为我还会来找你吗?

11

卡乔洛夫斯基也看到了报道,照片上的卡扎科夫(化名叶菲莫夫)太刺眼了,刺得他生生发痛。一年多不见,他竟然成了这样一个人,这难道是这个口口声声不忘贵族身份的人的所作所为吗?他不想相信,但报纸上都这么写,连上海的俄罗斯报纸也不为他辩解。他想不通,这到底是怎么回事？他为什么叫叶菲莫夫？

他放不下，无法放下，想了好几个晚上，最终做了一个决定。他又向帕舍维奇先生提出辞职。

他的坚决使帕舍维奇先生为之惋惜，他明白这次真的劝不回这个年轻同胞了。但他还是留了一句话，如果你的计划没有实现，就回到卡夫卡斯来。卡乔洛夫斯基长久地握着帕舍维奇先生的手，重重地点头。

一个月后，卡乔洛夫斯基加入了法租界巡捕房俄国分队。

卡乔洛夫斯基信步走在霞飞路上，感到很亲切。到上海这些年来，没有真正在大街上这么走过。刚来时，是满大街找吃的，街头表演是为了糊口，后来到了卡夫卡斯，基本上也都在餐馆里。这样一大圈走下来，才知道几公里之内，俄国珠宝店、服装店、百货店、书店、药房、菜馆、咖啡馆、食品店、糖果店，应有尽有。也有俄籍工程师和白俄女人的待聘广告，还可以看到修皮鞋的、磨剪刀的、拉黄包车的，像他一样几年前街头卖艺的同胞。法租界的主人说这里都成了俄国人的世界，上海人直接叫它罗宋大马路。为此卡乔洛夫斯基悄悄有点自豪，啊，没什么可自豪的，俄国人是到这里来讨生活的，我们是一群无根的人，但我们毕竟在这里渐渐立足了。霞飞路很像涅瓦大街，她比涅瓦大街年轻，但这里也有教堂、名人故居和现代建筑，也有学校和巡捕房，还有俄国人的东正教堂和各种团体。这里各种文化杂处，相安无事。更像的是，涅瓦大街诞生于沼泽，上海则起源于滩涂。有人说，作为圣彼得堡古老的道路，涅瓦大街是世界上最美的街道之一，也有人说绝无仅有。早在十八世纪中叶，涅瓦大街就已经是一条享誉世界的商业大街。眼下的霞飞路就是他心目中的涅瓦大街，因为后者已经不属于他了。所以他行走在这里，就有一种亲切，一种感念，一种责任。寻找哥哥也是一种责任，还为了却父亲的心愿。这么一想，又有些沉重。他要弄清楚的是，哥哥究竟在干什么。所以他的视野里除了霞飞路，更多的是卡扎科夫晃来晃去的身影。

卡扎科夫不得不暂时藏匿起来,他面临通缉,竭尽全力改变自己的形象,但还是不敢轻易出门。柳树缀着淡黄,枯枝始发新绿,这种初春时节的景致针刺一般戳着他的心绪。空气中流淌出来的慵懒更觉不堪,狭小的房间开始泛起霉味。这已经是他的第三个初春了,他不喜欢这里的暖湿气流,三年多了还没适应,比家乡的寒冬还不适应。他坚信自己终究要回去,不仅是他时刻记着的使命,还有这令人讨厌的天气。

他常常像一头孤独的狼一样舔舐伤口,他把自己都交给神圣解放运动了,生怕和父亲、弟弟相聚让他陷入庸常,让他分心。

他在深夜的家门口徘徊,终究没有迈进去,他觉得自己像个可怜的幽灵,随时会遭到唾弃。他非常清晰地记得那天,父亲怒号着他的名字,苍老的声音从单薄的窗缝里泻出来,箭一样射入他的大脑,在血液里循环。他很想一步跨进去,却再一次犹豫了。他不能确定跨出这一步会从此留下来,还是再次与他们不辞而别留下更大的缺憾。稍稍开启缝隙的心门被他残忍而坚毅地关闭了。他抬头问天,上面黑漆漆的,星星被浩淼的暗宇遮蔽。他想,这个世界是不会给他答案的。

太阳在单薄的玻璃窗上铺陈着浓烈的光影,卡扎科夫依然不想起床。但他的膀胱开始向大脑输出信号,他勉强睁开眼睛看了一眼墙上的挂钟,竟已将近正午。这个反应一出现,这泡尿就呼之欲出了。他很不情愿出门,拐到屋后清空存货,浓烈的骚味混杂伏特加的气味。清空完毕,身体忍不住凛了一下。昨天他独自一人跟伏特加来了一次狂欢。他想起来十六岁那年,胖大粗壮的伯爵爷爷把一瓶伏特加摆在他面前,说喝了这酒你就是我们家族真正的男人了。说话时他浓密的胡须上还洇着伏特加的余味。现在,镜子里的这个家伙憔悴落魄,一张脸近乎病态,惶惑的灰白。他闭上眼睛,不敢再让这张脸在眼前晃悠。心里塞满了萧瑟,胸口发凉,他摸了一把,浓密的胸毛被不断沁出的细密的汗润湿着,胃里有一股酸水直直顶上来。

复活节到了。

卡扎科夫决定在基督复活这个东正教最大的节日那天再去一次新教堂,完成一个久已疏远的仪式。

高乃依路(今皋兰路)。圣尼古拉斯教堂。是为纪念被苏维埃政权处决的沙皇尼古拉二世而建的。在上海人看来,九个大小不一高低错落的金色圆顶像硕大的洋葱高高地生长在蓝天白云里。外墙装饰的堂皇和艳丽让人震惊。阳光照拂下,柔和灿烂的金色给侨居海外的白俄们投注巨大的安慰和信念。

卡扎科夫到达教堂时,他的同胞信徒们早已聚集。他想,也许只有此时,世界才是平和的。春风吹拂的午夜,祭坛大门缓缓开启,几位司祭手持的蜡烛和教徒手中的蜡烛汇成一片烛火摇曳的世界。司祭们唱着:

"救主基督,天使在天上歌唱你的复活,愿赐给地上的我们纯洁的心灵,赞颂你。"

卡扎科夫随着围绕教堂的复活节游行队伍,手里举着的蜡烛火苗一蹿一蹿,像是跟他对话。教堂大门打开,司祭进入教堂,无比欢快地唱道,"基督复活了。"晨祷开始。司祭从教堂出来问候教徒们,引颈高呼,"基督复活了。"教徒们齐声应答,"真的复活了。"卡扎科夫虔诚地听着自己喊出的声音,期待圣恩漫过他内心的荒芜。

他的心已被缠成一团难解的乱麻,教义上说,圣礼可以使人的生命得到圣化,使人的生命获得完满的圣性。

在精美的圣器、十字架、法衣和《福音书》的陪伴下,卡扎科夫见证了他到上海三年多来最隆重的圣事。六十多岁的涅斯托尔主教神态安详,目光犹如经过洗涤一般晶亮清澈。他依次在卡扎科夫的额头、眼睛、鼻孔、耳朵和手脚敷上圣油,司祭念诵着"圣灵恩赐的印迹"。涅斯托尔主教说,"请记住,今天是你的圣灵降临日。年轻人,你有心事,你这个年龄都会有心事。所有俄罗斯侨民都在经历人生之苦,你要相信,主会帮助我们渡过难关的,也会惩罚强迫我们抛弃信仰的恶魔。既然上海接纳了我们,这里就是我们的家。"

卡扎科夫说,"主教大人,我们失去了国家,主还能保护我们吗?"其实他心里想的是,我们的家不在这里,这里不是我的家。

"年轻人,人们来到这个世界就面临着威胁,你我都一样。主无处不在,我们将永远在主的庇护之下。"卡扎科夫感到头顶微微发热,主教的手摩挲着他,温暖而绵软。

12

当时罗德水扯下蒙眼布条的一瞬,对面这张脸就被镌入他的大脑海马区了。每当这个记忆出现,他就会有无法遏制的冲动。这是一个非常痛苦的大脑活动过程。罗德水并不是一个特别记仇的人,但两次遭遇绑架同是一个人,这样的记忆不是轻易就能抹去的。所以当他仔细阅读了报纸上银行职员对遭劫过程的描述后,自然而然对嫌疑人的行踪产生了联想。这一晚他睡不着了,干脆披衣起床,一个人呆坐着。

翌日一早,眼球红着血丝的罗德水对罗诗茵说,"爹爹要破案了。"

罗诗茵一头雾水,"爹爹侬讲啥,我听不懂。"

罗德水说,"我讲破案,有啥听不懂。"

"爹爹,破案是巡捕房的事体,跟侬有啥关系。"

"当然有关系。侬认得的这个罗宋人(在女儿面前罗德水还是注意措辞的),现在不是当巡捕了吗?"

"是啊,跟侬有关系吗?"

"小姑娘真是脑筋不转弯,伊不是讲过要搭我当保镖吗?"

"是啊,爹爹不是不要伊当吗?"

"侬去跟伊讲,从今朝开始,叫伊来跟我当保镖。"

"真的?"罗诗茵一下子很兴奋。

"真的。侬吃好早饭就去跟伊讲。"

"好。爹爹,侬要破啥案啦?"

"这个嘛,这个嘛,暂时保密,保密。记牢,不该问就勿问。"罗德水正色道。

罗诗茵噘了噘嘴,又笑了起来。

"小姑娘痴头怪脑。"罗德水摇摇头。

虽然不知就里,罗诗茵还是很高兴,因为她可以名正言顺和她的卡乔来往了。难道爹爹想通了吗。

不管罗德水怎么想,卡乔洛夫斯基获知消息后立即向法籍探长达尼埃尔先生报告,探长正为这案子伤神,听卡乔洛夫斯基前前后后这么一说,问道,"你有什么想法?"

"我觉得,罗先生的看法不是无端猜疑,如果真是这样的话,那么劫匪就是一个惯犯了。"

"按被害人的说法,此人抢劫时一直没说话,还遮着脸,但身材高大,应该不是中国人。如果他真是惯犯,也许可以使我们的侦查少走弯路,但这也意味着我们将遇到一个不一般的对手。"

"探长,把这个案子交给我,我不会让您失望的。"

"你有把握?"

"不,我不知道。但我有这个责任。"

达尼埃尔探长拍了拍卡乔洛夫斯基的肩头,说,"好,那这个案子你先盯着,等劫匪的行踪有了眉目马上来告诉我。"

卡乔洛夫斯基身板一挺,向上司敬了个礼,"是。探长。"

他径直去了罗德水的五金公司。幸好卡乔洛夫斯基对上海话略知一二,不过罗德水的宁波腔常常弄得他消化不良,所以两人在经理室待了很长时间。末了,罗德水郑重而激动地对卡乔洛夫斯基说,"卡先生(他觉得这么叫最省力),我只要看到这个赤佬,马上就认得出来。到时候就看你了。"卡乔洛夫斯基也被他的情绪感染了,"罗先生,我一定会尽全力的。"

"卡先生,今天晚上,我请你喝酒。按我们的规矩,算出征酒。等捉到这个家伙,我再请你喝庆功酒。"卡乔洛夫斯基推辞着,罗德水板起面孔说,"你明朝就要当我保镖了,哪有保镖不听老板闲话的道理,走,吃老酒去。"

到上海之后,卡乔洛夫斯基没怎么喝过酒,他的酒量不在哥哥之下,但一直克制着,他怕酗酒误事。罗德水找的是一家宁波菜馆,吃的是绍兴黄酒。他想试试这个罗宋人的诚意。知道他从来没有吃过,就让他吃。当年洋行老板就把他带到酒吧用苏格兰威士忌灌醉了他,后来就对他另眼相看了。

走进酒店,罗德水才问卡乔洛夫斯基:"卡先生,今天我请你吃绍兴黄酒,怎么样?"

卡乔洛夫斯基皱了皱眉,然后说:"罗先生,客随主便,入乡随俗。"

"好。好。"罗德水向他翘了翘大拇指。

作为天生爱酒的俄罗斯人,卡乔洛夫斯基没费多少时间就把黄酒喝成了伏特加,只不过他不明白伏特加的劲在前面,黄酒却有后劲。两个人一杯接着一杯碰,罗德水喝得恰到好处,卡乔洛夫斯基为了表现自己的随俗,喝得爽快,回到家便一头栽倒了。

这天晚上他做了个梦,梦见了母亲,后来父亲和哥哥也来了,一家人开心地喝酒,弹琴,唱歌,哥哥是最兴奋的,他摇摇晃晃地举着酒杯,边喝边唱……忽然一头撞在墙上,酒杯的碎片砸在脸上,他还在哈哈笑着,母亲大叫起来,卡加,你流血了,流血了……卡乔洛夫斯基腾地一下蹦起来,大声叫道,哥哥,哥哥,你流血了吗?周围却是寂静的黑暗。他醒了,脑袋晕乎乎,沉沉的。一股酒酸从胃里泛起,是他还没完全熟悉的绍兴黄酒的味道。不过他看得出来,罗先生喝得很高兴,对他也很满意,这就好。

第二天他带着一个画师来到罗德水的经理室,一个多小时后,画师的笔下出现了一幅人物肖像,罗德水眯起眼,又凑近,最后说了句,胡子没这么浓,鼻子好像还要大一点。画师把胡子抹去薄薄的一层,又加粗了鼻翼,罗德水喊道,像了,像了。就是这个赤佬。我一辈子认得这只畜生。然后他朝卡乔洛夫斯基意味暧昧地眨了眨眼,卡乔洛夫斯基不明就里,只能摊摊手。罗德水没有得到响应,皱了皱眉,也学着他的样子摊了摊手。

他心里的意思是,你觉得这个赤佬是罗宋瘪三吗?

这张通缉悬赏令很快被张贴在重要马路、银行、码头、火车站。第二天巡捕房的电话忙碌起来,电话里的声音大多煞有介事,有声有色,但很快露馅,人家是冲着赏金。卡乔洛夫斯基在距离罗德水身后十几米远的地方悄悄跟着,罗德水说试试运气,卡乔洛夫斯基拗不过他的执着,只能跟着走。罗德水想,你是我保镖,就应该听我的,我是你的雇主,我是付你铜钿的。卡乔洛夫斯基认为,我自然要保护你的安全,可我现在的职责是巡捕,不是保护你一个人,我也不需要你的佣金。再说,这个案子巡捕房已经立案了,你是协助我们。罗德水不懂办案程序,认为自己才是破案主力,你们不是照着我说的画出来这个人的面孔,否则你们到哪里找去?

连着几天,没有任何收获。卡乔洛夫斯基对罗德水说:"罗先生,我们天天这样走也不是办法,悬赏令发出去,这个人肯定也看到了,他不会轻举妄动的。我们应该找线索,然后顺着线索查,不能这么盲目地在马路上瞎走。"罗德水颇不以为然。

又是几天过去,案情仍毫无进展。除了卡米尔的丈夫,新闻界也在报纸上连篇累牍指斥巡捕房无能。达尼埃尔警长把卡乔洛夫斯基叫到办公室,卡乔洛夫斯基如实报告,达尼埃尔用严厉的训斥回应了他。刚才督察长告诉他,三天后公董局将举行新闻发布会,巡捕房如果不拿出点真材实料来,恐怕过不了关。

13

卡扎科夫从来就没有信任过雷斯金,他不能当着舍夫丘克将军的面拒绝这个所谓的助手。让他去抢银行,也是一种试探,没想到居然让他成功了。悬赏令一出现,卡扎科夫就觉得真正的危险临头了。他们接头的地点随时有变,地点都由卡扎科夫临时决定。那天雷斯金把钱交给卡扎科夫的时候,提到了上次那五万元,卡扎科夫严词拒绝了他,没有解释。

他看出来雷斯金是想发作的,但在他的厉色之下被压了回去。昏黄的灯光在细雨飘洒之下带给人一种恍惚之感,卡扎科夫再次感到哀怜和无助,但他绝不甘心。他不会一直躲下去。

新闻发布会如期举行。轮到达尼埃尔探长回答提问时,他说已经有了线索,只是不便透露。一位记者指责这是敷衍。达尼埃尔信誓旦旦,巡捕房办案自有程序约束,请各位记者不要怀疑巡捕房整肃治安的信心。几个回合之后,总算走过场了。卡乔洛夫斯基在下面听得冷汗频出。在他的不远处,有个人一直注意着他,而他却因为高度紧张全未知晓。

卡扎科夫的好斗和挑衅被达尼埃尔激发出来了。这个说大话的家伙,我倒要看看你怎么张网以待。不是有句话吗,最危险的就是最安全的,就像他现在混进的这个新闻发布会。真正使他吃惊的是在这里见到了阔别已久的弟弟,他成了一名巡捕,心事重重的样子,一定在为他手里的案子犯难吧。父亲和弟弟,他时时挂念着的亲人。父亲毕竟老了,可弟弟一点都不理解他,难道他真的心甘情愿把这里当成了自己的家,真的失去了我们家族的血性,忘却理想了吗,果真如此,那就太可悲了。

罗诗茵这几天迷上俄语了。卡乔的上海话和她的英语都属于洋泾浜,而且,像大多数俄罗斯人一样,卡乔的英语也不怎么样,如此一来,两人的交流就隔着一层障碍。罗诗茵对俄语的兴趣是从模仿卡乔卷着舌头打嘟噜的音节开始的,她的模仿常常引得卡乔大笑,她自认自己的舌头功能绝不亚于他,当她在陶而斐司路看到苏伊科娃小姐贴出的"白俄教授俄文"的广告后,毫不犹豫报名成了苏伊科娃的学生。这天下午她从老师家里出来,嘴里念念有词地复述着单词,忽然一股浓烈的烟味飘过,紧接着一个人从她身后走了过去,带着一阵风。那是一个一闪而过的照面,而且是个侧面,却立即打断了罗诗茵的念念有词。她紧跟几步,马上发现这是一种徒劳。她告诉自己必须紧跟。画师笔下的这张面孔在她心里早已焐得熟透,虽然只是一个照面,但她确认绝对不会错。现在突然窜出来让她心里一阵怦怦乱跳。她忽然想,当初爹爹被劫一定也是这样的。今朝我一定要跟牢。天渐渐黑下来,前方这个人忽隐忽现,罗诗茵觉得自己很像一个女侦探,要是卡乔在就好了。到河南路桥堍的天妃宫,罗诗茵已经走了几天才走完的路。她的两条腿迈不动了。她看到他进了那条弄堂。她逼着自己再坚持一下,再跟上去,看看是哪个门洞,不过还是慢了一步。所有的门洞都关闭着,里面透出煎咸鱼的腥臊味和锅铲交接的诱人声响。家家都在烧夜饭,罗诗茵听到自己的肚子发出了进食的呼吁。她尽力克制着,她必须立即把这个情况告诉卡乔。于是她钻进了一辆迎面驶来的出租车。

卡乔洛夫斯基听完,激动地抱着她。他们的第一次吻就是从这里开始的。

然后,带着罗诗茵热吻余温的卡乔洛夫斯基返回巡捕房。片刻后,达尼埃尔探长点齐五名巡捕向天妃宫进发。正准备出发的时候,罗德水满头大汗地赶来了。他要求参加这次抓捕行动。达尼埃尔有些迟疑,卡乔洛夫斯基说,他可以帮助我们辨认嫌犯,再说,还可以联络那里的居民。达尼埃尔答应了。一路上,达尼埃尔对卡乔洛夫斯基说,如果她看错了呢?卡乔洛夫斯基说,我相信她。探长,请您也相信。对一个绑架过自己父亲的人,她没有理由看错。达尼埃尔说,但愿如此。

因为不知道是哪个门洞,达尼埃尔决定,立即分头敲门,不开者必有嫌疑,立即踢开闯入。

卡乔洛夫斯基顺利地敲开了两家门,就在他敲第三家的时候,听到了脆亮的破窗声,在静谧的黑夜中,这声音显得突兀而凌厉。他一下子反应过来,径直往这家的后窗跑去,一条黑影迅即在他眼前晃过,他大喝一声,站住。没有回音。他撒开双腿猛追,听到夜空里男人的喘息声。警笛在夜色中划出亢奋的声响,持续不断。弄堂里开始出现窸窸窣窣的惊动,脚步快的已经披衣起床,打开屋门,几分钟之后,一条弄堂已经人头攒动。巡捕们向往墙角后退的男人逼近,突然冲出来一个中年男子,向喘着粗气的男人猛扑过去,死死扼住他的脖子,这是达尼埃尔没料到的,他咕哝了一句,卡乔洛夫斯基立即飞奔到中年男子跟前,抓住他的衣领往后拉,中年男子被拉急了,转过身来朝卡乔洛夫斯基就是一个耳光。子弹就是在这时候窜出来的,卡乔洛夫斯基听见了快速飞行体与空气摩擦产生的尖啸,把中年男子猛地一推。然后,他自己倒下了。

中年男子扑在卡乔洛夫斯基身上,叫着,"卡先生,卡先生,你哪能啦,醒醒啊,我是罗德水,我是罗德水啊。"

卡乔洛夫斯基微微睁开眼,说,"罗先生,知道了,我不要紧的。"

达尼埃尔探长走过来,叫过来一名巡捕,指着罗德水说,"把这个人带到巡捕房去。"

罗德水大喊,"为什么叫我去巡捕房,我不去。我是捉绑匪。"

达尼埃尔瞄他一眼,"叫你去录证词。"接着说,"如果不是你捣乱,他不会受伤。"

罗德水起身,对翻译说,"你跟他说,没有我记牢这只面孔,你们画得出来？没有我女儿饿着肚皮跟踪这个赤佬,你们能抓住他？说我捣乱,哼。"

达尼埃尔对他耸了耸肩。

第二天报纸号外的头条是:"捕房巡警卡乔负伤不辱使命,白俄劫匪雷斯金逃逸瞬间被擒。"

广慈医院外科病房里,前来采访的中外记者络绎不绝,卡乔洛夫斯基吊着绷带耐心地复述着当时的场景。这是达尼埃尔探长交给他的新任务,巡捕房的声誉和他这只吊着的胳膊息息相关。然而很快有记者重新牵出已渐渐淡出人们记忆的卡米尔夫人和她司机的桃色轶事,那家伙不也是个白俄吗,当初公董局不也是要求限期破案吗？所以,雷斯金的落网只是一个插曲,那才是真正轰动的大新闻。

不管怎么样,卡乔洛夫斯基一时间成了巡捕房的英雄。他以另一种方式证明着白俄与上海的融洽。对那些久居上海的老一代俄侨来说,他们的心情很矛盾,一方面,他们不愿意自己的身份被新来乍到的同胞玷污,另一方面,他们对同胞为新生活的勤勉和奋斗逐渐认同,比如卡乔洛夫斯基。

卡扎科夫陷于深深的痛苦之中。

为了他的弟弟。

那天晚上,在阔别了三年多之后,兄弟俩终于又见面了。

卡扎科夫带着照相机,一副记者装束,他是来采访巡捕房英雄的。

他看出来了,当他出现在弟弟面前的时候,弟弟明显一怔,然后是一种兴奋和渴望,但他什么都没说。

卡扎科夫慢慢坐到弟弟对面的那张白色椅子上,用眼神询问他的伤势,弟弟微微点了点头。他明白了,并无大碍。

两个人的眼睛都盛着满满的话,却都等着对方先开口。卡扎科夫端起照相机给弟弟拍照。一张接着一张。照相机里的弟弟印象模糊,如何对焦都不准,卡扎科夫知道,自己流泪了,无法遏制地流泪了,照相机正好掩饰。他在狭小的空间转动着身体,正面,侧面,平视,蹲下来,不一而足,像一个技艺高超的职业摄像师。

卡乔洛夫斯基极力控制着自己,他不知道多久就会崩溃,塌方一样的崩溃。他清晰地看到哥哥眼角里溢出的泪水,他不想让自己看到,他从来没有在弟弟面前掉过泪。卡乔洛夫斯基忽然站起来,别转身去,单手从病床边的小柜子里拿衣服。他想给哥哥留出拭去泪水的时间。果然,片刻之后一双手伸过来,帮他取出衣服,帮他换上。两人继续用眼神对话着。他穿好衣服之后,只跟卡扎科夫说了一句话,带你去一个地方。卡扎科夫顺从地跟着弟弟,出了病房。

14

从广慈医院到八仙桥坟山,走过去并不远。出了医院门,两人紧紧相拥了一下，然后继续蒙着头往前走。卡乔洛夫斯基走在前面，步伐很大，卡扎科夫跟在后面，竟有跟不上的感觉，也不知要带他去的是什么地方。卡乔洛夫斯基想用疾步化解复杂的心绪，似乎并没有达到目的。手臂和心里的痛楚潮水般涌过来，幸好还有黑下来的夜幕庇护。

终于到了墓地。卡扎科夫心里一沉，他想过无数遍的场景终于有了结果。

卡乔洛夫斯基找到父亲的墓碑，停下脚步，示意卡扎科夫站在墓碑前。卡扎科夫对着墓碑深深鞠躬，然后跪了下来，他听到了自己抑制不住的啜泣。

好久，卡扎科夫才站起来，问道："父亲说了什么？"

"他什么都没说，一直喊着你的名字，临终前还在喊。"

卡扎科夫沉默着。一会儿听到弟弟问他，"哥哥，这些年你到底在哪里，在干什么？"

卡扎科夫竭力使自己平静下来："我在干我应该干的事。我对父亲将抱憾终生，我会用自己的方式去弥补我对他的愧疚。弟弟，你是什么时候当的巡捕？"

"才几个月。"

"为什么要干这个呢？"

"为了找你。"

"找我？"

"是的，我在报纸上看到了你的照片，我想，也许我穿上这身制服就可能找到你，或者你找到我，我们兄弟就可以相见了。事实证明，我对了。遗憾的是，你再也见不到父亲了。"

卡扎科夫又是一阵沉默。然后他缓缓地说："也许你说得对，但是，我非常不喜欢你穿这套制服。"

"为什么？"

"我不能想象，你真的把这里当成自己的家了。"

"是的。我在霞飞路上巡逻，就像走在涅瓦大街上。"

"哈，真可笑。问题是，我们并不属于这里。你想没想过恢复俄罗斯帝国的理想和秩序？"

"对我来说，对我们这样的白俄，哈哈，人们就是这样叫我们的，还包括在这里居住了几十年的老俄侨来说，上海就是我们新的首都了。"

卡扎科夫突然激动地喊了起来："一派胡言。简直是一派胡言！"

"那我倒是想听听你的真言。"

"我看不起那些没出息的家伙，就像寄生虫一样，包括你，难道不是吗？你们在别人的羽翼下毫无羞耻地享受着你们所说的那种生活，这就是你们想要的生活吗？我必须拯救这些堕落的灵魂，就像舍夫丘克将军说的那样，你们的灵魂必须被拯救。"

"我不干涉你的理想，但我有权干涉你的行为，你的所作所为正在破坏这里的秩序。你既然在这里，就必须遵守这里的秩序。也许我现在也正在背离法律秩序，我正在隐匿一个受到追缉的潜逃者。所以我劝你，哥哥，投案自首吧。需要拯救的是你的灵魂。"

"可悲呀，我竟然听到了我的弟弟……如果不是亲耳所闻，我绝不会相信这是一个出身俄罗斯贵族的人说出的话。如果你想把我送进巡捕房，那么请便。我想，父亲想的一定和我一样，所以他才会一直叫着我的名字。"他哽噎起来，"我遗憾没能在他临终前见他一面，但我要对着他的墓碑发誓，我将以我的毕生为恢复俄罗斯帝国倾注我的全力。"他再次在父亲的墓碑前跪下，两手合一，默默悼念。

然后，卡扎科夫头也不回地走进了浓墨一般的夜色中。卡乔洛夫斯基目送着他，直到消失。高低错落的墓碑包裹在浓墨中，像一个个高矮不一的身躯，宁静肃穆，纹丝不动。卡乔洛夫斯基在心里默念着，愿他的父亲和这些逝去的灵魂在这块土地上得以安宁。

回到家里已是午夜，沮丧如铅块一样灌进卡乔洛夫斯基的身体，他疲惫而沉重地倒在床上。他不想开灯，他情愿这样黑漆漆地与天花板对峙，反正他对那上面的斑斑驳驳和角落里的蜘蛛网烂熟于心了。看来,他们兄弟俩是走不到一起了。几年未见重逢,又这么分手了。哥哥又会去干什么呢?我算不算放走一个潜逃者呢?他忍不住流泪了,把刚才强忍着的泪全部倾倒出来。他问黑夜,为什么要让他们兄弟俩品尝孤独呢?

第二天上午,他走出巡捕房准备外出执勤的时候被罗德水拦住了。罗德水埋怨:"你出院,哪能不告诉我,害得我到处寻你。"

卡乔洛夫斯基叹了口气,"罗先生,对不起,我是溜出来的。"

"溜出来,你伤好了吗?"

"这点伤没关系,在医院里闷死了。罗先生,你有啥事体?"

"哟,你上海闲话灵光了。我有啥事体,我要请你吃饭。礼查饭店。"

"罗先生,为啥请我吃饭?"

"你救了我啊,这还要问。"

"礼查饭店,这么高档的饭店我是没有资格享受的。"

罗德水笑笑,"本来没有,现在有了。我这个人一向刮勒松脆,就问你一句,去还是不去?"

"刮勒……我听不懂。"

"就是办事体爽气,说一不二。给不给我面子?"

卡乔洛夫斯基知道,上海人一讲到面子,就是大事体了,所以他觉得不能再说什么了,"去。我一定去。"

"好,像我。爽气。"罗德水在卡乔洛夫斯基的肩上随手拍了一把,卡乔洛夫斯基的五官立即扭作了一团,正好是那个受伤的胳膊。罗德水继续说,"刚才还说没啥,我是试试你的。好了,晚上六点,礼查饭店见。"

外白渡桥北堍东侧。与上海共生共长,须臾不可离开的一条江和一条河,黄浦江、苏州河在这里形成一个交汇点。不过,当年一个叫阿斯脱豪夫·礼查的英国商人在这里徜徉的时候,还是一片荒地。一八五七年,礼查买下荒地,盖起一座饭店,并以自己的姓氏命名。

后来相当长的一段时间,作为上海首屈一指的地标性建筑和现代景致,礼查饭店一直处于令人景仰的地位。一旦世界上有摩登物件登场,礼查饭店一定会迅速跟上。比如上海最早的电灯、自来水、电话和电梯,而第一簇蓝莹莹的火苗在它们出现之前就在饭店的厨房里闪烁了。

这天晚上,卡乔洛夫斯基刚走到饭店门口,就有门童向他问好。是中东人还是他的同胞,这个念头闪电一样划过,心头不禁一颤。后来,领位员带他走进电梯,直达顶层的孔雀大厅。电梯门打开,罗德水和罗诗茵父女俩正在门口迎候。卡乔洛夫斯基又是一颤,这一颤好像逾越了他二十多年的生活经验。

到上海之后,这还是第一次。关键时候潜在的素养帮了他的忙,他挺了挺身体,然后握住了罗德水的手,罗德水的手暖乎乎的,蓄积了一个中年男人丰沛的热量,然后单手与他相拥了一下,罗德水愿意在这个场合接受洋人的见面礼节。卡乔洛夫斯基接着握住了罗诗茵的手,罗诗茵的手凉飕飕的,好像罗诗茵对他说过,她的手一直很凉,她还说小姑娘的手都很凉,所以他们见面的时候多半是以拥抱和脸颊代替手的。他想,她的手真的很凉,这样的手是需要呵护的。他同样单手拥了一下她,看得出来罗诗茵很高兴。

罗德水的嗓门并没有因为这个洋气十足的场合有所收敛,开口就是一贯的高分贝:"卡先生,你跟我来。"他器宇轩昂地走到他定座的餐桌前,拉出一把椅子,"这里请坐,朝南位置。"

卡乔洛夫斯基再次局促了。他身体绷得紧紧的,不知道该坐还是不坐。罗诗茵走过来,摇摇他的手,软糯的一句:"卡乔,爹爹叫你坐嘛,你就坐呀。"他这才坐下,局促未释。罗德水说:"卡先生,一道吃顿饭,你紧张做啥呢。"

"罗先生,这顿饭是我来上海的第一次,怎么不紧张。您真是太客气了。"

"卡先生,你这样讲就不作兴了。我问你,一顿饭比得上一条命吗?"

"罗先生,一顿饭,一条命,您是什么意思?"

罗诗茵说,"爹爹是讲,当时要不是你啊,说不定他就没命了。你这一枪是为他挡的。所以,爹爹一定要选上海最好的饭店里最好的餐厅请你吃饭。"

"罗先生,您太客气了。这是我的职责。如果我不冲上去,就是我失职,是要受到处分的。"

罗德水大摇其头,"卡先生,不瞒你讲,我看到缩手缩脚的巡捕多得是,公共租界的红头阿三,只会虚张声势。你是这个。"他翘了翘大拇指。

"罗先生,您过奖了。"卡乔洛夫斯基觉得自己轻松一点了。

罗诗茵说,"等一会,这里还有交响乐团伴奏,还可以跳舞呢。"

卡乔洛夫斯基"啊"了一声,"这就是你们说的天堂吧。"

罗德水端起酒杯,"讲得一点不错。听讲这里的头等大师傅就是你们白俄。来,我们干杯。"

这顿饭吃得卡乔洛夫斯基心潮汹涌,头脑昏沉。他不明白,为什么没喝几杯就晕乎乎了。罗诗茵轻声对他说,"卡乔,你现在就跟爹爹讲,我们要订婚。爹爹现在高兴,一定会同意的。"他犹豫着,好像遭遇了突然袭击。喝酒也不爽了。罗德水也是好酒量,他甚至在鼓励卡乔洛夫斯基,"你哪能不爽气了,刮勒松脆一点好吗。"罗诗茵又扯扯他的袖角。他终于鼓起了勇气,"罗先生,我要和您的女儿,罗诗茵小姐订婚,您同意吗?"说完,给自己灌下满满一酒杯,头却垂了下去。罗德水好像在逗他,"你要订婚,彩礼准备好了吗?"罗诗茵又扯他的袖子,卡乔洛夫斯基看着罗诗茵说,"什么叫彩……礼?"罗德水看着他的样子,开心地大笑,"在我们这里,订婚是要给彩礼的。彩礼就是钱,大把的钱,你有吗?"卡乔洛夫斯基窘迫地摇着头,"不,我没有。"罗德水再次大笑,"这倒刮勒松脆。好啦,我是逗你的,我同意了。彩礼也免了。""罗先生,我太高兴了。"他站起来要和罗德水拥抱,罗德水用下巴朝罗诗茵点着,卡乔洛夫斯基如梦初醒,罗诗茵娇嗔地迎了上去。

15

卡扎科夫出现在广慈医院的那一刻起,达尼埃尔派出的探员就跟了上去。然后尾随卡扎科夫和卡乔洛夫斯基两人到墓地。当日凌晨两点,卡扎科夫被捕。

卡乔洛夫斯基是在礼查饭店与罗诗茵订婚后第二天获知消息的。他先是感到有点堵,很快轻松了。这条消息要比雷斯金归案热闹得多,巡捕房门口聚集着众多记者,虽然离公布的新闻发布会日期还有两天,但他们的关注显然超过了耐心。达尼埃尔志得意满,雷斯金和卡扎科夫的相继落网,为巡捕房和公董局挽回了声誉。几个月来他一直压力深重地沉浸在这两个案子当中,现在压力陡然消失,代之以轻松和愉快,这就是人生的乐趣。

门铃响了,达尼埃尔随口说了句,请进。接着他听到一声"报告"。来人是卡乔洛夫斯基。

达尼埃尔想,我正想找你呢,你倒不请自来了。

卡乔洛夫斯基还吊着胳膊:"达尼埃尔探长,我要辞职,这是我的辞职报告。"说着把一张信笺放在达尼埃尔的桌上。

"辞职?我没听错吧。"达尼埃尔感到有点突然。

"探长先生,您没听错。我辞职的原因很简单,我的哥哥卡扎科夫已经归案。我当初加入巡捕房就是为了寻找哥哥,现在我的愿望实现了,所以提出辞职。"

"啊,原来是这样,真是闻所未闻啊。但我想知道,这个结局你满意吗?"

"我不满意,但我不可能左右他的人生。每个人都应该对自己的行为负责。"

"就在你进来之前,我还在想一个问题,三天前的傍晚,你的哥哥、巡捕房通缉嫌犯卡扎科夫先生进入你的病房,你为什么不向我报告?"

"报告探长先生,我承认我一时没有拿定主意,我劝他自首,带他去父亲的墓地也是这个意思,我想让他面对父亲的灵魂忏悔,但我没能做到。我甘愿接受惩罚。"

"那你想过亲手抓捕他吗?"

"不,我没想过,这对我来讲太困难了。我只是想用我的巡捕身份吸引他的注意力。"

达尼埃尔感慨:"我不得不说,你是一个诚实的人。对一个诚实的人来说,惩罚并没有多大的意义。卡乔洛夫斯基先生,我真诚地希望您留下来,我确信你会成为一个优秀的警察。在没有慎重考虑我的建议之前,请收回你的辞职报告。"

卡乔洛夫斯基很坚定:"谢谢探长对我的信任,我主意已定。"

达尼埃尔不甘地摇着头,"我想说,小伙子,你会后悔的。"

"不,我绝不反悔。"

卡乔洛夫斯基回到了卡夫卡斯,帕舍维奇先生十分高兴:"年轻人,你终于回来了。我知道,你一定会回来的。不过,现在卡夫卡斯遇到了更多的竞争对手,你准备好了吗?"

"帕舍维奇先生,我知道。这些日子我在霞飞路上巡逻,隔几天就会有新的俄国店家开出来,用上海人的话说,真是闹猛。"

"你对上海真是越来越有感觉了,就像当年的我一样。"帕舍维奇突然凑近他,神秘兮兮地说,"你走了之后,那个上海姑娘就没再到这里来过,她现在怎么样?"

卡乔洛夫斯基也放低了声音:"她很好。我们订婚了。"

"啊,太美妙了。和这么一位美丽可爱的上海姑娘结婚,真羡慕你呀。我衷心祝福你们。"

"谢谢帕舍维奇先生。我们商量好了,先在这里办一场俄式婚礼,然后在甬菜馆办一场中式婚礼,到时候请您来当我们的主婚人吧。"

"好啊,我荣幸地接受您的邀请,新郎官先生。"

两人大笑起来。

夏末,高大的梧桐树干染上了一层褐色。经过一个季节的灼烤,树干爆皮,撕裂,脱落,再泛出淡绿的新皮。这是康定斯基早期作品的常见主题,也是卡乔洛夫斯基熟悉的意象。他就在这样的年轮转换中打磨着自己,就像树皮,不断地由嫩变老,由新变旧,由青涩走向苍劲。

扩容的卡夫卡斯饭店打出了哑剧表演重新开张的广告,是卡乔洛夫斯基选中的一位街头表演者,他的同胞。广告还说:在这里,你将品尝到或许在莫斯科和圣彼得堡都吃不到的正宗俄式贵族菜肴。董事会主席帕舍维奇半开玩笑地对卡乔洛夫斯基说,这是真的吗?卡乔洛夫斯基说,我出高价聘请礼查饭店二号厨师,那可是我的老乡,叶卡捷琳堡人。董事长您看吧,用不了多少时间,卡夫卡斯将闻名这个远东最大的国际城市。帕舍维奇心想,我真没看错人。在这个东方的圣彼得堡,我们已经建立了自己的事业。

饭店重新开张第一天,卡乔洛夫斯基宣布,按照中国人的习惯,第一天来的顾客用餐将打九折。以后在每个周末的晚上,将专门辟出一个时段让那些食不果腹的人们免费领取一个面包和一份罗宋汤。

卡乔洛夫斯基说这句话的时候,出现的是当年他沿着霞飞路一路乞讨的画面。

卡夫卡斯风靡大上海。不仅租界,华界的有钱人到卡夫卡斯用餐,对自己是一种感觉,对别人是一种身份。

这年年末,卡乔洛夫斯基搬进了辣斐坊,霞飞路上最繁华的地段。几个月后,他和罗诗茵的儿子诞生了。夫妻俩就叫他小卡乔,中文名罗叶沪。

两年后,沪上媒体接连爆出两条消息,被处五年监禁的卡扎科夫越狱。几天后,雷斯金在狱中暴卒。法医鉴定结论为食物中毒,却迟迟没有公布毒源。

二战结束了。一个夏天的上午，几乎所有白俄都看到了黄浦江边停泊着的一艘名叫"伊里奇号"的大轮船，那是苏联政府前来接他们回国的。人群中的卡乔洛夫斯基带着罗叶沪看着这个场面，百感交集。罗叶沪问道："爸爸，他们要到哪儿去？"卡乔洛夫斯基不知道怎么回答这个问题，想了半天说，"他们去他们应该去的地方了。""那我们呢？我们上不上大轮船？"卡乔洛夫斯基脱口而出，"不，我们不上大轮船，我们的家在这里。""爸爸，你为什么哭了？""爸爸在和你的爷爷和伯伯说话呢。""爷爷和伯伯在哪里？"卡乔洛夫斯基指指自己心脏的位置，"在这里。以后你也要把他们放进去。"他又点了点罗叶沪的心脏。

一千多名白俄往船上挤着，他们的眼睛里含着不舍，含着湿润，他们向给予了自己生存的第二故乡挥手作别。当年，俄侨诗人阿恰伊尔曾写道："即使山穷水尽，濒于绝境，我们也从未低头认命，虽然被逐出国门，漂泊四海……"

这天下午，卡乔洛夫斯基和帕舍维奇通过报纸向上海俄侨发出邀请，在他们离开上海之前，卡夫卡斯饭店将免费为他们饯行。

进入子夜的上海。舞厅、爵士乐、杜松子酒，还有卡夫卡斯的店招。它们日复一日地装饰着这个城市的欲望、快乐、惊喜、悲惨。灯火电焰，声光撩人。

一九五五年初春时节，作为苏联集体撤侨的最后一批侨民，卡乔洛夫斯基与妻儿洒泪挥别，离开了上海。从此天各一方，杳无音信。

一九九二年，叶卡捷琳堡最古老的街道瓦伊涅拉街上，一位年过花甲的老人步履匆匆。按照父亲在信中的地址，他一路找过来。是一间不上锁的破旧房子。进去一看，估计有三十几平方米，几件老旧家具落魄地散放着。难道这就是父亲的居所吗？他一个人在这里待了三十几年？正在踌躇，有蹬蹬的脚步声传来，然后是一个似曾相识的声音，"先生，请问您找谁呀？"说的是俄语。老人回头一看，心里震了一下，真是分别了三十几年的父亲吗,他怎么不显老啊,身体挺得绷直。对方好像猜出了他的心思,用中文说:"我的儿子,小卡乔,难道还有什么不相信的吗?我就是老卡乔,你的爸爸。"

罗叶沪全身洋溢幸福,上前抱住老卡乔,眼睛湿润了:"爸爸,你还好吗?这么多年你这是怎么过来的?"

"啊,我就是这么过来的。你看,我不是好好的吗?"

"爸爸今年已经八十九岁了对吗?"

"对呀,你记得真清楚,像不像啊?"

"不像,真不像。我们俩在街上走,别人还以为我们是兄弟呢。"

"小赤佬,你真会拍马屁。来,我带你去看看我的园子。"

罗叶沪跟着老卡乔来到屋子的后面,是一个二十几平米的花圃,色彩艳丽,花香四溢。他不禁感叹:"太好看了。真是太好看了。我知道爸爸为什么不显老了。"

"是啊,是啊。十几年前我可是比现在老多喽,自从有了这个花圃,竟然一天比一天年轻起来。"忽然他停顿下来,"不对,光顾说我了,说说你妈妈。"

"对了,妈妈最喜欢花了,她要是看到这么多花,该多高兴啊。"

"别说花,说你妈妈。"卡乔洛夫斯基打断了罗叶沪。

罗叶沪从包里拿出厚厚一叠信,双手捧着交给老卡乔,"爸爸,这些都是妈妈偷偷给你写的信,但是一封都没寄出过。"

老卡乔接过信,快步走回屋里,急切地打开。

二十多年前,罗诗茵因为卡乔洛夫斯基妻子的身份成了"苏修特务"被投进监狱。出狱后她把她的青春岁月和屈辱经历写下来,写给身处遥远的丈夫,写给不知道她这辈子还能不能相见的卡乔,这是唯一可以使她排遣寂寞寄托思念的方式了。直到有一天,她再也写不动了。

卡乔洛夫斯基的眼泪泅湿了信纸,字迹模糊起来,但他仍埋着头看着,一封接着一封,信里的文字和他们的恋爱结婚生子奇妙地缠绕在一起,在他和罗诗茵的世界里时光穿梭……他把这些信捧在手里,抬头望天,嘴里默默念叨着……

罗叶沪看着父亲的样子,心中戚戚,他不知道怎么对父亲说已经在另一个世界里的妈妈。父子俩相对无言,眼眶里盛满泪水。

一个月之后,老卡乔在儿子的陪伴下登上飞往上海的航班。屈指数来,距离上一次在吴淞口的难民船里,已将近七十年。

杜瓦尔在法租界的巡捕生涯

1

十几年后,混血儿杜瓦尔像母亲一样突然从布列塔尼消失了,像一叶浮萍一样漂到了他做梦都想不到的地方——上海。

在杜瓦尔的幼时印象中,哥伦比亚裔母亲就像个影子,突然附在他身上,然后又突然消失了。杜瓦尔不是浮萍,他原是一名法国陆军士兵,后被招募到中国上海法租界,成了一名警察。他想,也许母亲的影子再次附在他身上了,所以他根本不在乎到哪里,再说布列塔尼只是他的出生登记地,在他二十出头的身世里,那里只不过是个符号,跟他并不存在多少关系的符号,只是在他填写履历时才写出的几个字母。父亲是沉默寡言的人,禁不住杜瓦尔的追问,说起前妻,就轻描淡写的一句话,我也不知道她是怎么来布列塔尼的。然后习惯地哼一声,或者干脆按捏鼻翼,左右开弓,从两个孔道里射出两道锐利的水线,仿佛那个跟他有过婚姻关系的女人只是他鼻腔里的分泌物。

读了中学的杜瓦尔就不再问,因为他受不了父亲夸张的行为艺术。虽然母亲只是他心目中的影子,但潜伏在基因里的母子关系使他常常莫名其妙地思念这个影子,有时甚至想,如果这个影子一直罩着他该有多好。跟父亲的寡言不同,杜瓦尔天生就具备了饶舌的天赋。父亲有时会突然照着他的屁股来上一脚,骂道,真像个娘们,整天叽喳个没完。他不敢跟父亲有半点违拗,趁着第二脚没到,赶紧撒腿。直到他穿上军装那天,父亲对他说,一个男人,别整天叨叨,别像那个坏女人(他对前妻的称谓)的一张嘴,什么都能说,你都能被她说晕。杜瓦尔明白了,母亲的影子实际上一直罩着他,也许老头就是给哥伦比亚女人说晕的,然后就有了他。不过这也没什么不好。所以杜瓦尔出了门便把父亲的临别赠言抛到脑后,秉性完全不改。训练战时之余,杜瓦尔成了兄弟们的调味剂,他可以轻松地把战场上的所见所闻变成他胡侃的源泉。

来到上海,他很快适应了这里,很有如鱼得水之感。这条叫作薛华立路(今建国中路)的街道,民舍,树木,甚至空气,都有点故乡的味道,这时布列塔尼的印象似乎一下子清晰起来。他没有去过巴黎,但巡捕房总监维尼奥先生总是对包括他在内的几个为数不多的法国血统的同事说,如果这里再造个凯旋门,就和巴黎没什么两样了。杜瓦尔有一张能说会道的嘴,加上他八面玲珑,机敏圆滑,很快就成为维尼奥总监赏识的人,不久就获得擢升。

杜瓦尔心不在焉地摆弄着纸牌,纸牌们在他的调度下兜兜转转,翻来覆去。他喜欢一个人玩这个纸牌赌博小游戏,那是他在军营里学会的,他无师自通地看了几遍就会了。现在他手下有来自俄国和安南的巡捕,还有上海本地的华人巡捕。他们就像这些纸牌,可以让他随意调动。在巡捕房,玩纸牌他们都不是对手,所以他只能自娱自乐了。这方面他是个天才,父亲在他童年时就这么评价过。不过,最近他又迷上了国际象棋,因为维尼奥总监也喜欢。他整天埋头研究棋谱,但是国王王后都犟头倔脑的,跟他拧着劲。什么时候才能跟总监对弈,这是他最近一段时间想得最多的事。

都说法租界是上海秩序最好的地方,但也有嚼着法式羊角面包的人把上海称为罪恶的渊薮。中国全面抗战开始后,因为有租界的庇护,中国各方势力就把这里作为他们的博弈之所,所以乱世之中的法租界其实很难恪守中立之道。

休息日的晚上,杜瓦尔去霞飞路上的弟弟斯夜总会消遣,越喝越多,后来就稀里糊涂睡过去了。杜瓦尔就有这样的本事,喝多了随时能睡过去,然后无声无息地醒过来。醒过来的时候,邻近座位上多了个女人。一个穿着不算时髦,好像不适合在这里出现的女人。她举止优雅,神情安逸。杜瓦尔忍不住瞟了两眼。杜瓦尔习惯了上海,觉得上海女人是一道风情。她们穿着那种叫旗袍的服装,腰肢和臀部在它的衬托下,婀娜,摇曳,性感。如果腰际线长一点的话,颇有蛇的韵味。杜瓦尔这才明白为啥上海女人老是要说哆,她们说这个字的时候,常常会情不自禁地附加腰肢的扭动,让杜瓦尔十分着迷。但是杜瓦尔不认可人们说上海女人最摩登,因为中国人并不知道摩登是什么。和法国女人比,上海女人太不张扬了,太不会表现自己了,她们的摩登是潜伏在身体内部的。杜瓦尔这么一想,眼睛就一再向女人那边瞟,好像要把摩登从这个女人身上剜出来。

女人显然感到了这样的瞟,应该说早就感觉到了,但她没有一点反应,安静地品尝着自己手里的那一杯。在这个地方,女人才不会因为被男人瞟一下扭头就走的。他又开始瞟过来了,女人暗自笑了一下,这让她的眉纹微微抖了一下。对正徜徉于摩登的杜瓦尔来说,这样的抖是致命的。女人当然知道,所以她很吝啬,只抖了一下。她似乎料定这个脸颊刮得发青的法国佬不会止步于这一瞟。杜瓦尔如她所愿地向她靠近。她仍是一副什么都不知的清纯样子。杜瓦尔的思维停滞一般,脚却坚定地向女人移过去,仅有一步之遥,好像很远。当兵之前他曾有个女友,是他的乡邻。从他将要踏入军营的几个星期前,两个人像是要把他踏上战场之后的未知数全部埋葬一样,如饥似渴地拥有和被对方拥有。杜瓦尔很满足,他是个十足的今天不知道明天派,反过来也一样,明天不知道今天。这是正比关系。此刻充斥他大脑的就是面前这个女人。这个女人充满谜团,等着他去揭开。他要把她藏在身体里的摩登牵引出来。他相信自己能做到。

他跨出一步之距,然后问她:"我能坐在这里吗?"说的是英语。他想她应该听得懂。但是她连看都没看他一眼,背朝着他点了点头。杜瓦尔稍显失望,但这个念头稍瞬即逝,因为他坐下来的时候,再次瞥见了那条微微抖了一下的眉纹。漂亮的,简直可以为之心醉的眉纹。正当他为自己这个想法而激动,想着如何问第二句时,女人转过头来问他了:"先生,怎么称呼您?"用的也是英语。他听出来了,是带着美式味道的英语,也许是美国人的圣约翰教会学校的味道。是啊,在这座城市里,美国人远比法国人多。

"杜瓦尔,我叫杜瓦尔。请问小姐……"

"杜瓦尔,杜瓦尔。"第二遍近乎精准,然后她说,"我叫骆之茜。"

"露,子,茜。"相比于骆之茜,他重复得有点费力。所以骆之茜笑了,笑得那道令杜瓦尔心醉的眉纹欢快地跳跃起来。于是他也笑起来。

"请问杜瓦尔先生是……"

"法国人。"这次他用了法语。

骆之茜学着他说话的语调,然后摇了摇头:"还真绕不过来。"

这次杜瓦尔笑了,却笑得矜持。

然后他为她点了一杯不知名的红酒。他似乎带着抱歉一笑:"对不起,这里不可能有更好的牌子了。"

"我想,只要杜瓦尔先生愿意好好找,还是可以找到的。因为这里是你们的地盘。"

"露小姐说得对,如果您愿意接受我的邀请,我可以带您到这条街上最好的酒吧去。我提议,为我们的相识干杯。"他举起了酒杯,骆之茜也跟着举了起来。她说:"我记住了您的邀请。会有机会让您兑现的。"她同时也接受了"露小姐"这个称呼。

后来骆之茜想,多亏自己没把中学英语教师的那点家当全部丢掉。他给她第一眼的感觉就是精明和机灵,不加掩饰的,与生俱来的。她就喜欢这种类型。二十三岁那年她投笔从戎,人们的视线中消失了一个称职的女教师,这是她遵纪守规的结果。骆之茜这个名字新鲜出炉还未满月。骆之茜曾有过三个前世,分别为了三次不同的任务。这次任务之前,一位她从未见过的重庆官员和她谈过一次话,说这次任务的人选由上峰确定,期待很高。她脑子里一下子纷乱了,上峰是谁呢?是戴老板还是别的人?重庆官员似乎看出了她的内心,沉下脸说:"不管是谁点了你的名,都是你的荣誉,你必须为这一荣誉全力投入,达到目的,哪怕身家性命。"这句坚硬的话就像一只马蜂,蜇了她一下,让她瞬间疼痛,马上就清醒了。她立刻站起来,向对方敬礼,然后短促地说:"是。请上峰放心。"重庆官员对她点了点头,示意她坐下,算是抚慰了,又说:"上峰的选择不会错,本人也这么认为。骆之茜同志。""到。"她本能地又站起身来。"坐下,放松点。"重庆官员说,"任务机密,我也只是传达口信。一切以上峰指令为准。告辞了。"直到重庆官员的背影消失,骆之茜仍然有点恍惚。她揪了一把大腿,让思绪恢复正常。翌日傍晚,她就出现在夜总会里。毕竟是第一次跟老外打交道,她告诉自己放松些,但身体还是紧绷的。她明白其实她的坐等,就是因为自己的紧绷。她紧绷着,连思考都发生了持续的障碍。好在红酒下肚后,她渐渐恢复了柔软舒恬,这是她的天性。她感觉得到,对方兴趣盎然,快要借助形体动作了。这又是他的嗜好,还是不加掩饰的。当然,法国人嘛,这种货色多如牛毛,也证明他绝非假货。不过,她要遏制住这样的嗜好,让他知道轻重。在一个中国女教师面前,应该表现出应有的涵养,要学学英国人的绅士风度。

杜瓦尔毕竟是聪明人,结识一个上海女人已经是他的成功了。上海女教师可不是法国小妞,张扬外露,男人几句甜腻腻的话听得舒服,就离投怀送抱不远了。慢慢来。他相信自己的魅力。不过,眼下他还不能告诉她自己是法租界巡捕。维尼奥总监告诫过,我们经营的是租界,我们无需参与华界的事,尤其是华人的党派之争。也不要随便公开自己的身份。杜瓦尔赞同总监的规定,虽然有时他也觉得这种规定常常受到无形和有形的损害。所谓租界的中立是否会使租界变成华人争斗的一枚棋子呢。

他的担心是有理由的,但这轮不到他来评论或者改变什么,他只能埋头干好自己的分内事,然后就像上海人经常挂在嘴边的一句话,现在也常常挂在他的嘴边,出去散散心。散心而不散形,真正的目的在于后者,不能一散到底,散之而后聚。所以上海人又常说,收收心。这的确是卓越的东方智慧。这智慧在他心里打着转,让他明白一件事情,要散得开,也要收得住,这才是散之本意。这样说来,租界行政当局不能对租界里政治势力的角力争斗熟视无睹,甚至置若罔闻。这样做的结果便是人家越来越不把你放在眼里,反而觉得自己可以在这个地盘上肆意挥洒。

骆之茜暗暗对自己说,但愿这是个好开端。

2

梁斌仁仅仅是巡捕房的译员,但谁都不敢小瞧这个二十刚出头的年轻人。因为所有来自领事馆和公董局的公文都要经过他这一道,然后把它们分发到该去的地方,在不少人看来,这是一种无形之权。他的法语英语俱佳,他和几个法国血统的巡捕开玩笑的时候,俄国、安南和华人巡捕都只能瞪着眼睛发呆。其实除了维尼奥总监,梁斌仁心里根本瞧不起那些家伙。如果在法国,他们可能是连工作都找不到的街头混混,只有杜瓦尔和少数几个人曾有从军的履历。听说杜瓦尔是混血儿,但从来没听他自己说起过。这可以理解,就像他自己,这一口流利的法语也是来自法国籍母亲的耳濡目染和他在巴黎的求学经历。但母亲对他说的最多的一句话却是,你的父亲是中国人,你就是中国人。将来你要去中国为自己的祖国服务。因此他回来了。不过这不是他的理想,他从来没想过要当警察。租界的警察,等于外国警察。他一直保持着在法国读书时的习惯,每天从霞飞路华龙路(今淮海中路雁荡路)上的康绥公寓出门步行半个小时到薛华立路办公。一路走来,总有一种说不清道不明的情绪伴随着他。他学的是政治,公董局管理机构几乎涵盖了一个政府应有的一切,但它的管理是缺乏力量的。作为巡捕房的人,必定会对秩序格外关注。但他看出来,这个秩序并不是由租界当局控制相反常常被本地帮派左右。他不知道该为这种情绪遗憾还是庆幸。他的身份使他难析是非。一个华籍法国警察,在这个叫作租界的地盘上行使权力,但如果是黑社会,即使总领事先生也不能奈何他们。

巴黎并非对上海租界睁一只眼闭一只眼。一年多后,贝尔纳先生被任命为新的总领事。接着,贝尔纳总领事又任命了巴斯蒂昂为巡捕房新任警务总监,虽然他原来只是个少校。维尼奥把巡捕房旗帜交给他的时候,都没正眼看过他。贝尔纳带着巴黎要求整肃租界的命令,显得十分高调,巴斯蒂昂当然也紧跟着高调。他的高调立即让梁斌仁的工作快了至少一倍节奏。贝尔纳先生精力充沛,几天就给一道指令,大部分需要巡捕房执行。巡捕房显然不适应这样的新节奏,巴斯蒂昂整天僵着一张脸,他是巴黎人,有着与生俱来的高傲。因为语速极快,使两抹修理精致的小胡子显得非常具有动感,可能由于他的门齿缝隙过大,吐沫就会出其不意地溅出,凝聚成刺目的白点,如果恰巧跳到棕色的小胡子上,听他说话的人就会忍不住喷笑。不过这的确是需要忍住的,因为对高调又十分在意自身形象的巴斯蒂昂总监来说,这是不可容忍的。梁斌仁就是忍住的一个。他总是十分得体地把文件夹送上,然后肃立,在一旁等待指令。巴斯蒂昂可不像维尼奥先生,随意,闲适。维尼奥说法国人都这样。梁斌仁同意这种说法,以他在法国十几年的生活经历足可佐证这句话的准确性,所以他感觉新总监更像一个德国人。巴斯蒂昂要求他等在门外,随时听候调遣。如果有事,他会摁响门铃。

知了在树上鼓噪着,梁斌仁穿着从法国带回来的一套白色短衬衫和西装短裤,健步如飞地走在大街上。当他热汗涔涔地跨进大楼,门房就跟在他后面,到办公室门口,把厚厚一沓文件递到他手里。他把文件往桌上一放,奔向盥洗室,用最快的速度擦去汗渍,然后埋头整理文件。电话铃响了起来,他接起来,传来巴斯蒂昂的声音,有一份总领事先生给我的急件,请快送到我这里来。

梁斌仁感觉汗又从毛孔里滋出来,他一目十行地挑着,终于挑出来,然后奔跑着到三楼,简直是跨栏的姿态。到了总监办公室门口,他才定了定神,然后敲门,进门,敬礼,递上文件。然后以标准的姿势出门,关门。在门外肃立。

很快就传来了铃声,梁斌仁推门进入。巴斯蒂昂指着急件说:"梁,你知道这个叫屠喧伍的人吗?"

"报告总监,我不知道,只是听说过。"

"嗯,你听说这是个什么人?"

"据说此人在租界很有势力。"

"很有势力。"巴斯蒂昂站起身来,"其实我看过他的材料,对这个人在法租界的所为感到惊奇,他好像没把租界当成我们的地盘,随心所欲地做着自己的事,违法的事。我更加惊奇的是,巡捕房竟然置若罔闻,从来不敢惹他。"他丝毫不掩饰自己对前任的不满。

梁斌仁静静听着,不说话。

"梁,你立即给我拟一道命令,从今天起,巡捕房所有人员不得请假,随时准备行动。"

"是。"

梁斌仁想,究竟发生了什么事,让总监先生如此恼怒。至于这个屠喧伍,他知道的并不比别人多。他来上海只不过短短两年,而且大多时间在巡捕房,然后回到公寓。他对社会上的事也不太关心,除非涉及自身利益。

一路想着起草命令的事回到自己的办公室,却已经有一个人坐着。"啊,杜瓦尔先生,你找我吗?"

"正因为没事,才到你这里来。"杜瓦尔耸耸肩。

"你的意思是说,我也是个闲人喽?"

"梁,你误会了,我是说,我很无聊,想来找你聊聊。"

梁斌仁对杜瓦尔做了个手势:"嘘,别这么说。难道你不怕坏了新总监巴斯蒂昂先生的规矩吗?"

"什么规矩?"杜瓦尔凑近梁斌仁。

梁斌仁皱了皱眉头,答非所问:"杜瓦尔先生,你用的是劣质香水吧。你赚的可不少,别这么小气。"

"梁先生,你还没回答我的问题呢。"

"还真是不依不饶啊。巴斯蒂昂总监马上就要整肃了,以后我们不能老是聚在一起喝着咖啡谈天说地了。简单地说,办公期间不得随便串门。明白吗,亲爱的杜瓦尔先生?"

"啊,明白了。看来你是从总监那里得了新的指令吧。能先透露一点吗?"

"那可不行。我不能坏了总监的规矩。不过我保证,明天你就能看到新规了。"

"好吧。梁,你真是纪律模范,你会很有前途的。我也举双手拥护整肃。告辞了。"

梁斌仁突然叫住了他:"哎,你知道一个叫屠喧伍的人吗?"

杜瓦尔突然滑稽地笑了笑:"你为什么问这个?"

"没什么,随便问问。"

"这个人嘛,我知道。是这个。"他翘了翘大拇指。

"哦,这么厉害?"梁斌仁也学着他翘着大拇指。

"别大惊小怪。法租界其实很复杂,用你的祖国的话来说,叫暗藏……乾坤。大概是这个意思。"

"你太厉害了,我都不知道什么是暗藏乾坤。"

"那当然,我可比你多了好几年的资历呢。"杜瓦尔又习惯地耸耸肩,脸上浮起得意的笑容。

"那我可得从你这里拿走点什么。"

"那要看你怎么拿了。告辞了,梁先生。"

"再见。杜瓦尔先生。"

迈出门的时候,杜瓦尔的脚步轻盈而舒畅。他早已注意到梁斌仁急匆匆去新总监办公室的样子了。以他的揣摩和观察能力,他觉得这位新来的总监与维尼奥先生很不一样。那天他去送维尼奥,感到前总监有点懊丧,也有点凄凉。回到法国,不知道等待自己的将是什么。杜瓦尔一路上也没有了平时的滔滔不绝,直到离别,维尼奥先生对他说:"好好干,杜瓦尔,我相信你一定会前途无量的,你很适合干这个。"杜瓦尔说:"我永远都不会忘了先生的栽培,我会记住您的话。"两人紧紧拥抱,然后作别。

送走维尼奥,杜瓦尔一路上都在琢磨,巴斯蒂昂先生到底想干什么呢?现在似乎有了答案。

3

第二天,巡捕房张贴栏里就出现了新的告示。

杜瓦尔在告示下面站了一会儿,想起昨天和梁斌仁的对话,明白了。巴斯蒂昂总监要动屠喧伍了。但屠喧伍是法租界呼风唤雨的人物,动得了他吗?

在巴斯蒂昂的亲自指挥下,巡捕房全员出动,烟馆赌场、酒肆青楼、街头巷尾来历不明的铺子暗店一时间翻云覆雨,鸡飞狗跳。按照指令,杜瓦尔带着一个探组直接去了贝当路(今衡山路)上的毕卡第公寓,据说那里是屠喧伍经常出没之地。按巴斯蒂昂的说法,要给他来一个突然袭击。但是扑了个空。公寓里走了一遍,找到一个可疑的瘦小老头。瘦小老头对这些巡捕抬抬眼皮就不管不顾了,连人家来干什么都懒得问,一看就是经过大世面的。有个华捕问:"喂,老头,屠喧伍来过吗?"老头撇撇嘴:"你自己看啊。""我自己看还问你?"华捕有点按捺不住。老头像是说给自己听的:"哼,关我啥事体。"华捕一把拉住他宽大的衣领,老头眼睛就瞪起来了:"放开,这里是法租界,别乱来啊。"杜瓦尔对华捕说:"不要这样,他不愿说就算了。"梁斌仁用中文重复了一遍,华捕才松手。老头从容地整了整衣领,对华捕说,"好好学学,小赤佬。没爷娘教训的东西。"华捕很气愤的样子,用手指着老头还想说什么,梁斌仁一把拉开他,上前问:"老爷叔,屠先生这几天来过这里吗?"老人叹了口气,说,"嗨,不瞒侬讲,我也在寻屠先生,这段辰光连伊人影子也不见。"梁斌仁把话翻译给杜瓦尔,杜瓦尔沉思了一下,说那我们就走吧。然后背转身带头走出了公寓。瘦老头表情滑稽地嘿嘿一笑,摇了摇头。

下午,所有外出的警队都回到了巡捕房。巴斯蒂昂的脸色本来就红,因为情绪激动显得更加盎然。他集中所有警员训话,这是他上任后的第一次。

"先生们,今天的行动令人振奋,我为所有参与的人感到骄傲。一段时间以来,法租界混乱无序,藏污纳垢,黑社会肆无忌惮,为所欲为。这是法租界的耻辱。我来的目的就是要整肃秩序,结束令人难堪的耻辱。上海对于我们是重要的,法租界更重要。我希望诸位全力以赴,重树法租界巡捕房的威严和信心。一个小时之后,贝尔纳总领事将召开记者招待会,本人将向媒体郑重宣告我们的行动。明天,上海所有的报纸头条都将报道这件事。请诸位记住,我们今天的行动将在法租界留下重要的一笔。"

杜瓦尔的脑子飞速绕弯。以他对租界地面的了解,总监的决心颇有疑窦。这种雷霆式的整肃手段能达到他期望的目的吗?他想起维尼奥的临别赠言,心里跳了一下,我抓得住这个机会吗?

瘦小老头把几份报纸拿给屠喧伍:"屠先生,你看,他们出风头啦。"

屠喧伍接过报纸,认真浏览着,然后点燃一支烟,喷在报纸上,慢悠悠地说:"好嘛,风水轮流转,风头大家出,再看看,法国人究竟要做啥。摸准路子再讲。"

"是啊,屠先生肚皮里的套路法国赤佬哪能看得懂。"

"叶老啊,侬现在套路也不坍板啊,一句话就拿这帮小赤佬顶回去了。"

"这帮小赤佬,不晓得上海滩水有多少深,天有多少高,就想寻事体,还嫩咴。不过屠先生我跟侬讲,我看带头的法国人倒是蛮有城府,说不定会来寻阿拉麻烦啊。"

"有城府就好。怕就怕戆头戆脑冲到底不转弯的人。要来寻我麻烦总归不是介便当的。"

"屠先生,不管哪能讲,这趟被巡捕房冲一记,损失还是蛮大,总归肉痛啊。"

屠喧伍抽一口烟,打了个喷嚏,又拿桌上的小挖耳勺掏了掏耳朵,这是一个固定的程序。弄舒服了,他仍是慢悠悠地说:"这点东西算啥,搭我当年闯上海滩,拜码头结交兄弟花的钞票比起来,九牛一毛。再讲,我会叫伊吐出来。"

贝尔纳这几天沉浸在兴奋之中,巡捕房的行动使他的整肃计划有了良好的开端,虽然没有找到屠喧伍,但这家伙一定已经闻到风声了。震慑一下,让他收敛点。门铃响了,一位秘书递上一个包裹,上面用中法两种文字写着:贝尔纳总领事先生亲启。

这样的包裹隔几天就有,贝尔纳让秘书放在桌上,继续批阅公文。下班后他拿起了包裹,感觉有点沉。他小心翼翼地打开,先是一个锦缎盒子,典型的中国味道。打开盒子,里面躺着一个瓶子。色泽素雅,釉面洁净。啊,原来是一件传统中国瓷器。它的样子像个缩着脖子的人,应该是个男人,因为脖子下面是对称高耸的肩胛,然后一直往底下收紧。它的线条外观又像极了女人,圆润剔透,挺拔秀丽。像很多有地位的法国人一样,贝尔纳也喜欢中国瓷器,小时候在博物馆里见到的那些中国瓷器就让他惊叹,可是现在,他想不起来这瓷器叫什么名字了,只能暂时把它叫作瓶子。他捧起瓶子,左看右看,爱不释手。这样把玩了一会儿,放下,才发现盒子里有一张纸条,是竖着写的一行汉字:宋定窑梅瓶醉乡酒海。落款是屠喧伍。贝尔纳因为喜欢中国文化学过几天中文,他认出这些字的同时也想起了梅瓶。对呀,就是梅瓶。但是,这个梅瓶竟然是屠喧伍送的,这使他刚才的欣喜猝然消失。

这不是挑衅是什么?

这个屠喧伍果然不是常人。

贝尔纳看看梅瓶,价值连城的梅瓶,如果真像那行字写的那样,是宋定窑的,简直不可估量。他得把这个稀有之物藏起来。但这个梅瓶又像一个虎视眈眈的家伙,盯视着他,不,不,它很像个炸弹。中国人讲究面子,但是屠喧伍,本总领事是绝对不会给你这个面子的。

第二天一早,贝尔纳悄无声息地化了装,把自己弄成一个看上去有些潦倒的法国侨民,带着梅瓶在大街上找鉴定行。这是一次带有冒险的行动,但他必须这么做。跑到第五家时,他觉得应该没问题了。每一次他打开这个盒子时,都可以清晰地看到鉴定师眼睛里突然放出的光以及对方对他的狐疑。这个梅瓶果真是宋定窑的。屠喧伍没有作假充数,这也说明他是有诚意的。

贝尔纳看着梅瓶,心里酸涩,只能跟这稀世珍品告别了。他叫来秘书,告诉他马上准备开记者招待会。秘书问是什么主题,他不忍地指了指梅瓶。秘书似有不解,也许他认为,这不是记者招待会,而是文物拍卖会。贝尔纳也理解,他后来又说了一句,你只要把上海最有影响的中外报纸全叫来就是了。又叮嘱了一句,不要那些无聊小报。

第二天的《申报》以"稀世珍宝突降领事馆,神秘贿主究竟是谁?"为题报道此事。几乎所有中文报纸都像《申报》一样对屠喧伍讳莫如深。虽然外文报纸直接把屠喧伍晾了出来,但言辞中似乎还颇为客气。

贝尔纳气愤地摔着报纸,对副领事发火:"看看这些记者都说了什么,他们难道都是这个屠喧伍的朋友吗?我开记者招待会难道就想达到这个目的吗?"

副领事耐心地听着,然后说:"贝尔纳先生,上海的情况很复杂,尤其是法租界,这个屠喧伍的势力远非我们想象的那样一击就破。所以记者们的言辞就可以理解了。"

"那我们就放任下去？您知道,我们是奉命整肃的。人没见到,还出现了这样的事情,真是令人沮丧。"

副领事说："贝尔纳先生,跟这种人打交道要有足够的耐心,再说,他们在这里经营多年,扳倒他很不容易。"

想不到这话更刺激了贝尔纳,他大声说道："总有一天,我要把这个家伙从法租界驱逐出去。"

还没等他驱逐,一件大事却在悄悄酝酿了。

4

宋定窑梅瓶事件见报后,屠喧伍有点挂不住了。他在屋里闷着,吩咐叶老,不准任何人来打扰他,叶老亲自给他送饭。说是吃饭,也就是扒两口了事,一点没胃口。胃内容物大部分由烟充填着。到了第三天上午,叶老说："屠先生,侬应该出来了,否则弟兄们都要急煞了。"

"搭弟兄们讲,勿急,过两天马上要有生活做了。这一趟,我一定要拨这个法国佬一点颜色看看,让伊晓得点轻重。"

叶老说："屠先生,身体当心。侬瘦了。"

"叶老,侬放心,再瘦也不会像侬一样。"果然第四天,屠喧伍精神抖擞地出现在众人面前。第一句话就问："在座的都晓得法商水电公司吧。唔,晓得就好。弟兄们晓得吗？最近一段辰光,交关工人埋怨工资太低,屋里厢柴米油盐快要断档了。大家也晓得,阿拉好几个兄弟也有在法商公司上班的,也向我诉苦,我只好偷偷弄点帮伊拉救救急,但总归不是办法啊。这样子下去哪能办？我想过救济伊拉,但人家老板是法国人,我去救济说不定要被法国人骂山门。日脚总归要过下去,工人饿了肚皮哪能做得动生活。弟兄们大家动动脑筋。"

好一阵子,有人无奈地说这桩事体阿拉老早就晓得了,大家心里憋着,生怕跟法国人闹僵。这里是人家的地盘啊。也有人说法国老板做事不上路,我们总不见得等着饿死。大家议论纷纷。屠喧伍用食指敲了敲桌子,说:"阿桐啊,侬有啥想法?"

阿桐大名杨桐森,近两年在法商工会工作。他投到屠喧伍门下时间不长,因为机敏深受屠喧伍喜爱。他知道屠喧伍的意思,想通过他的嘴说出来,不过他还是先谦虚了一下,说:"屠先生,我是小字辈,在各位前辈大哥面前不敢乱讲。"

"阿桐,大胆讲嘛。"

杨桐森明白,这就是指令了。

杨桐森说:"小弟认为,既然在法租界,在法国人的公司混饭吃,就要按法国人的规矩来。法国人啥规矩,工人不满意资方,游行示威,罢工,谈判,谈不成,继续罢工,一直到谈成再复工。人家有法律保障的,就是法国总统也没办法。"

屠喧伍敲敲桌子,接着轻轻鼓起掌来。

大家接着鼓掌。

"阿桐思路清爽,大家看看,这桩事好办哦?"屠喧伍语气中充满赞赏。

"屠先生,阿拉听侬号令。"

"哎,这桩事体我是叫大家来商量的,我不好出面。至于做生活嘛,弟兄们给我一个面子,听阿桐号令。因为阿桐本来就在法商上班,工会里也熟悉,了解情况方便。"

众人面面相觑,似有难色。

杨桐森这时站起来说:"屠先生,小阿弟最多敲敲边鼓,此地都是前辈大哥,小弟不敢发调头。"

屠喧伍先示意杨桐森坐下,然后扫视众人,眼睛里的光不像刚才那么柔和了,他稍稍提高了些嗓门:"大家看看,阿桐可以发调头哦?唔?"目光又转向杨桐森,"阿桐啊,不要有啥顾忌,当年我跟着老大跑码头,还没有侬现在这样大,见到的都比我大。但是老大讲了,做事要看年纪阅历,也要看魄力手腕。阅历都是练出来的嘛。我不是讲在座各位兄弟不如侬,而是侬现在做这桩事体最方便,再讲也好让侬练练手。不过侬要上心,事体办不好,也要吃苦头的。好了,我讲好了,回去休息了。"说完,屠喧伍站起身来,走了。

这就是说,谁都不许再有异议了。

到走廊的时候,屠喧伍听到了大家的喧嚷:"阿桐,侬放心,阿拉听屠先生的。侬发调头。"

屠喧伍摸一把自己瘦削的脸,微张开嘴,嘴角往两边牵了牵,算是笑过了。

贝尔纳接到法商罢工的消息吃了一惊。他立即打电话给公董局询问情况。公董局的回答很模糊,贝尔纳气哼哼地摔了电话,心里又怨恨起他的前任来。巴黎要求整肃,其实就是来擦屁股的。他才刚刚开始,离目标还差得很远。宋定窑的事情还没完,现在又突然出现了罢工。当然,罢工对他来说并不算什么,但是为什么偏偏就在这时发生呢?他停顿了转来转去的身体,操起了电话,语气像一串沸腾的气泡:给我接巡捕房巴斯蒂昂总监。

巴斯蒂昂也正在头痛。罢工引起了法租界各行业的热烈响应,连公共租界和华界都声援表示了支持。不仅如此,垃圾工、搬运工又相继罢工,连锁反应了。这座城市的最繁华地段陷于瘫痪。他这个总监纵是三头六臂也顾不过来呀。巡捕房所有人员都派出去了,调查,处置,传唤,拘捕。

杜瓦尔正在四马路一品香等一个人。他早于约定时间十分钟前来,这对一个法国人来讲是颠覆性的,因为迟到才是他们生活的本质。谁都可以从容不迫地迟到,并不需要任何理由。但他坐等的对象就像故意要测试他的耐心,已经过了二十分钟,连影子都没出现。就在他再次低头看表的时候,一个人幽灵一般在面前坐了下来。他赶紧站起身来,微微倾了倾身体，向对方伸出手，用不太标准的汉语说："叶老先生，您好，欢迎光临。"

叶老握住杜瓦尔的手，轻轻摇了摇："杜先生，幸会幸会。"

这双手青筋绽突，手背上褐色的斑斑点点清晰可见，但杜瓦尔可以清楚地感受他的握力。杜瓦尔说："叶老先生，我们是第二次见面了。用中国话说，叫做'不打……不相识'。"

"不过杜先生，你没打我呀，见我一个老头子可怜吧。我当时心里就想，还是法国人懂事，不像那个华捕，毛毛躁躁的，想欺负我。还亏得你呀。否则，我们今天就不会坐在一起了。不过，一个老头子有什么用呢，年纪大了，记性也不好了。很多事转身就忘。"

"老先生过谦了。据我所知，您办事效率一向极高，否则屠先生怎么会这样倚重您呢？"

"哈哈，看来你还调查过我呀。我这个人啊生来认真，可是有时候啊，太认真也吃亏的。你说对不对？"

"叶老真是给我面子啊。本来是想亲自来送帖子的，但是怕事情没做好，反而，就是那个，弄巧成拙。所以嘛，只能拐个弯，直到传话过来，我才放心。还向叶老表示我的歉意啊。"

"你懂事，我也懂事，事情就好办了。杜先生的中国话说得很好。"

"不瞒叶老讲，我刚到这里，就被吸引住了。我想是上帝把我安排到这里来的吧，所以我就拼命学汉语，越学越觉得有味道。"

"好啊，年轻人就当如此。中国人讲，到什么山唱什么歌。入乡随俗嘛。杜先生，你约我来有啥事，不妨直说。"

"好，那我就直说。关于罢工的事，叶老怎么看？"

叶老摸了摸稀疏的胡子："罢工的事嘛，报纸上不是天天在分析嘛。"

"报纸都是捕风捉影，记者胡乱猜想都可以。我想听听叶老的看法。"

"我一个老头子有啥说法呢，捕风捉影也好，胡乱猜想也罢，各有讲法才精彩。"

"那叶老就听听我的说法。虽然这里是法租界,但这种事,要出来讲一句话,还是要屠先生这样的人。叶老,我说得对不对?"

叶老盯着杜瓦尔:"啥道理?"

"道理简单,谁都知道,上海地面没有屠先生摆不平的事。"

"哈哈。但我估计屠先生不肯轻易出手的。"

"叶老是屠先生身边倚重的人,我想,如果叶老愿意帮这个忙,公董局一定会十分感谢屠先生的。"

"问题是,有人不懂事啊。动不动就开记者招待会,好像自己没事了,就天下太平了。杜先生你讲,这个行得通吗?"

"叶老讲的我懂。"

叶老端起酒杯:"今天你请我中餐,改日我请你西餐。来,连干三杯,我们再谈。"

"干。"杜瓦尔还是第一次喝汾酒,一杯下去,五官就挤在了一起。但他还是端起了第二杯。

5

杨桐森用他的工装鞋前掌碾轧着地上的枯叶。

这是一个十分偏僻的地方,又是晚上。杨桐森对面站着骆之茜,两人的距离很近。骆之茜向他告知下一步行动指令。对于这次获得屠喧伍的信任,骆之茜非常肯定,同时兑现上峰的奖赏。

杨桐森是个新人,大学毕业后就报名去了军统设在青浦的训练班,也是在那儿认识的骆之茜。后来骆之茜接到命令后就点名要他当助手。两人知识背景相通,有共同语言,便于指挥。上峰答应了她的请求,可杨桐森接到命令的时候心里是忐忑的。他满脑子是侦破跟踪暗杀之类的东西,他迷恋行动,尤其是立竿见影的行动。要他去一个水电公司上班,还要设法接近上海滩鼎鼎大名的屠先生,尽可能取得他的信任,这是一件多么需要心机的事,而他恰恰是最烦用心机的人。骆之茜说,没有第二种选择,加入了组织就必须绝对服从。以后还有无数不愿干的事情等着你。

对于这个长自己五岁并据传履历非凡的女上司,杨桐森暗想,完了。自己想干的事情干不成了。这么想的时候骆之茜又说话了,行动是一个特工应有的素质,但是等待最佳时机需要更多的智慧。从接受命令到现在的半年多时间里,骆之茜只找过他两次,以至于他常常产生被遗弃感,有时突然想起来,只觉得一双藏在镜片后面的眼睛盯着他,并立即传达到大脑中枢,在仅仅两次了解情况同时下达命令的短促时段,他根本无暇也不敢仔细观察这双眼睛的形态。在这双眼睛面前,他就是一个彻头彻尾的学生。

这次受到她的肯定,也是程式化的严肃和周正,连一个笑容都没有。杨桐森也只能以默默点头作为应答。但眼下的罢工态势和格局完全超出了他当时的估计。事到如今,各方势力都想利用罢工为自己获取利益。骆之茜说,我知道你在想什么,你的任务就是继续在自己的地盘做好自己的事。要通过罢工取得工友们和帮派兄弟的拥戴,逐步形成自己周围的势力,切记凡事必须看屠喧伍的眼色行事。上峰认为,这件事其实是屠喧伍和租界当局的争斗,也许最后还要他出来收拾残局。告别的时候,杨桐森倒是没想到,骆之茜忽然抚了抚他的肩。这让他心里暗暗惊了一下,又抽了一下。也许是上司的动作习惯,但来自女性的这一抚,对他来说是第一次。这一抚是一个按钮,打开了隐伏在他肩头的开关,使他的身体一瞬间通了电。因此他响应她的眼光便带着通电后的灼热和余烬,不过对面周正肃然的眼神,把他的热度又瞬间打回了冷宫。

两个小时里,历经无数次默默操练的杜瓦尔终于走到巴斯蒂昂的总监办公室门前,然后敲门。这个地方他来过无数次,然而物是人非,心境完全不同了。这是冒险,也是赌博。找叶老的主意来自梁斌仁,他开始觉得太荒唐,后来却被他说服了。事实证明,梁斌仁是对的。因为他毕竟是中国人。

杜瓦尔渐入佳境。巴斯蒂昂在他越来越从容的叙述中终于停下了来来回回的脚步。就在一个小时前,贝尔纳先生在电话里罕见地指责了他。一位身份显赫的商人到达十六铺码头,竟然找不到一个行李搬运工。商人找公董局抱怨,公董局说市面上几乎瘫痪,他们也无能为力。商人随后就去找了总领事。贝尔纳在听筒里高分贝的声音震撼着他,似乎要撕裂他的耳膜。他重复着,太没尊严了,太没尊严了。巴斯蒂昂可以想象贝尔纳愤怒的样子,满脸通红,隐伏着的血管一根根在皮下绽起。一手握着电话听筒,一手大幅度地挥舞着。巴斯蒂昂指了指自己办公桌对面的椅子,示意杜瓦尔坐下,然后变戏法一样拿出一瓶葡萄酒,他看到杜瓦尔的眼睛迅速闪了一下,这不奇怪,法国人没有不为美酒心动的,何况是来自著名的奥比昂庄园的红颜容。但是,现在还不能打开,如果这小子真能说服我,再奖赏他也不迟。这可是漂洋过海从老家带过来的。

"总监先生,从目前情况看,还没有足够证据证明是屠喧伍挑起的这次罢工。法租界这块地界上,中国各种势力混杂,你中有我,我中有你,我们根本无法弄清楚。现在的局面只能证明,上海市政当局都对此也无能为力。但如果真是这家伙所为,我们也只能装作不知道。"

"哦,这是为什么?"

"中国人有句话叫'强龙难压地头蛇'。这个屠……"

巴斯蒂昂打断了他:"龙和蛇,什么意思?"

"屠喧伍是蛇,我们是龙。总监先生,您知道,虽然在我们的词典里,龙象征恶魔,但在中国,龙是最厉害的。是这个。"他翘起了大拇指,"不过,就是最厉害的龙,到了蛇的地盘,可能也得低下头来,否则就会两败俱伤,谁都得不到好处。"

"啊,我明白了。你的意思是说,我们要向这个屠喧伍投降,这样才能使我们得到好处,是吗?"巴斯蒂昂又一次站了起来,脸是拉长的。

"不,不是,总监先生,您误会了我的意思。相反,我们要叫他低下头来。只是选择的方式有所不同。"

"那我们非得找他不可吗？"

"据我所知，公董局已经和他有过接洽，但他不愿意合作。不过我想，总领事先生一定会把这件事的压力转移到总监先生您的头上，您和他一样，一定不愿意这种局面再延续两个月的。"

"你到底想说什么？杜瓦尔先生，我喜欢直截了当。"

"既然公董局和上海市政当局都无能为力，那么我们可以试试。我认为，中国人最讲面子，黑社会也一样。对屠喧伍这种人必须软硬兼施。只有这样，我们才可能获得最好的结果。简单地说，我想直接跟他谈，但必须有您的授权，否则将毫无意义。"

"这就是你今天来的目的？"

杜瓦尔"噢"地站起来："我谨以个人名义向总监先生报告上述情况，请总监训示。"

巴斯蒂昂又开始在房间里转起步来，杜瓦尔凝神静气，身姿笔挺，等候这位还没有摸透心思的上司的裁决。他脑子里只有一个念头，赌博就是赌博，既然如此，赌赢赌输都应该接受。

漫长的三分钟后，巴斯蒂昂终于踱到了杜瓦尔的面前，他盯着这位下属好几分钟，刚才他的注意力全在耳朵，现在移到了视觉上。嗯，怎么觉得这家伙的血统有点杂呢，于是他问："杜瓦尔先生，你是法国人？"

杜瓦尔没想到他突然提出这个问题，挺了挺身体："是的，我父亲是布列塔尼人，我就出生在那里。母亲是哥伦比亚人。"

"原来如此。听着杜瓦尔先生，我决定批准你的计划，授权你去跟那个流氓谈判。"

"是，先生。"

"但是，你给我记住，如果损害了总领事先生的尊严，或者出卖我们的利益，你将会受到制裁。到那个时候，贝尔纳先生一定不会允许我站在这里了。当然，如果结局圆满，我将会为你庆贺。你将看到，我这个人从不食言。"他指了指放在桌上的那瓶酒。

81

"是，先生。"这样回答的时候，杜瓦尔听到了自己急促的心跳声。他对自己说，赌博还将继续。

那天晚上，杜瓦尔约了骆之茜到法租界最大的欧式餐馆特卡琴科咖啡餐厅。骆之茜一身时尚装束，把他的眼睛炫了一道。真是个美妙的女人哪，与上一次的温婉相比，像是一个平凡的面包上点缀了奶油，也许还有巧克力，无比生动起来，而且那种甜腻，正是他喜欢的。

两人拥抱，动作亲热，了无陌生之感。骆之茜暗自惊讶自己这么放开了。杜瓦尔则充满期待。杜瓦尔点了最好的红酒，插科打诨地海聊，这是他发挥最佳的场景之一，骆之茜情愿当一个听众，反正都是他对法国的红酒记忆外加小报见闻。不管怎么说，这样的约会是令人愉快的，如果这个法国佬不是警察，自己不是执行特别任务，真的可以跟他毫无戒备地混下去，说不定哪天真的混出感情来。一张还算英俊的脸上长着一张会讨女人喜欢的嘴，再紧绷的女人也会随着他的舌头勤勉的运动放松的。想到这里，她笑了起来。杜瓦尔问你觉得我说得好笑吗？你看，这个法国佬，那种细微无处不在。他是在告诉对方，我不是炫耀口才，其实更在乎你。骆之茜说你说得实在太好笑了，我很开心。他向她举起了杯子，两人举杯，喝了一口。杜瓦尔说，喝完这一杯，我们去百乐门跳舞吧。骆之茜以笑作答。算是默认了。

他们到百乐门的时候正值高峰。西装革履的男人或旗袍裹身的女人鱼贯入场。骆之茜很厌恶这样的场景。这个角落时髦而光鲜地悬浮在一个正在抗击外族侵略的国家的地盘上，照例循着自己的轨迹舒适而华丽地运转着。当然她也知道，在这个地方，还有无数像她一样的人正进行着类似的事，也极可能成为惊天动地的大事，迅速从这里飞向世界。因为这个角落本身就是极受世界关注的一个地方。杜瓦尔的手搭了搭她的腰，她对自己说，好了，别想这么远了。

舞池里人头攒动，像个污渍横流的公共浴池。

舞客们专注的只有舞曲和舞伴，两人融进其中时，就像米粒掉入一锅沸腾的粥一般,无声无息。杜瓦尔很满意这种状态,他搂着骆之茜的时候想,这是一个多么柔滑美丽的身体啊。不过他手上的动作依然恪守规矩,不越雷池半步。一曲终了,他谦恭地向骆之茜微微躬身。回头一看,座位已满满当当。杜瓦尔耸肩,摊手,晃晃脑袋,颇为无奈地示意骆之茜干脆就在舞池等下一首舞曲的出现。几分钟后舞曲重新响起,那是一段探戈,杜瓦尔的强项,骆之茜有点跟不上他的步子了。很多舞客都停了下来,舞池突然就成了他俩表演的空地。骆之茜的好胜心也上来了,她气喘吁吁地跟着,尽量不落下,终于熬到了最后一个节拍。两人的造型近乎完美。人们掌声阵阵。杜瓦尔满脸笑意,像一个真正的舞会王子那样转着身,动作优雅地接受众人的欢呼。骆之茜就地站立,她已经累得不想再动了。她不动的时候,眼睛突然与某个角落里的一束光相遇,那束光忽明忽暗,忽隐忽现,然后迅速消失。她可以确认,这束光尽管很微弱,但确实和她的目光相遇过。她有点茫然,飞快地思索这束光的源头,又一首舞曲响了起来。杜瓦尔的手再次轻柔地环上了她的腰。她附上他的耳朵说:"我想走了。"杜瓦尔一下子愣住了,也靠近她的耳朵问为什么。靠近的时候一股他从未感受过的体香瞬间充斥了他的鼻腔。她回答说:"不为什么,就是想走了。"杜瓦尔没多犹豫,从舞池中心缓缓移到边缘,然后就离开了。骆之茜又向那个角落望了一下,觉得那双眼睛又和她碰了一下,她揉揉眼,又觉得什么都没有。

杜瓦尔已经叫好了一辆黄包车,做了个邀请的姿势,骆之茜又笑了。这就是法国佬,任何时候都不会忘了向女人献殷勤的法国佬。对女人来说的确难以摆脱,即使明知他在献殷勤也难以摆脱。谁让女人都是感性的呢?

6

被赌博欲念左右的杜瓦尔无所顾忌,这恰恰是他将近而立的生活履历中最值得倚重的力量。是的,他就是以此为力量的。每次遭遇险阻时,这种力量便会不由自主地出现在他的思维和体魄中,激动着他,让他涉险过关。他再次与叶老见了面,希望对方帮他打通关节。瘦老头没有明确答复,但看得出他还是想帮这个忙的。人家看中的是他身上的这张巡捕皮。在总监那里近乎立下军令状的表态使他血脉贲张。他就这样被这力量推着往前走。

屠喧伍在华格臬路(今宁海东路)上的老房子并不太起眼,周边基本上都是低矮的平房,窄小的弄堂。摆摊叫卖的,讨价还价的,高声喧哗的,满嘴粗话的,活色生香的市井人气。杜瓦尔一身便衣到达那个地方的时候,叶老正在一个烟摊上与人闲聊。见他过来,两人点了一下头,杜瓦尔就跟在叶老后面进了老房子。

老房子阴暗,还装着窗帘,阳光很难透进来,好像隔离了外面的世界,显得极为安静。杜瓦尔禁不住问:"屠先生就住在这里吗?"叶老说,"是啊,屠先生在这里住了十多年了,习惯了。""他不是在杜美路有大公馆吗?"叶老嘿嘿笑了,"除了需要讲排场或者接待贵客,屠先生很少到杜美路去。"杜瓦尔说,"这里真安静啊,好像另外一个世界。"叶老摇摇头,"你不要看现在很安静,到了晚上就交关热闹了。看到外面这些人了吗?他们不少人晚上就住在这里。"杜瓦尔又震惊了,"哦,为什么?""因为很多人是屠先生的老乡,乡下混不下去来讨口饭吃。屠先生对老乡向来好说话。其实啊,我也是屠先生的老乡,一直跟着他十多年了。"

说话间就走到了门口。叶老敲门,说:"屠先生,杜先生来了。"

里面一个略显尖利的声音传出来,"请进来。"这句上海话与普通话的发音基本一致,杜瓦尔听得懂。不过那种尖利像一道线在他忐忑的心脏上勒了一下。

进得房门,叶老便说,"屠先生,我告辞了。"反手掩门而去。

"请坐。"屠喧伍对杜瓦尔做了个手势。他一直坐在那把大号的太师椅里,没有挪动过身体。

杜瓦尔在对面的一张红木椅子上坐下,很硬很结实,两边有扶手,两只手往上面一搭,就觉得踏实了。这个杜瓦尔完全不懂。他见过这种椅子,但还是第一次坐。开始的几分钟,他的坐姿僵硬,好像被箍在一个特制的笼子里,不敢随便动弹。屠喧伍看出来了,说,"有点不习惯吧,你大概是第一次坐这样的椅子。不过我跟你讲,坐这样的椅子对身体很有好处。中国人讲'坐如钟',就是讲一个人坐着要像一口钟一样稳重实在,不像你们外国人的沙发,软沓沓的,一点精神都没有。"这段话屠喧伍讲得很慢,上海话本地话普通话混杂,生怕杜瓦尔听不懂。

杜瓦尔断断续续听懂了,总之是讲这把椅子的好处。他微微点头,然后站起来,整肃衣冠,说,"尊敬的屠先生,法租界巡捕房杜瓦尔谨代表巡捕房总监巴斯蒂昂先生前来与屠先生……"

屠喧伍打断了他,又做了个"坐下"的手势,"我这里没这么多规矩,随便一点嘛。杜先生,请你过来,先陪我打一圈。"他变戏法一样顺出一副纸牌来,"这东西会玩吗?"

杜瓦尔稍有迟疑,就被屠喧伍看出来了,"怎么,不给我面子?"

杜瓦尔只得走过去。屠喧伍接着说,"其实我喜欢的是麻将。麻将知道吗?公董局的几位法国朋友也在我的公馆搓过麻将。麻将估计你也不会,但这个你一定会。我交朋友有个规矩,先要打一圈。"

杜瓦尔想,我不是来交朋友的。在总领事和总监眼里,屠喧伍就是个下作的流氓渣滓,公董局这帮混蛋跟这种人交朋友,简直是丢法国人的脸。现在,这个流氓就是以这种方式戏弄你,把公事变成私事,这就是中国人说的江湖吗?

屠喧伍已经把牌发过来了。杜瓦尔犹豫之间,手就摸上牌了。来这里就是一场赌博,还怕真赌一回吗?他是纸牌高手,但是两圈下来就深感屠喧伍的老辣。他听见尖利的嗓音说,"杜先生,看出来了,你是高手。其实打牌就像过日子,今朝翻过来明朝翻过去,无所谓。但是打牌也最讲究规矩,讲规矩就是懂事体,对吗?叶老讲你蛮懂事体,我这个人就欢喜跟懂事体的人打交道。"

杜瓦尔明白了,屠喧伍是告诉他,跟他谈事情,必须遵守他的规矩。而且,他也没把领事和总监放在眼里,对他来说,规矩才是第一位的。贝尔纳总领事要整肃他的规矩,他会干休吗?几圈下来,他摸清了屠喧伍打牌的套路,渐渐占了上风。但他必须让一着,还必须不留痕迹。

屠喧伍怎么会看不出来,对面这个法国赤佬,还是可以调教的,只要可以调教,以后在这个地盘就用得着。屠喧伍拍了拍手,立刻有人应声而入。屠喧伍吩咐备酒,中午他要跟杜先生一起吃饭。

就在这次饭局上,屠喧伍终于满足了杜瓦尔的要求,歪歪扭扭写了一张字条,说自己擅对领事先生赠送宋定窑梅瓶一事造成对方难堪,深表歉意,下不为例。

把这张字条揣进兜里,杜瓦尔按屠喧伍的规矩干了三大碗,不是法国红酒,而是屠喧伍欢喜的绿豆烧。看着杜瓦尔三大碗下肚后,屠喧伍自己也如法炮制,当然面不改色。他打了个酒嗝对杜瓦尔说,"杜先生,这个绿豆烧,法国朋友也晓得,叫它中国白兰地。你喝了第一次,就会想喝第二次。这是一定的。"杜瓦尔已经眼目迷离,听不清楚屠喧伍在说什么了,后来就一头趴在了这张宽大的八仙桌上。

屠喧伍看着杜瓦尔的样子,摸了摸他的头,竟然有点慈祥地笑了。

从屠喧伍那里出来,已经是灯火阑珊了。杜瓦尔仍晕乎乎的,但他发现自己原来对这个人的看法可能错了。这个流氓跟他想象中的距离太大了。所有的社会都有这样的组织,他们有自己的行规,你把他们的规矩拿捏好了,就可能为你所用。总之,敌视不如利用。何况在这个黑白两道盘根错节的地方。这的确是一个了不起的发现。

对杜瓦尔来说,也算不上虚惊,有赌性的人,看重和体验的就是过程,结果不重要。但这个结果对贝尔纳和巴斯蒂昂是重要的。贝尔纳拿到那张由屠喧伍亲自秉笔对向他行贿宋定窑梅瓶的道歉字条后,立即给巴斯蒂昂打电话,要求重用杜瓦尔。

巴斯蒂昂把杜瓦尔找来，打开红颜容，先为他斟上，然后给自己斟了一杯，两人一起举杯。巴斯蒂昂放下酒杯，说道，"杜瓦尔先生。""到。"杜瓦尔本能地从两个人一公尺的距离退到三公尺以外，然后肃立，抬头。巴斯蒂昂继续说道，"本总监任命你为法国上海租界巡捕房副督察长。"

"是。"杜瓦尔心里一阵狂喜。赌赢了。"谢总监先生栽培。"

"不，不是我的栽培，是你自己的成功。你现在想的是什么？"

"报告总监，我想的是早日结束这该死的罢工。还有，让屠喧伍这个流氓头子从此偃旗息鼓，不再与我们为敌。"

"你就没想为这个副督察长好好庆贺一下？也许屠喧伍会邀请你赴宴。"

杜瓦尔知道巴斯蒂昂的意思，是怀疑他是否在这次所谓成功的斡旋中私下接受了对方什么要求，或者说是在提醒他。他觉得自己光明磊落，斟字酌句地说，"总监先生，屠喧伍只是一个流氓，我也只是冒了一次险。不过看来还是值得的。"

巴斯蒂昂又盯着他看，然后笑了起来。"那就好，让我们再干一杯。"喝完，他继续说道，"巡捕房是一个充满危险的地方，这个副督察长不是好当的。"

沸水中投进一块冰，结果当然是冰被迅速融化，但沸点也瞬间改变。本来杜瓦尔是想约骆之茜晚上去酒吧尽情一番，巴斯蒂昂这句话让他的心情一下子变得有点复杂。

几天后的报纸上，法商水电、垃圾处理和交通搬运等行业工会代表先后声明罢工结束。记者的报道说，屠喧伍先生除了出面为工人涨工资与公董局讲斤头（谈条件），还包下了工人罢工期间的工资损失。报纸配发了一张屠喧伍与几个代表共进午餐的照片。文字上说，屠喧伍先生在此次罢工顺利解决中功不可没。

贝尔纳领事看这份报纸的时候情绪非常糟糕。这样的结局完全出乎他的意料，他把报纸揉成一团丢在地上，连声骂道，这个无耻的流氓。总有一天，我会让你感到什么叫耻辱。

7

第二天,杜瓦尔下班的时候,就看到了正站在马路对面的骆之茜。骆之茜向他招手示意,杜瓦尔有点得意地咧了咧嘴。这下,可瞒不了她了。

她已经笑吟吟地过来了。然后用英语对他说,"恭喜副督察长先生啊,我特地来祝贺一下。"

杜瓦尔笑了,"太好了,我正想约你,你就出现了,好像肚子里的……唔……"

"蛔虫。"

"对,蛔虫,那是多么可怕的东西。抱歉,这样形容你太不礼貌了。"

"不,在我们这里,这是很美好的一件事。"

"那,太好了。蛔虫小姐,我们走吧。我今天要请你吃法国大餐。可惜这里到处都是俄国人开的餐馆。"

"那也不错。重要的是,我和巡捕房副督察长共进晚餐。"

"你这么说我真是太高兴了。"

菜上齐后,杜瓦尔端起酒杯,说,"这是我到巡捕房以来第一次和一位漂亮的女士共进晚餐。哦,是正餐。"

骆之茜略显夸张地"哦"了一声,"那我真是太荣幸了。"

这顿大餐吃了整整两个多小时。两人都非常尽兴。

尽兴之后,又去了百乐门。就在门口,杜瓦尔突然问:"上一次,你为什么突然要离开?"

骆之茜一愣,杜瓦尔把这一愣收入眼底,心里就打了个结。他听见骆之茜娇嗔道,"噢,我是突然感到身体不适嘛。"

"哦,对不起,也许我不该问的。请。"他还是那么彬彬有礼。

不过这个晚上的舞池里,杜瓦尔就没把彬彬有礼进行到底了。他的手开始放肆了,从腰际延伸到了臀部,先是探索性的,不经意的,他明晃晃的眼睛在黑暗中扫到他的舞伴的享受。根据他的判断,这不是装的。他把她贴紧了,手上的动作更加孔武,还出现了身体反应。她一任他无所顾忌,感觉自己正在坠落,像一个溺水的人那样向漩涡中心坠落。一个溺水的人是无助的,只能等待救助的出现,而他就是那个救助者。

她完全被这种意念控制了。

在床上倒是她控制了他。这种疯狂让杜瓦尔感到惊喜,这种被控制的感觉太好了。他没想到,这个穿着保守的女教师竟然有如此出色的表现。是的,她的确出色。

但是,他突然听到了她嘤嘤的哭声,后来声音大了起来。他以为他把她弄疼了,因为在她的出色鼓励下,他的幅度正在持续加大。他惊了一下,然后抽身而退,由昂然渐渐低垂。他看着她问道,"你怎么啦?"

她沉默着。

他又问了一遍,然后翻身下床,抚摸她的身体。他把嘴放到了她的眼睛上,感觉泪水的汹涌。他只管一路下移,从颈部移到锁骨,语音含糊地说她的锁骨非常性感。然后抬起她两只胳膊,让他金黄色的胡子和她泛着油亮的腋毛厮磨,他闻到了一股含着潮湿的味道,他贪婪地吮吸。后来他的胡子又覆盖了她坚挺着的乳头。离开的时候,才惊喜那里的突起竟然是淡粉红色的。他感到他的腰被一双柔软的充满渴望的手围了起来,他知道她被他伺候得非常舒服,所以他又翻身上去。但是,那个身体迎面竖了起来,他看到她的眼睛红着。她对他说,"我要走了。"

"你要走了?就像在……百乐门那样?"

她摇头,说,"不是,我要离开这个城市了。"

"你要离开……这座城市了?为什么,难道今天是告别宴会吗?"

她泪眼婆娑地看着他,"宴会?你怎么会这么想,我是一道菜,还是你?"

"不,对不起,我可不是这个意思,我是说,这太遗憾了。你为什么要离开呢?"

"我的父母不在这座城市,我很早就出来,一个人在这里这么多年,他们年纪大了,我要回去照顾他们。"

"哦,上帝呀。这故事太动人了。但是,你不认为这对我很残酷吗?"

骆之茜又哭了起来。

骆之茜觉得自己的理智正在一点点泄漏,她真的不知所措了。掩盖这种属于特工低智商行为的办法也许只有女人最柔软的武器,泪水。所以她只有让这种咸涩的液体放肆着。她不想跟这个法国佬玩脑子,她只想跟他玩感情,那才是真正的幸福。就在这次的疯狂之前,她的上司说,为了增加她对杜瓦尔的吸引力,她必须暂时失踪一段时间。她不同意这种说法,一个见不着的女人不会引起法国佬的缱绻情思,他才不像你想象的那样这么专情,他们大多属于今朝有酒今朝醉,绝不会像中国男人那样对钟情的女人念念不忘。上司说那就要看你如何控制局面了。之前的任务中骆之茜对所谓美人计并无感觉,但这次绝不是美人计,而是她几乎控制不住自己了。杜瓦尔的法国式浪漫像一根针一样准确地扎进了她一直封闭的穴位,把她的全身打开了,然后,她的花苞婀娜伸展,做出欲放的姿态,然后,遭遇撩拨,欲罢不能。这个时候,她憎恨自己的任务,也憎恨自己的放荡,这还不是放荡吗?可惜她已无法左右这个被打开的穴位,这个穴位里盛满幸福,情不自禁。她毕竟不能欺骗自己,尤其是一个女人。不,女特工。这个令人憎恶的词。这个被人充满幻想同时被人玷污的词。她想跟这个丑恶的词说再见。但是,这可能吗?

不可能。是上司的声音。他潜藏在她灵魂的某个角落,那双倒三角的眼睛正恶毒地盯着她。

她停止了抽泣。抬头看着抱着她的杜瓦尔,"我只能对你说抱歉了。"

"哦,天哪。非得离开吗?你可以给你的父母寄钱,让他们过上体面的生活。"

骆之茜惨笑了一下,"我一个当教师的,自己吃饱就算不错了。"

"那我可以代表你寄钱啊,我有钱。"杜瓦尔眉飞色舞起来。

"我怎么可以用你的钱。"

"为什么不可以,露,也许我们还会结婚呢。"

骆之茜尖声笑了起来,笑得杜瓦尔有点摸不着头脑,"我可不信一个法国佬说的话,这太可笑了。"

"露,难道你不想嫁给我吗?"

"嫁给你,玩笑开得太大了。"

"听着,"杜瓦尔横着食指扳起骆之茜的脸,"我可是当真的,法国佬不都是花花公子。再说,中国人不都很看重贞操吗,我们两个人已经这样了,嫁给我不是顺理,顺理……成章的吗?我说得对吗?"

骆之茜心里漾着幸福,由衷的,说出来仍是那么冷漠,"跟一个法国佬结婚,我还没有准备好呢。至于贞操,别忘了,中国已经是二十世纪四十年代了。"

"那么我一点希望都没有了吗?"杜瓦尔不甘心。

"也许,等我再次突然出现在你面前的时候,希望也就出现了。"

"好吧,我记住你的话了。"

8

杨桐森垮着身体,眼神散乱,不屑一顾的样子。杜瓦尔突然站起来,走到他的身后,猛地把膝盖顶向他的膝弯。杨桐森膝盖一弯,猝不及防,倒下了。从地上爬起来的时候,他看到对面这个外国赤佬正朝他竖着中指,嘴里说着,"小子,boxing,boxing。"杨桐森学着杜瓦尔的样子跳跃着,但他不会boxing,肋部和脸部就接二连三挨了几拳,杜瓦尔哈哈笑着,杨桐森又羞又恼,瞅准一个空档成功地袭击了他的下盘。直到杜瓦尔从地上艰难地爬起,杨桐森报复性的大笑才戛然而止。杜瓦尔一手护着裆部,一手气哼哼地指着杨桐森,"杨,你下三路,下三路。"杨桐森说,"副督察长,你偷袭我难道不是下三路吗,我是学你的。再说我从来没学过这个该死的boxing,你叫我来这个不公平。难道我就只能等着你来收拾我吗?"

杜瓦尔叹了口气说,"好吧,我承认,我们扯平了。不过你给我听着,如果你还是站不直身体的话,我随时都有可能偷袭你。这里是巡捕房,不是帮会。立正。"他突然喊了一声。杨桐森赶紧收拢身体,却还是松松垮垮的样子。杜瓦尔趁机在他的脚踝处踹了一下,杨桐森抽了一下鼻子,忍住了。再次挺了挺身体。

"对,就这样。立正。敬礼。礼毕。稍息。"杜瓦尔摁响了桌上的铃,一个华捕应声跑进来,在门口大声喊着报告。

杜瓦尔指着杨桐森对华捕说,"龙探长,把这个人带走,从现在起,每天训练三个小时,一个礼拜后我要检查,不符合操典条令就关他的禁闭。"

"是,副督察长。"华捕向杜瓦尔敬礼,然后转向杨桐森,"跟着我,齐步走。"

门关上后,杜瓦尔倒上一杯咖啡,心里想,露,你把这个渣滓弄到我这里来,说要让他改邪归正,你把这里当收容所了吗?这个痞子样,我得好好收拾他。嗨,已经一个多月没她的消息了,她什么时候才能重新出现呢?想到这里,杜瓦尔暗自发笑,这样思念一个女人,对他真是一个奇迹。他问自己,难道真的爱上这个女人了吗?

敲门声让他的思绪暂时停滞了,进来的是梁斌仁。自从他被提拔为副督察长,梁斌仁就成了他的心腹,他已向巴斯蒂昂先生建议梁斌仁协助他的工作。他是知恩图报的人,梁斌仁为他出谋划策,他不能忘了提携这位朋友。

梁斌仁凑近他说,"督察长,都了解清楚了,杨桐森确实在屠喧伍手下干过,据说屠喧伍还很欣赏他,但他坚决要走。"梁斌仁把督察长的"副"字去掉了。

"哦,那你说他到巡捕房来干什么?"

"据说是不想在帮会混日子。"

"莫非他真的想改邪归正?不管怎么样,你先盯他一段时间再说。"

"是,督察长。"

杨桐森当然知道他背后有一双眼睛,所以,与其说是梁斌仁盯着他,不如说他也盯着梁斌仁,两人相互暗中观察。按照骆之茜的命令,他必须以帮会的身份出现,那个梁斌仁就是他的工作对象,要设法把他拉过来。

法租界不再是军统藏身的安全之地,地下组织一再败于七十六号,处境越来越糟。

杨桐森被关了禁闭。这是他自己作的。按照他的计划,梁斌仁一定会来"关心"他,这样他就有机会了。

果然,在他禁闭的第二天,梁斌仁就来了。

梁斌仁对他很客气。因为他知道,这个比他大不了几岁的杨桐森在帮会里混过,能受到屠喧伍的器重,一定不是一般人。至于杜瓦尔让他花大把时间训练只是想借此磨掉他的习气,日后便于驾驭。这样的人往往不可轻视。所以他说,"杨先生,我奉了杜瓦尔先生的指令来看看你,有什么需要帮助。"他先把杜瓦尔抬出来,也算扯大旗,抬高自己。

杨桐森不吃这一套,说,"这里不错,我也正好想休息休息,不过,整天册那立正稍息敬礼,把老子都快弄死了。"

"你喜欢蹲在这里?"

"这里不是蛮好嘛,法国佬要关我就关,看他能关我几天。"

"杨先生你有种。蹲不下去别求他哦。"

"哼,我求他?你叫他再来一次boxing试试,绝对打得他叫爷娘讨饶。"

梁斌仁咂咂嘴,"杨先生,这话我要是告诉他,他肯定现在就冲进来揍你一顿。这里是人家的地盘。"

"这你说得对,要是在我老家,这种门我照样踹了它。"

"杨先生老家是哪里呀?"

"我待过好多地方,生在山东,长在苏北,后来又到浙江,再到上海。我也不知道应该算哪里人,反正中国人不会错,是吧。"

"杨先生很幽默,也有道理。日本人打进来,老百姓流离失所,逃来逃去,真的搞不清楚自己是哪里人了。"

"我听说梁先生通晓英语法语,真是厉害。梁先生是留学生吗?"

"我生在法国,小学到大学都是在法国读的。"

"但是现在正在打仗,梁先生为什么回国?"

"法国也在抵抗纳粹,但我爸爸是中国人,我当然要回国啊。"

"敬佩,敬佩。"杨桐森伸出大拇指。

"这有什么可敬佩的,自己的国家当然要回来啊。抵抗日本,男人更要出力嘛。"

"但是,在法租界巡捕房,你怎么出力啊?"

"有时我也想这个问题,苦恼啊。哎,我倒是要问杨先生,你为啥要到巡捕房来?"

杨桐森脱口而出,"这个很简单,当巡捕赚钱多嘛。"

"那杨先生以前在哪里高就?"

"说出来吓你一跳,不说了不说了。"

"你怎么吞吞吐吐的,大男人有什么可吓的。"

"我以前在帮会,干的都是危险的活。"

"我以为有啥吓人,帮会嘛,就是做事体辣手辣脚。江湖规矩嘛。"

"你晓得我做啥?讲出来真的吓死你。"

"最狠就是杀人越货,还有啥。"

"梁先生,你有种的。你如果在帮会,绝对是条好汉。"

杨桐森心中暗喜。不过,他会不会是来试探我。再一想,他从小就在法国受的教育,脑子肯定没我们这么复杂。尽管如此,现在就跟他托出底牌,还是早了点。这时梁斌仁站起来说,"杨先生,别在这个地方待久了,人要戆的。"到了门口,又回过头来说,"如果想早出来,就来找我。"

杨桐森没接话。

9

踏上温州开往上海的轮船甲板后,骆之茜做了一个深呼吸。船上人满为患，找个座位都不容易。骆之茜径直走到船头，海风带着咸腥味，撩拨起她童年的思忆。她是闻着这股味道长大的。到上海读了大学，然后教书，加入军统，常常还在梦中泛起这股味道。她在湖边的小镇老家离上海并不远，但要回去一次真不是说走就走的。她与这股味道久违了。如果不是命令，她不知道多少年后才能回去看看。她对父母说自己生活安定，白天教书晚上看书，整天跟书打交道。父亲笑呵呵地说，我们家祖上就是书香门第嘛，要是在以前，我女儿一定是个女秀才。骆之茜看着父亲高兴的样子也赔着笑，心里恨恨，女秀才，如果不是这该死的战争，我何苦会成为一个女特工，一个今天不知道明天也可能生死不明的女特工，连爹娘都无法知道的女特工。那时候爹娘会怎么样，他们一定恨死我了。可怜的爹娘。可怜的脚下这片被南京汪伪政权控制的土地。又一阵咸涩的风吹过来，把她的情绪化成了泪水。

"小姐，有什么事不高兴吗？"这句话还伴着一块手绢。声音似乎有点熟悉。回过头来，却想不起来。对方又说了，"原来是你啊。"

"对不起，你是……"

"我是司马东啊。"对方夸张地说。

"司马东，哦，我想起来了，真的是你。"

"还好，没有彻底忘记老同学。从初中到高中，我们同学了四年吧。"

"是啊，你真是一点都没变。不过好像比以前神气多了。"司马应算稀罕的姓氏，但司马东并未在同学中以稀为贵，在骆之茜这里也没有留下多少记忆，这话纯属虚套。

"哎，我看到你刚才好像在流泪，怎么回事？"声音是关切的。

"被风吹的，好几年没回家，不习惯了。哎，你以前好像对女同学很羞涩的，怎么现在怜香惜玉了。你是跟着我还是……"

"这怎么可能呢，我是先看到你的背影，一下子就回忆起来了。高中毕业后，你就去上海读大学了，我呢，一直在老地方混，没出息。"

"看来你还很念旧的。你在哪儿公干哪？"

"混口饭吃而已。在上海一家公司投靠亲戚做事,这次正好回来采办点东西。你呢?"

"我学教育,毕业后一直在当老师,趁放暑假看望父母。马上要开学了,要回去备课了。"

"为人师表,让人羡慕的职业啊。"他显得很真诚。

"如今战乱,容不得一张课桌啊。"骆之茜眼里流出一丝幽怨。

"不过好在上海和江南一带还算太平,汪主席不是倡导和平建国嘛。"

骆之茜眉毛一挑,"和平建国,日本人允许我们建吗?"

"据说汪主席正在跟日本人交涉归还租界事宜。"

"这种机密你也知道,想必来头不小吧。"

司马东不会听不出她语带讥讽,为了掩饰,就夸张地笑了,"哈哈……我,来头不小,老同学,你真是抬举我了。不是都在私下议论嘛。"

"老同学,我提醒你,莫谈国事。此地人多嘴杂,你就不怕被人盯梢。"这句话一出口,骆之茜自己都吃了一惊。

果然司马东说,"老同学,你好像不是做老师的。"

"真是好心当成驴肝肺。好了,不说了。"她还在想着刚才为什么会突然这么说。

"别生气啊,开玩笑的。"司马东也在后悔自己刚才来了这么一句。如果引起她的警觉,对他是不利的。

就在骆之茜离开上海的两天后,她的上司被七十六号抓捕,然后叛变。司马东看到跟踪对象的照片一时竟没反应过来:她怎么叫"骆之茜"?这一路过来,心里说不清楚究竟是什么滋味。这位老同学曾经是他心目中的女神级人物,每次看到她,便自惭形秽,即使有想法也掐灭了。当他看到追缉令上她的头像时,暗自倒吸冷气。幸好没有更多的异样,否则一定会引起上司的怀疑。要不是这张追缉令,他无论如何都不可能把这么一个文秀的女同学和特工联系起来。他们由同学成了敌人,真是时势造人啊。他呢,因为笃信汪精卫的"和平运动"加入七十六号,没想到看到的全是残忍暴戾,信念发生动摇,但又不得不为自己的生计考虑。而且,进了这个地方要想出来就难了。人在江湖身不由己啊。世事之变,他一个小人物又有何作为,只能走一步看一步了。他并不想对这位老同学下手,但军令在身,他必须见机行事。

跟司马东分手后,凭职业敏感,骆之茜觉得可疑。她相信自己的直觉,这种直觉曾多次帮助她化险为夷。所以她先不回家,而是貌似转悠闲逛。后来就转悠到了一个电话亭,拿起了电话。

其实她从未离开过司马东的视线,目力超群是司马东赖以骄傲的本事。现在他看到骆之茜的神色渐渐严峻起来,他的心就沉了一下。

回到家里,骆之茜立即拿出发报机跟重庆联系。她很快明白,她只能孤军奋战了。

杜瓦尔让梁斌仁把杨桐森从禁闭室里带出来,直接把他带到了靶场。

杨桐森弹无虚发。杜瓦尔在一边轻轻鼓掌,他走到杨桐森面前,笑着说,"我早就听说过你的枪法,果然如此。"

杨桐森一直保持着站姿,说,"桐森不才,承蒙副督察长抬爱。"

"杨,立正,稍息。看来我没有白关你的禁闭。关几天,动作都标准了。今天,我要交给你一个任务。"

"请副督察长吩咐。"杨桐森又是一个立正。

"稍息。听着,今天下午,屠喧伍的伍鑫公司要搬出法租界,你负责全程监督押运,必须绝对保证安全。有什么事,梁斌仁先生会随时接应你。任何环节必须直接向我报告,记住了吗?"

"是。"杨桐森挺直了腰板。

"向后转,正步走。"

杜瓦尔捋了捋金色的胡子,眯起眼睛,看着远去的杨桐森的背影想,屠老板,我对得起你每个月五百元车马费啦。不过,要真是惹出什么事来,你可别怪我辣手。然后,他吩咐梁斌仁,继续他的使命,尤其是杨桐森押送伍鑫公司的全过程,如果发现紧急情况,可以当场处置。

事后不仅没有发现任何情况,屠喧伍还带话给杜瓦尔,租界里有什么事你尽可以找我,没有我摆不平的。杜瓦尔听了这话,心里酸溜溜的,想不明白这是流氓的江湖义气还是挑衅。法租界是谁的地盘,究竟是贝尔纳总领事,巴斯蒂昂总监,当然还包括我杜瓦尔说了算,还是你这个黑社会流氓说了算。你囤积在伍鑫公司的鸦片我都留此存照了,你要是敢轻举妄动,我就让它出来见光。

杜瓦尔不知道的是,就在那天押送任务完成后,杨桐森把梁斌仁拉到了酒馆,酒酣耳热直到称兄道弟。后来的事就顺理成章了。梁斌仁感觉自己像一个遗孤一样终于被人收养,当然,这不是一个仅仅给你吃饭而且还是非常严厉的收养者。外敌入侵,国运艰难,遍地烽火,他常常自责在外国人的地盘为外国人工作,从现在起这种自责消除了,他毕竟成为国家抵抗运动的一分子了。

10

这天下午,杜瓦尔正批阅一份案卷,顺手拿起咖啡,已经热气全无。他抬头一看,玻璃窗上凝起了一层薄雾。他站起来走到窗边,用手指在窗上画圈,然后哈出一口气,再画圈,再哈气。这个循环往复的动作让他沉浸在童年记忆中。电话铃就是在这时响起来的,他不想这不期而遇的美好景致被打断,但这铃声非常固执,他只得中断了童年记忆,拿起电话,就听到了这个久违了的美妙的女声,"亲爱的杜瓦尔副督察长,你还好吗?"

"露,是你吗?"他对着听筒大声喊起来。

"是我,你干什么这么大声,听不见吗?"

"不,我听得非常清楚。因为你的突然出现让我非常激动。"

骆之茜想起她当时跟杜瓦尔说过的话,说不清是烦恼还是欣喜,反正一阵交替错乱的感觉电流般掠过全身。然后,她说,"我也是,今晚我们还在特卡琴科咖啡餐厅见面好吗?"

"太好了,太好了。我会提早去等着你,我会让你惊喜的。"

骆之茜心里动了一下。可惜的是,她不是跟这个人谈情说爱,却是心机、利用和周旋,也许还有他妈的令人厌恶的阴谋。那么他呢?

杜瓦尔又在投入一场史无前例的赌博。前二十多年,他的人生充满赌注。他很幸运。一切都在暗示他是一个天生的悟性极高的赌手。现在,他依然需要赌。

虽然巴黎一再强硬地显示尊严,但谁都知道,即便是租界,在日本人越来越咄咄逼人的态势下,这种尊严又能撑持多久。炎热的法国国庆节前夕,巡捕房对十几个军统上海区成员的办公地点和住处大搜查。虽然法租界拒绝了日方的引渡要求,但在杜瓦尔看来,这种拒绝变得越来越苍白,就像他顶不了七十六号三番五次的压力,终于给他们发放了持枪证一样。他和所有人看到的现实是,潜伏在上海的军统和重庆分子遭到了七十六号的重创。他杜瓦尔可是个识时务的人。识时务其实也是一种赌博,中国人不是常说"识时务者为俊杰"吗,真是充满了智慧。左右逢源,游刃有余,更是一种识时务。

他突然想,骆之茜究竟是个什么样的女人呢,说走就走,说来就来,她真的是教师吗?这种一闪而过的疑虑在他晚上见到骆之茜后又消失得无影无踪了。他明白无误地告诉自己欣赏这个女人,欣赏她谈吐优雅的样子,总觉得在她身上飘逸着一种西方古典淑女和东方大家闺秀的气质,还有一层母性的光晕。为了这种欣赏,他无须顾虑这么多。浪漫随性而至,他可不愿轻易让它溜走。他从西装内衣袋里掏出一瓶袖珍法国香水,瓶子虽小,镂花装饰点缀一样不少。说起来这瓶香水有点来历。当年父亲怒气冲天地把一些东西扔出去,一边扔一边污言秽语,都是冲着哥伦比亚女人的。杜瓦尔早就习惯了父亲兴之所至的怒火,所以从来不搭腔,而是埋头在这堆东西里寻找自己的心仪之物。一个小孩子感兴趣的东西实在太多了,那个袖珍香水瓶就这么成了他的惊喜收获之一。但这些东西不可能再物归原处,他得为它们另找藏身之地。当他想念哥伦比亚女人的时候就会去那里。那年他结束学业踏入军营之前,他又专程拜访了那里,精心挑选了几件随身之物,袖珍香水瓶就是其中之一。这些东西像是从未谋面的哥伦比亚女人陪伴在身,使他安然。类似哥伦比亚女人的"遗物"还有不少,他可以凭借它们去想象和感受一种异样的独特的母爱。当他把这个小瓶子递到骆之茜手里时,骆之茜眉毛一挑,轻轻地"啊"了一声,"真精致啊。"

"送给你的。"杜瓦尔说。

"真的吗?我太……高兴了,杜瓦尔,这真的太使我惊喜了。"

"一言既出……驷马难追。是不是?你把盖子打开,闻闻她的味道。我闻了快三十年了。"他心里确实把小瓶子当作了哥伦比亚女人的替代物。

"那,简直可以算古董了。是吗?"

"开玩笑,哪有三十年的古董。"杜瓦尔嘴唇上的两撇胡子欢乐地抖动着。

"不,你闻了三十年,拥有她的人也许有好几个三十年了。"

"露,你真是太聪明了,我的思维跟不上你了。哦,这真是太遗憾了。"

"你说,我能再闻它三十年吗,打开一次,香水就会蒸发掉一点,那时候,它也许已经没有味道了,我也早已变成人们都懒得看上一眼的老太婆了。"

"未来深不可测,为什么要想得这么远。不过到那时候,那个老太婆可能依然风姿绰约,你应该这么想。"

骆之茜想,对,这就是法国人。跟他们比,我们真是太傻了。她端起咖啡喝了一口,"谢谢你杜瓦尔,又教会了一道我生活的课题。我这个教师其实是不合格的。"

"教师是一个令人向往的职业,如果我可以不当警察,我的选择就是教师。"

"杜瓦尔,你一定会是一个好教师。"骆之茜不止一次地为自己曾经拥有的职业深感痛苦,因为现在她的身份简直是在玷污这个职业。

司马东的身影再次出现在骆之茜眼角的时候,她骇然一惊,是异常之惊,怎么又是这个人。他是从哪儿冒出来的?她的思绪忽然飘忽到了船上,真是巧遇吗?再想起他说的那些话,莫非……他是在跟踪我。心里豁然一亮,接着又一暗,出奇地暗。是坠入深渊的暗。她下意识地靠近了杜瓦尔,似乎在寻找保护,又似乎在躲避。

司马东当然也看到了骆之茜的反应。他理解她,更多是需要说服自己。上司盯得很紧,但摊牌是需要时间的。上司权且同意了他的方案,争取把她拉过来。这是他对上司的保证,但心里明白这仅仅是拖延任务的时间,也仅仅宽松了两个礼拜而已。据他的判断,这位老同学是不会答应的。如果不同意就将逮捕,他是有点不忍心的。为什么,是恻隐还是良心,或是至今不敢奢望的爱情?反正全裹在一起,纷乱的一团。

他目送骆之茜和杜瓦尔出去,他知道这个法国人,巡捕房的副督察长,骆之茜和他搭在一起,显然增加了他的难度。听上司说起过这家伙,据说精得很。

这天晚上司马东失眠了。为了一个相识而不相知的女人,一个异性的敌人。不过,他们也只有两个礼拜的对峙,两个礼拜之后,这个女人的命运将由他左右。到那个时候,我会对她怎么样?她会求我吗?我想救她,但我救得了她吗?

他还在为这个问题纠结的时候,有个人已经找上门来了。

那天在老城厢梦花街,他的肩胛突然被人顶了一下,他立马眼珠子瞪得乌鸡一般,"小赤佬,怎么走路的。"

此人回转,迎面走过来,"叫啥人小赤佬?我就这样子走路,怎么啦?"

司马东看对方身材不高,更不显强悍,就伸手去推,却被挡住了。阻挡的力道跟这人的长相完全不是一回事。司马东心里有点火,什么意思,还蛮强的。这人手上的力道说明人家是有备而来的。果然,此人说自己是屠先生的学生,注意他好几天了,要他识相点。司马东想,我跟屠先生这等上海滩闻人素无纠葛,这家伙不是讹我吧。他闷声不响,对方又说,"嗨,别把我的话当耳旁风,也不要装不知道。"

"兄弟,我一点都不知道你在说什么,你叫我怎么说。"

"兄弟不能乱叫,我最烦没搞清楚就随便叫兄弟。照我们这里的规矩,叫错是要受罚的。"

"我们这种人,怎么有资格跟屠先生来往。我真的听不懂你在讲什么。"司马东的口气明显软了很多。

"那我就提醒你一下,没事别老盯人家的梢。屠先生知道了,会不高兴的。明白了吗?"

"我盯梢?我盯谁的梢,你倒是说说看,嗯?"司马东被激怒了,如果不是囿于自己的身份不能暴露,他一定会掏出枪来,七十六号的人哪里受过这种气。但他心知肚明,这肯定是骆之茜派来试探他的,所以他还需要忍着。他忍着的时候,对方出其不意地把他的手臂扭了过去,这种动作和出手的招数显然是受过训练的。然后听见对方说,"如果我再加把力,这条胳膊就不属于你了。操你娘的。"他一下子跌跌撞撞被推出去很远。他迅速站稳,瞬间决定必须反击一下,不能让对方小瞧了,传到骆之茜耳朵里,太没面子。他也是练过几天的,不能吃这个亏。两个人扭在一起。忽然警笛声大作,几个巡捕向他们合拢过来。两个人被一起塞进一辆警车。

两人分别被带进两间讯问室。

几分钟后,杨桐森出现在杜瓦尔的办公室,向他报告半个小时前和司马东之间发生的一切。杜瓦尔拍了拍他的肩膀,表示赞许。

杨桐森离开后,梁斌仁来了。梁斌仁说,司马东说他是七十六号的,他一再强调自己的政治信仰。

"放他回去。"

"放他回去?"

"对,这有什么奇怪吗?我们不必介入中国政治势力的纷争。"

但十几分钟后梁斌仁再次接到杜瓦尔的命令,暂时羁押司马东。就在梁斌仁出门后,杜瓦尔接到了骆之茜的电话,说她想见见司马东,说此人是她的老同学。杜瓦尔犹豫了一下,还是答应了她。他知道一定是杨桐森把消息透露给她的。他想,她为什么要见这个人,她知道他的身份吗?

11

司马东没想到,谜底竟是在这样一种场景中揭开的。

骆之茜开门见山,"你盯了我多久了?"

司马东似乎非常后悔,但一会儿就回过神来。他昂起头问:"你有资格这么质问我吗?我早就知道你现在叫骆之茜。我不明白你为什么还是对我居高临下的样子。实话告诉你,你的命运早就在我的手里。如果不是我在上峰面前拖延,你恐怕不能在这里跟我说话了。"

"什么叫还是?你我之间从来不存在什么特别的记忆,我也没必要对你居高临下。"

司马东脸色尴尬,瞬间红白交替,没想到他脱口而出的这句话使自己处于下风了。他听到骆之茜继续斥责,"你还嘴硬,你难道不为自己的勾当感到可耻吗?"

"有什么可耻的?个人信仰没有高尚和可耻之分。我始终以为,和平运动也是一种抵抗,至少是一种不直接的抵抗。"司马东说出这番话时,又强硬起来。

"既然是抵抗,你们为什么要剿杀自己同胞,反而为入侵的异族卖命呢?我相信,你在极司菲尔路魔窟看到的残忍一定比我更多。我也知道我的处境很危险,因为我正在为民族而战。"

"政治信仰的不同必然导致杀戮,这本来就是一件残忍的事。安设陷阱也是一种残忍,你敢否认,我现在身处巡捕房不是你的安排?"

骆之茜一时语塞。然后她淡然地说,"这不是你盯我梢的后果吗?是你自找的。可惜,至今你还执迷不悟。"

"别再用这种空洞的说教跟我说话,其实,干你我这一行的,没必要自寻烦恼,大家彼此彼此。明说吧,你想怎么样?"

"我想借用你刚才的话还给你,你的命运掌握在我的手里。"

"哼,你休想,这里是法租界巡捕房。"

"巡捕房可不是你的护身符,别忘了,你现在的身份是违反治安嫌疑人,你随时都有可能被拘捕,明白吗?"

"啊,原来如此。你不是跟那个法国佬勾勾搭搭吗?他是你的什么人,情人还是……"司马东本想讥讽出气,出口却颇为绵软,没想到被骆之茜一声狮吼拦腰截断,"你给我住口!"她吃了一惊,没想到自己的喉咙竟然这么响。这正是她的一个痛点,被他戳到了吗?她的头皮一阵发麻。司马东沉默着,腮帮上的咬肌较着劲。骆之茜想,他一定被她的这声狮吼惊到了,反而有些不忍。

各为其主的两个老同学的唇枪舌剑由此冲顶又渐渐回落平和。不过,骆之茜依然占着上风。她告诉他,她想"帮助"他向上峰兑现承诺。他继续沉默着。这样的帮助与绑架无异,并且还让自己成了一个合谋者。不,他无法接受,这样的话,他还不如为了他信仰的"和平运动"而死。

骆之茜又说,"如果你不想这么做……"

司马东打断了她,"我当然不愿意。我情愿赴死,也不愿意。"

"赴死,你觉得值吗?"

"值不值另当别论,反正我觉得这交易不公平。你这不是置我于死地吗?当然,我承认,对你而言更是死地。"

"置之死地而后生。你应该明白这个道理。"

"哈哈,我倒是不明白了,你难道真的对事实视而不见吗?你们的人走进七十六号有几个不合作的?你想想清楚老同学,我要的是你真心实意跟我们合作。"

"你说得不错,这是事实。但你知道绝地反击吗?"

"绝地反击,不可能了。我不得不再提醒你,这里是我们的地盘。还有,你很快会看到,日本和汪主席签订同盟条约后,外国人的治外法权和租界都要被我们收回了。难道我们不是在为民族而战吗?"

骆之茜一笑,"哼,一种可怜的施舍而已。"

"据我所知,重庆不也在为此积极行动吗?"

"我奉劝你把眼光放到世界上去,就不会沉溺于所谓的和平运动了。你不会对日本在太平洋战争中的逐渐失势视而不见吧?世界大势不是什么大东亚共荣圈左右得了的。和平运动是与虎谋皮,这才是你们最终的死地。"

"一个女人有如此胆识,我的确佩服。但我无法违背我的信念和纪律。"

"哈哈,你也说信念和纪律,不觉得可笑吗?即便你们的高层,不也在和政府暗通款曲吗?"

司马东抬起头,不甘心的样子,接着喟然长叹,"我真没想到,会是这样的结局。也罢,为了你的胆量,我就赌一把。"

"我可不喜欢赌。不过,我们今天的对话这辈子我都忘不了了。"

其实司马东明白,他还是被学生时代的情感左右了。他曾倾慕过这个女同学,虽然人家什么都不知道。直到现在人家仍然不知道,人家知道的就是一个执迷不悟的可耻的汉奸,虽然她从头到尾没说出这两个字。他跟踪了她三天,第四天却被她吊在了这根苦藤之下,不知道将会结出怎样的果实。

重庆批准了骆之茜的计划。

接到指令后,她忽然哀怨地想,为什么是我,一个女流之辈来承担这份痛苦。连王天木陈恭澍这样号称军统"金刚"的人物都顶不住,一旦被察觉,我顶得住吗?还有这个口口声声忠实信仰的老同学,会不会再次反目?完全不可测。

凭梁斌仁的直觉,骆之茜和司马东绝对不是老同学那么简单。他把自己的分析告诉杜瓦尔时,杜瓦尔没说什么,只让他继续跟踪。不过随后就被杨桐森阻止了。梁斌仁犯难了。两个人都是上司,他不知道该听公开的上司还是地下的上司。杨桐森给了他答案,听中国人的。他一个法国佬,不可能永远待在我们的地盘上。直接的结果是,虽然梁斌仁百般搪塞,杜瓦尔心里已存了芥蒂。即便如此,杜瓦尔也已猜到了大概。这个跟自己有过肌肤之亲的女人从事的工作和教师相距甚远,这使他在欣赏之余又添了一份怜悯。是的,就是怜悯。杜瓦尔从来认为,女人是不应该参与到战争中的,无论是公开的还是地下的。特工,一个与阴谋,色相,暴力和残忍结缘的词。当它戴上了女性的帽子,又染上了诱惑,性感,机巧,变得更加迷离。这个词原本不应属于女人的。她和他有了瓜葛,他也就脱不了干系了。为了这个充满智慧的漂亮女人,他倒是不在乎。在战争中安居一隅的上海,很多法国人和他一样依然对这座城市充满热望。汪精卫的南京政府也使上海的法国人联想到他们的维希政府和贝当元帅。作为一个天生对外界抱有新鲜触感的人,杜瓦尔觉得自己的性格和处事方式非常适合在这里施展。他结识了屠喧伍,又结识了七十六号的人,当然还有重庆分子。在这个战火纷乱的国家结识各色人等是非常有趣和刺激的事。只是,露究竟属于重庆还是南京呢。

12

骆之茜被投入这间小屋时是蒙着眼睛的。几个人架着她,步履匆匆。终于停下来。仅仅几分钟,却很漫长。有人打开门让她进去,门被轻声关上。扯下布条后,她发现这是一个十来平方米的小屋,陈设简陋,一张床一张桌两把椅两条凳,像是供人下榻的客栈。桌上尘垢铺垫,墙角结着蜘蛛网。看起来有段时间没住人了。

绑架还是软禁？什么罪名？不，绑架和软禁是无须罪名的。从被推上车到这里，走了一个多小时，巡捕房根本没那么远，算起来早就出了租界了。究竟什么人把她带到这里？

有人给她送饭，她吃了两顿后就不吃了。第二天一早，她蓬头垢面地开门，把送饭的中年妇女吓了一跳。她拢了拢头发说，"别送了，我绝食了。让绑架我的人过来。"

中年妇女怯怯地说，"什么绑架……哦，小姐，对不起，我只管送饭的。别的事我都不知道。"

"那你把我说的话传出去，让知道的人来。"

"小姐，我不敢。"她边说边从竹笼屉里拿出两个馒头，放进一个搪瓷碗递给骆之茜。骆之茜忽然怒不可遏，一把将碗推了出去。搪瓷碗跌落在地，发出清脆尖利的响声。两个馒头在地上打着滚，一会儿就灰头土脸了。

"啊呀，作孽作孽。真是作孽呀。"中年妇女一迭声念叨着去捡馒头和碗。随后一个男声出现了，"小姐的脾气太暴躁了。勿急呀，饭总归要吃的。说不定马上就会有人来看侬了。"

"侬是啥人？"骆之茜愤怒地问。

男人看她一眼，"我是啥人关侬啥事体。我又不认得侬，不搭界的嘛。我是好心劝侬，饿死是侬自己的事体，想想清爽。"

骆之茜一想，也对。现在不知身处何地，万一绝食而亡，连收尸的人都没有。无数次风浪都过来了，还差这一次？

又过一天。傍晚，门外出现一阵乱沓沓的脚步声，至少有三四个人。然后重归寂静。接着又有脚步声出现。是一个人的。咦，怎么这么熟悉？不知道是本能还是特殊的听觉，心就狂跳起来，抑制不住地狂跳起来。

门被轻轻打开了。

啊，真的是他。

骆之茜一阵晕眩。

"露,你受惊了。"杜瓦尔快步走向她。

"杜瓦尔,这是怎么回事?"她带着质问的情绪。

"我已经下令调查了。"

"那你怎么会到这里来的?"

"昨天上午,你的表弟杨桐森告诉我,他有事找你,一个上午都没找到。我立即派一名探长去查,直到一个小时前才刚得到消息。哦,天哪,真的是你。我太高兴了。露,你没事吧。"他走过来,轻轻揉着她的肩。这只汗毛粗硬醒目的手和它的动作立即唤起了骆之茜和他之间的全部记忆。

"杨和我一起来的。你要见他吗?"杜瓦尔关切地问。

骆之茜点点头。

杜瓦尔打开门,向门外喊了声,"杨,你过来。"

杨桐森应声而入。骆之茜和他迅速用目光交流了一下,杨桐森跺了一下脚说,"阿姐,你急死我了。"

"阿森,我好好在街上走,就被人家用布条蒙住眼睛,带到这里来了。到现在我还不知道这里是什么地方。"

杜瓦尔说,"我也是第一次到这地方来。"转而他问杨桐森,"这里是什么地方?"

杨桐森说,"这里靠近龙华了。"

"这么远,绑架我的人会是谁呢?"

杜瓦尔问,"露,你最近跟谁有过争执吗?"

"没有啊。我从来不会与人发生争执,连我的学生都可以随便跟我说话。"

"我相信。但是,你现在的确处于危险之中。"

杨桐森说,"杜瓦尔先生,我来保护她。"

"你?不,杨,你有更重要的事做。你先出去,我要和露谈谈。"

杨桐森出门后,杜瓦尔走近骆之茜,轻声说,"露,现在请你告诉我,到底发生了什么。"

"没什么。你以为发生了什么?"

"不,你是在瞒我,我看得出来。"

"你看出来什么啦? 我一个教师,跟谁都无瓜葛,有什么可瞒的。"

"据我所知,那天你和司马东谈了很久,是吗?"

骆之茜倒不是很吃惊。在巡捕房,什么都瞒不过杜瓦尔,但她确认他不可能了解他们之间的"交易"。不过,接着杜瓦尔的这句话真的让她吃惊了。

"你不说实话,那就我先说了。那天你在和你的同志,就是所谓的重庆分子接头。你别这么看着我,我有证据。"

"那就是说,这事是你干的。"

"是为了保护你。在这种情况下,被七十六号发现是什么后果,你比我更清楚。"

骆之茜沉默了。

杜瓦尔说,"所以,你应该告诉我真相,这样我才能真正保护好你。"

骆之茜继续沉默着。

"我完全理解你。在我的国家也发生着同样的事,维希政府成了希特勒的傀儡。"

"那你们为什么还给七十六号发放持枪证?"

杜瓦尔一愣,也不分辩,只叹出一口长气,"我受到了威胁。虽然这么做有损我的名誉和人格,但我别无选择。"他低下了头。

"你这么做和维希傀儡有什么区别。你这是助纣为虐,是要受到惩罚的。"

"露,我无法反驳你。人在江湖身不由己,都是为了生存。"

"那你为什么还要保护我? 你太聪明了,左右逢源这一套比中国人都厉害。"

"我发誓,我保护你是因为我对你的爱。我对你承诺过的,并不是你说的左右逢源。"

骆之茜的确不止一次听过杜瓦尔的发誓,她爱听他发誓,即使这个人惯于耍滑头,至少在这一点上,他是真诚的。她曾想过,如果不是为了执行任务,而是在某个场合邂逅这个家伙,然后让浪漫自然生长,将是一件多美妙的事情。这种想法对一个特工来讲充满危机,对一个女特工更可能是致命的。她任务在身,她和杨桐森,都需要他的庇护,这和坠入爱河完全是两码事。她必须给自己划出清晰的界限。

13

那天,屠喧伍这里来了一个不速之客。屠喧伍本想不见,但叶老说,还是见一下吧,人家正在风头上。屠喧伍默认了。他想,有个日本主子,操你娘的七十六号真是越来越霸道了。

特使是司马东,他低头哈腰的举止让屠喧伍很感轻蔑。司马东转告了上司的意思,希望屠喧伍能给七十六号调拨点人马。屠喧伍指着一边作陪的叶老对司马东说,"司马先生,我这里的人老的老小的小,闯世界的没几个了,不像前几年那样了。"

司马东说,"屠先生客套了,上海滩谁不知道屠先生兵强马壮。屠先生要是出马,没有事摆不平的。如果屠先生能与我们合作,那真是所向无敌了。"

屠喧伍连连摆手,"哎呀,司马先生,你别给我抬轿子了,我摆不平的事多了。比如说,这日本人我摆得平他吗?还有你们七十六号。现在呀,你们老大才是上海滩的这个。"他翘了翘大拇指,"没听见人家说吗,谁家的小囡吵闹,大人只要说你们老大来了,小囡马上就不哭了。我呀,不行了,准备退出喽。"

叶老在一边咳嗽着,附和道,"屠先生说得不错,我们毕竟是草头王,早就过气啦,过气啦。司马先生,你别难为我们啦。"

司马东心想,这个老奸巨猾的屠喧伍,给我来这一套。那就抬出日本人来压压他。他依然面带微笑,"我知道屠先生对日本人有看法,其实屠先生有所不知,日本人一向很看重屠先生的。我这次来,宪兵司令也让我带口信来,竭诚希望屠先生合作。"

屠喧伍往烟斗里又加了点烟叶,狠狠吸了一口,吐出来的时候很舒畅,他闭着眼睛说,"司马先生,我们说自己的事,搬出日本人来就没劲了。我从来不跟日本人谈,就是他司令亲自上门,我也照样不谈。"说完他把烟斗狠狠地在酸枝红木茶几上磕了磕,烟斗发出清亮的响声。然后他站起来,径直就往门外走,"叶老,替我送送司马先生。"

司马东眨着眼,叶老已站在他身旁,微微躬身,说,"司马先生,屠先生好像不高兴了。请你包涵。"

司马东不甘地看了一眼叶老,慢慢站起身来,说,"叶老,你劝劝屠先生,别不高兴,气大伤身。都在江湖上,混一天是一天。如今这个地方,还是汪先生保护着的呢。"

叶老朝门外方向做了个手势,"司马先生请走好。"

送走司马东,叶老去了屠喧伍那里,屠喧伍仍绷着脸,见叶老进来,他的脸色缓和了。然后两人密语起来。

杜瓦尔的这次"绑架"行动并无特别的收获。骆之茜既没有明确承认,对他出示的证据也未置可否。唯一可以确认的是,她并不拒绝他。这一点庆幸弥补了杜瓦尔的不快。

情况越来越不妙,法国并没有与南京政府建立官方外交关系。由于日本人对法租界的控制得寸进尺,公董局在重庆、南京和日本人之间的缝隙中显得更为局促。尽管公董局搬出曾与驻沪日本宪兵司令石井少将在圣西尔军校同窗的巴斯蒂昂多次洽谈,但在陪同洽谈的新晋巡捕房督察长杜瓦尔看来,日本人气势逼人。随着二战战场上的失利,法国的筹码越来越少,日本宪兵禁止进入法租界搜查的底线已被突破。在无数次艰难的力争后,巴斯蒂昂的日本老同学给他留了最后一点面子,宪兵行动之前必须事先通知法租界警方。

几天之后,杜瓦尔果然得到一份来自日本宪兵司令部关于涉嫌对帝国构成威胁的在实业、银行、出版、教育等机构从业的人员实施搜查的声明,骆之茜的名字赫然在列。

杜瓦尔捏着这张纸,像捏着一堆炭火,手心被灼烫一般,他把这张纸揉成一团,狠狠摔在了桌上。他在椅子里坐下,那团炭火瞬间移到了屁股底下。他不得不触电一般弹起来,那团火竟然对他不离不弃,缠着他的身体,他怒不可遏地甩着手,但无济于事。那团火又烧到了头上,他到盥洗室,把头伸到龙头下一阵猛冲,总算冷却了下来。

一个多小时后,杜瓦尔慢慢把那团纸展开,然后拿起电话,叫梁斌仁立即过来。

他面无表情地把这张纸递过去,说,"把它译成法文和英文,十分钟后交给我。"

骆之茜来了。没有寒暄客套,杜瓦尔把那张英文的交给她,骆之茜快速一扫,然后上前拥抱了一下杜瓦尔,迅速离去。

司马东不仅时刻提防着,而且还嫉妒着。危险无时不在,向他绽着狰狞的脸。这些日子他噩梦连连,梦见自己的身体被劈成两半,那个紫红大脸的刽子手用砂皮一样的手指抹着钝钝的刀口,原来他的身体这般坚硬。刽子手把钝刀从他的身体里抽出来,再一次大力劈下,他一闪,躲过了,大叫一声,就被扔到黑漆漆的世界中。他抖抖索索摸了把自己的脸,还好,没被刽子手劈到。再摸自己的身体,囫囵的,没半点损伤。汗就嗖嗖地从毛孔里逃窜出来,带着一股腥臭味,臭不可闻。他被熏得干呕起来,控制不住地干呕,呕得床上全是。腥臭和酸腐在空气中混合,酿成一种令人窒息的气味。他打开门,站在寒夜中,直到簌簌发抖,鼻孔发痒,一个喷嚏叫器着蹿出,才把他拽回到现实之中。

他不敢把这火继续玩下去,他也不期望这种可怕的交易将会给他的未来带来什么。身心都被人家点灯熬油了,这种日子还过得下去吗?他也扪心自问,骆之茜口口声声为民族而战,难道他不是吗?他没有怀疑过汪主席的和平运动,深信曲线救国也是救国。但日本人所谓"日满华"牢固结合的共存共荣并没有使他看到救国的希望,而且还在一天天地被遗弃。说穿了,南京政府只是附庸。高层们嘴里说的和行动上做的也令他十分失望。汪先生不是说过,我们也能主宰中国的命运吗?但为了利益和求生,他们可以放弃信仰和立场与重庆勾搭。这无法不让这个自诩汪精卫信徒的人深感悲哀。可怕的梦魇缠绕之后,他有了离开的念头。

这天,跟踪骆之茜多时的司马东突然返身迎了上去,骆之茜并不惊讶,她竟然笑了笑,看着他。司马东忽然觉得很尴尬,不知所措的样子。骆之茜冷冷地说,"司马东,有你这样一个保镖,我心里真是笃定极了。"

司马东总感觉自己在她面前不自然,至今对心仪的女同学如此模样,真他妈的贱啊。罢了罢了,既然是一厢情愿,还有什么顾虑的呢。他说,"骆之茜,这局棋我赌不下去了,算我悔棋了行不行。"

"你到底什么意思?"

"我想终止我们之间的交易。反正你也如愿了。"

"终止了,你还能在七十六号待下去?"

"我听天由命了。"

骆之茜想了想说,"这我做不到,我说过,我有重要的事。"

"我知道。为民族而战。"司马东悻悻然。

"知道就好。我觉得,你我的合作是短暂的,你应该珍惜才是。"

"短暂,是什么意思?"

"现在的形势越来越有利于盟国了,日本还能坚持多久。"

"你真的是这么想的吗?"

"这是事实,不是我想出来的,而是我看到的。你是有理想的人,不会自我遮蔽事实,更不会视而不见。"

跟踪者和被跟踪者的关系非常微妙,是猫玩老鼠还是老鼠戏猫,真的说不清楚,对于不知道自己处境的一方来说,主动和被动的关系随时都有可能被置换。

司马东觉得,本来自己应该是一只猫,但忽然发现成了一只被骆之茜玩弄的老鼠。梦魇未去,又添新沮,他感觉自己快要崩溃了。

14

个把月前,大亨齐凌因为投靠日本被军统在家中铲除。此事从经营到实施,七十六号竟然没得到一点消息。而且在此之前齐凌已有两次遇刺经历,每次出门十几个保镖护卫,甚至还出动了日本宪兵,却仍没能阻止。据说,齐凌是屠喧伍的结拜兄弟。那个军统杀手曾在屠喧伍手下混过,然后又进入巡捕房。当日齐凌在家庆贺五十生日,生日成了忌日。子弹从咽喉贯穿至后脑,杀手全身而退。李先生大发雷霆,发誓要以暴制暴。

初春的一个晚上,月朗星稀,天际无垠。

继几个著名出版商和记者饮弹而亡之后,几个来不及转移的银行家和大批银行职员被七十六号劫持了。

骆之茜和司马东在一个行动组。他们在银行职员面前挥舞着枪,不断喊着"肃静"。对方其实已经噤若寒蝉,这让"肃静"变得颇为讽刺。

骆之茜感念着杜瓦尔的这张纸,毕竟这张写满英文的纸让十几个需要军统保护的人幸免于难了。而且,英文显然增加了这张纸的安全系数。

在此之前,她已经安排杨桐森带着梁斌仁和屠喧伍的十几个手下在中国银行这幢员工宿舍大楼外围就位,伺机救人。

有人要求和劫持者谈判,这近乎奢望。劫持者的目的是要让敌人交出那些在他们的账册里挂了名的重庆分子,后者袭击了中央储备银行。

谁都明白谈判是不可能的事,只是一场血腥行动的托辞,被劫持者将成为这次报复行动的牺牲品。终于有人捱不过这个局面了,企图偷偷溜走,这正是劫持者希望看到的。子弹长了眼睛似的向溜走的背影追了过去,鲜血顷刻从背上飙出,人群发出惊恐的叫声,继而重新归于死寂。

有人开始晕倒,然后病毒一般在人群中蔓延,倒下一个的时候就有一次小的骚乱,于是有人再次要求离开。人们开始抱怨,声音越来越大。劫持者不屑用语言而是用枪发声。经历了最初的惊厥和恐惧之后的人们似乎产生了免疫,用他们的声音汇聚起来对抗枪声。劫持者开始寻找看上去像组织者的人,并把他们拉出来与人群隔离。然而声音更响了。

骆之茜觉得局面失控了。她对天连发两枪,喊道,"大家不要乱,冤有头债有主,我们不会殃及无辜,都冷静点。"

话音刚落,一颗子弹飞向人群,又一个被劫持者倒在血泊之中。

骆之茜火了,她爆了一句粗口,"谁他妈的跟老娘唱反调,有种的给我站出来。"

一个窄下巴挤过来对着骆之茜嚷,"老娘,谁是老娘?跟你唱反调怎么啦?告诉你,老子早就想跟这帮金饭碗叫板了。谁他妈不老实,老子接着撂。"

骆之茜突然对着窄下巴扇了两个巴掌,大声说,"老娘就是老娘。有本事你朝老娘撂啊。"

司马东横在他们中间,"自家兄弟,别内讧。"

窄下巴不买账,"一个臭娘们,谁跟她是兄弟啊。"

司马东指着窄下巴,"我看你小子是想惹事吧,给我听着,等候上峰指令。"

"上峰早就有指令了,以暴制暴。你们不知道吗?我看你们他妈跟这帮人是一伙的。"

司马东也火了,他瞪起眼珠,"你再说一遍,我让你满地打转信不信。"

窄下巴看着左右两个眼睛里都喷着火的人,捂着被扇红的脸,叽里咕噜地走了。

上峰的指令说到就到,就地甄别,带回审讯。

这还是一个托辞,如何甄别,什么标准,都没说。审讯才是真意。所以甄别的结果当然是大多数都在"带回审讯"之列。

骆之茜想,"带回审讯"意味着什么她最清楚,在那个地方,有几个是怎么进怎么出的呢。她向杨桐森发出了抢人的指令。

没有谁会乖乖地跟劫持者走,他们被枪顶着推搡着。就在离那辆早已等候的大卡车十几步的距离时,杨桐森迅速窜进人群喊了一声,大家跟我走。人群立刻乱了。

子弹横飞,枪战终于无可避免。

大部分人逃离了现场,有人中弹倒下。杨桐森弹无虚发,五六个七十六号特工倒在他的枪下。在梁斌仁的掩护下,众人逐渐撤退。司马东还击着,杨桐森渐渐向他逼近。

司马东突然一把抓住骆之茜的衣领,另一只手用枪顶着她的脑袋,"是你安排的?"

"是我安排救人的。"

"借救人杀人,你好毒啊。我终于知道什么叫蛇蝎心肠了。"

"劫持这么多人作为人质,你们才是蛇蝎。"

"我要杀了你。"

"来吧。我早就准备好有这么一天的,就是没想到过会死在你的手里。"

"你听好了,这是你逼的。我不想这么做,否则我对不起这么多弟……"

他突然哑口。后脑勺响起一个声音,"把枪放下。"

司马东握着枪的手慢慢垂下来,后脑勺的声音再次响起,"把枪给我。"

司马东缓缓转身,突然举枪对准对方连击数枪,对方慢慢倒下了。骆之茜失声叫道,"阿桐,阿桐……"她的嘴被司马东捂住了,仅仅几秒,随着一声枪响,手就松开了,司马东的身体在她面前斜着倒了下去。骆之茜俯身下去,大喊,"司马东,司马东,为什么……为什么呀……"司马东大口喘着气,拼足全力说,"骆之茜,我是……爱,爱过……你的……"骆之茜热泪顷刻洒在司马东的心脏部位,那里,鲜血正不断涌出。然后,骆之茜又扑到在杨桐森的身体旁,发现他的食指扣在枪的扳机位置,已经僵硬了。

天色墨漆一般,把十几具刚刚消逝的生命深深包裹进去。在这个春天的夜晚,繁星俯瞰着地上的血腥。鲜红迸溅,尸横街头。骆之茜一直抽泣着。很久以后,当她回忆起特工履历中这个最令她惊骇的场景时,她的身体仍抑制不住地颤抖。

梁斌仁默默注视着骆之茜因为啜泣而微微摇晃的背影,不知道说什么。

她究竟是什么人?

15

贝尔纳说着说着就激动起来,他大幅度挥着手,咆哮着,咒骂维希政府,咒骂贝当,咒骂纳粹,咒骂屠喧伍,他反复用"恶棍"和"流氓"来表示他的憎恶。几年过去了,屠喧伍还是他心里的一道坎。但是在公董局,很多人被这个家伙买通了,那些外交官、律师、金融家还厚颜无耻地称这个流氓为"法国亲戚"。总之,贝尔纳不甘心就这样毫无尊严地离开这个被称为"东方巴黎"的地方。

杜瓦尔在一旁等他发泄结束,说,"总领事先生,请您息怒。在过去的几年里,我们非常成功地维护了租界的秩序、安全与繁荣,这一切全都是在您的要求和指挥下达到的。租界的终结不是我们的错,也不是政府的错,也许是大势所趋吧。"

"瞧瞧你这张能说会道的嘴,总能把一团混乱不堪的东西说得令人舒服。巴斯蒂昂先生不适应这里,所以卷了铺盖。我真为他惋惜。而你从一个士兵到海外殖民地警务处督察长,而且还游刃有余。不过,我得提醒你杜瓦尔先生,圆滑也不能过分,否则终有一天会变成难以下咽的苦果的。"

"我一定谨记总领事先生的提醒。"他心里却想,在这个复杂之地,不圆滑就是自找麻烦。不过,圆滑其实更麻烦,让自己陷进泥淖,深不见底,深不可测啊。可怕的是,这个泥淖还在往下陷。但他停不下来了。

深秋初冬,法国梧桐树叶在这个城市第一波寒潮来临之前纷纷坠落,弹硌路上铺陈着叶子们在枯萎之前悲壮的绚丽。脱离了树干的滋养,绿色渐渐由深变浅,然后渐变成黄,叶子卷曲了,筋脉鳞峋而峥嵘,在瑟瑟寒风中撑持着最后的颜容。杜瓦尔已看惯了这个场景。上海人在梧桐树叶的稚嫩、青涩、恢弘、缤纷再到飘零、腐烂中经历着流年岁月。从一九四二年冬到一九四三年春,他们被另一种景致吸引。日本、美国、英国、法国先后宣布放弃在华治外法权,交还租界。

杜瓦尔由督察长变身上海第八区警察局副总监。对他而言,不仅是再一次升迁,而且还和留下来的一百多名法国人一样,成了汪伪政府公务员。

这对他意味着什么,他想过。作为一个和维希政府一样的傀儡政权,能存活多久,他不知道这是不是他的最终归宿。他还年轻,正是精力充沛的年龄,他还可能在这里获得更多。权力、资源、金钱,屠喧伍至今每月给他可观的车马费。不过,如果不是这个家伙伍鑫公司的把柄捏在我手里,他能给吗?还有女人,他当然不止一个女人,但骆之茜对他来说是特别的,他承认这个女人对他具有魔力。他不知道自己是不是唯一拥有她的男人,但拥有就足够了。他们的肌肤之亲延续至今,让他暂时忘却在这个与倾轧、暴力、险恶和阴谋为伍的世界里的生存之累,也许她也感同身受。这是互相慰藉还是真诚拥有。这个念头一出现,他就立时把它斩断。如果按着这个逻辑思考下去,他会疯掉。

平静的日子来得并不慢。一九四五年的伏天还未过完,战争结束了。日本投降。汪伪政府也随风而去了。

杜瓦尔真的疯了,却不是因为要弄清楚他和骆之茜之间是抚慰还是拥有。骆之茜再次见到他时,他那张嘴的功能并没有退化,却思维混乱,胡言乱语。骆之茜心里一阵迷茫,她想用身体去安抚他,被他拒绝了。他旁若无人地絮叨着,开始回忆自己的童年,回忆他粗暴的父亲和一直藏在心里的哥伦比亚女人,然后迅速穿越到上海,再折回当年的陆军生涯。不长的从军经历成为他叙述的一个重点。他说因为操典训练屡次不合格而被他的长官狠揍过一顿,后来他凭借自己的智慧让这个长官掉在一个臭水坑里。他兴高采烈地大笑起来。他还说,他其实没打过几次仗,如果多打几次,恐怕早就献身沙场了。所幸他运气超好,来到上海。上海让他获得了一切。他两眼放光,亢奋地指着骆之茜,露,我刚到巡捕房就认识了你。他似乎突然恢复了正常,走到骆之茜身旁,搂她,吻她,然后把手放在她的臀部上温和地游动着。忽然骆之茜大叫了一声,原来杜瓦尔突然发力,把她的臀部当作了一块柔软的海绵。他惊恐地看着她,举起双手作投降状。骆之茜痛苦地别过脸去,这个让她迷醉的法国佬突然成了这副样子。

几天后,梁斌仁带着几个警察来到杜瓦尔的住处,他的前上司以一种怪异的神态迎接了他。梁斌仁想,他一定忘了站在自己面前的这个人是谁了。

梁斌仁眉头紧蹙,艰难地用中文和法文向杜瓦尔宣布对他的逮捕令。他被指控在巡捕房副督察长任内,与汪伪政府警察局交往并合作,甚至允许汪伪政府特工携枪进入法租界。租界取消后,他又继续在汪伪政府警察局中担任高级官员。因此以涉嫌叛国通敌罪名予以逮捕。

宣读完毕,梁斌仁看了一眼坐在房间一角的骆之茜。他曾受杜瓦尔的指令在巡捕房监视过她与司马东的谈话,也曾在杨桐森血洒街头时见过她的背影。

至今梁斌仁不知道这个女人就是他的上司。直到杨桐森倒在司马东的枪口下,他都没有告诉过梁斌仁自己的上司是谁。这是规矩。但是现在,骆之茜已经被她的感情左右了。她要阻止梁斌仁的行动。

她对他说,"他是个疯子,逮捕他有什么用?"

梁斌仁说,"我不能确认他是真疯还是假疯,必须带到警察局做法医鉴定。"

"不,你不能带走他。不能。"骆之茜很执拗。

"对不起,您是他的什么人?"

"我吗,我是他的证人。我知道他精神分裂了。"

"即便如此,我们仍然要把他带走。这是法律。女士,请你不要妨碍我们执行法律程序。"说着,他示意身后两名警察带走杜瓦尔。

杜瓦尔呆滞地看着梁斌仁和两名警察,忽然哈哈笑了。

骆之茜被这笑声颤抖着,摇晃着,她知道,她拦不住他们。

一直到警车没影子了,她才回转神来,一双手环绕在腹部,轻轻打着圆圈。她怀孕了。严格地说,已经第二次了。一年前流产过一次,她没告诉杜瓦尔,这次本想告诉他,他却疯了。多么无情又多么无耻地疯了。

然后她开始翻箱倒柜寻找那张来自日本宪兵司令部的日文原件和译成法文的纸,加上她保存着的英文译件,她要把它们交给梁斌仁,转交法庭,这将是一份可以为他开脱的证据。

她决定把自己隐藏起来。无论如何,没有第二次流产了。日本投降了,就当是一个对祖国成为战胜国作出过贡献的女特工送给自己的礼物,她也要把孩子生下来。即使受罚,开除,她都认了。

16

几个月后,骆之茜生下一个女儿。然后她回到老家,把女儿交给父母,说是受一个朋友重托代为养育。母亲看着婴儿的眉眼,欣喜地说,"看看她的模样,像个洋囡囡。"父亲看了看略显疲惫脸色苍白的女儿,说,"好好养着吧。"

一九四八年的一个冬日,骆之茜又一次回家,交给父亲一封信,说必须到孩子成人时打开,亲手交给她。父亲问她要去哪里,她说要去与家乡隔海相望的那个岛。也许她很快就会回来的。父亲又问这小姑娘究竟是谁的孩子,她说就当是自己的。爸爸你说过的,好好养着,把她养大。我一直都没想好叫她什么,爸爸你给她起个名字吧。她说这话时特别柔软,父亲想了想说就叫她念念吧。叫她一直念着你。

骆念念跟着外公外婆长大了。骆念念二十岁那年,外公颤抖着苍老的手兑现了对女儿的承诺,把那封信交给了她,并让她读了一遍。在此之前,他从没打开过。骆念念读得断断续续,直到祖孙俩抱头痛哭。然后他们一起把这封信丢进了小煤炉。那是一九六六年初秋的一天。作为一个混血儿,骆念念的麻烦接踵而至。尽管外公绞尽脑汁编了故事,但还是经不住那个年代无休无止的盘问。比如骆念念的父母是怎么死的?有何证明?为什么随母姓?她的父亲是哪国人?骆念念在接受盘问中纠结着谴责着愤怒着,同时不可阻挡地成熟着。直到一九七九年她走进了上海的大学。外公和外婆相继离世,只剩下她一个人。她常常独自在那一块曾为法租界的地方流连徘徊。有时她会向某个男同学借上一辆廿八寸的永久自行车在这片区域的弄堂里穿梭,坦然接受那里的大妈阿嫂惊奇的目光。她读得出她们目光中的询问,这小姑娘怎么长得这么高,是中国人还是外国人。她骑着车悠悠然在这些保留下来的法式别墅和小洋楼中感受父母亲当年在这里的情感和厮杀。妈妈还好吗?说起来也有七十多了,但是按照妈妈信里的说法,她在这个世界彻底隐匿了,她将永远归于沉寂。一条海峡让一对母女天各一方,连同她们血脉贯通的生命。

二十世纪八十年代初,年近不惑的骆念念去法国专修人类文化学,获得博士学位。随后她来到布列塔尼,她父亲出生的地方。粗犷的花岗岩

121

河岸,平坦洁净的沙滩,安详质朴的小镇,风味绝佳的海鲜,浓郁独特的民族风情,这一切都与巴黎的喧哗和奢侈格调迥异。骆念念很快就喜欢上了这个地方。

　　后来她到了布列塔尼北部的玫瑰海岸,那里可以看到很多散落在海岸边的玫瑰红色的花岗岩。她在这些石头上走来走去,发现淡淡的粉红色果然在石头上若隐若现,像玫瑰一样散发着星星点点的姿采。她被这些浪漫的石头迷住了,决定在这里多住些日子。她想,当年那个混血青年是不是也被这里的石头痴迷过,那个上海法租界巡捕房警察是不是想过回到这里。她又想,如果哪一天,有个满脸皱褶的老头突然出现在这里,说自己叫杜瓦尔,那种浪漫降临的时候,她会怎样的欣喜若狂呢。

船　殇

1

邮轮已在黄浦江东岸靠了几个月,公司发来的电报仍重复那几句话:就地待命,暂时不能返航。

乔凡尼看一眼电报,然后就撕了,随手向江里狠狠地掷去。他记不清已经第几次撕电报了。盛夏傍晚的江风把可怜的碎纸片吹得各自离散,然后坠下,被浑浊的江水吞没。

一个怯生生的声音说,"船长,我们什么时候才能回家?"

江风把乔凡尼一头长长的褐发吹成一面飘逸的旗帜。在渐渐黑下来的暮色中,他坚硬的脸部线条仿佛一尊铜像。铜像慢慢回过头来盯着询问他的这双栗色眼睛,"小兄弟,你没见我把这份臭狗屎电报扔进江里了吗?它散发着臭气告诉我们,你们在这里等着吧。等着吧,嗯。别想回家的事啦。"

栗色眼睛缓缓低下头,神情沮丧,轻声抽泣起来。

"卡米洛,别这么没出息。既然跟我出来了,就跟着我混。"乔凡尼摸了一下卡米洛的脑袋,"走吧,跟我上岸,喝酒去。"

这天晚上,乔凡尼喝得酩酊大醉,但他固执地不让卡米洛扶着他,他认真地指着卡米洛的鼻子说,"记住,你,是我把你从老家带出来的,你得听我的,明白吗？我用不着你……来扶我。"他夸张地甩着胳膊,一派器宇轩昂的样子。

一路晃着,乔凡尼发现人们看他的眼光有点异样,他尽力做出亲切的样子微笑着,但人家更快地从他身边离开了,简直疾步如飞地溜走了。他意识到他一定笑得很难看。一个笑得很难看的人在大街上晃悠,一定会给别人带来不安。问题是现在他就很不安,而且越来越感到不安,虽然他大着舌头跟卡米洛充老大。倒也不是充的,他的确呵护着这个比他小十几岁的小老乡。

大半年了,康蒂罗莎号一直充当着犹太难民的诺亚方舟。就在这一趟鸣笛向上海出发的时候,一个年轻男人突然神经质地大喊,我要下船,下船。他的难民同胞诧异地看着这突如其来的一幕,连邮轮上空的白云都停住了脚步。卡米洛一路小跑奔到船长室,对乔凡尼耳语了几句。乔凡尼转过身飞快地向船舱奔去。人们自动让开一条路。乔凡尼与男人面对面,发现这张脸红中透着晦暗的青色。他沉静地说,"先生,我是康蒂罗莎号船长乔凡尼,你有什么事？"

男人似乎没有了喊叫的勇气,瞄了乔凡尼一眼,说,"我要下船。"

乔凡尼问,"你知道上这条船有多么不容易吗？"

"我知道。"男人突然抬起头,凶狠地瞪着乔凡尼。

"那你为什么要下船,你难道想妨碍这一船你的同胞吗？"

"不,我不想妨碍谁,但我要下船。"

"那你得给我个理由啊。"

"没什么理由,我不想去上海了。那是个魔都,是个冒险的地方。我不想到一个没有秩序、混乱的地方去生活。"

有个难民插话了,"那你想在集中营等死吗？"

另一个声音又说,"是啊,即便冒险,还有生还的可能,但在集中营,你就只有等死一条路。"

男人执拗地说,"你们这些傻瓜,冒险的生活比等死更可怕。"

乔凡尼忍不住大声呵斥,"你是个懦夫,连冒险都不敢,还算什么男人。我警告你,下了这条船,你就再也没有机会上船了。"

男人怔怔地看着乔凡尼,突然,他歇斯底里地挤开人群,狂怒地喊着,"我不去,我要下船。"他冲向了船舷,人群惊呆了,来不及做出反应。乔凡尼快奔几步,狠狠拽住男人的衣角,男人试图挣脱,乔凡尼铆足力道不松手,就像角力一般,男人倒下了,乔凡尼拉住他的衣领,顺势甩出一个耳光。男人跳了起来,显然没有了刚才的气势。乔凡尼拉着他,对身后一直跟着他的卡米洛说,把他交给你了,看好他。片刻后,乔凡尼响亮的声音通过喇叭传播到康蒂罗莎号的每一个空间:"启航。"

到了上海,却迟迟不见公司的返航通知。

回到船长室,乔凡尼倒头便躺。仅仅几分钟后,他歪歪扭扭地冲了出去,目的地是厕所。他趴在马桶上,污秽物声势浩大地倾泻出来。尽管乔凡尼不愿承认,可这次他真的喝多了。

第二天早上,乔凡尼就完全遗忘了昨晚被人抬进船长室这件事。此刻,他正站在甲板上,船员们都看得出来,这位向来乐观的船长的语气变得非常呆板。"兄弟们,"乔凡尼习惯用这句话作为他的开场白,"我昨天又接到了总公司寄来的臭狗屎电报。真是臭狗屎。上面还是那几句话,让我们等待。等待。"他耸了耸肩,"我也不想说什么了。兄弟们都想想,接下去,康蒂罗莎号该怎么办。"

"嗨,乔凡尼,我知道你有主意了,还卖关子。"大副说。

乔凡尼摇摇头说,"我要是有主意,还用问你们吗。一年多了,我们源源不断地把欧洲犹太人送到上海来,现在自己也困在这里,回不去了。"

大副轻轻揉了一把乔凡尼,"算了吧,不说这些了。说点好玩的吧。"

乔凡尼盯着大副,作出惊讶的样子,"你还有好玩的事?你想说什么,我竖着耳朵呢。"

"你知道昨晚发生的事吗?"大副神秘兮兮的。

乔凡尼发现,大副和一帮兄弟都坏笑着。大副做了一个趴着的动作,众人哄然大笑。乔凡尼突然一把揪住大副的衣领说,"你喜欢这样,我就让你趴着去。"乔凡尼臂力超群,大副像个小鸡一样被他提溜着,却不告饶。乔凡尼一个转身,紧走几步,避开众人对大副说,"你要是再敢说这事,我会让你趴一整天的。"他似乎想起了昨天的不堪,但在康蒂罗莎号上,他的酒量是无人可敌的。如果被大家当笑话讲,他以后还怎么在这条邮轮上做老大。

乔凡尼重新回到众人面前时,恢复了神气,他看了一眼卡米洛,"小子,你昨天不是问我还回不回得去吗,现在,我正式告诉你,我们回不去了。因为那帮家伙不想让我们回去。"

卡米洛问,"究竟是为什么,船长?"

"当初墨索里尼先生向英法宣战,随后,意大利军舰都成了英国皇家空军的攻击目标。遗憾的是,我们的海军连还击能力都没有。真是臭狗屎。"

有个年轻人问,"我们是商船啊,英国人凭什么炸?"

乔凡尼对一旁还在扭着脖子的大副说,"亲爱的大副,你来告诉他这是为什么。"

大副说,"人家炸的时候只认你挂的国旗,哪管你是什么船呀!"

乔凡尼接着说,"所以我们只能待在上海,否则也可能成为英国皇家空军的猎物了。前些日子,罗马的海军司令部传出消息来,说墨索里尼可能会被国王解除职务。如果真这样的话,意大利跟德国人日本人也没几天一起混了。"

卡米洛说,"那英国人就不会炸我们的船了。"

乔凡尼说,"你可别忘了,眼下,上海是谁的地盘?是日本人。罗马一旦宣布退出,日本人一定会来夺我们的船。我们逃得过英国人的轰炸,不一定躲得过日本人的要挟啊。"

甲板上寂静得只听见船员们粗重和不甘的呼吸,像是为乔凡尼这段话加上一个注释。

没过几天,消息成真。意大利宣布正式退出轴心国,向盟国投降。

上百日军和汪伪警察在一名大佐的指挥下登上意大利海军军舰"卡罗托"号的舷梯,志在必得的样子,但遭到海军士兵的阻拦。精瘦矮小的大佐面对身材高大的意大利海军上校没有丝毫发怵,反而轻蔑地嘲笑着他和他的国家都是孬种。上校从对方的眼神和两片翻飞的嘴唇里读到了不屑和讥讽。上校有点动怒,转身紧走几步,向他的士兵们喊着什么,士兵们迅速后撤,然后列阵,走向各自哨位。双方拉开了距离。大佐疑惑地看着,还没弄明白怎么回事,一枚炮弹就直直地飞了过来,顷刻爆炸。没等他抽出指挥刀,又一枚炮弹在甲板上爆炸。船上顷刻间变成了火海。上校高声命令撤退。就在"卡罗托"号官兵撤的时候,船体开始倾斜。

水手把通海阀打开了。

军舰慢慢沉下去,如同一口蒸腾的大锅突然坠入,溅起来的水雾掺着爆炸物铁黑色的遗骸和殷红的血,在黄浦江江面上久久不散。

正在对岸的乔凡尼和船员们高声呼喊起来,直到喊得筋疲力尽。然后,他们齐齐低下头,为"卡罗托"致哀。抬起头来,乔凡尼已是泪流满面,他对兄弟们说,"卡罗托"没给意大利丢脸,海军也不是"臭狗屎"。天无绝人之路。既然回不去,我们就在这里待着吧。上海有世界各国的外国人,好几万犹太难民都乘着我们的船到这里来避难,难道会多了我们这几个年轻力壮的家伙吗,大不了上海再多几个难民而已。反正,我这个船长是当不成了。

2

董扬仲身材健硕,步履轻捷,穿着得体,只有一头露出银丝的头发些许透露出他的年龄,他说自己年过半百,陌生人大多不予认可。但董扬仲的确五十有五了。

他有自备轿车,早晨出门还是喜欢步行。这天早晨黑云压顶,出门前他稍犹豫了一下,打开门就果断地决定,走着去。接近外滩的时候,天色渐渐明亮起来。人都有惯性,走路也一样。他发现今天往外滩走的人明显比平常多,再往前走,远远一看,沿黄浦江边的防汛墙上趴满了人。人们挥着手,发出嘈杂的声音。董扬仲一向没有看热闹的习惯,连欲望都没有,这一次他的脚步却被拖住了。因为这是一幕远远超过他个人经验的场景。啊呀,这不是报纸上报道过多次的"康蒂罗莎号"邮轮吗?大块的乳白色,线条优雅,犹太难民就是乘着这条船过来的。现在它姿势难看地倾斜在秽浊不堪的黄浦江水中,露出水面的栏杆上却见几个意大利水手挥着毛巾对围观人群做着滑稽可笑的动作,像是舞台上的小丑。不,不。董扬仲立即否定了自己的想法,太荒唐了,哪有这样的小丑。

这一整天,董扬仲的大脑全被这条邮轮占据了,根本无心处理业务。这条扬名上海的意大利邮轮斜卧江中,究竟是怎么回事呢。

按乔凡尼的策划,这是"康蒂罗莎号"散伙饭的前奏。

"卡罗托"军舰自沉后,日军扬言报复。日军已到了物资奇缺的地步,对没有武器装备的"康蒂罗莎号"下手是迟早的事。果然有人给乔凡尼报信,说日军很快就会有行动。乔凡尼和大副商量了一夜,两人都认为,对船员来说,"康蒂罗莎号"已经没有价值了,沉船是保住尊严的最终选择。一个月前意大利和日本还是亲密伙伴,可这是罗马和东京那帮臭狗屎官员的事。船员们没一个愿为日本服务。船员们兄弟一场,分手前总要吃个散伙饭,然后各奔东西。在上海的黄浦江,一艘倒下的邮轮足以引起全世界注目,何况是著名的意大利邮轮。船员们在倒下的邮轮上告别,同样会触发人们的关心。

大副提议搞一场假面舞会,就在倾斜的甲板上,如果沉得恰到好处,这个姿势保持几天应该不成问题。乔凡尼和他互击手掌,似乎这不是一次痛彻心扉的分别。在天性乐观的乔凡尼看来,放弃一条船,再获得一次闯荡世界的机会,又有什么呢?虽然在此之前他从没想过要在上海寻找新的生活,而现在这种生活正向他和他的兄弟们迎面走来,那就坦然面对吧。他忽然想起几年前第一次从欧洲一路远航抵达上海的时候,正是这个城市最热的八月中旬。比起他老家来,这样的当空烈日简直是一种酷刑。就在此刻,一架军用飞机在邮轮上空掠过,邮轮上所有的人目睹了一场剧烈的空中轰炸。挂着"青天白日"的中国霍克战斗机连续向停泊在黄浦江上的美国邮轮"胡佛号"扔掷炸弹。被炮弹激起的黑色烟柱在江上升腾起来,也腾起了人们的恐惧。乔凡尼非常诧异,为什么要攻击邮轮呢?后来报纸披露,由于"胡佛"号邮轮与日本运输船"浅间丸"的船型和涂装十分接近,开战中的中国飞行员把两者混淆了。

乔凡尼庆幸,"康蒂罗莎号"没有成为英国皇家空军的猎物已是万幸。

董扬仲晕了一天的脑袋和身体被他的双脚再次带到了黄浦江边。邮轮看上去像一个氽水的白色巨人。围观的人仍然不少。夕阳的余晖下,露出水面的一大片倾泻的白色显得突兀而晃眼,浸泡在江水中影影绰绰的船体也令人想起上海人常说的那个词,"氽江浮尸"。不过董扬仲尝试着把它看成一幅由不规则线条和大块色系组成的抽象画。董扬仲被自己突然出现的灵光闪击了一下,嘴角拧出一丝笑意。也许水手们并不觉得特别难受,至少他们脸上一点都看不出悲伤。意大利人的开朗和享受生活的处世态度举世皆知,自己是不是有点杞人忧天了?

直到暮色把整个江面罩起来,董扬仲还没有返回的念头。他痴痴地等着那一大块白色被沉沉夜幕完全吞噬,内心已被这艘邮轮撕扯住了,撕得牵肠挂肚。一桩旧事沉渣泛起,把他的心扉搅成乱乱的一团。

董扬仲的父亲生前是洋行买办,当年投资华商航运公司功亏一篑,却不甘心,临死前还念念不忘嘱咐儿子继续他的事业。董扬仲执意全盘接手负债的公司,潜心经营。经过股权重组业务拓展,成立昌兴航运公司。

董扬仲久久凝视着康蒂罗莎号黑漆漆的轮廓,看见父亲从船舱里走了出来,不禁大喊一声,又迅速噤声。周围已空无一人,听到的回声竟有点可怕,把自己都吓了一跳。他揉揉酸涩的眼睛,邮轮模糊了,父亲消失了。罢了,罢了。回去吧。

乔凡尼大部分时间都待在邮轮上,即使偶尔上岸也就是沿着外滩走走,所以邮轮来回上海三年多,他对上海也没了解多少。弃船后踏上租界宽阔清洁的马路和狭窄逼仄的弄堂,才发现完全是两个世界。一个进入现代,一个仍然停留在中世纪。不过这并不妨碍外国人对这座城市的青睐。乔凡尼惊讶,衣冠楚楚的英国佬法国佬这么喜欢上海,有人还公开自称"shanghailander(上海人)"。再比如,他带过来的犹太难民一开始都是咬牙登上邮轮,认为这是一次无奈的冒险,就像那个要跳海的家伙。逃离纳粹,毕竟没有了生命之虞,两相权衡,冒险还值得。可当邮轮驶入黄浦江的时候,他们集体沉默了,然后发出了惊呼。一个想象中的封闭帝国竟有这样一个可以媲美伦敦巴黎的地方。他们寄居在虹口拥挤的弄堂里,也喜欢上了这个城市。

乔凡尼叹息自己只是个船长,根本分不清哪个是哪国人。英国佬和法国佬哪里不一样,哦,英国佬手里通常拿着一把伞,虽然这里的天气并不像伦敦那样老是挂着一张阴脸。这个迎面过来的不修边幅的胖子也许是个俄国佬。那边,头上缠着一圈又一圈,一张脸除了一双眼睛都被浓密粗壮的胡子包围起来手持警棍的家伙就是传说中的印度巡捕吗?印度人真是英国佬一条温顺的狗。不过话说回来,趾高气扬的墨索里尼先生不是也惧怕英国佬吗。看来英国佬在这里活得太滋润了,看看那几个戴着小礼帽的女人,她们的帽檐上缀着蝴蝶、蕾丝和羽毛,精致而繁复,一看就是英式的。她们的帽子也成了这座城市的一个景致。各种肤色各种语言各色服装各种眼神各种动作的外国人,在这座城市川流不息。这地方真是太神奇了。不过,街角还有流浪汉乞丐和妓女。嘿,他们也都是高鼻蓝眼。现在我们也要在这里混了,不知道能不能混下去。不,别这么悲观。乔凡尼对跟着他的几个船员说,"兄弟们,我们一定可以的。"

有人问,"钱呢?这里用不用里拉?"

乔凡尼说,"你看看街上有没有写着意大利文的店招,有没有?我估计这里只有英镑和美金才能用。"

"那我们怎么办?"

"怎么办,我们得动脑筋啊。放宽心小伙子,这里是大都市,不会饿死的。别忘了,我们是船员,向来四海为家,没什么可怕的。"尽管他自己才刚满三十,可就是喜欢叫别人小伙子,即使人家年龄比他大。因为他是船长啊。

好在乔凡尼还有点美金,不过几天开销下来,也所剩无几了。大家沮丧地发现,除了他们这一伙,还没见到过自己的同胞,不少人开始打回家的主意。晚餐的时候,乔凡尼对大家说,"我不喜欢勉强别人,兄弟们随自己的想法。我想在这里待得长一点,我觉得这里很好玩,比我老家好玩多了。"

众人默默。连大副都不怎么兴奋了。

卡米洛说,"船长,你不回去我也不回去。"

乔凡尼高兴地拍了拍他的脸,"小伙子,你当然得跟着我。等你高出了我一个头,再跟我分手吧。"

几天后,大副带着一帮兄弟相继离开了上海,只有乔凡尼和卡米洛留了下来。乔凡尼天天带着卡米洛像旅行者那样到处逛,似乎没有了任何烦恼。

外国人看起来根本不像外人,他们不仅昂首挺胸走在租界的大马路上,还像本地人一样穿梭于弄堂之间。与外滩仅隔一条马路的弄堂里充斥着肮脏怪异的空气,居住于此的本地居民处之泰然。他们见多识广,阅人无数,追逐时尚,并不讨厌这些外来的家伙。乔凡尼探头探脑走进弄堂,前面有个戴鸭舌帽的大鼻子男人侧过脸笑嘻嘻地跟倚在门框上的姑娘打招呼,姑娘也微笑着响应着他。乔凡尼觉得自己气壮了,企图像大鼻子那样如法炮制。可是,姑娘突然闪了进去,并关上了门。乔凡尼想,都是高鼻深目,难道意大利人就不受欢迎吗?身后的卡米洛扯了扯他,他回过头,看到了卡米洛落井下石的眼神。他就势拧了一把卡米洛的鼻子。可当他再次回头的时候,发现那扇门又打开了,姑娘正探出半个脑袋向他这边瞄呢。他的心情马上又灿烂起来。

3

百乐门。最新打出的广告在夜色中分外耀眼。

广告上的男人健硕高大,更醒目的是他脚下一双皮鞋锃亮的尖头。广告上端右侧的文字写着:来自意大利的英俊水手带来震撼的塔兰泰拉舞。

因为日军占领租界而沉寂多时的娱乐界像忽然投进一块不大不小的石子,溅起些许涟漪。

乔凡尼没想到,他居然会以这样一种方式在上海生存下来,似乎还有可期待的前景。

那天他和卡米洛逛到这里,脚就痒了起来。在成为一个船长前,乔凡尼是家乡民间歌舞的宠儿。这是一个人人皆能歌善舞的地方。有所不同的是,相比大多数矮小的同乡,他长得高大颀长。后来他去了富有的北方,加入著名的劳埃德-萨福伊船社,从一名水手做到船长。他带着卡米洛进入舞厅的时候,发现跳舞的人堪称稀有。太平洋战争爆发后,上海市面陷于萧条,昔日的繁荣顷刻化为乌有。娱乐业首当其冲。乔凡尼就在舞厅著名的弹簧地板上独自跳了起来,发觉自己两腿硬邦邦的,完全没有先前的灵动和轻盈。这些天他的一双脚处于超负荷状态,跳舞是勉强了,却又禁不住本能的诱惑。忽然有了音乐伴奏,他的腿渐渐恢复了知觉。一曲甫毕,有掌声响起。不过只是一个人的。舞厅灯光大作。乔凡尼发现,一个中年男人站在他面前。此人戴着金丝边眼镜,面容清癯,头发油亮,一边倒往后梳去。一身西服妥帖地与他的身材连为一体。乔凡尼在大街上见过的体面的上海男人基本上都是这样装束。他听到中年男人用不太流利的英语赞美他的舞姿,说这是他很长一段时间以来看到的最好的舞蹈。乔凡尼有点受宠若惊,他的英语也不太好,他恰当地表示了谦逊,又说抱歉,没买票就进了舞厅。男人说,无所谓了,本来舞厅开着也和倒闭没什么区别。像你这样的舞者来这里,是舞厅的荣幸,足以使舞厅生辉。乔凡尼再次表示了谦逊,已没有了刚才的矜持。男人说,我们来谈笔交易吧。也许是乔凡尼的英语的确差劲,也许是男人的洋泾浜发音听得对方一头雾水,反正两人除了半通不通的对话加上比画,较了半天的劲,乔凡尼才弄懂了男人的意思。这太意外了。脚底发痒跳了一场舞,工作机会竟然不请自来。太意外了。太好了。乔凡尼不禁欢呼起来,也为自己留下来的决定庆幸。他是一个喜欢刺激的人,就像当初听说公司总部要运送避难的犹太人来上海。他才不管什么法西斯轴心国的事。作为船长,他对所有乘客一视同仁。眼下这个上海男人也一样,只关心他的生意。上海男人说自己叫余青山,是百乐门的经理。他叫乔凡尼乔先生,你签了合同,就可以来上班。乔凡尼按余青山的指点签上自己的名字,点着头说自己明天就可以来上班。然后指了指身边的卡米洛,我跳舞,他会弹奏。余青山说好,太好了。又说,你明天去照相馆拍照,拿到照片后给我,我要做一个广告。他们的沟通已经非常顺畅了,两人都由衷地笑。卡米洛也跟着笑。乔凡尼在胸前画了个十字,心想,上帝啊,我要成为广告明星了。船长变成了明星,这太有意思了。这可真是一个不可思议的城市,一个机会遍地的城市。

乔凡尼旋风一般掀起了百乐门重新的喧闹,人们再回到舞厅,眼睛在黑暗中豁然敞亮。这是一种他们从未见识过的舞蹈,速度极快,狂热,奔放,乔凡尼就穿着他的水手服出场,实际上他除了西服衬衣,也没有更多的服装。事实证明,这种标新立异加上刺激的音乐确实效果非凡。百乐门又起蓬头了,舞池变成了乔凡尼的表演台。舞客们似乎都忘了他们到这里是来跳舞的。乔凡尼突然向围观的人们发出了邀请。舞客们哪里跟得上如此快捷的节奏啊。乔凡尼明白了,他打了一个很响的榧子,舞曲慢了下来。慢下来的舞曲缺少了劲道,乔凡尼又对众人做了个怪脸,然后是更爆脆的一个榧子,更加快速地旋转起来。忽然他的眼睛亮了一下,身体再转过去的时候,眼神碰了一下,一个姑娘就接住了他伸过来的手。姑娘很快就跟上了他的步子。姑娘的舞步踏得并不精准,但在快速而热烈的舞蹈中几乎可以被忽略。在舞客们眼里,这对舞搭子的匹配程度达到百分之百,而且还是中西结合的。两人越来越默契,眼神交流自然更多,到舞曲结束,姑娘已经徜徉于乔凡尼强壮的臂弯中,片刻后才梦醒一般跳了出来。众人一片欢呼。

这天之后,乔凡尼和姑娘就名正言顺地成了百乐门的最佳搭档。

不过每次舞曲告毕,姑娘就像快速的舞姿一样快速消失,并不逗留,连说话的机会都不给她的搭档。好像她来百乐门就是为了跟他跳一次舞,纯粹得不可理喻。

乔凡尼最多只能以落寞的眼光追随姑娘风一样刮去的背影。

姑娘连续几天不出现,乔凡尼的目光就不仅是落寞了。

那天他跳完,迎面突然生出一株花来。定睛一看,原来是搭档。姑娘不容分说,摆了个跳舞的姿势。他感觉气咻咻的,可姑娘的眼神仿佛在问,跳不动了吗?甚至还有挑战的意味。那么继续吧。因为这个眼神,乔凡尼重新打起精神,他发现姑娘跳得越来越好了。简直是天才呀。这一次,乔凡尼跳得忘情而专注。镁光灯连闪,舞客们大呼过瘾。

乔凡尼陶醉在人们的欢呼声中,姑娘再次从他的眼皮底下消失了,落寞也再次填满他的眼睛。记者截住他要求采访。他面对记者茫然四顾,不知所云。她到底是什么人,来无踪去无影,像传说中的隐身人。不仅乔凡尼这么想,舞客们也对姑娘颇为离奇的出现和消失议论纷纷。

乔凡尼和姑娘的舞姿出现在报纸的娱乐副刊上,因为聚焦都在旋转的舞姿上,两个舞者面目不清,而且还是侧面。董扬仲盯着这张照片看了很久,外国舞者的水手服再次把他带回黄浦江边的那一幕。那个伴舞的姑娘也似曾相识,她是谁呢?他像间谍一样把报纸颠来倒去各个角度研究了很久,最终无奈地放下,把茶杯覆盖在照片上。

那天晚上回家,董扬仲彻夜未眠。白色邮轮搅得他无法入眠。想了一夜,他决定再做一次投资,成立一家造船厂,仿照康蒂罗莎号建造一艘小型客轮。待到战争结束投入运营,一定会带来可观的利润。尽管现在只是一厢情愿,也有点冒险,但为了实现父亲的遗愿,也为了自己的理想,这个险值得冒。再说获利和冒险本来就是穿一条裤子的。

董扬仲是行动派,作出这个决定后,就立即进行资金调配。同时放出风去,寻找有合作意向的合伙人。他也知道,毕竟时局艰难,融资一定不会很顺。果不其然。但董扬仲坚信,投资的判断和见识比机遇更重要。在他看来,日本对战事越来越收紧表明它已经到了支撑匮乏的地步,一旦经济承受力超出了战争预期,必然难以为继。此所谓强弩之末。基于这样的判断,即使他单枪匹马也不会退缩。

机会出现了。有人找上门来寻求合作。

找上门来的人说,他叫朱云轩,通过沪上某大亨介绍前来拜访董先生。董扬仲想起来,几天前,当年父亲的一位老友突然来电,告诉他不日有一位朱先生登门与他共商大事。

朱云轩很直爽,开门见山,"听说董先生要弄造船厂?"

董扬仲说,"我确有此意,不知朱先生有何指教。"

朱云轩说,"指教不敢,但有一问。"

"但问无妨。"

"鄙人想请教董先生对目前局势的看法。"

董扬仲深叹一口气,"东洋人猖獗沪上,局势险恶啊。"

"既然如此,董先生觉得造船一事是否可行?"

董扬仲示意朱云轩端起咖啡,缓缓地说,"局势确实不容乐观,但也不是铁板一块。"

"怎么讲？"

董扬仲喝了一口咖啡，侃侃而谈，"意大利力不从心，退出了轴心国，德日意三足突然失去一足，国际法西斯力量消耗甚大。日本轰炸珍珠港，惹美国人，这叫自己作死，离衰败也不远了。以鄙人之见，航运业向来在上海撑市面，一旦战争结束，上海航运界肯定会重整旗鼓。我想，现在造船是卧薪尝胆，险中求胜。云轩兄以为如何？"

朱云轩喝着咖啡，似乎从苦涩中咂出一丝回甘，感觉手里的杯子顿生分量，他把杯子一放，说，"言之有理，言之有理啊。董先生，朱某今天来就是想听这些话的。"

"朱先生的意思是……"

"好啦，朱某可以揭开谜底了。朱某上一代有一家造船厂，当年也算上海造船业一块响当当的牌子，造过的海轮最大达到三千五百吨位。"

董扬仲说："朱先生是朱志尧老前辈的后人？"

"正是朱某。董先生是……"

董扬仲向朱云轩抱拳道，"董某先父曾投资航运，我实现了伊的心愿。现在呢，我要造一条邮轮，完成一个新目标。"

两人都兴奋地站起来，朱云轩接着说，"东洋人进了租界，造船厂也完结了。我是焦头烂额，整天忧心忡忡呀。工资发不出，工人没饭吃，牌子还挂着，其实早就倒闭了。今天听扬仲兄一番话，心里像开了一扇窗啊。"

"云轩兄加盟，是老天对董某的眷顾啊。我相信，只要阿拉精诚携手，一定会摆脱困境。到那个辰光，上海航运重起蓬头，阿拉再大干一番。"

两人双手紧握，久久不愿松开。

4

乔凡尼像一枚小型炸弹，他的舞蹈旋风从百乐门舞客和媒体向大街小巷引爆。余青山很高兴,太久违了的门庭若市。拜老天所赐啊。这几天他一踏进家门就给赵公元帅磕头。

余青山亲自带乔凡尼到鸿翔公司让裁缝为他定制一身跳舞装束。裁缝看到乔凡尼,上下一瞄,当即叹道,赞啊,吭没闲话讲了。全身丈量结束,又对余青山讲,伊的衣裳我全部包了。余青山问为啥?裁缝回答不为啥,身材好,我做生活也适意。再讲,外国人,票子多呀。裁缝把拇指食指中指撮合在一起捻了捻。余青山答道,侬搞搞清爽,不是伊摸袋袋,铜钿是我的(不是他付钱,是我付钱)。晓得哦。裁缝瞥一眼余青山说,侬带伊过来做啥?余青山拍了一下裁缝,还不是看你生活好嘛,不过就做一套。侬当我开银行啊?裁缝哼了一声,啥人不晓得百乐门又起蓬头了,侪是这个外国人帮侬带来额,侬摸一点有啥冤枉。余青山递了一支香烟给裁缝,又拍了他一下,侬真是比猴子还精。好了,一个礼拜来拿,可以哦?裁缝头也不抬说,两个礼拜,要保证质量。余青山说好,一言为定。

那天是礼拜天,乔凡尼换上一套新行头出场,人群发出惊叹,啧啧声起伏不断。

欢呼声停顿片刻,人群中响起闷闷的掌声,孤独、单薄。一个戴着礼帽的小个子男人朝乔凡尼走去,向他伸出手。乔凡尼看了小个子一眼,迟疑地把手伸过去。两只手只是象征性地碰了一下。小个子微笑着示意乔凡尼低下头听他说,两颗上下相距十公分以上的头颅对话的确非常吃力。乔凡尼不明就里,大度地俯下身去。小个子在他耳边说了句什么,也许是没听清,小个子又重复了一遍,然后跨前一步径直向后台走去。乔凡尼抬起头来,跟在小个子的身后。

人群中喊喊蹙蹙的声音,留下一团疑问。

正在后台的余青山不知怎么回事,见戴礼帽的小个子男人走过来,后面跟着面带不悦的乔凡尼,便挡着对方的去路。

小个子摘下礼帽,向余青山鞠了个躬。余青山一看这架势,猛然意识到这是个日本人,慌忙对他作揖,一边向后边退去。小个子戴上礼帽,对余青山说,"你是经理先生吗,请带我到你的办公室,我和他……"他指了指乔凡尼,"有要事相商。"余青山看了一眼乔凡尼,问道:"这是怎么回事?"

乔凡尼耸了耸肩,两手一摊,什么都没说。

小个子说,"他不知道怎么回事。我跟他说了他就知道了。"

余青山仍是不情愿的样子,小个子说,"经理先生是想拒绝吗?"

余青山隐隐感到了压力,只能走在前面带路。到了门口,余青山把门打开,刚要往里走,小个子伸手挡住了他,又向他鞠躬,做了个让他离开的动作。余青山心有不甘,也只得讪讪而退。小个子接着向乔凡尼做了个请的动作,示意让他先进门。小个子反手把门拉上,又向乔凡尼行鞠躬礼。乔凡尼模仿他的样子回应着。小个子笑了,用英文说,"乔凡尼先生,我叫村田雄义,大日本帝国海军驻上海第三舰队少尉。今天的举动有些唐突,实出于无奈。请接受我的道歉。"说完又是一个鞠躬。

乔凡尼机械地回应着。他有点好笑,刚才身手矫健的舞姿一下子变成了僵硬的鞠躬礼。

"乔凡尼先生,我已经连续一星期看你的表演了。真令人钦佩。"

村田的英语和他的汉语一样流利,让乔凡尼自惭形秽。他吃力地说,"对不起,先生,请你说得慢一点。"

村田又笑了。原来这个船长兼舞蹈家的英语如此糟糕,但村田仍是一副笑容可掬的样子。"乔凡尼先生,我的意思是说,我是你的忠实观众。"村田把语速放得很慢,这下乔凡尼明白了,他非常受用,脸色也活络起来。

"啊,乔凡尼先生终于明白了。我今天来的意思是想请先生重操旧业。"

"重操旧业?我不明白。"

"先生不是大名鼎鼎的康蒂罗莎号船长吗?"

乔凡尼颇觉诧异,"你怎么知道?"

"除了那些浑浑噩噩的支那舞客,谁不知道呢?"

乔凡尼十分冷淡地说,"康蒂罗莎号已经沉了。"

"我今天来就是要告诉你,我们把它拖起来了。所以我们特别向乔凡尼先生发出邀请,请你再来掌舵。"

乔凡尼惊讶地看着他。

村田也看着他,慢悠悠地问,"怎么样,令人尊敬的乔凡尼船长?"

"没这可能了。难道你没看到,我现在的生活很安定,我是这个城市最好的舞厅的舞蹈表演家。"

"我可不这样认为。生活安定,舞蹈表演家,乔凡尼先生,别自我安慰了。我敢保证,这不是你想要的生活,你的生活在这条邮轮上。"

乔凡尼觉得自己悸动了一下。这倒让村田说中了。他当然喜欢邮轮生活,跳舞仅仅是一个借口,但他怎么都不可能想到日本人竟会把康蒂罗莎号拖上来。他们究竟想干什么?村田打断了他的思索,"我说得不错吧。你是一个船长,不是什么舞蹈表演家。"

"我承认你说得不错,可我觉得现在的生活很安定。"

"很安定吗,你以为这样安定的生活会继续下去吗?"

"你这是威胁吗?"

"不,不是威胁,而是坦诚地告诉你一个事实。时势瞬息万变,就像我们没料到你们的国王会突然宣布脱离轴心国集团,不过这并不妨碍你,乔凡尼先生和我们的合作。这个世界上,一切都是为了利益,一个船长和一个跳舞的报酬天差地别,而且还是你的本行,驾轻就熟,你喜欢哪一个呢?"

"你说的这种合作是什么呢?"

"很简单,就是请你驾驶这条邮轮。当然,它现在不叫'康蒂罗莎号'了,它的新名字叫'千寿丸',主要用于运输物资。"

"是什么物资?"

"这不在你的知晓范围内,牵涉到军事,你不知道对你更安全。"

"我要是拒绝合作呢?"

"你的拒绝也在我们的考虑之中,所以还有第二方案。"

"什么第二方案?"

"这可不便向你透露,在实施之前,这也属于机密。不过,我真诚地劝乔凡尼先生不要拒绝我们的好意,第二方案就不是你我之间的对话那么简单了。"

"这不还是威胁吗?村田先生,我不是军人,我没有义务为贵国海军运送物资,更不用说牵涉到军事的物资。"

村田盯着乔凡尼,乔凡尼也不甘示弱,两人互相盯了一会儿,村田突然笑了。"好吧,尊敬的乔凡尼先生,今天的谈话到此结束,不过我还会来的。你也不要试图躲藏起来,因为你的一举一动都在我们的视线之中了。所以我再次请你郑重地考虑与我们合作的建议。记住,千万不要拒绝利益,千万不要让自己后悔。告辞了。"

余青山推开门,见乔凡尼一脸颓丧,长发在微微低下的前额飘垂下来,泄露了他低落的情绪,与先前的潇洒判若两人。其实余青山一直在门口听壁脚。东洋人突然出现在这里,还要他回避,一定有不可告人的秘密。凭他的蹩脚英语,他最多也就听个五成还要打折扣,但有一点他清楚,乔凡尼受到了东洋人的胁迫。目光追着东洋人的背影,只是一个矮瘦的影子,在渐行渐远中缩成一个点。进了门就证实了自己的想法。他慢慢走上前,问道,"乔先生,这家伙找你什么事?"

乔凡尼抬起头来,看着余青山说,"余老板,魔鬼来敲门了。"

"魔鬼,对,东洋人就是魔鬼。他要你干什么?"

乔凡尼沉默了一会儿说,"要我去当船长。"

"当什么船长,你的邮轮不是沉在黄浦江了吗?"

乔凡尼突然提高了声音,"是啊,谁能想到日本海军又把它拖上来变成了运输船。"

"那你决定去吗?"

"你说我该不该去,余老板?"

"我当然不希望你去啊。你在这里不是好好的吗,你和我一道发财。"

"可那个魔鬼说我必须去,否则他会让我后悔。"

"册那,东洋人真不是么事。"余青山脱口而出。

"你在说什么?"

"啊,我说的是上海话,骂东洋人,骂这魔鬼。"

"余老板,我得好好考虑一下。"

余青山很焦急,百乐门好不容易起了蓬头,他和乔凡尼各有其利,东洋人就来搅局了。册那,吭没好死的东洋乌龟,死忒一家门的东洋乌龟。但是,怎么才能留住乔凡尼呢?留得住留不住?他试探地说,"乔先生,你考虑好尽快告诉我,你我之间的事情好商量,我还可以加钱的。"

乔凡尼捋了一把飘落下来的头发说,"余老板,不是钱的事。我已经拒绝了矮个子魔鬼。但他说,他们还有第二方案。"

"第二方案,什么意思?"

"无非是威胁罢了。但他忘了,我是国际海员,见过的风浪多了,我等着他。"

"乔先生,你是这个,模子。"余青山向乔凡尼伸了伸大拇指。怕他不明白,又说,"你是最好的。厉害。"

乔凡尼笑了。似乎忘了刚才的不快。

5

考试结束,董菡珠就骑着自行车一路向百乐门而去。

从圣约翰大学到愚园路海格路(今华山路),大约三公里。为了最后一个学期的考试,她将近一个月没光顾百乐门了,所以骑行速度飞快。到百乐门门口一看,咦,海报呢?海报怎么没啦?她急匆匆要进去,却被门童拦住。

"小姐,你找谁呀?"

"我找他。"她的下巴朝海报被揭下的那个广告栏那边一努。

门童显然懵懂。"他,他是谁呀?"

董菡珠这才意识到自己的莽撞,"不好意思啊,就是原来贴在广告上的那个人,他叫乔凡尼。"

门童说,"很抱歉小姐,乔凡尼先生已经不在这里表演了。"

董菡珠焦急地问,"他到哪儿去了?"

"这个,我也不知道。据说有非常重要的事情。"

"那,余经理在吗?"

"余经理好几天没来上班了。"

董菡珠一脸茫然,面对一个一无所知的门童,她还能得到些什么?

虹桥路上的沙逊别墅,坚固的土黄色石材上覆盖红色的顶瓦,内部是清一色的高档橡木,这是一幢典型的英国古典式乡村别墅。大片的草坪和绿树,庭院里的雕塑、马厩和玻璃花房相得益彰,辅楼还有一个喷水池。最显眼的是起居室木架构裸露在墙面上,由木窗木壁和一个大火炉相配,是一种恬美安宁的田园风情。除了接待客人,沙逊经常在周末和酷夏时,带着他的仆从和员工到这里度假。日军进入租界后,进出虹桥机场的日方军政人员把这里当作下榻的据点。不过有时也会改变用途,比如现在,村田雄义就把乔凡尼带到了这儿。当然不是让他待在起居室、会客室或者书房,而是在马厩,与马为伍。乔凡尼觉得,那两个看着他的家伙和村田说的是同一种语言,他们的体格好像来自两个世界。乔凡尼在这里待了十几天,村田好像把他忘记了。马厩的味道倒是很快适应了,偶尔也有随风飘散的大树和绿茵的清香,令人烦恼的是两个与他形影不离的家伙。最不爽的是如厕,他们也跟着。他们掩着鼻子,大声斥责他的排泄物的味道,他要是抬眼看一下他们,就会挨上一脚。有了这个教训,他做这件事的时候就埋头苦干,不敢有任何分心和不轨之举。

村田终于来了,仍然彬彬有礼。在别墅的会客室里,村田对乔凡尼习惯性鞠躬,示意站在乔凡尼身后的两人离开,然后谦恭地让乔凡尼坐下。问道:"这几天过得怎么样?"

乔凡尼说:"还不错。"

"啊,我看先生的气色的确不错,请喝咖啡。"他指了指茶几上放着的两杯咖啡,"你一定不知道这里是什么地方。以前,并不是谁都能在这里喝咖啡的。我们进来之前,这里叫沙逊别墅。在上海,沙逊是个大人物。这幢别墅就是他的度假地。你表演的那个百乐门也是他的财产。"

乔凡尼笑了笑说,"这么看来,我跟这个大人物很有缘啊。"

"本来不想请先生到这里来的。到这里来,是我力争的结果。我现在想请先生回答我,我们合作的事考虑得如何了?古贺海军司令长官正等着我的消息。他这个人可没我这么耐心,如果按照他的想法,绝对不会让你到这个地方来享受度假一般的生活。"

"真没想到,我这样的人竟会惊动司令长官。村田先生,我再次声明,我没有义务和军方合作,而且还是外国军方。"

"这只是一条运输船,并不直接参与军事行动。至于合作,无须分得那么清楚。国际贸易不都是不同国家之间的合作吗?驾驶这条运输船,先生是最合适的人选,我们真诚希望得到先生的帮助。"

"村田先生,从我打算把邮轮沉在黄浦江的那一刻,我就发誓不再把这个船舵了,因为它没有给我带来好运。你这样不是逼着我违背自己的诺言吗?"

"啊,人类经常在违背自己的诺言。你这么说,只是托辞罢了。"

邮轮已成为乔凡尼身体的一部分,他只是不想为日军掌舵运输船,而且这还是一条被他忍痛抛弃的船,他丝毫没有为日军的修复而感庆幸,却是相反。他不知道如何面对这条被别人改造了的名叫"千寿丸"的日本运输船。康蒂罗莎号是他心头永久的痛,难道还要他去触碰这个令他陷于绝境的创口吗?他双眼紧闭,下颌肌肉汹涌,攥着的拳头青筋暴绽。村田看出来,意大利佬正经历一场剧烈的内心挣扎。村田端起咖啡喝了一口,饶有兴致,甚至还发现了对方的腿在微微抖动。村田就像一个画家观察他的模特那样,细细勘查着模特的脸部和手部肌肉的肌理变化,这是人体暴露在外的部位中两个最显著的表情器官,观察到位就能精准捕捉人物的情绪。村田为自己的观察发自内心地笑了。

乔凡尼终于平静下来,眼睛睁开的时候,看见的是一张怪诞的脸,这张脸似笑非笑,似张狂又谦恭。这张脸写满了他的家乡关于诅咒的谜语,这个诅咒将应验到自己身上吗?乔凡尼不禁透身凛冽。他竟对这个抬起头才能跟他对话的矮个子魔鬼心存恐惧,他高大的身躯竟成了魔鬼的陪衬。他突然觉得自己很猥琐,再也找不到一丝掌舵一艘庞大邮轮的恢宏气度。

村田走到他跟前,这回是俯下身去,这个动作给他带来的感觉非常好。他俯视着这个高大健壮的意大利佬,看他虚脱一般的样子,已经失去了跟他对话的勇气。这说明他在心理上已经认输了。一个心理接近崩溃的人,离缴械就不远了。他问道,"乔凡尼先生,可以给我一个回复了吗?"

乔凡尼抬起头来,说,"能给我一杯酒吗?"

"当然。"他转身去橱柜里找出一瓶威士忌。"哈,真不错,还有正宗的苏格兰威士忌,不愧是沙逊爵士。"他在两个杯子中各斟了半杯,先交给乔凡尼,"请,乔凡尼先生。"然后他端起杯子,"来,为我们的合作干杯。"

乔凡尼自顾自非常慢地喝完这杯酒。拿着空酒杯的村田等待着,依然保持应有的风度,接着听见了脆亮的玻璃破碎声。酒杯从乔凡尼的手中掉落到地上。村田惊异地一跳,本能地嚎了一声,这个突如其来的声响很难使他再把风度保持下去了。他一步跨到乔凡尼面前,见乔凡尼手中攥着一块碎玻璃,鲜血正从他的指尖汩汩滴下,疲软的西下斜阳恰好抹在上面,使鲜血变得坚硬而刺眼。如果乔凡尼真是村田的模特儿,那么这个滴血的手指将是一个抢眼的亮点,与此刻他煞白的脸色形成鲜明的对比。但村田的欣赏顿然消失,他向门外吼了一声,两个一直候在门口的高个飞速闯进来,摁住乔凡尼的双手。乔凡尼突然大笑,笑声把这间会客室震出嗡嗡的回响。村田直视着他,喝问:"你究竟想干什么?"

"我只是做了一个小游戏,就把你惊慌成这个样子。哈哈……"

村田声色俱厉。"你告诉我,合作还是不合作。"

"我刚才已经告诉你了。"说完,乔凡尼两眼一闭,不再说话。

村田绕了一圈,又绕了一圈,终于把手一挥,说,"带他到大桥大楼。"

6

连续第五天了,董菡珠疯了一样寻找乔凡尼,没有一点踪迹。董扬仲见女儿魂不守舍的样子,心中不忍。问了几次,董菡珠根本没有回应的意思。董扬仲知道女儿从小被惯坏了,养成了这种桀骜的脾性。这一阵他正和朱云轩紧锣密鼓筹措造船的事,顾不上女儿,但是那条康蒂罗莎号突然不见了,有人说沉了,也有人说被东洋人拉走了。董扬仲心里乱糟糟的,这条鼎鼎大名的邮轮,他心目中未来建成的邮轮就是康蒂罗莎号的翻版,他感觉自己的魂魄随着这条邮轮消失了。

董菡珠记得很清楚,那天的雨特别大,她在雨里奔波了几个小时,漫无目的,心中空旷,雨珠打在身上像一根根针,飞扬跋扈地刺着她的神经。她正需要这样的刺激。那个叫乔凡尼的意大利人,你到底在哪里。她需要针刺感驱走他的舞姿,他的笑貌,抿嘴时下巴的漂亮曲线……可是赶不走,非但赶不走,反而越来越强烈。你看,他来了,在雨中跳着。她迎上去,他笑着,一把就把她拉了过去,他们纵情地跳着,放肆大笑,旋转,旋转,太好了,太好了……可他要走了。别走,乔凡尼,你别走。她追上去,一脚踏空,如坠深渊,什么都看不见了,看不见了……

董扬仲是在去董家渡的路上见到那一群挤成一堆的人。那时雨势已趋平和,人们撑着伞,也有人兴高采烈地往里挤。南市地界逼仄的马路把他的车挡住了。他摁了几声喇叭,根本没人理他。有人跟他做着手势,面相凶狠,似乎警告他要是再摁喇叭就要吃生活的样子。他想了想,索性下车,看看究竟发生了什么。没人搭理他,那意思是像他这样的人怎么会和他们一道轧闹猛。只有一个老太说了句,小姑娘落到窨井里了。作孽。真作孽啊。结尾的"啧啧"绘声绘色地诉述着她此刻的心情。董扬仲突然感到心狂跳起来,他也想到了作孽这个词。这样一想,就更有了一探究竟的冲动。但里三层外三层,大多数是看白戏的。各种声音都有,窸窸窣窣的小声,一刮两响的大声,还有起哄声。董扬仲个子高,探着头目光绕过众人企图进到最里的一层,拐不进去了。

这时警哨响起,几个警察拿着警棍驱赶众人,人群不甘心地让开一条路。董扬仲心里稍稍定了些。一老一小两个警察走到窨井前,向里面大声叫喊着。老警察对满脸粉刺的小警察说,去拿把梯子来。粉刺警察从警车里拿来梯子,老警察叫他下去,粉刺警察犹豫着,老警察大声呵斥,夠啰嗦,快下去。粉刺警察还是哆嗦,老警察说,脚骨勁软,这桩事体也做不来,还想破案啊。十几分钟后,粉刺警察兴奋地从窨井里探出头来,拖着一个披头散发的姑娘。董扬仲突然从人群中冲出来,朝姑娘飞奔过去。警戒的警察猝不及防,举着警棍在他身后追,董扬仲已经冲到姑娘面前,大喊,阿珠,阿珠,阿珠……一个头儿模样的警察拦住他问,你是她什么人?董扬仲说,我是她爹爹。快把她交给我,我要送她上医院。头儿吩咐老警察,你给他登记一下。董扬仲说,还登什么记啊,来不及了。他抱起董菡珠奔向轿车。头儿摇了摇头,对老警察说,算了,别追了。

昏迷一天后,董菡珠醒了过来。她发现眼前晃着的一张脸好像在哪儿见过,究竟在哪儿呢,她怎么也想不起来了。董扬仲见女儿醒过来,激动地喊,"阿珠,阿珠,侬醒过来啦,醒过来啦。"但是女儿一点都没有他那样的激动,反而神色恍惚地盯着自己,他俯身摇了摇她的肩,"阿珠,我是爹爹呀,侬哪能认不出来了?"女儿继续恍惚着。董扬仲急忙冲出病房,向护士台疾步而去。

医生检查后告诉董扬仲,患者因大脑创伤导致暂时性失忆,何时恢复还不能确定。董扬仲看着女儿的眼神,明明凝视着他,却不知道他是谁。

他心里像是丢进一块尖锐的石头,硌得生疼,却又无可奈何。泪水从眼眶里漫出来,他舔了一下,咸而涩,还带着点酸。多少年没流泪了,干脆流个畅吧。

他听着女儿轻轻哼唱小时候最喜欢的儿歌,看着女儿天真无忧的脸,好像过了几个世纪,多少年没看到女儿这样安详的神态了。他忽然想,失忆是不是别人无法体验的一种幸福呢?但他又禁不住流泪了。病房里已漆黑一片,董扬仲伏在女儿床边,被子湮湿了一片,他抚摸着自己的泪渍,默默睡了过去。后来他感到自己的脸被什么触碰了一下。啊,是一只手,一只带着凉意的手。他一把抓住了,这只手回应了一下,他握了握,这只手也握了他一下。他太熟悉这只手了,是女儿的手。他把这只手紧紧贴在自己脸上,附到女儿耳边,轻轻地叫,阿珠,阿珠。他顷刻又热泪盈眶了。他听到了女儿的声音,爹爹。爹爹。他的热泪滴在女儿脸上,女儿抱住了他,絮絮叨叨地重复着几个词语。

天亮之前,董扬仲总算理出了一个头绪,女儿寻找的是一个穿水手服的意大利人。"水手"又让董扬仲联想起失踪的康蒂罗莎号。牵着他们父女俩心的是不是同一件事呢?

董菡珠的眉头又蹙了起来。女儿生性活泼,很少忧虑,他实在不想看她这样。

出院后,董扬仲就问女儿,"阿珠啊,出去留学的事准备得怎么样了?"

董菡珠没有回答。

董扬仲又说,"阿珠,爹爹晓得侬心里不舒服,不过老这样是不可以的。"

董菡珠知道爹爹担心她拔不出来,担心她再出什么事。事实上,她不但拔不出来,已经深深陷进去了。找不到乔凡尼,富庶的生活又有什么意义呢?可她也不想让爹爹担心,本来读圣约翰就是出国留学的铺垫。这个抉择太难了。

董扬仲又说,"阿珠,爹爹不会逼侬,等侬做出决定。爹爹想提醒侬,无谓的等待和无目的的寻找也是一种贪心和浪费。"

7

日本宪兵的汽车穿过四川路桥,一路风尘到了大桥大楼。

从虹桥到虹口,路途遥远,但车速很快,有时颠簸有时平坦,乔凡尼被夹在两人中间,所幸没给他戴头套。透过车窗,他还能看到沿途的街市。乔凡尼这才明白,原来上海还有这么多他没见识过的地方。可惜他是坐着占领军的车"观光",终究煞风景。大约一个多小时后,外面渐渐进入了他熟悉的场景。外滩,黄浦江,外白渡桥。那里有个岗哨,持枪的日本士兵正在搜查经过岗哨的行人。他们的车只是停了一下,司机对士兵说了句什么,立刻就放行了。接着又过了一座桥,一座外墙被漆成绿色的巨大建筑迎面而来,上面的英文写着上海邮政总局。这里一下子多了穿着和服与木屐的女人,她们一概迈着细碎而紧凑的步子。正当乔凡尼对这种步态颇感惊讶又心存担忧的时候,车停了下来。原来目的地就在邮政总局的隔壁,一幢不高不矮的建筑。人们称它为大桥大楼。乔凡尼扫视了一下发现,这是一幢封闭性的建筑。

乔凡尼被带进了底层。一览无余的搜身之后,他要穿上袜子时,看守阻止了他。他疑惑地看着看守,看守也报以令人疑惑的面部动作,然后将他的鞋子一脚踹向了走廊。这样,乔凡尼赤着双脚进入到这间不到二十平方米的屋子,至少有二十几个蓬头垢面的人挤在那里,有金发碧眼,也有黑眼睛黑头发。人类腺体和排泄物散发的气味浓烈而密集地扑向乔凡尼的鼻腔。他不禁干呕了一下。门被重重地关上了。乔凡尼发现,这里坐着的人居然都挺直了身体,像日本人那样膝盖朝前盘坐着。也有几个人站着,他看了看他们,站着的人面无表情地看着他。乔凡尼站了一会儿,一名看守进来,用眼睛扫视了一圈,朝一个头发完全耷拉下来的人走去,把头发倒抓起来,乔凡尼立即听到了尖利的惨叫。竟然是个女人,还很年轻。乔凡尼觉得她也许是东欧人。女人的叫声过后,坐着的人们像被注射了某种强力针剂那样，齐齐地挺直了他们的上身。乔凡尼朝看守指了指自己，示意他应该有个位置，看守朝他做了个立正的动作。那意思很明白，就这么站着。

乔凡尼没想到，他是站着度过这个房间，不，这个囚室的第一个晚上的。

他当然不知道，他还得将这个姿势维持到第二个晚上。

第三天，一个英国人连续呻吟了几个小时，紧挨着他的美国记者在囚室唯一的对外通道，一个用来传递囚食的窗口多次提出抗议，看守装作听不见他在说什么，让他凑近点，然后对他掴了重重两个巴掌。英国人终于被提了出去，据说他得了严重的疟疾。乔凡尼接替了英国人的位置。他把僵直的身体放下来，然后朝前弯曲膝盖，这一组动作饱含艰辛，让他的关节发出咯吱咯吱的响声，似乎有一种突然断裂的感觉。这个日式坐姿固定了一个多小时之后，他的脚趾开始疼痛，然后蔓延到整个足部和小腿。美国人对他说，如果坚持不了就喊吧，即便挨打也比保持这个可恶的坐姿好受。乔凡尼咬牙坚持着，到晚上躺下来，双脚肿胀得如同两个光亮青紫的大萝卜。

又过了两天，乔凡尼被提到另一个单人间。墙上留着分辨不出陈旧还是新鲜的血迹。他被允许穿上袜子和鞋子，但他双脚的尺寸显然已经配不上它们了。

村田来了，还是一个习惯的鞠躬，说，"乔凡尼先生，我不知道他们把你送到那个大房间去了，我得知消息后立即让他们带你到了这里。请接受我的歉意。"

乔凡尼忍着双足的疼痛，问道，"村田先生还想把我带到哪里去？"

"不，我今天是来妥协的，我有一个新方案，你想听吗？"

"我是你的阶下囚，我是没有选择的。"

村田尽力表达着自己的诚恳，"是啊，对这艘国际邮轮的前船长来说，你的确不能接受它变成了千寿丸。我承认，这对你来说很残酷。所以我想我们换一种合作方式,你不必担任船长,只是在我们需要的时候驾驶这条船。当然,你得让我们随时找到你。"

这段表白的意思乔凡尼听得懂,这和监控没有区别。一阵钻心的疼痛再次袭击了他的双足和膝关节,他竭力不让自己在魔鬼面前流露出来。这几天对他有多恐怖。短短几天,他就亲眼目睹了几个不同国籍的人的离去。在这个地方,生命如同草芥。他不知道继续下去的话,他能不能顶得过去。

不知什么时候,那个上海姑娘忽然不请自来了。就在那天跪坐的时候突然闯进他的意识中,那一瞬间膝盖着地的痛楚减轻了。所以他尽力让这回忆持续着。这姑娘太神秘了,把浓雾般的谜团扔给他,然后消失得无影无踪。还能见到她吗?他这么问自己的时候,又苦笑了。奢望过度了。此时此地竟然还有这样的想法。但又想,为什么不呢?

然后村田听到了这样的回答,"我答应与你合作,但是有个条件。"

"什么条件?"

"在合作之前,我必须再回百乐门至少一个月。"

村田沉吟着问,"难道你还想跳舞吗?"

"因为我要履行我和余青山先生之间的合同。"

村田哈哈大笑,"乔凡尼先生,你认为我还会让一纸所谓的合同捆住手脚吗?"

"我想,既然村田先生这么器重我,当然也会看重这份合同对我的重要性。"

村田沉默了好久,说,"乔凡尼先生,你赢了。不过很抱歉,我只能给你一周时间。"

企图再见到这位姑娘,这是唯一的途径了。她是乔凡尼的牵挂。他把这牵挂当作一个赌注。如果还能见到她,他一定要与她相约,然后带着牵挂走上那条"千寿丸"。如果见不到,他就了无牵挂了。

乔凡尼的命运再次和这艘被日本人改名换姓了的船绑在一起。

有缘在分秒之间,无缘再等也没有结果。这句话经常在余青山的嘴巴里打滚,而且被他说得声情并茂。乔凡尼当时不明白,现在嚼出了一点味道。短短一个多月,乔凡尼和这位上海老板从莫逆迅速发展到了惺惺相惜。当他再次出现在余青山面前时,余青山一把抱住了他,像个孩子一样抽泣起来。中国人说男儿有泪不轻弹,余青山的泪水沾在他浓密的胡须上,他舔到了咸涩,这种味觉含着男人的重量,在这份重量的牵引下,他的泪腺也开始分泌,两个男人的泪水交融在一起了。

广告重新出现在百乐门门口,闻风而来的人们并没有见到乔凡尼的疯狂旋转,而是聆听了他的歌声,虽然完全听不懂,人们还是听得很扎劲,他唱得如此卖力,丝毫不比旋转轻松。一周过后,广告撤下,乔凡尼心中的姑娘依然杳无踪影。煎熬的感觉突然卸下,剩下的只有茫然了。只有隐隐作痛的双脚提醒着他生命还在继续。

乔凡尼和余青山喝得酩酊大醉。余青山知道乔凡尼的苦楚。他没问,他知道问了会增加苦楚的深度。乔凡尼酒量好,这点醉意算不得什么,他抱着余青山说,"余老板,你是我结识的第一个上海人,也是最好的朋友,但是我马上就要离开上海了,你能帮我做一件事吗?"

余青山的脑袋被酒精搅得生疼,听出来的声音嗡嗡的,所以他的回答也很大声,"阿乔,什么事,你说。"他按本地人的叫法叫乔凡尼"阿乔"。

乔凡尼说,"那姑娘,跟我跳舞的那姑娘,你一定要帮我找到,帮我找到……"他又抱紧了余青山。

"我就知道,你要找她。"

"你知道啊,为什么不说。"乔凡尼突然两眼放光。

余青山说,"我知道什么?"

"你不是说知道吗?"

"我是说……我知道你要找她,但不知道她在哪里。我怕我说了你会更难过。"

一边的卡米洛说,"船长,不要伤心,余老板一定会帮你找到的。"

余老板摇晃着脑袋,"嗨,你别给我瞎打包票,我到哪儿去找?"

卡米洛说,"把船长的广告一直挂着,她一定会来的。"

"小赤佬老是出馊主意,人家兴冲冲来看阿乔表演,人呢? 你不是要把我变成骗子吗? 要不,你,帮我一起找。"

"我要跟船长一起走。"

乔凡尼打了一个很响的嗝,对卡米洛说,"不,这次,你不能跟着我,那已经不是康蒂罗莎号了……你就跟着余老板,等我回来找你。"

"不,船长,你说过,你走到哪里都带着我的。我要跟着你。"

余青山搂着卡米洛说,"好兄弟,讲义气。对,他是你大哥,你必须跟着他。"

乔凡尼突然对卡米洛提高了嗓门,"听着,这次,你不能跟着我。"

卡米洛轻轻抽泣起来,余青山拍了一下他,"嘿,男子汉,哭什么。留下来,帮我一起找那姑娘。你要知道,这件事比跟他走还重要呢。"

乔凡尼和余青山再次碰杯。卡米洛没喝酒,泪眼婆娑地看着这两个比他大了一圈的男人。

8

弗吉尼亚大学的课堂里,心不在焉是董菡珠在教室里的常态。她常常在教授一连串生疏的单词中神游,好在这个少年白头的教授是一个只顾陶醉于自己讲授而不管听众的人。董菡珠自顾自神游,不迟到不早退不提问题当然也不思考,但教授不是个个都好脾气,有个红脸膛老头第一眼就洞察到董菡珠的课堂劣迹,随即用一个低级问题把她击得稀里哗啦,接着庄重宣布请她离开课堂。出了教室门,董菡珠就鼻涕眼泪一大把了。这天以后,董菡珠变成了一个经常逃课的学生,而且不择手段。在她看来,到美国来读书只是为了了却或者安抚爹爹的心愿,她从来没想过要成为什么家,尽管师长们都认为她天资聪颖。越是这样,她对读书越孵化不出高昂的热情来,她觉得这份天资足够她应付学业了。她在百乐门和意大利人跳舞,那才是她向往的快乐生活。一直熬到考试前的最后一个礼拜,她才一头扎进痛苦的日子。从小到大,她就是这么过来的。她知道,勤奋对她来说比登天还难。爹爹对她有所期待,她对自己却毫无想法。本来她想认真混完一个学期再作打算,没想到被这个整天红着一张脸的美国老头当众羞辱了。

轿车每每经过董家渡天主堂时,董扬仲就会减慢车速,由衷感慨它的不易。父亲经常说起它的来龙去脉,边说边叹息世事万变,唯有董家渡天主堂岿然不动。明崇祯年间,一位叫潘国光的意大利传教士购下老城厢的潘家世春堂,建造了上海第一座罗马天主堂,也是西方在中国建立的第一个规模巨大的教堂。作为上海教区的主教府,它统辖江苏、安徽两省各级天主教堂,却有个十足中国的名字,敬一堂。人们很远就可以看到教堂顶部的十字架。这座教堂可以容纳两千人做弥撒,董扬仲曾亲历过这场面。当初他才七八岁,跟着父亲来到教堂,一下子就被这场面震撼了。这是董扬仲幼年看到的最大也是最高的建筑物,他抬头仰望彩色的玻璃穹顶,觉得它比天空好看,在这样的穹顶之下,他小得可怜,连爹爹都变得很小了。他觉得自己缩成了一粒米,担心会不会缩得连人都不见了,所以他急得喊了起来。父亲的手轻轻捂住了他的嘴,他心定了。后来他长高了,长大了,可一旦站在玻璃穹顶下,那种渺小的感觉就油然而生。此刻,他又站在这个位置,他第一次到教堂站的就是这个位置。绚烂的玻璃在阳光的热力覆盖下,抹上了一层金色,明媚得让人激动。他默默感受着这样的宁静与祥和。和朱云轩的合作进展顺利,造船进程按部就班,那张他花了重金弄到的康蒂罗莎号邮轮结构图纸和他须臾不离,总工程师配合默契,一艘缩小版的康蒂罗莎号渐渐显出了它的轮廓。

"康蒂罗莎号"变得面目全非。沉船后主件和外观损坏严重,日本军方在最短的时间里把它变成了一条运输船。面对此情此景,乔凡尼心中的苦楚可想而知。

卡米洛还是跟着来了。乔凡尼甩不开这个小同乡了,他就像依附在身体上的一个器官,谁叫自己当初承诺一直带着他呢。乔瓦尼明知道这艘船执行的是军事行动,随时都可能发生意外。但来了,又不忍心再赶他走。

轰炸发生的时候,乔凡尼感到船身剧震了一下。按他的经验,判定不是触礁。挂着太阳旗的运输船早晚成为美国飞机的攻击目标,没想到来得这么快。第二波攻击开始的时候,船上所有人连俯冲下来的飞机上的"US"标记都看得清清楚楚。乔凡尼的第一反应就是跳船,他本来就是水手,而且水性极好,但卡米洛跟他差了一大截,他真的成了累赘。卡米洛的脑袋在水里时隐时现,甲板上的火势越来越烈,轰炸机并没有偃旗息鼓的意思,炸弹像礼炮一样在船上飞舞,直到船体渐渐倾斜。飞机呼啸着掠过船体露出水面的部位,这架势是不把船炸沉是不会甘心的。乔凡尼探出头来,清晰地看着这一幕,对他来说一点都不陌生。几个月前曾经发生过,只不过那是他们自己的决定。就在眼下,这艘经过日本人改装的运输船再次在强大的轰炸中渐渐投向黄浦江的怀抱……乔凡尼的灵魂在兴奋和悲伤之间游弋,把他割得生疼,身心俱裂,浸在水里的身体阵阵发凉,浑身无力,兀自往下沉,江水很快没过了头顶,他只是机械地吐着水泡,似乎失去了划水的本能。他想,与这艘船同归于尽也是个不错的结局,他曾是它的船长。余老板最喜欢说"有缘",他说他们俩有缘。问他什么叫有缘,余老板说你在百乐门跳舞,而我发现了你,这就是我们有缘啊。如此说来,他和康蒂罗莎号也是有缘的,他是它的船长,每天都在一起,像兄弟一样。他带着它在江河湖海行走,最后把它带到水里。这不就是他和它最后的归宿吗?它被日本人改装过,但它毕竟曾经叫康蒂罗莎号。他忽然又想到了神秘女孩。他和她是无缘了,她来得神秘,去得更神秘。好吧,拿波里是回不去了。上海黄浦江东岸一直是康蒂罗莎号的停泊地,就让自己的生命也停泊在这里吧。

　　脑袋被劈开一般的痛楚把乔凡尼弄醒了。他的第一反应是用双手紧抱住头,仿佛要竭力合拢裂开的头颅。他听到人们杂乱的说话声,那些声音一瞬即逝,跳跃着。他想辨析这些声音的含义,他终于艰难地捕捉到一个英语发音的词,他的意识回来了。额头上突然凉了一下,是绵软的冰凉,又很快消失了。一个英语发音说,快送他去医院,他身体都烫了。是一个男人沉沉的低音。

　　在仁济医院醒过来,乔凡尼感觉好多了。他像刚从水里出来那样,抖了抖身体,突然打了个喷嚏,还想伸个懒腰,哎,一只手怎么被摁住了。他听见护士用蹩脚的英语说,先生,你正在打吊针,手别动。乔凡尼这才发现自己躺在病床上,正在输液。他竭力回忆自己怎么会突然出现在医院,他不是沉到江底去了吗?难道又浮上来了?苦想半天仍无答案。想到后来,脑袋竟然又裂开了。他下意识用右手小心翼翼地摸了一把,还好,是一个完整的头颅。他对自己说,什么都别想了。看来,没有与康蒂罗莎号同归于尽。不,是"千寿丸"。可恶的日本人,村田,魔鬼。啊,不好不好。卡米洛,卡米洛呢?他看见卡米洛在水中挣扎,那个浓密黑发的头颅在水中越来越乏力,他忍不住喊了起来,"卡米洛。卡米洛。坚持住。"护士走过来说,"先生你在喊什么?"护士的英语词不达意,他听不懂。两人僵持半天,还是牛头不对马嘴。乔凡尼两手一摊,无力地自言自语,卡米洛,卡米洛,你在哪里?我叫你不要去的,不要去的……把你丢了,我更回不去拿波里了。

　　董菡珠是在图书馆里偶然看到这张中文报纸的。报道的口吻很兴奋:"两天之前,日本运输船'千寿丸'在上海黄浦江遭遇美国航母舰载机连番猛烈轰炸,直至炸沉。目睹民众欢呼雀跃。来自知情人士的消息称,'千寿丸'由著名的意大利邮轮'康蒂罗莎号'改建而成,承担改建的是由三菱重工支配的上海江南造船所。据悉,此次'千寿丸'运载的是日军方抢夺中国的战略物资,航程目的港为日本鹤舞港。所有船员均去向不明。"这则消息的配图是一张船员在船上的集体照。中间那个西方人的身高明显超过其他日本船员,所以一下子就勾住了董菡珠的眼球,虽然人影模糊,可这张脸如此熟悉,不就是她几个月前苦苦寻找的这个人吗?不过她想不明白,他在这条船上干什么,为什么和这些日本船员在一起。报道中的"去向不明"又是什么意思,和船同归于尽了还是跳江了。她想了很久,觉得也只能这么含糊其辞了。唯一留存的侥幸是,这个她寻找多日的跳舞的男人,居然没有离开上海,而且还在一条日本运输船上。不,是一条经过改装的意大利邮轮。这么看来,他的水手服并不是他的演出装,他是一个真正的水手。如果他真是一个水手,那么生还的概率就大了很多。反之,如果我的推测错误……不管怎么说,即使沉在黄浦江,他也在上海。

她感觉自己的身体凛凛然抖了一下。有人走过,带起一阵轻轻的风,报纸滑落在地,她赶紧捡起,折叠好,迅速夹在书里。她忽然笑了,没想到,这本不想读的物理学课本意外地派上了用场。要不是红脸膛老头盯上了她,她才不会一本正经来这里找数据呢。这样说起来还得感谢他,让她得到了如此珍贵的消息。这红脸膛老头还真是蛮可爱的。

两个多小时后,董菡珠作出了一个决定,立即办理休学手续回国,理由当然不会是寻找高个子跳舞男人,那就只得编个谎话了。这对董菡珠不是难事。不过回到上海,还得给爹爹编个理由。

一个礼拜后,董菡珠乘坐的飞机降落在虹桥机场。一路行色匆匆。

回到家里,保姆惊讶她怎么突然从美国飞了回来。定下神来,告诉她,老爷最近整天在董家渡忙,有时还不回家。

董家渡?爹爹在董家渡忙什么?

9

造船对董扬仲是第一次。董扬仲的履历中有很多个第一次,不过又添了一次而已。

并非所有的第一次都顺,但这一次的确顺,他暗暗为自己这个决定击掌。

刚听到"千寿丸"被炸沉的消息,他也很高兴。知道了它的前身,就不可遏制地难过起来。他不能接受"康蒂罗莎号"变成了"千寿丸",他执拗地把它看作康蒂罗莎号。一条船,两次在同一条江沉没。自沉和炸沉有别,而重复的沉船命运令人唏嘘。这条邮轮含着我的梦想,难道这是我正在建造的"宁志号"的命运先兆吗?

他急急驱车赶回船厂,好像从没这么急过,经过天主堂的时候都没想到减速。工人们正在正常施工,他心情复杂地巡视了一遍,回到自己的办公室,却意外地发现一个人。他以为自己看错了,眨眨眼睛,再看,竟叫了出来,"阿珠,真的是侬,侬哪能回来啦?"

"爹爹,是我呀,啥人敢冒充侬的千金小姐。"

"侬立起来。"董扬仲摘下眼镜,口气突然严肃起来。

"爹爹,侬啥意思啊,要验明正身啊?"

"侬先立起来。"董扬仲的烦恼又莫名添了一层。

董菡珠不情愿地站起来,转了一圈。"看看,是阿珠吗?"

"我问侬,侬不在美国好好读书,回来做啥,招呼也不打。"

董菡珠换了一副嬉皮笑脸的样子。"我想爹爹了嘛。"

"侬搭我严肃点。"

董菡珠不解,爹爹心里一定有事。她决定反过来将董扬仲一军。"爹爹,侬勿发脾气呀。心里有啥事体么,讲出来听听好咪。"

董扬仲沉默了。他妻子早年去世,后来娶的那个富家小姐只知玩乐,他就是有事也不会跟她商量。阿珠人很聪明,但毕竟还小。所以他说,"跟侬讲,侬懂点啥。"

"爹爹,侬太小看人了,我哪能不懂。侬哪能勿问问我为啥会到厂里来的。"

董扬仲猛地一激灵,是啊,我从来没有跟她说过这件事,她哪能会摸过来的,"侬讲,为啥会来的?"

"这是侬的秘密。我呢,要做个侦探,就摸过来了。爹爹,侬新开了造船厂啊?我哪能一点也不晓得。"语气里有了埋怨的意思。

这下董扬仲有点尴尬了,她迟早要晓得的,就告诉她吧。他干咳了一声说,"阿珠啊,这桩事体呢是这样子的。"

董菡珠听得入神,心想,敢在这个时候造船,爹爹也真是厉害了。她嘴里可不是这么说的,"爹爹,日本人介霸道,这种生意哪能做啊?"

"侬不晓得,日本人越霸道就说明急了,霸道不了几天了。这句话我决定做造船厂的辰光就讲过了。朱先生也同意,所以搭我一道做啊。"

"既然这样,爹爹为啥不开心呢?"

"爹爹就是听到这只被炸沉的日本运输船原来是康蒂罗莎号改装的,不是味道啊。怪不得邮轮突然失踪了。册那,日本人真是做得出。"

董菡珠也沉默了。她突然抽泣起来,董扬仲最见不得女儿的眼泪,习惯性地掏出手绢要帮她揩,董菡珠扭过脸,泪水真的忍不住夺眶而出了。董扬仲说,"阿珠,勿难过,爹爹讲讲而已,已经过去了。"

"爹爹,我不是讲船,我是讲水手,报纸上讲全部失踪了。"

"水手,一条船上的水手多的是啊……"

"我是讲那个高个子水手,啥人为日本水手伤心啊?"

董扬仲恍然。"阿珠,原来你是为这个水手回来的,是吗?"

董菡珠的抽泣放肆地带动着肩部的上下摆动,对董扬仲来说,这个背面堪称声势浩大,还有点跋扈。可是现在,他不能像哄小女孩一样哄她了。他猛然想起来,那天在造船厂附近的会馆码头路渡口,那几个被拖上岸的奄奄一息的外国人,会不会是这条运输船上的水手呢?他赶紧安抚了一下女儿,说,"阿珠啊,勿哭了,爹爹带侬到仁济医院去。"

董菡珠的抽泣戛然而止,一个转身问:"仁济医院?"

"对呀,你一哭,爹爹倒是想起来了。上个礼拜,我搭朱先生几个人一道在会馆码头路渡口,拖上来几个外国人,不晓得搭这只船是不是有关系。啊呀,好几天了,造船的事体一忙,忘记光了。"

"爹爹,真的?"董菡珠眼里盈着泪水,声音却是兴奋的。

"爹爹从来不骗人的,不过是我的猜想。"

"爹爹,有几个外国人?"

"大概三四个吧。"

"长得啥样子?"

"有两个是高鼻头凹眼睛,其他记不清了。"

"爹爹快带我去看。"董菡珠迫不及待了。董扬仲说,"哦哟,看侬这副样子,眼泪水揩揩清爽。"

董菡珠胡乱抹了一把,又推了董扬仲一下,"啊呀,爹爹,走了。"

说明来意后,护士把董扬仲和董菡珠带到了乔凡尼的病房。董菡珠和乔凡尼眼光对接,对撞。怦然。金星四射。董菡珠扑过去一样,乔凡尼挂着吊瓶的手撕扯了一下,忍不住大叫一声。董菡珠后退了几步,脸都变色了。乔凡尼惊讶地张大着嘴,一脸的欣喜。然后大声说,"哦,我的上帝。"

一旁的董扬仲看着两个人的举动,豁然开朗,这就是阿珠一直寻找的那个外国水手。他一步跨上去,问董菡珠,"就是他?"

董菡珠一直看着乔凡尼,后脑勺的小辫子用力地颠了颠。董扬仲心想,连开个口都嫌烦了。那我就撤了。不过我还得过问一下,这外国小子神情还是有点虚弱,于是用英文问道:"你都恢复了吗?"

"是啊,先生,我恢复得很好。"

"太好了。那天和你一起来的另一个小伙子呢?"

"先生,你说的是卡米洛吗?"

"不,我不知道他的名字。他当时昏迷了。当然,你也昏过去了。"

"啊,我明白了。先生,原来是你救了卡米洛和我。我当时迷迷糊糊

159

的，只听见一个声音说快送医院，原来是先生啊，太感谢你了。"他撑着手想要站起来，被董扬仲按住了，"别客气，哪有见死不救的道理。"乔凡尼又心事重重地说，"可是，卡米洛一直在重症监护，已经这么多天了。"

"你别着急，医生一定会想办法的。哦，还要相信他自己，他还年轻，一定会顶过去的。就像你一样。"

"先生，我至今还不知道你的名字，真是太遗憾了。"乔凡尼看着董扬仲，眼睛湿润了。

"我叫董扬仲。"他指了指董菡珠说，"我是她的父亲。你们不是认识吗？"

乔凡尼和董菡珠却同时摇头。董扬仲更疑惑了，"那为什么刚才你们……"

董菡珠说，"爹爹，我是怕他死了，看到他没死，心里一高兴，就这样了嘛。"

"那你们总归是认识呀。"

"其实，我们就是跳了几天舞，我们配合很默契。但是我考完试去找他，他就没人影了。我连他的名字都不知道，这叫认识吗？"

"啊呀，阿珠啊，侬这个小囡，我都听得糊涂了。就跳了几天舞，值得让侬这样着急吗？"董扬仲心头迅速掠过报纸上那张模糊的舞者照片，当初怎么就没有确认是阿珠呢？

"爹爹，你不懂的。"董菡珠又给了董扬仲一个背影。

乔凡尼完全不明白这父女俩在说什么，他的手突然被董扬仲一把抓住，口吻和刚才显然不同了，"告诉我，你究竟是谁？"

乔凡尼双眼清澈地看着董扬仲，"我叫乔凡尼，是意大利人。"

"你是水手？"

"是的，我还是船长。康蒂罗莎号的船长。"

董扬仲不由自主地把他的手攥紧了，"康蒂罗莎号，那艘著名的意大利邮轮，你说的是真的？"

"先生,是真的。卡米洛可以证明我。可惜,他还昏迷着。还有那个叫村田的日本魔鬼,也能证明我。"

"村田是谁?"

"就是逼着我去驾驶被他们改装的'千寿丸'的那个魔鬼。"

"原来如此啊,原来如此啊。"董扬仲忍不住在病床上捶了一拳,震得乔凡尼倒吸一口冷气。

董菡珠泪水涟涟,她一直听着父亲和乔凡尼的对话,太神奇了。原来他是船长,大名鼎鼎的康蒂罗莎号船长。报纸曾多次报道这条邮轮带着犹太难民来上海的消息。这个人就是驾驶这艘邮轮的船长,却又有如此遭遇。

董扬仲激动地在病房内踱着步,默默念叨,老天有眼啊,老天有眼啊。想不到我救了一个船长,我做梦都在想的一条船的船长。康蒂罗莎号沉没了,但它的船长还在,老天真是开眼了啊。先前的沮丧和不快一下子被冲刷得无影无踪,这位乔凡尼船长不就是老天派来助我一臂之力的吗?董扬仲再次握住乔凡尼的手,说,"乔凡尼先生,我非常诚挚地邀请你加入我的公司,你愿意吗?"

乔凡尼一时没反应过来。"你的公司? 先生,请原谅,我不明白。"

"啊,是我没说清楚,我正在建造一艘客轮,恰好缺一位船长,你愿意加入吗?"

"客轮的国籍呢?"

"我是中国人,客轮当然是中国籍啊。"

一边的董菡珠兴奋地说,"乔凡尼,你又可以当船长了。你知道吗,我爹爹造的这艘客轮就是模仿康蒂罗莎号的。"

乔凡尼顿时两眼放光,"真的吗?"

"不,比康蒂罗莎号小一点,小一点。"董扬仲做着手势。

"我太想看到它了。不瞒你们说,当初听到我的国家退出轴心国后,我作出沉船的决定非常痛苦,但为了自保,也为了尊严,与其让日本人拿去当军用船,不如自沉。"

董扬仲和董菡珠同时对他翘起了大拇指。

"没想到,我还是被村田这个魔鬼劫持了。不过,轴心国是墨索里尼的事,我只知道开船,如果有难民,我一定要救,我不会赶走犹太人。"

"乔凡尼先生,犹太难民一定会永远记得你,他们一定不会忘记乘着康蒂罗莎号来的上海。"

乔凡尼期待地看着董扬仲,"董先生,我什么时候可以看到这艘客轮呢?"

"乔先生,别急,别急啊。快了,快了。等到那一天,你会忙不过来的。"

"我出了医院后就去找董先生。"

董菡珠突然问,"你不去百乐门啦?"

乔凡尼看了看她,又看了看董扬仲,无奈地耸耸肩,做了个滑稽的动作。董菡珠不放过他,"你还没回答我呢。"

"你也没告诉我你是怎么神秘出现,又是怎么神秘消失的。"

"我是学生,我还要读书,我是溜出来跳舞的。可我不能让人知道,只有这样我才能继续跳舞啊。这有什么神秘的吗?倒是你,突然失踪,让我找你找得好辛苦啊。"

"我突然失踪,你要去问村田,那个日本魔鬼。他把我绑架了。"

狭小的病房似乎紧缩起来。三个人都感到难言的压抑,压得越来越紧,都快窒息了。乔凡尼突然失控地大喊起来,护士闻声而至,乔凡尼痛苦地抱着头,浑身颤栗。董扬仲挡住护士,示意她不要靠近。董菡珠上前抱住了乔凡尼,他粗重的气息渐渐平息下来。董扬仲轻轻走出门去。

10

在这条弹硌路上走了几十年十几年或者才几年的老人青年小孩,都觉得这条路变得十分惬意,他们的脚步是蹦跳的雀跃的飞扬的。傍晚时分,摇摇欲坠的黑云终于劈开一道耀眼的豁隙,孕育已久的雨点声势浩大地在弹硌路上敲起了舞蹈的节奏,暴晒了一天的路面被洗涤成一块块晶亮的石头,显得十分悦目。人们根本没想到避雨,反而觉得自己的心就像这场透雨一样,清澈豁亮。这里的住户们没有收音机,但还有谁不知道这消息呢。有人异常兴奋地叽哩呱啦模仿着他们在董家渡敞开大门的造船厂里听到的日本天皇"玉音放送"。当然他们还是习惯用"东洋乌龟"称呼日本人,那么天皇就是老东洋乌龟了。他们说,老东洋乌龟闲话一句也听不懂,喉咙里好像插了一根稻草,喔(哑)壳子,宣布投降了。这里当然也是没有路灯的,因为人们没有尽兴,家家户户就举着蜡烛出来了。反正家都在沿街,进门出门就是跨一步的事。再说街上这么闹猛,谁都无法入眠了。索性就通宵吧。这条弹硌路多久没有这么闹猛过了。裁缝铺、洗染店、灯笼店、烟纸店、煤球店、南货店、米店、茶叶店、油酱店、理发店、老虎灶、馄饨摊、小人书摊、西洋镜摊也不打烊了。有人不惜工本,点起了五十支光电灯泡。后半夜又有了新加入的人,是沿江停靠的沙船船民,他们也忍不住来轧闹猛了,他们的道具是船桨。他们在弹硌路上划着船,一眼望去不见彼岸,他们就这么兴奋地划着,还喊着悦耳的号子。

董扬仲和朱云轩在厂里的经理室喝酒,两人的酒量很一般,脸色泛着酽红,他们企图让自己像模像样肆无忌惮醉一次。珍藏了多年的苏格兰威士忌,一瓶横着,一瓶站着。董扬仲抓起站着的那瓶,就往嘴里灌,咦,哪能倒不出来啊。他气愤地把瓶子朝桌上重重一蹾。册那,酒也吃没了,侬……还立正做啥?困觉,侬困觉算了。瓶子倒下了。朱云轩把手一挥,酒呢?再……去拿。只有两瓶啊,扬仲兄,侬太小气啊……再去拿。那边董扬仲已经呼噜声大作了。朱云轩不甘心,想站起来,他努力挪动着身体,脚上却轻飘飘的,董扬仲的呼噜声很快降服了他,又迅速把他覆盖了。

那天晚上,乔凡尼和董菡珠一直在百乐门跳舞,观众只有一个,余青山。人们都上大街了。此刻的百乐门只属于他们三个人。余青山的内心也在旋转。他躲在角落,默默流着泪,翻江倒海一般。最艰难的四年,总算熬过来了。一九四一年还未正式入冬的上海,就在东洋人轰炸珍珠港后让所有人感到了难以抵御的寒冷。亲眼看见蓝眼睛高鼻头对东洋人毕恭毕敬,或者说是逼出来的毕恭毕敬,在上海滩的确是第一次。余青山看到虞洽卿路上的慕尔堂门口被东洋人强行要求戴上号码袖箍的西方人在寒风中脸色铁青,簌簌发抖。东洋人如沐春风,自豪非凡。他们趾高气扬地说我们帮黄种人复仇了。白种人也要看黄种人的脸色行事了。很多人想东洋人真的要翻天了,中国人还能把他们赶出去吗。但也有人说,东洋人这是作死,敢跟美国人拗手劲,死得快了。余青山把日子过得稀里糊涂,受人之托经营这家上海滩一流舞厅,却没几个人来。乔凡尼好像是老天爷送来的神仙,来帮他撑市面了,还不到几个礼拜就谢幕了。余青山心里天天骂东洋人,把那个村田的祖宗八代都骂遍了。四年来渐渐成了他活下去的一种方式。余青山抬起头来,舞池里的两个身体竟然丝毫不见一点疲倦,他们疯狂旋转着,像是两个粘在一起的陀螺。余青山为自己的比喻暗自笑了,这两个人的旋转才是名副其实的人生啊。精彩啊,漂亮啊。明天我就把海报贴出去。

余青山没想到,他听到走出舞池热汗淋淋的乔凡尼对他说的第一句话是,"亲爱的余老板,有一艘新的客轮正在等我去驾驶。为我高兴吧,祝贺我吧。"

余青山一头雾水,这家伙不会在说梦话吧,转了半天,把脑子转坏了吗。他学着乔凡尼的口吻说,"亲爱的乔先生,你说什么,再说一遍,我没听见。"

"好啊,我再说一遍,明天我就要去驾驶新客轮了。你应该祝福我啊,不,祝福我和董菡珠小姐。"

"老乔啊,我更听不明白了。"

乔凡尼反倒是不解了。"余老板,难道你的脑子高兴坏了吗?你的国家胜利了,我的国家被盟军占领了。我不会再回那个让我伤心的国家了。

上海将是我重新开始的地方。"

"你不想在这里跳舞了吗？这不是你当初开始的地方吗？"余青山这下明白了，船才是乔凡尼的最爱。

"那时是出于无奈，现在才是真正的开始。余老板你还不明白？"

余青山轻声叹息着说，"我明白，乔啊，我舍不得你啊。"

两人拥抱着，紧紧地，久久地。

董菡珠流泪了，然后，她张开双手搭在两个抽泣的男人的肩上。

"宁志号"客轮下水仪式很隆重，董扬仲、朱云轩和市长派来的特使共同剪彩。人们的眼光齐齐射向这艘簇新的客轮，为董扬仲和朱云轩的远见叫好。

董扬仲和朱云轩郑重地把一个铜质的客轮方向盘模型交给乔凡尼，乔凡尼双眼炯炯地接过来，亲吻着。抬起头来的时候，他的眼睛潮湿了。董扬仲握住他的手说，"乔凡尼先生，宁志号客轮今天就正式交给你了。我们期待你的成功。"

"董先生、朱先生，非常感谢你们把宁志号交给我，这是我最大的荣幸。从今天起，我的命运就和它在一起了。"

三个男人的双手交叉在一起。不远处，董菡珠泪流满面，在泪水模糊的视线里，这幅图景时而重叠，时而变幻着色彩，袅袅婷婷，虚虚实实，高大的意大利男人突兀成一个绚烂的光影。那一刻，董菡珠觉得自己被这个光影融化了。

11

正像董扬仲和朱云轩期待的那样，宁志号业务繁忙，甚至超过了预期。大战的胜利给人们带来的欣喜的确是无法估量的，也足以让人们生出更多的期待。董扬仲和朱云轩翻阅业务报表和航程记录的时候，是一天中最高兴的。他们互相问候的话也变成了"今天接了几单"或者"下一班出票怎么样"。董扬仲一直在想,现在跑的是国内航线,如果能跑国际航线,那真是前景无限啊。而且,国际航线对乔凡尼来说一点都没有问题。把这个想法跟朱云轩一讲,朱云轩拍案叫好。这天晚上两个不会喝酒的男人又喝醉了。不仅如此,他们还成了记者频频光顾的对象,有关客轮的报道屡屡成为本埠新闻头条,确实十分提振人气。

连续几天,朱云轩像突然失踪一样。某天一大早又突然出现,董扬仲劈头就问:"侬到哪里去了,害得我快变成相思病了。"

"啊呀,扬仲兄见谅、见谅。这几天我在忙一桩事体呢。"

"弄得神秘兮兮。"

"我是想有点眉目之后再讲……"

董扬仲打断了他。"云轩兄,这样子不作兴的。阿拉是穿一条裤子的,有啥事体一道商量嘛。"

"我是想啊,公司业务越来越大,我们要考虑做保险……"

"做保险?"

"是呀,老辰光轮船招商局办的航运水险,吸引了上海最大的老板,利润不得了啊……"

忽然响起敲门声,朱云轩对董扬仲做了个手势。打开门,一个员工带着一个外国人站在门前,员工对朱云轩说,"朱先生,这位先生说是来寻侬的。"

朱云轩对董扬仲说,"说曹操曹操到。"又用英文问来人,"你就是伊萨克斯先生?"

对方回答,"是的,你是朱先生?"

"鄙人就是朱云轩。伊萨克斯先生,请进来说话。"

伊萨克斯进门后,朱云轩向他介绍,"这位是鄙公司董扬仲董事长。"又对董扬仲说,"这位伊萨克斯先生是犹太人,在美亚保险公司任职,我是通过朋友把他请过来的。"

见董扬仲懵懂,朱云轩接着说:"是这样的,那天侬不是讲了一句宁志号最好跑国际航线吗,我就想,要跑国际航线,就必须要做航运保险。目前上海滩保险做得最大的就是美亚保险公司。民国十六年到重庆的长江轮船出了重大沉船事故,就是美亚做的保险。美亚的创始人也是犹太人,美国籍犹太人,算起来也是伊萨克斯的同胞。伊萨克斯先生到上海也有好几年了,现在是业内蛮有名气的保险专家。我请伊来,就是想为宁志号定做保险业务。扬仲兄以为如何?"

董扬仲说,"如果真的跑国际航线,海上航运保险是迟早的事,云轩兄脑筋真是转得快。不过人家美亚老板肯放吗?"

"我只不过叫伊来出出主意,真的要过来,付人家的工鈿也是蛮吃价的。"

"只要有本事,赚钞票天经地义。"

"对呀,接下来就要搭搭伊的分量了。"

董扬仲把手一挥,"云轩兄,我对保险业生疏,这桩事体就依讲了算。"

连续启运三个月后,宁志号需要维护修整,乔凡尼也得到了休息的机会。经过乔凡尼的调教,卡米洛成了二副。这小子虽不及乔凡尼聪明,但实在,肯下苦功,这一点很得乔凡尼欣赏。

那天乔凡尼和董菡珠沿着南京路不知不觉逛到了华懋饭店。与两年前沉船后的仓皇游走相比,此时此刻的心情完全是天上地下。那时他抬头仰望华懋饭店瓦楞紫铜皮覆盖的屋顶,只是匆匆一瞥。留恋无法企及的东西而不得对自己是一种戕害,现在不一样了。他器宇轩昂地接受着门童殷勤的致意,然后对身边的董菡珠做了个先请的示意,董菡珠看他一眼。似乎要证实他这个动作不是心血来潮,乔凡尼于是重复了他的示意。董菡珠抬头挺胸跨上了这幢哥特式建筑斑纹光亮的花岗岩台阶。

他们的目的地是九楼舞厅。

华懋饭店经理福瑞迪·考夫曼说过,"住在华懋,就如同身处世界中心。"在这样的地方跳舞，会是什么感觉呢？

他们当仁不让成了舞场的主角，在任何一个舞池，只要这对男女联袂，别人就都成看客了。他们在"世界中心"旋转，而他们正是舞池的中心。一场舞跳下来，他们相拥在一起，幸福在身心快乐游走。

然后他们去了著名的屋顶餐厅。

董菡珠嚼着一块汁水鲜嫩的牛排，俯瞰下面的大街，人都成了一个个小黑点。董菡珠笑了。人家小了，自己就成了中心。爹爹说过，上海只有一个华懋饭店，全世界也只有一个。她晓得，爹爹请他的远方朋友不止一次来过这里，但从没带她来过。这个第一次，是这个叫乔凡尼的意大利男人给她的。想到和他的奇遇，她又笑了，然后盯着他看。乔凡尼用餐巾擦了擦嘴唇，问："还有吗？"董菡珠笑得更厉害了，原来他以为嘴上沾上什么东西了。乔凡尼把食指放到了嘴唇中间，她这才意识到笑得放肆了，赶紧刹车。然后严肃地问："你是个船长，为什么跳舞跳得这么好？"

乔凡尼做了一个怪脸，"这有什么奇怪的，在我的家乡，比我跳得好的人多得多了。"

"你的家乡？"

"是啊，我的家乡在坎帕尼亚，意大利半岛南部。那里的人生来就会跳舞。"

"坎帕尼亚？"

"啊，也许这个名字还不够著名，我说另一个你一定知道，拿波里。"

"拿波里我知道，不过我们叫它那不勒斯。"

乔凡尼诧异了一下，马上又兴高采烈了。"随便怎么叫吧，你知道就好。拿波里是意大利最美丽的港口，也是坎帕尼亚的首府。吃过披萨饼吗？那是坎帕尼亚最值得骄傲的食品。"

"我对披萨饼不感兴趣，我感兴趣的是舞蹈。我一直没弄明白，当时百乐门广告上那个'塔兰泰拉'是什么意思？"

乔凡尼拿起酒杯跟董菡珠碰了一下，说，"我的家乡有个叫塔朗托的地方,据说有一种毒蜘蛛,人们就叫它塔兰泰拉,一旦被它咬过就很难医治,只有跳一种速度很快的舞蹈才能解救。这种舞跳起来狂热、兴奋,就叫塔兰泰拉,所以也有人把这种舞曲称为毒蜘蛛舞曲。"

董菡珠惊讶地说,"还有如此动人的故事啊。你跳的就是这种舞曲吗?"

"不完全是,有我自我发挥的地方。"

"那我想,你一定被这种毒蜘蛛咬过吧?"

"为什么?"乔凡尼瞪大着眼睛。

"因为你跳得这么好。"

这下乔凡尼忍不住笑了。"哈,你的想象力太丰富了,我可没被它咬过。我是天生跳得好。"

董菡珠故意放慢了语气,"乔凡尼先生,你是不是自我感觉太好了?"

"我没有啊,我真的天生会跳的。"他把头凑向董菡珠,"这是我妈妈告诉我的。"

董菡珠嗔道,"你真像个小囡,妈妈都会对小囡这样说的。"

乔凡尼大摇其头,语气非常坚定,"不,妈妈从不撒谎的。"

董菡珠端起酒杯,"好吧,为妈妈不撒谎干一杯。不,为你这个天生的毒蜘蛛舞蹈家干杯。"

"啊,我真幸运,我有了一个新名字。你可别小看了这种民间舞曲,肖邦和李斯特都用它的旋律谱过曲。听过柴可夫斯基的《意大利随想曲》吗,它的尾声就是塔兰泰拉舞曲。一想起它的旋律,我就控制不住自己了。"他的手和脚情不自禁地舞动起来。

董菡珠一直注视着乔凡尼。她想,这个男人太可爱了。法式蜗牛在她嘴里盘桓了好久,似乎为她此刻的想法见证,咽下去的时候,她终于意识到,她离不开他了。她被这个想法荡漾着,把剩下的半杯酒全喝掉了。

乔凡尼向她翘了翘大拇指。

12

伊萨克斯为宁志号定做的海上保险非常成功,而且他的思路与董扬仲常常不谋而合,不由得使董扬仲对这个年轻的犹太人刮目相看。

宁志号国际航线开航那天,再次引发极大关注。船长乔凡尼也成了报纸的宠儿。除了香港,菲律宾和新加坡是最繁忙的航线。一圈跑下来一个多月,乔凡尼和董菡珠的相思荒草一样滋长。

伊萨克斯又一次前来造船公司,接待他的是公司股东董菡珠。第二天,他向董扬仲提出要修改合同,他决定加盟董扬仲的公司。董扬仲内心喜欢,正合他的想法。他难以开口,不想被人指责挖人墙角,人家却主动了。伊萨克斯其实是为董菡珠停住了脚步,可谁都没有觉察出来。

乔凡尼风尘仆仆下了船,然后就看到了伊萨克斯。两人打了个照面,目光都迟钝了一下,随后各自向对方走去,拥抱在一起。一旁的董菡珠诧异,被拥抱的应该是她啊,这是怎么回事?

然后她听到了乔凡尼和伊萨克斯的对话。

乔凡尼说,"如果不是我,你可来不了上海,更来不了这里啦。"

"你知道我当时是怎么熬过来的吗?我几次想跳海,几次被别人拉住,后来有一句话把我打动了。"

"哪句话?"

"他们说,如果你跳了海,那位船长真的太伤心了。"

乔凡尼再次拥抱伊萨克斯,"兄弟,你总算没有让我伤心。"

伊萨克斯的眼睛湿润了,"兄弟,你是我的拯救者。"

乔凡尼回过头来,才发现站在一旁发呆的董菡珠,他赶紧走过去,一把抱住她,然后发现她在微微抽泣。他更紧地抱住了她,没想到她放肆地抽泣起来。乔凡尼知道她一定听到了刚才他与伊萨克斯的对话。他抽出身来,抱住她的头,吻着她满含热泪的双眼说,"亲爱的阿珠,你一哭,就不漂亮了。"

董菡珠噗嗤一声笑出来,双手抱住乔凡尼的脖子,额头蹭着他浓密的胡子,"我本来就不漂亮,只有你觉得我漂亮。"

"阿珠,你是我眼睛里最漂亮的女人。最漂亮的上海女人。来,我给你介绍伊萨克斯先生。"

两人转过身来,发现伊萨克斯早就离开了,乔凡尼耸了耸肩,又摊了摊手,问道,"你说,这家伙会生气吗?"

董菡珠说,"你去问他呀,我觉得他不敢生气,因为你是他的拯救者。"

"那真是太好了。他现在是董先生公司的正式员工吗?"

"是啊,来了快一个礼拜了。"

"啊……"乔凡尼眼神闪烁地看着董菡珠,董菡珠不解,"你这是什么意思?"

乔凡尼吹了一个口哨,眼睛直视着董菡珠,"妒忌的意思啊,这也看不出来?因为他看到你的时间比我多得多啊。"

"那我就跟你上船啊。"

乔凡尼先是两眼放光,很快又陷于沮丧。"这是真的吗?啊,董先生不会同意的,你可是他的千金小姐。"

"我想他会同意的,只要我坚持。"

"那我就静候佳音了,亲爱的阿珠小姐。"他又吻了下董菡珠。董菡珠说,"我的脸好像贴着一个鸟窝。"

"鸟窝?"乔凡尼没反应过来。

"是啊,你看,那不是鸟窝是什么?"董菡珠摸了一把乔凡尼的胡子。

"那我把它们全部……"他做了个剪刀的手势。

"不,它们很可爱。有的时候,它会带给我温暖。你在船上的时候,我会非常想念它。"

乔凡尼紧紧抱住了董菡珠,深情地说,"亲爱的,我太感谢你了。我的国家有一句谚语,如果没有爱情,生活简直不可想象。是的,我不能想象,当宁志号航行在无边的大海和苍茫的黑夜之中,那种寂寞就会把我包围起来。如果没有你,我感受不到任何航行的意义。"

董菡珠佯装不以为然。"航行对你才是最重要的吧,我可不敢挤走它在你心中的位置。"

"亲爱的,那就只有把我的心给你看了。"

"哈,乔凡尼,真不错,把中国男人的那一套都学会了。不过,我还是很喜欢听你这么说的。"

乔凡尼又盯着董菡珠说,"那你刚才说跟我一起上船是真的吗?"

"当然是真的啦。但是,怎么让你的老板同意,就看你的了。"

"我就去找董先生。"乔凡尼像孩子一样奔出门去。董菡珠捂住嘴,笑意把她的鱼尾纹折成了一朵花。

董扬仲当然不同意董菡珠上船。理由是现在公司太忙,走不开。乔凡尼认为这是托辞,他还想说什么,董扬仲制止了他,一点没有让步的意思。乔凡尼懊丧地走出了董事长办公室。

这次上船前,乔凡尼没跟董菡珠道别,是不敢。他的心情一直阴着。

董菡珠的情绪也很低落。她后悔自己信口开河,明知爹爹不会同意还这么说,像是给他挖了一个坑,心中有些不忍。

那天董菡珠问起伊萨克斯航运保险的事,伊萨克斯说了一大堆,听得董菡珠云里雾里。不过伊萨克斯很执着,不厌其烦地解释。董菡珠还是没完全弄懂,心想犹太人的脑袋确实是为经商长的。说上海人精明算计,跟犹太人一比,就不值一提。看得出爹爹很欣赏他。爹爹看得远,有魄力。伊萨克斯对航运保险的算计非常符合他的心思。她甚至看出来,自从伊萨克斯来了之后,父亲对他的关心渐渐超过了乔凡尼,况且乔凡尼大多数时间出船在外。

13

伊萨克斯邀请董菡珠去逸园玩,董菡珠想了想,说身体不适,不想去。

伊萨克斯认真地说,身体不适是因为你不高兴,高兴了可以提高免疫力,身体就不会不适了。董菡珠暗自笑了,犹太人就是犹太人,动不动就一本正经讲道理。想想,乔凡尼那个隐藏在缤纷胡须里的甜嘴会怎么说,他一定会说,亲爱的,让我们去那里跳舞、唱歌、喝酒,寻找快乐。或者他会装作生气地耍耍孩子脾气,然后再来讨好她。董菡珠开心地大笑起来。伊萨克斯被她笑得莫名其妙,董菡珠有点不忍了。所以她对他说,你说得对,我要高兴点,那我们就去逸园吧。

亚尔培路(今陕西南路)上这家逸园的经营范围远远超过了它的主业——赛狗会逸园跑狗场。除了跑狗,还在它的五层大厦里开设了舞厅、西餐厅、酒吧间、咖啡室、弹子房、乒乓房和小型电影院。完全是"娱乐总汇"的做派。一九四五年底恢复营业后,无奈去了大后方的上海人陆续回归,逸园的鼎盛程度甚至超越了战前。

伊萨克斯还是第一次去逸园。刚到上海听人谈论逸园,全是惊讶和艳羡,他也不由自主生出了神往。以他现在的消费水平,去这样的地方当然不在话下。向董菡珠发出邀请,是觉得这位董事长的女儿美丽活泼,还带着一点娇嗔和无知,这就是上海人说的"小姐脾气"吗,倒也可爱。上次目睹董菡珠与乔凡尼的举动,他才意识到他们是恋人关系,所以他选择了退场。不过,邀请一位漂亮女士去娱乐场所,一直是他的憧憬。这和恋人关系是两码事。

踏进门,董菡珠就被爵士乐黏住了,两只脚就不由自主地动起来,伊萨克斯亦步亦趋跟着舞动的董菡珠,饶有兴味地欣赏着董菡珠舞动的身材。这样的身材和这种韵律感对任何一个男人都极具杀伤力。他当然不知道,对董菡珠来说,乔凡尼的舞蹈才是她真正的杀伤力。

走进去才知道原来这是一个餐厅。一个餐厅乐队的演奏,居然有这么高的水平。两个黑人乐手在一群菲律宾人中间显得突兀,电风琴的声音尤其悦耳。对董菡珠轻盈舞动的身体来说,什么地方都可以成为她的舞池。乐队成员用眼神向她集体致意。这样一来,董菡珠索性放开了,乐队的演奏更加动听,食客们看着董菡珠,把她当成了专门请来的伴舞女郎。

乐队一曲终了,菜也上齐了。伊萨克斯对董菡珠做了个请的手势,董菡珠坐下。伊萨克斯说,"不感谢我的邀请吗?"

董菡珠舀起一口法式奶油蘑菇汤,很满足的样子,脱口就说,"味道像以前一样正宗。"又对伊萨克斯说,"对呀,我很感谢。你来过逸园吗?"

"不,我是第一次。但我早就听说过这里。"

"看起来现在逸园的上海老板比老早法国老板有魄力,场子铺得嘎开,苗头不小啊。"她也不管伊萨克斯能听懂多少,自顾自说着上海话。伊萨克斯听懂了大半,他用生硬的上海话附和着说,"老板有钞票,越做越大。"董菡珠刚咽下一个法国蜗牛,向伊萨克斯伸出大拇指,"你越来越像上海人了。"伊萨克斯笑得很开心,举起酒杯和董菡珠碰了一下。董菡珠忽然问:"伊萨克斯,你会跳舞吗?""不,我只会欣赏。""那太可惜了。这里的舞池虽然不如百乐门专业,但这里有我最喜欢的法式蛋糕,一曲跳下来,还能品尝美味,真是太美了。"看到伊萨克斯有点沮丧的样子,董菡珠又安慰道,"不会跳无所谓的嘛,到这里来玩,就是寻开心的呀。"伊萨克斯突然问:"你会骑马吗?"董菡珠夸张地叫了一声,"骑马,你会骑马?"伊萨克斯"嘘"了一下,"这有什么大惊小怪的,你会跳舞,我会骑马,很正常啊。如果你想学,我可以教你。""真的,太好了。我太想学了。"伊萨克斯看了她一眼,"不过,你这个年龄学骑马有点晚了,我十岁就学了。""不晚,只要开始,就没有晚的。千万不能告诉我爹爹啊。""为什么?""不为什么。"

一个月后,董菡珠一套骑马行头配备齐整。上装精致,马靴锃亮,一顶帽子戴在头上,干练洒脱。这套行头一装束,不仅她自己心跳加速,周围人的眼神也毫无吝啬地写着艳羡。陪伴在她左右的伊萨克斯更是惊叹。

在马术学校里兜了几圈,董菡珠就有了不错的感觉。伊萨克斯觉得,董菡珠聪明伶俐,极具天赋。可看到那个白俄教练的眼神,真想扇他。几次试骑之后,董菡珠就说要外放了。伊萨克斯有点不放心,董菡珠很坚持。白俄教练说,美丽的姑娘,让我带你试一试吧。伊萨克斯心想,要带也是我带,哪儿轮得到你呀。他瞥了一眼白俄教练,对董菡珠说,来,跟我走。董菡珠笑了,勒了勒马头。伊萨克斯两腿往马肚子上一夹,马就乖顺地跑了起来。董菡珠紧紧相随。伊萨克斯放慢了速度,示意董菡珠跑在他的旁边,两匹马并驾齐驱。为了让她放松,伊萨克斯和董菡珠说着闲话。走到罗别根路(今哈密路)的时候,迎面驶来两辆轿车,似乎玩着追逐游戏,轮胎与柏油马路摩擦发出尖利的啸声,董菡珠的马忽然惊了,两条前腿高高尥起。董菡珠在马接近挺直的脊背上,发出尖利的叫声。伊萨克斯立刻翻身下马,勒住高高昂起的马头,捋着马鬃,安抚着它,它的眼睛里尽是惊恐。再看董菡珠,脸色煞白,连连干呕。伊萨克斯把她从马上扶下来,她一下子就倒在他的怀里。这让伊萨克斯始料不及,又有点庆幸。等董菡珠渐渐恢复了平静,伊萨克斯说,和跳舞比起来,骑马是不是更刺激?还想继续吗?董菡珠咽了咽口水,为自己压惊,说,那还用问,当然要继续啊。不就是骑马吗?不信我征服不了它。董菡珠整了整装束,踏上马镫翻身上马,那样子很轻捷,像一个熟练的骑手。伊萨克斯向她伸了伸大拇指。

伊萨克斯越来越为董菡珠倾倒。董菡珠的马术水平直线上升,以一种鹤立鸡群的状态徜徉于一群中外骑手中,完全超出了他的预期。而他就是这个风姿绰约的女骑手的陪练。他浸润在沉默的幸福之中。不过,这种不能言说的幸福不会假以时日变得淡漠,反而会酿成一种疼痛。所幸他的冷静和内敛恰如其分地平复了这种越来越明显的痛楚。董菡珠的确使他心醉,但相对于恋爱,他更要婚姻。他反复权衡着这种可能性,他不想轻易出手。如果遭到拒绝,那将给他带来多大的难堪。从小他就对失败有一种天然的抗拒,因此他要求自己只有成功没有失败。他至今没有恋爱过,就是因为对恋爱的恐惧,恐惧遭拒,况且还有乔凡尼,这个满脸大胡子的意大利佬。他一旦加入,恋情就变成了三角。这还是乐观的,如果董菡珠直接拒绝了他,对他的打击更大。他像为宁志号设计航运保险那样精确地分析着他的恋爱运程。

董扬仲已有所察觉,这些日子女儿经常跟着伊萨克斯出去骑马,伊萨克斯进进出出的高兴都写在脸上。他其实蛮中意这犹太小子,他和他的经营理念、生活态度有不少竞合,可惜女儿和他没缘分。

乔凡尼刚下船,第一件事就是找董菡珠,兜了一圈竟然见不到人。公司里谁都不知道她去了哪里。他急匆匆跑到董事长办公室,董扬仲正埋头工作。见乔凡尼进来,就站起来拥抱了他一下,说,"我的大船长,又一次凯旋了。祝贺你啊。哎,你好像不高兴啊。"乔凡尼毫不掩饰自己的不悦,"董事长,阿珠呢,怎么到处找不到她?"董扬仲说,"连我都找不到她,听说又爱上了骑马。"乔凡尼的眼睛好像要从凹陷的眼窝里爆出来,"骑马?我的天哪。在哪里?"董扬仲把手一挥,"我也不知道在哪里。你自己去找吧。"乔凡尼耸耸肩摊摊手,"连你都不知道,我到哪里去找。"

傍晚时分,董菡珠一身香汗去了乔凡尼的宿室,乔凡尼一把抱住她,董菡珠立刻像一颗棉花糖那样在他怀里软化了。乔凡尼说,"好像过了一个世纪。我找了你一天,还以为你失踪了。"

"多酸啊。嗨,你会骑马吗?"董菡珠撇撇嘴。

乔凡尼说,"我已经有马了,船就是我的马。"

"那我就更要骑马了,你在水里走,我在陆上跑,一个水里一个陆上,正好。猜猜我的教练是谁?"

"这和我没关系,我可不想猜。"

"你猜一下嘛。"董菡珠发嗲。

乔凡尼摸了一下她的脸,"我试试。听说西郊有个马术学校,有不少白俄教练。"

董菡珠点点头,"你还很懂行的,不过不是白俄,这个人你认识。"

乔凡尼想了想说,"不会是伊萨克斯吧?他会骑马?"

"我说你一定猜得到,就是伊萨克斯,他的骑术很高明,白俄教练都服他。"董菡珠重重地亲了乔凡尼一口。

"真的吗,所以你就迷上了骑马?"

"是啊,骑马太有意思了。"

"我可觉得没意思。"乔凡尼垂下了头。

"为什么?"

"因为伊萨克斯当你的教练。"

"你不是中国男人吧,你也吃醋吗?"

"我的上帝,这个世界没有哪个男人不会嫉妒自己心爱的女人和别的男人在一起玩。"

董菡珠把乔凡尼的头揽过来,胡乱地搓着他的头发,"真没想到啊,你这么洒脱的男人还会嫉妒,上海人叫小家败气。"

乔凡尼从董菡珠的手里挣脱出来,"我什么都洒脱,对爱情从来不洒脱。"

"看你的样子,我都后悔跟你说了。"

"董事长早就告诉我了,连他都不知道你在哪里。"

"爹爹是逗你玩的,他才不管我骑马不骑马呢。你是想阻止我吗?我可不想听到这样的话。"

"我可阻止不了你寻找刺激。不过伊萨克斯这家伙一定是故意勾引你的。"

"好了,别再吃醋了,你刚下船,好好睡一觉。明天我不去骑马,分分秒秒陪着你。"

14

第二天,乔凡尼和董菡珠直奔华懋饭店。

上次乔凡尼就对她说过,他一定要带她到这里最豪华的套房一度春宵。十楼的沙逊阁餐厅包房据说就是当年沙逊的私人卧室兼书房。董菡珠挽着乔凡尼进入包房,不禁感叹。壁炉上方是沙逊衔着雪茄面对黄浦江沉思的画像。乔凡尼拉开窗帘,打开窗,像沙逊那样,点燃一支雪茄,俯瞰黄浦江。看他故作姿态的样子,董菡珠忍不住笑了起来。乔凡尼先是忍着,终于也憋不住笑了。董菡珠说,"一个开船的家伙模仿一个超级大富翁,是什么感觉?""哦,太棒了。无与伦比。至少,当年他就在这里,这个样子吸着雪茄。"董菡珠的目光围着他打转,乔凡尼说,"你在干什么,我的大胡子没看够吗?"董菡珠说,"乔凡尼,你这人太自信。不过自信的人很幸福。对不对?"她挑衅似的看着他。乔凡尼点点头说,"是啊,你说得太对了,我一天到晚都很幸福。""可是昨天呢?嗯?"乔凡尼拉过壁炉旁的一把椅子坐下来,答非所问:"听说,沙逊先生常常在这个壁炉旁和他的大亨朋友们商量大事,我们今天也来商量一件大事怎么样?"董菡珠看他严肃的样子,问:"什么大事?""当然是你和我之间的大事啊。""那你说,我洗耳恭听。"乔凡尼突然一把抱住董菡珠,凑近她耳朵说,"为了你刚才翻我的老账,看我怎么收拾你。"

两人孵在大理石浴缸里。这样的肌肤之亲还是第一次,乔凡尼惊叹董菡珠纤细的肌肤,像极了玉白的中国瓷器,温润、细腻,真有怕打碎的错觉。董菡珠在这双把舵的粗砺大手抚摸下醉了,醉得没有了知觉。

两个礼拜后,被突然失踪的乔凡尼和女儿弄得心情极坏的董扬仲才收到从拿波里发来的一份电报。电报说他们已在乔凡尼的老家订婚,要在那里度过一个开心的假期,然后回上海举办婚礼。董扬仲气哼哼地把电报纸揉成一团,心里说,小姑娘真是无法无天,连招呼都不跟我打一个。可这不都是乔凡尼的功劳吗。哼,意大利小子竟敢私自带走我的女儿。罢了,一个巴掌拍不响。董扬仲在心里狠狠地数落女儿,阿珠啊,我从不干涉你的感情选择,我可不是顽固死板的人,可你们总得告诉我吧,跟我来先斩后奏这一套。顶顶烦人的还是航班,船票都卖出去了,不能按时出航,公司要违约赔钞票,弄不好国际航班业务还要被取消。这是公司一块肉头啊。你乔凡尼难道不晓得休假期吗?再不回来,下一个航班怎么跟得上?想到这里,他当即就去邮局按来件地址发了一份加急邮件,要求他们终止假期,立即返回。但邮局告诉他,即使是加急,到拿波里也要好几天。董扬仲忍不住在电报纸上捶了一拳。

乔凡尼和董菡珠早已去了威尼斯,董扬仲的电报成了一张废纸。

将近一个月,乔凡尼和董菡珠终于重新出现在董扬仲面前。董扬仲脸色铁青着,不说话。董菡珠第一次怯怯地站在爹爹面前,等待他的发落。乔凡尼却坦然地对董扬仲说,"董事长,我愿意为我的超假期承担责任。"

董扬仲瞪他一眼,"我问你,推迟航班,你知道公司要赔偿多少吗?"

"我不知道。"

"不知道你就敢承担责任,简直荒唐。我看你这家伙就是太任性。"

"董事长,我和阿珠小姐是去我的老家订婚,这件事太重要了。再说,我本来是想早点回来的,但是她……"他瞄了一眼董菡珠,发现她正瞪着他,后面的话就缩回去了。

董扬仲自言自语,"哼,我早就猜到。"接着对乔凡尼说,"乔凡尼你给我听着,承担责任的事以后再跟你算账,现在赶快回去休息,明天一早出航,决不允许再节外生枝。"又对董菡珠说,"侬太无法无天了,眼睛里还有我这个爹爹吗?回去好好想想。"董菡珠暗暗庆幸,爹爹总算给了一个台阶。

董扬仲说的节外生枝显示了他的担心。宁志号是公司的支柱,又广受大众瞩目,它的动向常常是报纸的热门新闻。对董扬仲来说,他的生命已经和宁志号连在一起了,他的后半辈子都离不开这条船了,当然他也离不开乔凡尼。这趟航班乔凡尼走得很辛苦,相当于疲劳驾驶,但他精湛的技术和丰富的经验弥补了一切。这让董扬仲稍感欣慰。

婚礼在国际饭店隆重举行。媒体的关注也很隆重,记者们都自感词汇老套贫乏。异国恋情,郎才女貌,俊男倩女,似乎都涵盖不了人们关于婚礼上这对男女主角的印象。

国际饭店觥筹交错,千里之外的东北战场已是枪林弹雨。

内战比人们的预期要快得多。即便是上海,也依稀感到了枪炮靠近的脚步。

宁志号成了越来越多的人赶赴香港的选择。

隔一天发一次的航班使乔凡尼的疲劳成了常态。新婚夫妻见面的时间比婚前更少。乔凡尼看得更多的是拖家带口,皮箱包袋,肩提手扛。人们拥挤着喧嚷着谩骂着,争先恐后,神情紧张,翘首以盼。踏上船甲板,终于如释重负。宁志号已有超载之嫌。直到汽笛发出长鸣,才渐渐安静下来。这让乔凡尼联想起十年前康蒂罗莎号上犹太难民的上海之旅。但他坚信,只要不出意外,他的驾驶技术可以保证客船的航行安全。如果一条船可以承载人们的安全,那么作为这条船的船长是幸福的。再者,他要报答他的董事长兼岳父,更要报答董菡珠。

那天船出吴淞口,白云晴空,湛蓝如洗。船上的人们也渐渐有了笑容。接近南丫岛的时候,马尾一般的卷云越来越浓,越来越厚。远方的建筑像被揭去了一层灰色的翳障,忽然清晰起来。又过一会儿,海面像被灌了铅一样污浊起来。船被海浪拍打得像个醉汉。乔凡尼从驾驶室里看出去,一波接一波的海浪争先恐后叩击着远处的山崖,发出粗重的吼声。乔凡尼心里一紧,像是台风的前兆啊。在他的航行生涯中,凭借准确的预判,躲过多次灾难气候。他决定在台风到来之前快速绕过这片区域。

但是,台风的到达超过了他的速度。

船体开始剧烈晃动。触礁了。慢慢向一边倾斜。船舱开始进水。人们陷入了极大的惊恐,慌不择路,拥挤不堪,夸张的骂骂咧咧,夹杂响亮或者凄惨的哭声、呵斥声和指责声。乔凡尼听不懂人们在骂什么,董菡珠对他说过,跟西方人遇到灾难时祈祷上帝不同,老天爷却是中国人的出气筒。他想也许他们在骂老天爷吧。他不知道老天爷是谁,反正是虚拟人物,也是高高在上的。不过他觉得自己也一定会成为被骂的对象。因为他是船长。

油舱开始泄漏。船体倾斜加剧。

卡米洛声嘶力竭地喊着让儿童和女士先上救生船,他甚至动用了生硬的上海话，重复喊着"小人"、"女人"，可是那些壮汉根本不理会他，一个肘子就把妇孺挤了下去。卡米洛愤怒地盯着壮汉们，用意大利语痛骂。乔凡尼厉声阻止了他。然后告诉他，无论发生了什么，他们必须是最后下船的两个人，哪怕船体倾倒，也必须尽最大可能帮助更多的人脱身。

15

在宁志号触礁的地点，海事当局连续几天勘查的结论称，从在船舱内部的寻找和打捞情况看，只有少部分乘客逃离了这次海难。因无法证实逃离者的去向，只能将他们列入失踪人员之列。

站在那个地方，董菡珠无声地哭着，任泪水在脸颊上蜿蜒。那时她已有身孕了。

她想起乔凡尼曾跟她讲起过在黄浦江自沉康蒂罗莎号，爹爹也讲过，她当时听了深感震撼，那个场景和眼下只在水里探出桅杆的宁志号是一样的吗？这就是乔凡尼的宿命？用他自己的话说，他就是为船而生的。

难道一定要为船而死吗？不。不。她下意识地张开手掌遮住了自己的嘴，仿佛这句话会从嘴里漏出来。一旦漏出来，就成真的了。海事当局说的是失踪啊。那么，乔凡尼是罹难还是失踪？即便是失踪，又意味着什么呢，只是灾难的另一个委婉的说法而已。对于他们的亲人来说，和罹难比起来，哪个更残酷呢。

董菡珠一袭黑衣罩在微微隆起的肚皮上，她的眼泪已经干涸了。她忍不住想，肚皮里的小囡听得见我在哭吗？

半年多后，乔凡尼和董菡珠的儿子诞生了。董菡珠为他取名乔思函。她想，如果乔凡尼想着她，她就还会见到他。

董扬仲并未因为宁志号海难放弃客轮业务。几年后，他在香港注册了分公司，融资购入一批货轮，开辟新的远洋航线。

一九五一年，原美亚公司老板邀请伊萨克斯去美国的新公司发展。

伊萨克斯临行前对董蓖珠说，如果她愿意，他想带她和乔思函一起赴美。董蓖珠问为什么，伊萨克斯说他要报恩。当年乔凡尼救了他，把他带到了上海。现在他要离开了，只能以这样的方式来报答。董蓖珠又哭了。没有乔凡尼的痛苦让她变得越来越多愁善感。她对伊萨克斯说，她同意他把乔思函带去，但她要留下来陪爹爹，直到他终老。伊萨克斯的眼睛也湿润了。

三十多年后，乔思函回到上海。

董蓖珠先带他去了外公董扬仲的墓地。乔思函对外公的印象完全来自伊萨克斯的塑造。这已经足够了。一位精明的、敢作敢为的、拥有雄厚财力的实业家，还是一位开明的外公，否则就没有他这张英俊的混血的脸。

然后就是和平饭店。董蓖珠站在当年乔凡尼模仿沙逊的地方，有了难得的笑容。她笑着说，你的父亲竟然也想成为沙逊先生那样的大老板。乔思函问道，沙逊先生是谁？董蓖珠说，沙逊先生嘛，是个犹太大老板，这个华懋饭店就是他造的。哦，现在叫和平饭店了。你的伊萨克斯叔叔和美亚老板都是犹太人。沙逊先生在虹桥还有个很有名的别墅。董蓖珠突然刹住了话头。她知道，那个地方给乔凡尼留下过屈辱。

总统套房倒是保持了原样，只是早已没有了大理石浴缸，但依旧唤起了董蓖珠的记忆。董蓖珠告诉乔思函，他的生命就是从这个地方开始的。

生死丰德里

1

下午的阳光在渐渐增厚的云层里忽隐忽现,像极一个玩累了的顽童,早晨毫无节制的消耗挥发了它的大部分能量,此刻就沉着一张色彩黯淡的脸,打发剩余的光阴,这样的光景与摩西会堂正在进行的安息日祈祷流淌着的不安十分吻合。

从进入会堂开始,埃兹拉心里一直乱糟糟的,直到会堂里只剩下稀稀拉拉几个人,她才意识到弗兰克尔轻轻的声音,"妈妈,祷告结束了,回家吧。"埃兹拉缓缓抬起头,仰望会堂白色窗棂上的蓝色拱纹,窗顶上忽然出现了一个身影,她禁不住叫出声来,伯纳德……马上又捂住了嘴。儿子拉了她一下,她定了定神,四下张望,跟着儿子转身,再回头,目光依然流连在窗顶上。不,什么都没有,真的没有。她对自己说。她沮丧地低下头,像做错了事的小姑娘,抢在儿子前面,快步走出了会堂。身后跟着弗兰克尔的叫声,"妈妈,妈妈……"

埃兹拉推开屋门,颓然扑倒在那张窄小的床上。弗兰克尔怔怔看着,不知所措。妈妈再次抬起头来的时候,已经泪眼蒙眬。弗兰克尔当然知道缘由,却不知道该对这双泪眼说些什么。

天色渐暗,埃兹拉燃起两支蜡烛,然后从饭橱里拿出两个哈拉面包,那时她眼里的泪水消失了。她说,弗兰克尔,看着蜡烛许个愿吧。弗兰克尔顺从地双手合十对着蜡烛,默念着,爸爸,爷爷奶奶,舅舅,快到这里来吧,离开那个魔鬼缠身的地方。一会儿,埃兹拉说,"弗兰克尔,吃吧。你一定饿了。""妈妈,你为什么不吃呢?""不,妈妈不饿,也不想吃。"

埃兹拉真的吃不下去。她清楚地记着,至今已是她和弗兰克尔辗转到上海后的第十二个安息日了。可是丈夫和他年迈的父母亲,她的弟弟,仍然没有一点音讯。他们现在身在何处,在集中营还是离开了奥地利?在航行的船上还是……她感觉被弥漫的恐惧笼罩着,无法摆脱出来。

一九三八年冬日的一个深夜,犹太裔奥地利建筑师伯纳德先生的家门突然被敲开,两个金发碧眼身材高大的青年向伯纳德亮了亮他们的证件,就径直在家里到处搜查起来。伯纳德根本不知道发生了什么,但他竭力克制着自己,声音低沉地要求他们停下来。两个青年对他做了一个滑稽的动作,脸上满是嘲讽。那个鼻翼上长着淡褐色雀斑的家伙拿起书房里的一个水杯,高举,然后松开,跌落,粉碎。被羞辱的伯纳德尽力使自己像一根树桩那样栽在这两个看起来有点疯狂的青年面前,但这棵正值壮年的树在两个身高马大的青年面前实在不值一提,他们很快明白了他的企图,轻轻一推,树坚持着,又被推了一下,树就倒了。两个青年就笑了。开怀大笑。这棵树太弱不禁风了。

埃兹拉神经质地张开双手护住弗兰克尔的眼睛,虽然他已经二十岁,但她仍然不想让他目睹这一幕。这孩子生性敏感,她怕他受不了。他其实已经受不了了,他在拼命控制自己,在父亲倒地的那一刻,他浑身发抖。然后是花瓶碎落的响声。玻璃窗连续不断地颤栗着,在空气中划出一道道锐利的啸叫,那种辐射状的碎裂像折弯了翅的蝙蝠嵌在凛冽的夜色中,在月光映射下闪着刺目而骇人的晶莹,残忍地剔剜着弗兰克尔的视觉神经。紧接着,又是多米诺骨牌一般的跌碰和撞击,他能分辨出那是餐具的痛苦呻吟。那又是什么东西丢在地上的闷响,他们竟然大笑着把它们当球来踢。弗兰克尔控制不住自己了,他要冲过去阻止,但他的腰被母亲紧紧抱住了。弗兰克尔尖叫起来,他无法容忍他们对书籍的侮辱。作为对弗兰克尔尖叫的响应,褐斑青年捡起一本书,摇晃着走到他面前。然后弗兰克尔听到了连续不断的纸张撕裂声。这声音不断放大,放大,直到把他完全覆盖。弗兰克尔紧缩着身体,抱住头,蹲下去,再蹲下去。

褐斑青年把伯纳德从地上拽起来,贴着他的脸说,"按照警察总监海德里希的命令,有钱的犹太人应予逮捕,伯纳德先生,你入选了,恭喜你。"

伯纳德直勾勾盯着这张近在咫尺的乖张的脸,褐色雀斑的颜色渐渐加深,由褐转红,然后变成了恐怖的黑色。伯纳德牙齿上泅着血红,说话时溅着愤怒的血沫,"为什么,一个警察总监难道可以随意侵犯公民的财产和自由吗?这个国家还有宪法吗?"

"哈,你真可笑,先生,你难道不知道奥地利已经成为第三帝国东方的一个省了吗?什么叫公民的自由,正是你们这些该死的犹太人破坏了国家的秩序。没必要跟你解释,跟我们走吧。"褐斑青年似乎尽可能地保持着应有的涵养。

埃兹拉和弗兰克尔紧紧拥着伯纳德,"不,你们不能这样。不能带走他。"

青年拔出枪来,对准弗兰克尔,"犹太小子,如果你不想活的话,我现在就可以结束你的生命。"埃兹拉立即挤到儿子前面,"先生,不,不要……"她完全不知道怎么表达了。

褐斑青年重重搡了一把伯纳德,"快走吧,你不会想让我把你的家人一起带走吧。"

"你们要把我带哪儿去?"埃兹拉发现,伯纳德说这话的时候眼神往她这儿睃,她连忙跟他的眼神对接了上去。

"你得在集中营里待上几天,安静地等候审查。会给你一个交代的。"

"我为什么要跟你们到集中营去,我有什么可审查的,我是一个建筑师。你们知道吗,维也纳的许多饭店和住宅都是我设计的。你们知道吗?"伯纳德大声说着,埃兹拉从来没有听见过伯纳德这么大的嗓门,她忽然听出来,他是在拖延时间,他的眼神正向大衣柜后面"拐"过去,埃兹拉一下子明白了,那是家里藏钱的地方。她给了他一个肯定的目光。

褐斑青年焦躁地看着这个喋喋不休的家伙,对同伴使了个眼色,两人突然一人一边架起伯纳德走了出去。

弗兰克尔大声哭了起来。

父亲被带走的第二天,爷爷和奶奶,接着舅舅也下落不明了。几天后,二万五千多名犹太人遭到监禁。弗兰克尔顾不得悲愤了,第三帝国向他们发出了驱逐令,他必须投入全部身心去寻求一个护身符。但是,一个月来他在二十多个国家的领事馆之间奔波,无一例外地被拒绝了。那天他也不知道是怎么走到中国领事馆的。他言辞不清,神经质地重复着无数遍的话,要为他的家人申请避难。这段时间里,他的思维变得强迫而纷乱,几乎濒临绝望。他只是像留声机一样重复着,所以当他从领事手里接过入境中国上海的签证时,竟然没有马上反应过来。真切地触摸这张不大的卡片时,他才意识到,他终于为自己和家人找到一个栖身之地了。很多年以后,弗兰克尔依然可以回忆起妈妈当时看到这几份签证时的样子。就像一个输到了底的赌徒迎接突然而至的翻本那样,她把签证全部拢在自己胸前,好像它们随时会离她而去。埃兹拉对弗兰克尔说,快,快找到你爸爸,爷爷奶奶,舅舅,带着这个,快。弗兰克尔发现,妈妈的声音是颤抖的。他忽然想喊些什么,把一个月来的愤懑和沮丧都喊出来,但他的喉咙好像突然失声,有一种干呕的感觉。

埃兹拉把签证递到达豪集中营看守手里,看守犀利地扫了签证一眼,然后捏在手里,并警告埃兹拉立刻离开这里。埃兹拉说要和伯纳德一起走,她就是来接他的。看守的脸雕塑一般冷峻,说不可能。所有人都必须等到审查结束才能离开,有签证也不行。

埃兹拉和弗兰克尔在几个集中营外面辗转,围墙横亘在他们面前,像一头巨兽那样长高、膨胀而庞大。他们的亲人被围墙覆盖了,无声无息,杳无踪影。

一回到家,那个可怕的场景就会窜出来,各种惊骇的声响,折磨着一个妻子和儿子的神经。埃兹拉有时会产生错觉,把饭菜端上桌的时候,总是下意识地叫着伯纳德的名字,即使是在心里默念。

越来越多的犹太人离开了这个国家,车票和船票越来越紧俏。登上开往热那亚的火车时,埃兹拉和弗兰克尔仍是极其不甘。车站里乱糟糟的,所有人都急切地往火车赶。火车汽笛声响了,埃兹拉开始呜咽起来。弗兰克尔也想呜咽,但见母亲这样,觉得自己应该表现出男子汉的样子,他把不安和焦躁全部倾注在紧紧攥着的拳头里。

从热那亚登上邮轮到上海,是一段漫长的旅途。一夜之间,一个国家从世界版图上消失了,连带一个失去了祖国的民族,向另一个陌生地逃亡。

这个连做梦都没想到过的东方古国是怎么样的,他们将会怎样对待远道而来的逃亡者呢?

2

冬末初春。云层臃肿肥厚,涂着懒懒的灰色,像个中气下陷的病人。偶尔蓝天白云的时候,埃兹拉也会像邻居那样洗衣服,但她非常不习惯她们把长长短短的外衣内衣一起叉在一根竹竿上从窗里伸出来,毫无羞耻地出现在众目睽睽之下。少见大片阳光的天空被形态各异的晾晒物裁剪得更为纷乱。但她马上发现了邻居们的理由。这里根本没有烘干设备,如果像她这样把湿衣服晾在屋里,就很难干透,甚至滋生异味。幸好,埃兹拉天性中对环境的适应能力帮助她在尽可能短的时间里进入了这条名叫丰德里的弄堂居民生活,不过仍有令她恐惧的东西。她熟悉的卫生洗漱一夜之间消失得无影无踪。第一次见到那个叫做马桶的木制鼓形物并明白了它的工作程序后,埃兹拉甚至感到了惊悚。无论晴晦阴雨,天还没亮,就会准时出现那一声叫唤,"哋……倒马桶!"开始的长音高亢嘹亮,结尾却短促精悍,摇晃的铜铃声则是一种伴音。它像一首序曲,带着铿锵和坚韧,甚至还有些热切。一条弄堂的早晨由此开端。接踵而至的是一种贝壳状物和一把由几十根长竹条绑扎而成的刷子在马桶中合伙制造出一种"淅抄"的声响,嘈杂而喧闹。目睹了全过程后,埃兹拉知道了,贝壳状物是一种叫做毛蚶的海产品的壳,那把竹刷子叫做"马桶擢洗"。她的邻居们就是以这个组合清洗马桶的,家家户户汇聚起来的这个"弄堂奏鸣曲"便不同凡响。埃兹拉站在自家门口,一眼望去,每家门口都放着一个马桶,曲曲折折长龙似的从弄底蜿蜒到弄口,蔚为壮观。在起初的反感和无奈渐渐消失后,这样的叫唤和嘈杂循环往复,就像一片黏稠湿润的泥土,让埃兹拉的信心渐渐滋长出来。毕竟她和弗兰克尔还要生活下去。何况邻居们都很温和,主动跟他们搭讪,用洋泾浜英语加上手势充满热情地告诉他们怎么生煤球炉子,怎么绞干一条长长的被单,怎么去老虎灶泡水,当然还有怎么涮马桶倒痰盂。埃兹拉庆幸的是,这种洋溢着生活热情的牵引并没有对他们原有的习惯构成威胁。她毕竟还带着那笔钱。

弗兰克尔见到的大饼油条粢饭豆浆,邻居们叫它们"四大金刚"。后来弗兰克尔知道,在中国,金刚这个词非同小可,不具备充分的魔力不可能享有如此尊号。所以,金刚并不是所有人都能享用的早餐,更多的人则以隔夜的剩饭加上热水浸泡(在夏天可能只用凉水)后作为早晨的主食,最多加上一小块鲜红或淡黄或乳白的咸豆腐,据说这是豆腐经过发酵菌丝霉变后的结果。人们叫它乳腐。无论贫富,这是上海人共同的美味。也有人对那种黑乎乎且发出臭味的豆腐情有独钟,经常挂在他们嘴里的一句话是"闻起来臭吃起来香"。虽然埃兹拉对这种味道退避三舍,倒是学会了这句话。她觉得这句话充满生活的哲理。不同的是,即便生活可以融入,味蕾却不会轻易服膺的,所幸这里还能见到胡萝卜和土豆,所幸附近提篮桥有先他们到来的同胞开出的咖啡店、面包房、餐馆、杂货店、理发店、鞋帽店,居然还有歌舞厅。有记者称这里小维也纳,这个叫法迅速传开,连犹太富商嘉道理先生也来光顾了。要知道,不久前这里发生过举世闻名的中日淞沪会战。战争引起的萧条没持续多长时间,竟然很快繁荣起来。她为此自豪,这就是犹太人,犹太人到哪儿都不会忘了生意,使他们得以保持最基本的生活水平。

那天住在前弄堂的裁缝邵伯骞送来一瓶广合牌乳腐。邵伯骞调动他纤长的手指灵活地转动着瓶子,用洋泾浜英语介绍说这个牌子属于经典,"克拉斯(class),克拉斯"。他频频重复着这个词汇,像一个饶舌的鉴赏家。当然,埃兹拉和弗兰克尔不可能分辨出"class"中含着的宁波腔。邵伯骞庄重地把这瓶乳腐放在埃兹拉面前,说这是他给他们的礼物。又补充道,是先施公司的陈老板叫我做衣服时送我的,从广东带过来的。说这句话的时候,邵伯骞显示出一种难掩的自豪。的确,埃兹拉经常看到,一般人家都是用一个碗到弄堂外面的油酱坊去零买,乳腐被店员用一双超长的筷子从一个瓷瓮里搛出来,再放到碗里。与此相比,一瓶贴着商标排列整齐的乳腐不容置疑地表明了它的来历。埃兹拉听不全邵裁缝的意思,但很明白,这是他对他们母子的一份情谊,也是一份拿得出手的照应。她笑着接受了,虽然她并不想去尝尝这个被邵裁缝称为"very very 好吃"的发酵的咸豆腐。

作为享誉这一带的奉帮裁缝,邵伯骞的铺子永远都挤满了人。他是有理由骄傲的。在他的主顾中,不仅有先施永安新新大新四大公司的广东老板,还有严谨刻板的英国女人。据说邵裁缝做衣服脾气蛮梗的。不仅梗,而且敢于梗。虽然没有注册商标,但是他要维护奉帮裁缝的名头。作为一个口碑良好的坊间服装设计师兼制作师,必须拥有他的尊严。有个英国女人先是慕名找到他,静静地在一边看他为客人量体裁衣,对他娴熟的手艺叹为观止。但轮到自己了,却又挑剔起来。为了裙摆的长度,她与他争论了好几次,但他仍然坚持裙摆应该只到膝盖的位置,因为这是时尚。英国女人命令他必须超过膝盖。双方僵持着。邵伯骞摇头叹气,说你们英国女人真正是呆徒不开窍,搭美国女人做,从来不跟我犟头倔脑。

英国女人当然听不懂他的宁波话,还以为是听从了她的意见,就说 yes,yes。邵伯骞瞥她一眼,yes 侬个大头鬼。裙摆却是长出了一寸。英国女人怎么看得出是假的呢。她志得意满地在邵伯骞的裁衣板上放上了五个便士。这是额外的小费,为了她终于艰难地说服了一个技艺高超而固执的中国裁缝。当她第四次光临裁缝铺,邵裁缝拿着刚刚熨烫好的裙子给她试装时,裙摆膝盖依旧。英国女人对着镜子,正面侧面横照竖照,最终决定放弃跟邵裁缝争执了。因为正排队等着他量体裁衣的女人们的眼光生生把她的话堵了回去,那里面盛着艳羡。她再朝镜子看,真是合身,漂亮。一个俄国姑娘学着邵裁缝的洋泾浜英语,问他能不能按英国女士那条裙子的样子给她做一条,她要在复活节的化装舞会上穿。邵裁缝肯定地点着头说,I can do。俄国姑娘欢天喜地地在邵裁缝脸上亲了一下。瘦小的邵裁缝连连后退,嘴里连说不作兴不作兴,心里却是适意的。

  邵伯骞其实出身宁波的书香门第,私塾读了几年,渐渐厌烦摇头晃脑念八股,却对那些需要动手的活计表现出浓厚的兴趣,为此获得父亲对他没出息的评价,父亲说他上等人不做要去服侍人,邵伯骞只当耳旁风。某日他在一家裁缝铺驻足,就被一把剪刀在一大块布上龙蛇般的游走深深吸引。直到天色近暮,众人四散,他才意识到人家要收摊了。老裁缝归整东西的时候说了句,"小鬼头看得介有劲道啊。"邵伯骞腼腆地笑,点头。然后鼓足勇气说得一气呵成,"老师傅我老想跟你学裁缝你肯教我吗?"老裁缝笑了,"这个生意经讨生活不容易的。像你这样子的读书人,做不来的。早点回去,爷娘要来寻你了。"邵伯骞想再说,老裁缝已经上好排门板,准备挂锁了。他只得怏怏离开。第二天,他又出现了。老裁缝朝他笑笑。连续几天后,他终于成了老裁缝的小徒弟。老裁缝是奉帮裁缝嫡系传人,一轧邵伯骞苗头,就夸他有道行,是做裁缝的料。从此师徒形影不离。离世前夕,老裁缝教他绝技。从此邵伯骞一刀剪下去,一路坦途,不打一个格愣。不久闯荡上海自立门户,小宁波邵裁缝名声在外。知道他是奉帮嫡传后,更是门庭若市。

在丰德里，邵伯骞是颇受尊重的。照理说，凭他的手艺，住更好的住宅应该没问题，可是邵伯骞就愿意住在丰德里，而且一住就是十几年，从二十出头的小裁缝住到了年近四十的老裁缝，住出了年方豆蔻的女儿。邵伯骞认为丰德里风水好，他的这间底楼是多开间，卧室加客堂间，另有一个小马桶间。外面是一个方形天井，常常溢满大把的阳光，夹竹桃探出头去寻觅春色，屋子周边有围着的木栅，木栅上部被削尖，做出防贼的架势。货真价实的看家功夫是那把德国造的弹簧锁。在丰德里这一带的弄堂里，这是一种身份。是邵伯骞多年经营的结果。他的裁缝铺设在弄堂核心地段，也是弄堂信息的汇聚之地，如果邵伯骞兴致好，裁缝铺立马可以成为议事中心和传播中心。邵伯骞就是在铺子里知道的埃兹拉母子俩，觉得自己应该去看一下。他拿着软皮尺的手在女客的三围之间从容缠绕，这里紧一紧，那里宽一宽，手里的感觉瞬间化成心里的涟漪荡漾。举手之间，他不动声色地对弄堂里某个热议的话题抒发己见。邵裁缝的话常常引起围观者的附议，不仅因为他的手艺，还因为他掷地有声石骨铁硬的宁波腔，带着一种不容置疑的判断。其实弄堂议题除了油盐酱醋，通常还充斥了不少情色味道和怨爱故事，它们发源于灶披间亭子间三层阁，然后就像屋檐下墙角边的苔藓那样生机盎然，并在李家阿嫂王家阿娘的唇齿之间鲜活而放肆地发育，滋养调理着弄堂的脉象与气息。

埃兹拉和弗兰克尔正在向弄堂里的原住民靠近，并与这里的一切发生不可遏止的交集，不过他们并不认为自己属于丰德里。更多来自欧洲的犹太难民聚集到这一带的弄堂里，仍然没有伯纳德的音讯。裁缝铺的传播功能开始向弄堂里的犹太人发散，从人数到职业、喜好都是谈资。弄堂自有弄堂的规则，弄堂里常常会为某件事情发出那种"啧啧"的虚拟音节，但仅此而已。弄堂里的人绝对不会面对当事人询问来龙去脉，当然也不会拒绝倾听当事人的主动诉说。这种生活空间使埃兹拉和弗兰克尔真切地感受着惬意和欣慰。

思念一久，就成了焦虑。埃兹拉不想让弗兰克尔看到自己这样，总是背着他暗暗伤神沮丧。后来埃兹拉发现，这样的独处会使自己陷于更深的恐惧。为了摆脱独处的恐惧，有时她就不自觉地被自己的脚带到了邵伯骞的裁缝铺前，然后停下来，不近不远地观望这个在弄堂里有着特殊影响力的人如何待人接物。他的正宗和专业让男客折服，他与女客的调侃，也许那也是调情，至少从姿态上就能看出来。埃兹拉并不知道那种裹着腰肢凸显髋部大腿忽隐忽现的服饰叫做旗袍，那个正在跟邵裁缝扭着身姿交谈的女士，的确别具风韵。一会儿，女士就像一个标准的模特儿，在邵裁缝眼前顺从地转着圈，邵裁缝则绕着这个身体灵活地弯腰，微蹲，从头到脚，横竖撇捺，瞻前顾后，这才是真正的度身定做。这么看着，埃兹拉竟也想象着自己穿上它的样子来。但这种短暂的抚慰一瞬而过，因为埃兹拉立刻感到了羞耻。她怎么可以置伯纳德和亲人的下落不明于不顾，动起这样的念头来呢。为此她暗暗谴责自己。

3

华界随处可见的废墟仍使人们的神经惊悸，硝烟和疮痍既为孪生，又互为因果。战争过去一年多，这座被分割成三个辖区边界的国际著名城市，以各自不同的方式生存并经营着自己的生活，唯有空气是不分彼此的。当伯纳德乘坐的轮船一靠岸，他的鼻腔就立即被漂浮在城市上空的潮湿和腥臭袭击了，腥臭来自近乎黑色的浑浊江水。受到刺激的鼻腔立即有了反应，排斥地打了几个喷嚏。现在，这位前奥地利建筑师的西装在尘垢和汗渍的销蚀下变得污浊不堪，卷曲的头发拧着结，散着浓烈的酸味。身上几乎一文不名。离开达豪集中营之前，他和所有同胞被搜光了随身所有的携带物，包括钱。那张薄薄的中国签证成了他唯一的救命稻草。上船后的日子乱七八糟，身体和脑袋都浑浑噩噩。人们一次次询问船长，什么时候出苏伊士运河，什么时候到达东南亚。船长都被问得不耐烦了,懒得搭理。直到看到了香港,船长才说,上海不远了,你们还算幸运的。从欧洲到上海的船要沿着西非海岸向南,绕过好望角,再从东非北上,才刚到南亚呢。伯纳德弄不清楚经过了几个日夜才终于靠了岸。上海,这就是他未来要生活的地方。埃兹拉和弗兰克尔在哪儿呢?是在奥地利在纳粹集中营还是在这座城市?他的同胞们一路上都在谈论着他们的目的地上海。一个老头懊丧地说,我们并不想到上海来,可谁都不愿接受我们。立刻就有人反驳道,那你为什么还要挤在这条船上,你知道我塞给那家伙多少钱才买到了四张船票。幸亏有上海,否则我们都走投无路了。一个女人泪眼婆娑地说,我的姐姐还在集中营里,我一直都没法找到她。伯纳德注意到那女人正挺着肚子。他在一旁静静地听着,他不想加入,他什么都不想说。他从未到过上海,但毕竟这是一座经常与纽约、伦敦、巴黎一起提到的城市,所以印象中似乎对她并不陌生。当年日本人说她拥有十足的"魔性",在这里你很难逃脱她的魔力,这种魔力使她戴上了"冒险家的乐园"或者"快乐之都"的帽子。伯纳德还知道,很久以前来自中东的赛法迪犹太人就到了这座著名的东方城市,并在此成功地占据了自己的位置。不过,他和这条船上的欧洲犹太人是被纳粹赶出来避难的,他们没有荣耀,只有屈辱。那老头也许说得不错,我们确实不是情愿到这里来的,做梦都没梦到过。不久前,三十二个国家的代表聚集在法国著名度假胜地艾维昂讨论犹太难民问题,美国法国英国都以各种托词拒绝接受,只有中国的上海敞开了大门。现在,我们已经走进了这扇门,我们这些打着难民印记的犹太人究竟会与这座城市发生什么关系呢?

连续几个喷嚏算是对这座城市的第一反应,然后伯纳德的眼睛就被鳞次栉比的建筑勾住了。忽然洋洋洒洒飘起了雨丝,一会儿,所有楼宇便沐浴在雨丝的亲切抚慰之中,它们的轮廓变得模糊而暧昧,完全不同于阳光直射之下的刚峻和直露。伯纳德一直觉得,建筑和它所处的环境和温度都是息息相通的,所以建筑也是会呼吸的,它可以与阳光对话,也可以和雨丝拥抱,因此才显示出建筑真正的灵魂。眼前这些高低错落的建筑正低头凝视它们脚底下的这条江,雨丝在江水中划着星星点点的涟漪,似乎引诱着它们一起玩这个游戏,它们禁不住诱惑,就把高低错落的脑袋探入江中在江水中轻歌曼舞。伯纳德为这样的场景深深陶醉。

在中欧犹太协会一位同胞的引导下,伯纳德随着人流朝着城市的北面行走,过了钢梁结构的外白渡桥,高楼渐渐隐退,代之而起的是一幢幢低矮的平房式建筑。然后,伯纳德的视线里出现了红白黑三色主基调的旗幡,灯笼,它们以形状各异的式样和姿态在微风中摇摆。有人说,这是日式店招。这才是真正的陌生。然后伯纳德又看到了从他们身边快速经过的那些人。蓄着胡子穿着西装步履匆忙的男人,伯纳德要区分他们是中国人还是日本人确实有点困难,不过和服木屐显然是日本女人的标记了。由于木屐的支撑点在足部中心,所以女人们走路的样子有点夸张,与她们身后背着的那个"枕头"形成一种奇异的动感。伯纳德是建筑师,研究过各国建筑,知道日式建筑的模样,出现在这里感觉不太协调,他甚至怀疑自己看到这个场景的真实性。明明是中国,为什么连续走过的几条街全是日本的样子呢。

雨下大了。

伯纳德加快了脚步,走上一辆已经等候着的车。

车停下的时候,雨恰巧也停了。而且一反刚才的隐晦,现出了阳光。后来伯纳德知道,这就是上海的梅雨季节。他一到这里,就赶上了这个上海人嘴里的"腻滋疙瘩"的天气。

空气中弥散着暖烘烘的潮湿气息,小巷里飘着冲鼻腥气的煎鱼味,那是宁波人家腌制的咸鱼,时不时闯入耳膜的擤鼻涕声或吐痰声,干脆利落,掷地有声,只有咳嗽声是懦弱的。不过这些都不足以使伯纳德忘却那个打碎玻璃的声音,这声音幽灵一般潜伏在他的记忆深层,说不清什么时候就会出来骚扰他一下。在刚刚过去的遥远行程中,这个场景重复了多次。他还闻到了金属的气味,伯纳德挖空心思地想那究竟是什么味道,终究没想出来。后来他在那个被改作他们临时居住点的小学课堂里,他突然明白了，那是子弹的味道，对，就是子弹。是子弹与空气的摩擦中产生的味道。狗娘养的纳粹。他在心里骂了一句。他从未当众粗鲁过，甚至那天被两个纳粹青年戏弄时还竭力保持着一贯的涵养。在达豪集中营，那些家伙更肆无忌惮了，他们常常把一个犹太人拎出来当众羞辱，他们会把枪对准你，然后让子弹贴着你的耳朵飞过去，那种在空气中弥散的金属气息太可怕了。他们这么做就是为了摧毁犹太人的自信心，让犹太人彻底跪伏在他们的脚下。狗娘养的，他惊讶自己竟然会骂狗娘养的了。

在兆丰路难民中心里，伯纳德忧心忡忡，他没法让自己安静下来。中欧犹太协会的人告诉他，埃兹拉和弗兰克尔都还没有消息，但他们还会继续寻找。偶尔可以看到报纸，包括中文、英文和俄文报纸，这几天几乎都在说两年前发生在上海的一件大事，从一九三七年炎夏到初冬的这场让全世界都瞪大了眼睛的中日淞沪会战。日本人的子弹制造出大面积的金属味道热烈地沸腾着这座城市，那种气味始于华界，而后飘浮在租界的上空，全是恐慌和不安。那一年的十一月十一日凌晨五时，浓雾弥漫，日军第十军约十万余众趁国军调防浦东留下的空档登陆杭州湾北岸的金山卫。那一天，上海市长俞鸿钧沉痛布告，上海沦陷。

一早，伯纳德就出现在摩西会堂门口。

那是一幢三层结构的楼房，红砖斜尖顶。白色的窗棂涂着蓝色拱纹，那是犹太民族尊崇的两种主色调。镂花的铁制正门和类似巴洛克风格的石拱门廊，通向正前方的礼拜堂。

伯纳德慢慢向里面走去，然后悄无声息地在长椅上坐下。一会儿，陆续有人进来。毕竟日子不长，他还记得那些在船上见过的脸，他们的神情和他一样透着惊恐和惶惑。

他默默地跪在祷告的长凳上，双手合十，祈祷埃兹拉和弗兰克尔平安。他跪了很久，几乎忘了时间。到上海将近两个礼拜了吧，太长了，长得令人心生恐惧，他期待在长跪中暂时忘却恐惧。

四目相对的时候，伯纳德和埃兹拉似乎都在怀疑事情的真实性，瞬间又确认这就是真相,不容置疑的真相。是埃兹拉先停下脚步的。当那个谢顶的头颅在她的一瞥中出现的时候,她感觉自己的心脏一下子收紧了。几分钟前她做的跟伯纳德完全一样,那次幻觉出现之后,后来再次重现,她甚至认为那不是幻觉,然而离开时,幻觉还是幻觉。与幻觉不同的是,这个头颅不是正面对着她,而是留给她一个深埋着的头顶。她太熟悉这个头顶了。她与这个头颅相拥了二十多年,可她还是不敢确认。她只能静静地等着这个头颅抬起来,那时候就真相大白了。两个头颅惊异,狂喜,终于又相拥在一起了。再看对方时,视线已被满脸的泪水遮蔽了。

4

当生存成为第一需求,一切都可以忽略。即使伯纳德一家再不适应没有煤气灶没有盥洗室的生活,即使再听不惯一拨高过一拨嘈杂的倒马桶的声浪,再看不惯家家户户在门口陈列着这个盛放人类排泄物的东西,他们也必须要求自己过得惯听得惯看得惯,甚至必须奉迎这样的基本生活状态。因为这是生存的必要姿态。这里的人们就经常说,看得多了就不怪了。伯纳德引以为傲的逻辑思维帮助他得出了以下结论,中国人的语言和说话含着一种均衡的力量,因此他们的生活也体现了充满均衡的哲学。中国人可以把勤劳和怠惰、实际和散漫非常精妙地融合在一起,中国人常说的能屈能伸也许就是这个意思,这就是一种生存智慧。伯纳德为自己的见解感到释然,历经艰辛苦难,生存智慧对犹太人更加重要。生存是为了生命的延续,世上没有比生命更可贵的东西,在尊贵的生命面前,还有什么不能低头的吗?至少这里还有面包、胡萝卜和土豆,这就足够了。一段时间以来,伯纳德适应了弄堂里的一切,他变得逐渐生动起来。

那天埃兹拉带着伯纳德去邵伯骞的摊位上做西装,邵伯骞的卷尺在伯纳德身上一绕,建筑师的直觉就告诉他这裁缝好手艺。邵伯骞身兼服装设计师和制作师,等到交付衣服一试,伯纳德更服帖了。难怪他的摊位总是顾客盈门。两个男人就成了好朋友,有点惺惺相惜的意思。好朋友当然要交流。开始,邵伯骞的洋泾浜英语让伯纳德开怀大笑,他还不知道这世界上独一无二的属地改良英语还夹带了宁波口音,在邵伯骞的手势协助下他很快就理解了。伯纳德的语言能力天生强大,没过几天,他就向邵伯骞表达了跟他学上海话的意愿。邵伯骞以为这个犹太人在开玩笑,但是伯纳德的现学现卖一下子就征服了他,于是邵裁缝和伯纳德达成了一个互帮互教的协议,他教伯纳德上海话,伯纳德教他英语,如果他有兴趣,还可以加上德语。伯纳德严肃地对他说,我教的都是正宗的,不是搞七捻三(沪方言"瞎搞"之意)的洋——泾——浜(竟然是沪方言发音)。邵伯骞大声重复着"搞七捻三",连声说好。他们互相拍着对方的肩,放肆地大笑。很多年后,年过七旬的邵伯骞坐在自家天井里淹满苔藓的墙根边回忆这段往事时,一如当年那样大着嗓门,语气铿锵:我想不通啊,伊哪能还会讲搞七捻三,讲得跟阿拉一式一样,我服帖伊咯。侬晓得阿拉为啥会交朋友,因为阿拉两个人有缘分,名字当中侪有个伯。跟伊交朋友,适意额。可惜,可惜呀……邵伯骞说到这儿,总会冒出这两个字。因为年龄,他的泪腺几近干涸,所以不可能老泪纵横了,只是眼睛停样样的。那是后话。邵伯骞真正服帖的还有伯纳德曾经跟他讲过的一句话,他说裁缝就是在人的身上造房子,造一只外壳。你这只外壳造得好,所以生意兴隆。这句话让邵伯骞拍案叫绝。

从丰德里出去拐几个弯,埃兹拉就到了东有恒路(今东余杭路)。一九四二年初,那里新添了一幢建筑,上海犹太青年协会学校,以吸收难民子女入学为己任。因是犹太富商嘉道理家族捐助,人们都叫她"嘉道理学校"。《申报》和《上海犹太纪事报》都说,这是上海虹口区最引人注目也是最漂亮的建筑。弗兰克尔成了这所学校的高级进修班学生。埃兹拉没想到,有一天她也会重操旧业,成为这所学校的一个英语教师。她常常独自一人待在教师办公室,她喜欢这里,这里有她的思念和寄托。这里的空气和弄堂是隔绝的,这里只有读书声,没有邻居老外婆大娘舅小阿嫂夸张的叫喊或者窃窃私语指指戳戳,这里是清静恬淡的。因此,即使在没有课的下午,埃兹拉都会在围绕学校周围的灌木丛边的木椅上坐下,静静凝神,心里就有一种难以名状的舒适和安顿,她的愁苦和焦虑在那个时刻就会随风飘散。身居上海弄堂,天天沉浸在过去的世界中,其实也是一种痛苦。她尽量与伯纳德和弗兰克尔保持着同样的举动,但她发现很难,他们是心甘情愿的,而她却是心不由己。

有一次,伯纳德对埃兹拉说,我也许会变成一个真正的上海人。埃兹拉惊愕地看着伯纳德,张大着嘴,半天没说出一句话来。

伯纳德非常坦然,"你以为我是在开玩笑,认为我疯了吗?不,我告诉你,在我来上海之前,它只是一个地理概念,来了才发现上海和上海人是可爱的。人们都说这是一座移民城市,我想如果我不是被纳粹赶出来,我也许也会成为移民的一分子的。"

埃兹拉一直认真地听着,等伯纳德说完,她问道,"难道你想过这种连洗澡都困难,天天刷马桶的生活吗?"

伯纳德说,"这些都只是物质生活的表象,世界上每个地方都有不同的生活状态,关键是我欣赏上海人那种处世态度和精明的气质,你不认为他们跟我们犹太民族有很多共同语言吗?就像我的朋友邵裁缝。嗨,这真是个可爱的家伙,也是个有本事的家伙。"

埃兹拉吸了吸鼻子,伯纳德注意到了,"不习惯吧,我抽的是老刀牌香烟,上海人都抽这个牌子,上海烟草公司出品的,烟味有点呛人,但是够劲。"以前伯纳德抽烟并不厉害,更没有瘾,自从到了集中营,那些军官叼着香烟的样子对他构成了极度诱惑,他忽然无限向往抽上几口烟。他想,如果还能出去的话,一定要把那些著名的牌子都抽上一遍。上了船,才发现这个想法太奢侈了。但这个念头有增无减。后来他郑重其事对埃兹拉说了这件事。埃兹拉显然不接受,她认为这样会毁了他。关键是她心里的伯纳德不是这样的,也不应该是这样的。

伯纳德强调着自己的无奈:我经历了一场生死劫难,难道不可以改变一下生活方式吗?这个理由对身为教师又非常注重生活方式的埃兹拉来说太不值一驳了,她说难道你以为就你才是,这里每个犹太难民谁不是,我不是吗?你这是不尊重自己,或者说你太缺乏意志力了。

伯纳德没想到埃兹拉把抽烟提到了如此高度,也许她说得很有道理。可是对于烟的渴望折磨着他,抓挠着他的神经,在他的五脏六腑里肆意横行,他必须听从它的召唤才能使自己获得某种安抚。他决定不再与埃兹拉争论下去,他完全不是她的对手,他只要按照自己的想法去做就可以了,不必非要得到她的允许。

埃兹拉没有继续她的反驳,她只能诅咒纳粹,让他们离乡背井,到遥远的东方承受如此巨大的生活压力。但即使再困难,也不能糟蹋生活。她也不会同意伯纳德的说法,她觉得他们是上海的过客,他们不属于上海,她不会像伯纳德那样,动不动就说起邵裁缝,甚至突然带出几句"上海闲话"来。她一定不会发出这样怪腔怪调的音节来,即便她拥有比别人更具优势的语言天赋。不过,不过,作为一个女人,埃兹拉确实无法抵挡精致服装对她的诱惑。比如邵裁缝做的衣服,比如她隔一阵子就会光顾的同孚路(今石门一路)上的时装店。那些小店鳞次栉比排列着,做工精湛的绣花内衣裤、睡袍,透明的丝绸衬衫,稠密光滑的缎子和柔软细腻的中国绉纱配上手工绣花和精美蕾丝花边,都让埃兹拉爱不释手。这里的裁缝们挂在嘴边的一句话叫"做生活要考究",这也是邵裁缝的口头禅。听得久了,好像成了他们的广告语。然而所有时装店老板都异口同声,我们从来不做广告,我们的手艺就是广告。因为这句口头禅,更因为考究的做工,无论西式裁剪还是中国传统工艺,他们的耐心和为客人的精打细算,拉住了很多像埃兹拉这样的犹太女性回头客。这些时装大多采用白色和浅色布料,暗合了犹太人崇尚白色的心理。在这个时候,埃兹拉也觉得上海是可爱的。上海是时装之都,服装使她与上海有了交集,要是认真起来,不管邵裁缝,还是同孚路时装店里的裁缝和店员的洋泾浜英语听起来也的确是,是什么,哦,就像伯纳德常说的那句上海话,蛮有味道的。

5

那天,居住在法租界的两位犹太富翁麦齐逊先生和皮萨列芙斯卡娅夫人突然出现在伯纳德的小屋里,说是慕名前来找他,请他为将要兴建的犹太会堂设计建筑图纸。他们告诉他,对于这座会堂,在上海的近三万名犹太人寄予了很大期许,她将成为世界上最大的犹太社团的宗教、精神和政治生活中心。伯纳德觉得自己的身心充满了神圣感,他没想到,上海犹太社团竟有如此重大的使命等着他。伯纳德说,我非常感谢你们的信任,我愿意无偿提供会堂的设计。就像那些为会堂捐赠出资的同胞一样。

为了这个承诺,伯纳德开始了紧张的工作。他设计的饭店、大厦、俱乐部都还在维也纳的街头耸立着。此刻他要面对的是一个信徒的精神圣地,他的烟量急剧上升了,有时一天超过了两包。连他自己都惊讶怎么会有如此大的烟瘾。一间十几平米的小屋盛不下如此澎湃的烟雾,以至于当埃兹拉打开门时,它们就以一种炮弹投射的姿态扑向她,企图找到新的地盘。大多数时候它们会遭遇女主人的封杀,把它们重新关闭在那个狭小的空间,与把它们制造出来的那个人寻欢作乐。埃兹拉不喜欢斥责,她选择躲避。有段时间,伯纳德成了孤家寡人。这件事太神圣了,他除了全心投入,没有多余时间考虑其他任何问题。若干天后的一个下午,埃兹拉上完课推门进来,竟然没有烟雾的袭击,伯纳德趴在桌上睡着了。面前放着一堆半成品的设计图纸。她悄悄拿起来看的时候,伯纳德醒了,他满脸焦虑,形容憔悴。埃兹拉问他怎么啦,伯纳德心不在焉,似乎没听见埃兹拉的话。埃兹拉又问:"这是我们的会堂吗?"

伯纳德接口了,"你看出来这是会堂了? 看看它们的样子,怎么样?"

埃兹拉认真看了起来,这的确是一件重要的大事。她有点心疼丈夫了。看他眼泡虚肿,眼睑发黑,一头乱发,这是她熟悉的模样,在维也纳的时候也见过。她忽然问道,"唱诗班呢?唱诗班在哪儿?"

"在这里。"伯纳德指着一个不被注意的图案说,"唱诗班是隐形的,人们可以清晰地听他们唱诗,却看不见他们的身影。"

"太妙了。伯纳德,你真棒。"

"不,还有个问题没解决。我已经做了多个方案了,看来都不行。"他说着,把手里的铅笔往图纸上一扔。

"什么问题,我可以帮上忙吗?"

"哦,也许吧,因为跟你有关。"

"跟我有关?"

"是的。你猜猜。"

"是女士的专座?"

"对了。我不知道该如何安排她们的休息和盥洗。"

"女士专座面对放经卷的约柜,休息室和盥洗室可以设在专座的楼上。这样会很方便。"埃兹拉兴奋地说。

"这样可以吗?"

"为什么不可以?"

"这就是你的理由?"

"我想,见到这个设计,人们一定会叫好的。当然,女士们将会更高兴。"

"那好吧,我就采纳你的意见了。想不到,我头疼了几天的事情,被你一句话就解决了。你比我更棒,埃兹拉。"

"你知道吗?那天我进门的时候差点把我熏死。不过还好,我从门缝里没看见你趴下。"

"我从没感到设计这么累过,你知道,这是我的第一次。我很高兴为世界上最大的犹太小区无偿设计我们自己的会堂。这太好了。"

"是啊，有了这座会堂，我们就再也不会孤单了。"

两个人紧紧拥抱在一起。突然，埃兹拉在伯纳德胳膊下发现被油渗透了的纸包裹起来的什么东西。哦，大饼油条。它们静静地躺在伯纳德简陋的书桌上。埃兹拉拿过来，闻了闻，说，"这是你买的？"

"不，是我的好朋友让他女儿送来的。"

"邵裁缝？"

"对，不是他还有谁？他女儿告诉我，说好几天没见到我，可他的裁缝铺太忙，走不开，就叫女儿来看看我。还带了这些来。我都忘了吃呢。"伯纳德熟练地用大饼把油条卷起来咬了一口，"邵裁缝真够朋友。啊，太香了，这两样东西必须一起吃，味道才赞。你要尝尝吗？"

埃兹拉犹豫了一下，"看来你真的成了上海人了。"忽然又想起来，"噢，明天是安息日，你快把图纸改完，我赶快去做哈拉面包。"

"明天是安息日了？那就是说我已经工作了整整六天了。我今天必须把图纸全部改好。明天过安息日，享受主的赐福。"

这天晚上伯纳德看到了一个完全不一样的埃兹拉，她穿着同孚路买来的绣花内衣裤，那些从未见过的神秘图案让他突然兴奋起来。到上海一年多来，这种兴奋很难出现，压抑的心情，促狭的空间，轻易就把这种兴奋扼杀在萌芽状态。今天不一样了，他完成了会堂的设计初稿，而且，埃兹拉看起来如此性感，不，简直是在挑逗他，他享受着她的挑逗。他要用他强壮有力的身体把她的挑逗变成两个人的欢乐。他要把先前的压抑都补偿回来，重温先前的欢乐。就在今夜。不过，看看，这个二十平米还不到的空间，弗兰克尔在这个空间的另一边，那里有一块布帘，跟上海邻居学的。弗兰克尔说，那是他的地盘。哦，天哪。还真是。还是算了吧。他得小心翼翼，不仅仅是弗兰克尔，还因为这房子隔墙有耳。可是，埃兹拉已经进入了状态，他得用他的嘴把她的声音堵住。否则，说不定明天就会变成邻居们大惊小怪叽叽喳喳的谈资了。

6

  丰德里的人服帖邵伯骞,又觉得他缺了只角,女儿长大了,老婆却没有了。大家都见过邵裁缝的宁波家主婆,刚来时低眉顺眼的,后来才发觉是个厉害脚色,蛮煞的。家主婆有时突然光临裁缝铺,眉飞色舞的邵裁缝一下子就会吃瘪。后来,家主婆就越来越时髦了。再后来,家主婆就从弄堂里消失了。每当人们旁敲侧击跟邵伯骞聊起这个问题时,他总是嘻嘻哈哈地说,老婆在乡下种田,还要照顾爷娘,我叫她回去了。我每个月这点铜钿够她用了。弄堂里的人不相信,想这个女人到上海这么多年头,哪能会回乡下种田,一定是外面有花头了。邵裁缝是打马虎眼。这个女人也真是,这么好的裁缝还不知足,不过就是身体矮小点长相老一点。真是天下世界家家有本难念的经啊。邵裁缝的确是打马虎眼,他是弄不过家主婆的。拖了一段时间,他硬硬心肠,给了她一大笔钱,总算把婚离掉。本来想生个儿子传宗接代,看来这辈子没希望了。邵伯骞给女儿起名邵杏珍,完全脱离了父亲留给他的浓郁书香。不过好在他没有小姑娘不读书没关系的想法,反而为女儿读大学存了积蓄。邵杏珍也争气,考上了东吴法学院。邵杏珍长得也不高,小时候做完功课便孵在裁缝铺里,目光里天天是各色人等,把邵裁缝的待人接物活脱脱承袭了下来,加上天性伶俐活泼,这个女孩子就玲珑有致了。

  吃晚饭的时候,弗兰克尔把他刚接到的圣约翰大学入学通知书拿了出来,伯纳德和埃兹拉都非常高兴,三人拥抱相庆。伯纳德提议晚饭后去华德路麦克利克路(今长阳路临潼路)口上新开的白马咖啡馆去喝咖啡。据说店主鲁道夫先生也是从维也纳来上海避难的。大家都说好。埃兹拉瞄了一眼儿子,啊,他长得太快了,从维也纳穿过来的衣服在他身体上紧绷着。她把钱递给他,说弗兰克尔,明天你去做一件新衣服吧。伯纳德说,去找邵裁缝吧,这家伙手艺真不错,价格也不贵。弗兰克尔把钱往口袋里一揣,点了点头。

第二天上午弗兰克尔就是在裁缝铺与邵杏珍邂逅的。

弗兰克尔还是第一次到裁缝铺来。不过眼观六路的邵伯骞是见过这个犹太小子的。他望了一眼年轻人健硕的身胚,连声自语,衣裳架子啊,衣裳架子啊。对一个裁缝来说,身材永远都是他最好的素材。虽说特殊身材更能考验裁缝的水平,但面对好身材,裁缝一定会两眼放光。在邵伯骞眼里,这个年轻人的身材是难遇的,做出来的西服一定挺括。

刚从弄堂外面进来的邵杏珍远远看见爹爹正为一个客人量尺寸。走近了一看,邵杏珍立即判断这是一个犹太人,这一带犹太人太多了,天天打照面。只觉得这幅图有点好笑,爹爹在这个高个子犹太青年面前蹲上蹲下的,两者的差距就更大了。这样想着她就笑了出来。邵伯骞说了声,小姑娘,有啥好笑啦。弗兰克尔回过头来看了一眼邵杏珍,两人的目光碰了一下。他转身的时候,又碰了一下。

来试装时,弗兰克尔又看见了邵杏珍。这次两人的目光都带着些凝滞。邵伯骞沉浸在他的衣裳架子和作品中,十分自得,根本无视身边这两个人的动向。这时有个声音打断了他的遐思,"嘿,老邵,你好吗?"然后,邵伯骞感到肩胛被人拍了一下,突然惊醒一般抬头,"我当是啥人,原来是老白啊。"邵伯骞嫌叫伯纳德麻烦,就叫他老白。伯纳德对这个称呼很满意,于是也叫邵伯骞老邵。伯纳德对弗兰克尔眨了眨眼。邵伯骞指着弗兰克尔问:"你认识他?"

"是啊。过来好好看看我们俩,嗯?"

邵伯骞看了一会儿,突然一拍大腿,"是你儿子?"

"是啊,这还有假吗?"伯纳德满脸得意。然后问弗兰克尔,"弗兰克尔,这个裁缝怎么样?"

"很棒。"弗兰克尔言简意赅。

"是我,"伯纳德郑重其事地指着自己对邵伯骞补充道,"叫他来寻你做衣裳的。"

邵伯骞说,"真是太好了,太好了。老白,你儿子身胚好,绝对是衣裳架子。"

"啥叫……衣裳架子?"伯纳德第一次听到这个词。

"意思就是像木头,像木头一样,挺括。"邵伯骞言不达意。

"木头,挺括,又是啥意思?"伯纳德更糊涂了。

"挺括就是挺括。就是这样子……像一根木头一样,衣裳穿上去。"邵伯骞夸张地耸起瘦削的肩胛,挺胸,吸肚。伯纳德终于明白了,忍不住大笑起来。连一旁一直不语的邵杏珍都用手抿住了嘴,这时候她发现弗兰克尔又朝她看了一眼。

"我明白了,明白了,你是讲我儿子身材非常好,像模特儿一样。"伯纳德好不容易止住了笑。

"对呀,就是模特儿,模特儿。他身材非常好,非常好。老白,好长时间没看见你了,忙点啥呀?"

"设计犹太会堂。在环龙路拉都路(今南昌路襄阳南路)角子上。建成后,我一定要请你去看看。"

"我要去看的,一定要去看的。"

两个中年男人互相逗趣,一对青年男女情愫暗生。两位异国父亲的友谊日长夜大,他们的子女为什么不能缘分再起呢。

又一个逾越节到来之前的四月暮春,一个细雨纷纷的上午,新会堂举行开堂仪式。会堂的大门,大厅的中门和左右侧门,日常祷告的小会堂以及女士专座分别由几位犹太教重量级人物打开后,人们终于见到了这个可以容纳五百名男教徒和三百名女教徒的宽敞空间,人们还看到了壮观的祭坛和用希伯来文记录的古代先知最著名的语录。

伯纳德、埃兹拉和弗兰克尔虔诚地听着拉比的祈祷,听着从世界各地犹太小区发来的贺电,默默思念至今仍无下落的亲人们。他们暗自庆幸,如果没有上海,他们会身处何方呢。邵伯骞和邵杏珍虽然听不懂祷告,但他们知道,这些与他们朝夕相处的犹太邻居心定了。他们看到泪水从埃兹拉眼角里溢了出来。有幸参加这个仪式，也是一种缘分。邵伯骞想，让这缘分延续下去吧。

弗兰克尔和邵杏珍的缘分最终变成了他们的姻缘。裁缝铺上积聚起来的眼神是这份姻缘的开始，更重要的是他们的父辈那份让所有人都羡慕的情谊。一个白种男人和一个黄种男人，一个建筑师和一个裁缝兼服装设计师。这两个人长着不一样的面孔，大相径庭的身材，并不妨碍他们半生不熟地说着对方的语言，调制着一种特别的味道。而这些所谓的障碍对两个年轻的白种男和黄种女来说就不是障碍了。弗兰克尔的上海话水平很快超过了伯纳德，因为有了邵杏珍的贴身教诲。医学院两年级学生邵杏珍的英语早已不在话下，居然还学会了希伯来语。所以他们可以自由地在不同的时间地点选择他们需要的语言，这对他们来说是一种秘密的幸福。比如去犹太人开设的店铺，比如去仙乐斯百乐门，再比如去逸园跑狗场大世界。这段发生在眼皮底下的姻缘，伯纳德和邵伯骞竟然都蒙在鼓里。直到一九四三年早春一个寒风刺骨的上午，"大日本皇军上海地区驻军总司令"和"大日本海军上海地区驻军总司令"联合签署发布的《关于无国籍难民居住、经营的布告》，要求一九三七年后到达上海的欧洲犹太难民迁入日方划定的虹口隔离区。数以万计的犹太难民和本地居民不得不在这个占地不到一平方公里的隔离区同一个屋檐下共同生活。

虽然还在一条弄堂里，但要想成双成对，难了。

因为弗兰克尔进出需要通行证。

那是一枚印有"通"字的红色或蓝色的金属徽章。邵杏珍在弗兰克尔家里看到了那枚徽章，弗兰克尔憋着气把徽章攥在手里，摊开的时候，他的手心被别针刺出了殷红的血。邵杏珍心疼地看着他，拿过他的手轻轻地吮，半天不愿松开。那一汪咸津津的血被她咽下，一股血腥从胸腔里不可遏制地返冲上来，刚刚吸进去的那一丝血和着她的泪水在他们合起来的两双手里打转。

恋情公开之后，伯纳德和邵伯骞先是一愣，然后两双手就握在了一起。埃兹拉的反应是愣了之后明显的担忧。她对伯纳德说,这可能吗,年轻人的冲动,太冲动了。伯纳德,应该阻止他们。我说过,我们不属于这里。弗兰克尔就要去伦敦考试,我们终有一天会离开这里,到那时他们怎么办?他们想过吗?她一下子说了很多,一环套着一环的设问。她根本不在意这些问题是否灌进了她唯一的听众的耳膜,也根本顾不上听众的感觉。

伯纳德似听非听。埃兹拉说得飞快,那是她在错愕状态下的语速。这种语速常常出现在他们两人的某些争执中,埃兹拉会情不自禁地用这种语速显示她的话语权和重要性。在伯纳德看来,这种语速会干扰思维的正常活动。语言在思维的过滤之后形成,语言如果决堤那样一泻千里,必然强行突破思维的过滤功能。不过现在,埃兹拉说的这些听上去并非毫无道理。那么这两个年轻人错了?他们真的冲动了?如果是这样,就意味着他和老邵也错了。他很不甘心如此设想,也很快否定了这样的想法。无论如何,因为爱情走到一起的年轻人是不应该受到指责的,也许我该问问弗兰克尔自己的想法。

对于父亲的问题,弗兰克尔早有准备:"我爱她,她也爱我。我在伦敦的考试如果成功,一定会有更好的前途,我会让她幸福的。"

伯纳德拍了拍儿子,说,"既然这样,我就没什么可担心的了。我相信你,弗兰克尔。不过,这只是你的考虑,那么她呢?"

"我还没有问过她。按照中国人的习惯,也许还没到火候。"

"火候……是什么意思?"

"我也不知道,她说她父亲老是讲这句话,什么事情都要到火候。"

伯纳德摸了摸自己的下巴,自言自语,"老邵,什么是火候,你得告诉我。"又对弗兰克尔说,"我会去问他,这个很重要,很重要。对你,对我们。"

邵伯骞听到伯纳德的提问时,一脸严肃地对他说,"老白,火候交关要紧,办啥事体都要讲火候。就像你跟我学太极拳。"

"太极拳?"伯纳德前一阵跟邵伯骞学太极拳,不明就里摆出一个太极拳的样子,真诚地问:"太极拳也跟火候有关系?跟两个年轻人有关系吗?"

"老白,你瞎七搭八讲啥,这个跟太极拳有啥关系,我是打比方。这个火候呢,不是有没有,而是到不到。跟你也讲不清楚。"邵伯骞似是而非地摇摇头,"其实,我也不知道。我是个开明的人。反正,我相信我女儿就是了。你也应该相信你的儿子。"

伯纳德觉得自己还是没听明白,"老邵,你到底是啥意思呢?"

"我就是这个意思,听我女儿的。她也会听我的。"邵伯骞曲里拐弯,绕得伯纳德一头雾水。伯纳德摊摊手,叹口气说,"为什么你们总是这样,说一点藏一点,都是花肠子。"

"是花花肠子,不是花肠子。不过,我不是花花肠子。嗨,乱七八糟的。"邵伯骞又摇头,反正今天是讲不清楚了。

7

净土宗西本愿寺是石原健一小时候听到最多的一个词汇。祖父一说起来就劲头十足,要是没人打断,他就会一直说下去,说到唾沫挤出嘴角,仍没有罢休的意思。祖父常常摸着小健一的头说,健一,那是我祖父告诉我的,现在我告诉你,以后呢,你再告诉你的孙子。石原健一这时就看到祖父的喉结上下滚动着。他想,祖父的喉咙真好玩,里面好像有颗珠子。他不知道祖父口干舌燥,拼命吞咽,无奈唾液消耗太大,几乎弹尽粮绝。祖父最强调的是,他们这个家族是明治以后就来到上海的日本居留民。本愿寺上海别院建成后,我们居留民就有依靠了。石原健一在上海的日本普通高等小学校读书。有一天放学回家,祖父突然拉着他的手,又说起本愿寺的事。祖父全身都衰弱了,唯独他的喉结依然保持着持续的强劲,力道非凡。祖父翻来覆去地说,这下好了,本愿寺上海别院马上就要迁到乍浦路来了。石原健一看着祖父的喉结想,这大概是祖父生命集中的地方吧。他不禁为自己小时候想象的那颗好玩的珠子深感羞愧。后来祖父的喉结就像一根拉到极点的弦突然崩断,不动了。健一知道,祖父走了,再也没人给他说本愿寺了。这时他想起祖父对他说的那句话,我什么时候说给我的孙子听呢? 健一的父亲石原纯倒是说得不多,他带着健一去过别院,健一学着父亲虔诚祭拜的样子,感觉自己的精神跳到了另一个世界,一个他还说不太清楚的世界。

读大学前,石原健一只跟父亲回过日本两次,而且时间都很短。比起来,他九州岛老家的境况与上海差距太大了。父亲听了他的评价后说,你长大了。又说,健一你记住,上海也是我们的家。一九三二年那次回去,是因为第一次上海事变(指一二八淞沪抗战)。驻沪总领事向所有居留民发布遣送回国的命令,船上很拥挤,父亲一直都铁青着脸。健一想,父亲一定是不愿回去的。

从小耳濡目染父亲的日升堂药房,健一选择了医学。从东京帝国大学医学部获得博士学位,他遵从父亲意愿回到上海时,正是一九三七年那个硝烟弥漫的夏秋之交。日升堂在百老汇路(今大名路)上兴隆了很多年,最近出现了颓势。父亲告诉他,到药房来的本地人越来越少了,马路上出现了抵制日货的招牌。报纸上说,有本地人因为买日货遭到警告甚至被殴打。这么多年来,老石原一向埋头生意,在虹口过着惬意的日子。这里有日式灯笼,日式混煮,料理店,剧场,舞厅,清酒,榻榻米,艺妓和妓馆,和式家居,茶道、糕点,吴淞路菜场,学校,医院,他的日升堂药房,当然,还有本愿寺。居留民都觉得这里跟日本没什么两样,甚至比日本更好。所以他们称这里小东京。他们不明白政府要对中国干什么。短短几年,石原纯就经历了两场战争,双方都投入了重兵,伤亡了很多军人和老百姓。石原健一的想法跟父亲差不多,甚于父亲的是,作为上海福民医院一个新晋外科医生,健一对生命感悟更深。医院创办人顿宫宽先生曾说,患者都是医院的客人,没有人种和等级差别。如果给中国人治病,医生要把自己当中国人。石原健一觉得,这句话和父亲平时挂在嘴边的那句话有点像。父亲说过,任何时候,救人性命总是最重要的。石原健一觉得这两句话都很有道理,父亲用药房救人,他用的是手术刀。

尽管在医学院看过不少关于战争救护的现场记录,但真实场面仍使石原健一不寒而栗。那些满身血污,头上缠着绷带,炸断了手脚的同胞,年龄跟自己差不多,脸上还挂着稚气,甚至连胡子都没长出来。他们嘴里不停地喊着爸爸妈妈。进入手术室的时候,健一感觉自己的脚微微发软,带他当助手的外科主任用劲搭了搭他的肩膀,他的步履才恢复了正常。

几年过去,许多日本军人和平民,也有中国人在石原健一的手术刀下挽回了生命。但是有一次,一个与他同龄的同胞,军装上的血污已经发黑,还在昏迷中不停喊着,为了天皇陛下,杀……杀。杀戮的气息和生命的拯救狂乱而奇异地交杂在一起,让他深感恐惧。他一边尽着他的责任,一边诅咒着战争。他不幸看到,战争之花以更残酷的姿态绚烂地喷射出它的黑色汁液。

石原健一获知皇家海军轰炸珍珠港的消息时正在进行一台心脏手术。听到这个消息后,他自己的心脏竟然狂跳不止,连拿着手术刀的手也微微颤抖了几下。这是从来没发生过的情况。他回身瞪了一眼那个传话的护士,护士的眉头蹙了一下,很快又被难以抑制的兴奋覆盖了。石原健一强迫自己镇静下来做完这台手术,感觉非常虚弱。他希望那是个假消息,等着官方的辟谣,却很快就看到了更为详尽的报道。报道的粗黑色标题充满自豪:山本大将率日本海军奇袭珍珠港,美军太平洋舰队遭重创。

上海完全成了日本人的天下。租界里的欧洲人被宣布为敌国侨民,并被要求戴上缀有特殊标记的臂章以示识别。石原健一心情复杂,他不知道接下来还会发生什么。国内舆论对袭击珍珠港成功的报道连篇累牍,世界头号工业强国美国的军事力量受到大日本皇军重大打击,至少几年翻不过身来。他周围的同胞也为巨大的胜利高度亢奋,但他的思路老是纠集在出自医生本能的那个点上,这么一场战争究竟会死伤多少人?为此他常常沉默,甚至在手术台上走神。他觉得自己的确是懦弱的(有同事这么评价他),为此他痛恨自己,痛恨自己对皇军的辉煌战绩无动于衷,竟会有类似妇人之见的想法。真是耻辱。他又想起当年在本愿寺别院为那些战死的皇军亡灵祭拜的情形。既然如此,为什么非要动用那些致命的武器呢?

那天下班后,石原健一信步到了西本愿寺别院。立冬之后,天暗得飞快。健一在别院周围盘桓。他非常专注地看着穿着和服进进出出的同胞,他们的身影在夜色中显得诡异,混沌而凌乱。健一忽然联想到两个中国成语,是人影憧憧还是鬼影幢幢,这样的联想使他一阵惊悸。他怀疑自己产生了幻觉,所以他下意识地抱住了脑袋,双眼紧闭。

有一天,日升堂来了一个年轻的日本军人,山峦丘壑状的青春痘残骸显示这张圆脸上曾经洋溢过逼人躁动的气息,小了一号的军服使他的身体显得突兀和膨胀。石原纯一看,先是一愣,很快又回过神来,这个过程稍纵即逝。

"请问这里是日升堂药房吗?"年轻军人问。

"是啊,请问你是?"

"我是刚到上海服役的石原次郎,大日本帝国陆军中尉。我来找日升堂董事长石原纯先生,请问他在吗?"

"哦,是这样,中尉先生找石原纯董事长有什么事吗?"

"请原谅先生,这是私事,不便回答。"

石原纯闭了闭眼,说,"先生,董事长今天外出了。如果你需要给他带话,我可以为你转达。"

"哦,不必了。我会再来的。告辞。"石原次郎干脆利落。

石原纯站起身来,向中尉还礼,然后目送他远去。

石原次郎,真的是次郎吗?刚才石原纯并没有注意中尉的脸,其实是不愿面对。

当年那个大雪纷飞之日,石原纯回到九州岛老家。仅仅一个多月,他与邻居美奈子的感情像一锅狂火煮沸的水,达到沸点的速度连他们自己都感到惊讶。他的妻子早就跟他一起到了上海,还有一个五岁半的儿子石原健一。可惜这时他的躯体不再服从脑袋了,美奈子像一盆炽热的炭火炙烤着他,他像一块高温下不断沁出脂肪的肉。这块肉后来就延伸到石原次郎,刚才那个来找他的年轻人身上。他的目光被这个背影久久牵引着,寻找他当年留下的印记。获知美奈子生下次郎后,石原纯懊悔了很久,次郎绝对是个意外。他不想把他们母子带到上海。他知道,美奈子是炭火,这盆火会把他燃尽的,到那时他就成了烧剩下的干枯的黑炭。而他的妻子是可以跟他同甘共苦一辈子的人。石原纯和美奈子维持了三年的通信,三年通信让石原纯保留了三张次郎的照片,一年一张。石原纯花了很多时间把三张照片翻出来,凝视良久,寻觅这个年轻人眉眼之间的昔日痕迹。这二十多年来,他很努力地把这件事从记忆中赶出去,但要赶走一个延续了自己骨血的生命太难了。他不想告诉任何人,这是他人生的荒唐,既然是荒唐,为什么不能摆脱呢?然而,他摆脱了美奈子,摆脱得了自我的炙烤吗?

这个自称次郎的年轻军人一副意气轩昂的样子,他来上海执行什么任务?如果他真的是次郎,该不该和他相认呢?

这一天,五十开外的石原纯被这个突然出现的年轻人弄得神思恍惚了。

石原次郎确是石原纯的儿子。名字是美奈子起的。美奈子知道石原纯已经有个儿子,作为他的第二个儿子,就叫他次郎。美奈子一直在等待石原纯的归来,但他一去不复返,杳无音信。美奈子也想去上海找他,但终是没去成,这就成了一块心病。因此她没在次郎身上花多少心思,任由他野草一般生长。一个号称父亲失踪的孩子,虽然会得到同情,更会受到歧视,美奈子也不管不问。其实次郎也用不着她出头,野惯了,就无所顾忌。十六岁上了军校,在崇武的世界里如鱼得水。临近毕业他被编入作战部队。整理行装时忽然发现了那一沓信。美奈子惊慌地看了儿子一眼,却无法阻止了。读着读着次郎激动起来,然后暴怒。美奈子流泪了,石原纯对她来说已经成了一个巨大的谜。泪水不断从她的泪腺里分泌出来,它们储存了二十几年,她的泪腺成了一个丰盈的蓄水池。她想,泪水怎么就流不完呢。除了流泪,美奈子不知道还能干什么。她一直低着头,不敢看儿子。于是泪水就顺着脸颊抵达她的嘴角,在那里形成了一个小小的水洼,她把它们吮入嘴里。开始是咸的,后来变成了苦涩。还得咽下去。次郎僵了一样在她的对面站了很久,信被他攥成了胡乱的一团,他急剧搏动的心脏加速输出着愤怒的血液,流向这个叫石原纯的男人。这男人是他的生父。可惜这一沓信中没有一张男人的照片。

石原次郎的部队去了武汉,又去了长沙,先后打了几场硬仗,他由列兵升迁到中尉。他的理想是去驻上海的海军陆战队。他执着地认为,他是军校优等生,作战勇猛,颇有韬略,具备军中精锐的特质,在普通作战部队显然阻碍了他的发展。为此他没少向联队长提出要求。联队长心不在焉地用那只因为受伤而斜视的眼睛瞄着他,这使次郎心生不满,但他除了忍耐,还得表现出毕恭毕敬的样子,否则很有可能饱受这家伙突如其来的一顿拳脚。石原次郎后来接到的命令是去上海的犹太人隔离区,管理那里的犹太难民。次郎接到命令那一刻,像一根水分过度流失的茄子那样,完全蔫了。然后,他一整天窝着,没迈出宿室一步。唯一可以庆幸的是,日升堂就在上海。他暗暗发誓一定要把这个石原纯找出来。

新上司是高桥昌大佐,早操列队点名的时候,次郎根本就没听进去大佐在说什么,只是木头一般重复着"是"。大佐很快洞察到这个下属对他的无视,他停下来,在次郎面前走了几步,突然左右开弓扇了他两个耳光。次郎保持着木头状态,仿佛还是一根被蛀空了心的木头。这让大佐更加恼火,他接着扇次郎的耳光,他必须竭尽全力恢复这根木头的触感和痛感。大佐努力保持着自己的圆心位置,但他的胳膊由于连续超过半径的击打运动导致肌肉极其紧张。这时他欣喜地看到了击打的效果,这根木头转了一下,又转了一下。它变得有了内容,含着一丝愤怒和不甘。吆西。吆西。大佐嘿嘿笑着对这根有了内容的木头说,"石原中尉,我知道你曾经是军校优秀毕业生,作战勇猛。海军陆战队嘛,你还不够格。先把那些从欧洲逃出来的犹太难民看好吧。他们可不是那么顺从,够你烦一阵的。要让他们都服你,才是你的本事,明白吗?"

石原次郎恢复了笔挺的军姿:"明白。"

大佐的耳光和训斥极大地刺激了石原次郎的想象力。他从小在缺乏大人庇护的环境下长大,需要自行构筑强大的外壳,他在他的玩伴中很早就凸显了这种能力,这种能力的确立和巩固需要拥有比别人更聪明更狡黠的手段。需要花招,需要糊弄,还需要恶作剧。这些都曾是他引以为豪的。

石原次郎摸着被大佐扇得火辣辣的脸颊,笑了。这次他说的"明白"是由衷的,甚至充满了感激。

8

对越来越多来到隔离区的犹太难民来说,除了物质匮乏,更痛苦的还是被攫夺的人身自由。在日军当局的管制下,隔离区变成了一座非囚徒的监狱。

因为不能随便进出,伯纳德原来开在公共租界的建筑师事务所关门打烊了。早年住在租界里富有的犹太人大都已入英国籍,他们的财产被日方宣布为敌产,有的还被关进了龙华集中营,对难民同胞的接济被迫中止。伯纳德一家坚持了几个星期后,盘子里的东西逐渐稀薄,而后空空荡荡。饥饿蠕虫般在肠胃里撒娇,蜿蜒到食道的时候,就伸出了它凶狠的爪子。伯纳德明白,要想在隔离区进行商业活动几乎是不可能的了,但即使如此,也不能坐以待毙。他悄悄做了一个决定,去摆摊。

第二天上午,埃兹拉在接近隔离区尽头的汇山路(今霍山路),远远看到一些前胸后背都挂着牌子的男同胞。这很像她在中文报纸上看到过的类似照片,那些都是押赴刑场的犯人。但这些男同胞在干什么呢?走近才看到了牌子上的汉字:"木匠""泥水匠""漆匠",她明白了,这是在招徕生意。啊……怎么伯纳德也在这里,他挂的是"修鞋擦鞋"。埃兹拉简直不敢相信自己的眼睛,她赶忙捂住自己的嘴,生怕自己叫出声来。一双眼睛直愣愣地盯着他。伯纳德也看见了她,倒是比她坦然多了,对她做了一个手势,让她镇定些,居然还朝她笑了一下。一个穿着长衫腋下夹着公文包的上海男人疑惑地看了看伯纳德,似乎在质疑他的身份。伯纳德指了指放在他面前的一张小板凳,微笑着做了个请坐的动作,男人稍显迟疑,坐了下来,然后脱鞋。伯纳德不再看埃兹拉,低着头开始接待他的顾客。埃兹拉继续捂着嘴,她不敢放开,一旦放开,就极有可能泄漏她的惊恐和悲伤,眼睛里已抑制不住盈满了泪水。片刻后,她背转身,逃跑一样离开了。

晚上回来的时候,伯纳德手里拿着几张饼,放在桌上,就一头倒在了床上。

连续几天,天天如此。

埃兹拉和弗兰克尔就在这样日复一日的心如刀绞中度过。埃兹拉也在家门口放了一块牌子,变卖服饰,如果能以原价的百分之三十出手就算幸运的了。这已是隔离区常见的场景。

从开始的惊愕、煎熬,到后来的习以为常,伯纳德挂着牌子"上班"成了常态。埃兹拉知道这是一种可怕的麻木,但除此还有别的办法吗?伯纳德说过,生存高于一切,为了生存,这又算得了什么呢?也许,麻木也是一种生存方式,就像中国人说的,好死不如赖活着。不过他们并不想赖活。

一天傍晚,伯纳德照例倒头便睡。翌日早上他并没有像往常那样起床。

埃兹拉走到伯纳德身边,就感到他的气息粗重,连呼吸都是发烫的。一摸他的额头,他发烧了,凭感觉,还不轻。她叫他,他不应声。好久才呼出一口浓浊的热气,他微弱地说,"埃兹拉,今天我出不了摊了,让弗兰克尔去吧。"

"他已经去了,你好好休息。"她在他头上敷上一条冷毛巾,毛巾很快焐热了。埃兹拉说,"伯纳德,我得送你去医院。"

"不,太麻烦了,我可不愿见到那张长满疹子的脸。"伯纳德把石原次郎的青春痘残骸叫做疹子。

埃兹拉心里也是一沉,一提到这个拿着审批印戳的日本人,心里就很反胃。"但是,你现在发着高烧……"

"发高烧也是一种免疫反应,我没这么脆弱。休息一天就好了。"

埃兹拉抓着他的手,不知该说什么。在这个可恶的隔离区,没有谁不知道那个自命"隔离区最高统帅"的日本人,一个喜怒无常的家伙,只要遇到他,侮辱甚至殴打就变成了一种程序,在劫难逃。

这一天,弗兰克尔很晚回家,他告诉伯纳德,幸亏平时跟他现学了两招,否则今天应付不过来。伯纳德依然十分虚弱,他说弗兰克尔,我们犹太民族适应生活的能力超乎想象,你当然也是。

"爸爸,您好点了吗?"

"我好点了。别担心,明天醒来,我又能去摆摊了。如果你想成为一个好鞋匠,你可以继续当我的徒弟。"

埃兹拉和弗兰克尔都被他逗笑了。

又一个清晨到来时,伯纳德依然没有起床,嘴里发出含混不清的声音。埃兹拉把手背放在他的额头,比昨天更热更烫。她立即对弗兰克尔说,快,我们得送他去医院。弗兰克尔应声,然后抱住父亲的身体,好像抱着一盆炭火。

伯纳德软绵绵的,高烧使他完全虚脱了。在石原次郎眼里,这个身材高大的犹太男人太不顺眼了。在过去的几个月里,石原次郎不打仗不训练,养尊处优,身材出现了微胖,这种并不明显的胖,相对一米六十五的高度却是一种隐匿的威胁。这让他非常不爽。不爽的主要诱因来自别人的高度。比如这个歪歪扭扭的犹太佬,即使歪着脑袋,居然还这么高。还有这个扶着他的小子。跟他们说话需要自己的仰视,真太令人丧气了。所以,他听完犹太保甲的翻译,竟然笑了起来,先是咕噜了一句什么,然后大声说,"你,发热的家伙,脱光衣服在原地跳跳吧,跳出汗来,高烧就退了。"

埃兹拉听完翻译,浑身颤栗。石原次郎继续说,"不相信吗,我小时候就是这么治疗的。"他再次大笑起来。

埃兹拉哀求着石原次郎,"先生,请您给个方便吧。"她又把眼光转向保甲。保甲闪烁的目光里全是同情,却不敢作出任何反应。石原次郎又对埃兹拉说,"我不懂英语,但是我知道你的英语讲得太好了,那你为什么还要到这里来呢,你最好去英国或者美国。"保甲还没翻译完,石原次郎突然大声喊了起来,"快走开,走开。滚回去。我没有耐心听你们的废话。"

就在这时,另一个犹太男人出现了。这是个中年人,还是高个子,面容英俊,留着非同一般的大胡子,埃兹拉眼睛一亮,救星一般叫着,"索罗维奇克拉比,您来了。这太好了,我丈夫发高烧,急需去医院治疗,请您跟这位军官解释一下吧。"

索罗维奇克拉比早就来到上海,是犹太教法典学习方法的创立者之一,学养丰厚,在上海犹太教区拥有极高的威望。他先向石原次郎点头示意,然后用日语问道,"中尉先生,请问是这么回事吗?"

石原次郎轻蔑地看了他一眼,"你是谁?"

"我是犹太教拉比索罗维奇克。这位先生确实发着高烧,你应该批准他出去就医。"

石原次郎哼了一声,说,"我不管你是谁,也不知道什么拉比,你最好别管隔离区的事,否则会给你带来麻烦。"

索罗维奇克拉比克制着自己,"中尉先生,你是这里的长官,请注意贵国政府设立隔离区的目的。被隔离难民是因为他们没有国籍,并不意味着失去了人身自由,何况是生病就医呢?"

石原次郎有点尴尬,为了掩饰,他对保甲吩咐道,"把那张桌子给我搬过来。"

石原次郎一步跨上桌子,这样他就高出索罗维奇克拉比一头了。他指着拉比的鼻尖说,"你说得对极了,我是这里的长官,一切就得由我说了算。包括他是否生病,是否需要就医。"

"中尉先生,根据我的观察,这位先生得的很可能是传染病,你不允许他出去就医,疾病将在隔离区传播,你承担得了后果吗?"

石原次郎突然哑了。他腮部的肌肉痉挛一般,像找不到咬合部位的齿轮。沉默几分钟后,他对拉比说,"那么,你担保。"

"当然可以。"

"你准备拿什么作担保呢?"

"我在申请上签字。"

"不行,不行。"

"那你说呢?"

"你的胡子,我觉得你的胡子太威风了。但在我这里,不需要这样的威风。"

埃兹拉见石原次郎指着拉比的胡子,便觉得其中蹊跷。

索罗维奇克拉比眼睛里射出愤怒的光,而在石原次郎看来,这正是他要的效果。与一位看起来很有身份的什么拉比开这样的玩笑,太有意思了。再说,这不是你自找的吗?

石原次郎这么想的时候,看到对方已经镇定下来,蹲下身,把自己的头搁在了那张桌子上,对石原次郎说,"中尉先生,请吧。"

石原次郎愣了愣,也许他是想用这招镇住对方,没想到他真的……不,我决不收回说出去的话。

这时埃兹拉才明白是怎么回事。她叫了起来,"不,不,索罗维奇克拉比,不要听他的。我们宁愿不出去,也不要。"

实际上石原次郎的迟疑不到一分钟,但所有在场的人都觉得足够长了。谁都希望这个日军军官改变这个荒唐的决定,但他们不幸地看到,他的手正向身上的佩刀伸去,一道寒光闪过,那把刀就对着索罗维奇克拉比的银白色长髯……砍了下去。埃兹拉和弗兰克尔都闭上了眼睛。

"哈哈哈哈……"一阵肆虐狂放的笑声过后,人们看到石原次郎五个手指捏着一撮银白色须髯,然后他的手一松,须髯立即在风中飘散,在晨光的映射下泛着它们脱离了肉身的凄冷。

"走,走吧。该死的犹太佬。"石原次郎骄横地挥着手。

索罗维奇克拉比镇静地抬起头,示意埃兹拉快走,免得这个喜怒无常的家伙突然生出什么新的花招。

埃兹拉的泪水盛不下她的眼眶了,她任它们畅快地奔涌着。弗兰克尔尽力克制着自己,他发现,滚烫的水滴在自己手上,这是父亲的眼泪。

9

那天是休息天,石原次郎又去了日升堂。招牌变成了日升堂株式会社,店堂内保持着原样。石原次郎进入董事长室的时候,石原纯正低头看着一份日文报纸。他的前面放着一个不大的茶几,就一个杯子和一把茶壶。他听见店员在门口说,先生,请您等一下,我要通报董事长。另一个声音轻蔑地咳嗽了一下,门就被推开了。石原纯站起来,眼里显出不满,对方先开口了,"啊,原来您就是董事长。我们见过的,忘了吗?"

石原纯愣了一下,然后问道,"我们见过吗?"

"石原纯先生,别演戏了。上一次我来找他,您说他不在,可今天他不就在这里吗?"他说"他"的时候,指了指石原纯。

石原纯尴尬地笑了笑。

"今天是休息天,所以我没穿军服,董事长不会忘得这么快吧。"

"啊,年纪大了,容易健忘,请原谅。"石原纯向站在门口的店员挥了挥手,店员告退。

石原纯端正了身体。"请允许我再请教一下先生大名。见谅了。"

"我叫石原次郎,陆军中尉。我想,今后我们再见面的话,您应该不会忘记了。"

石原纯拿了一个茶杯,为石原次郎斟茶。由于他一直在揣摩次郎今天再来的意图,所以就有点走神,直到次郎说"满了"他才慌乱地住了手,嘴里连续说着,"抱歉,您多包涵。"

"董事长是有什么心事吧。是不是我今天的不期登门?"

"不,不是。石原先生多虑了。先生来是……"

"我是军人,说话直来直去,我想再次请问,您确实是石原纯先生吗?"

"我……"

石原次郎站了起来,"回答我,是还是不是?"

门忽然被打开,进来一个年轻人,见状立即夹在两人中间,一边问道,"父亲,他是谁?"

石原纯沉默着。

年轻人看着石原次郎问:"请问您是谁?你们这是干什么?"

石原次郎笑了笑,"别问我是谁,重要的是他。"他的下巴向石原纯翘了翘。

年轻人发现对方脸上混淆着粉色和青紫色的凹陷,这使他感觉非常不舒服。他局促地站在两人中间,转过头来对石原纯说,"父亲,如果他是你的客人,我不会干涉,如果不是,我可以请他离开这里吗?"

石原次郎十分不屑,"你以为我会离开吗?"

"既然我的父亲不欢迎你,你当然应该离开。"

"他是否欢迎应该我来问他。"

石原纯说话了,"健一,请他坐下吧。唉,如果你不介意,是否可以到外面去坐坐,我们等会再谈。"

石原健一吃惊地看着父亲,又看了看对面这个人,他正对自己笑着,是一种讽刺的笑。健一看了他一眼,不情愿地走了出去。

几分钟后,里面传出了石原纯的喊声,是压抑的。健一迟疑了一下,很快又听到了这声音。即使父亲确有不能相告的事情，可相比他可能受到的伤害，健一觉得不能再犹豫了。他快步上前推门，门已被关上了。健一焦急地敲门，里面根本没有应答。声音似乎轻了下去，健一仍充满疑惑。他继续敲着，突然听到一声闷响。健一一脚把门踹开，见那家伙正卡着父亲的喉咙，父亲艰难的声音被扼杀在气管里。健一对准石原次郎的脖子上一击，那两只手就松开了，但健一马上就感到自己的脸热了一下，他知道自己挨了一拳，然后回击，两人扭打在一起。次郎毕竟是历经战争的军人，健一很快就显出了颓势。次郎真正感兴趣的并不是他，而是待在一边的石原纯。次郎把他拉到墙角，让他面壁，两手高举，下巴紧抵墙面，这样石原纯看起来就像个巨大的壁虎。健一喘着气扑上来，再次被次郎击倒，而后健一听到了他对父亲说的话，"你给我听着，我还会来。如果不把事情讲清楚，你的后半辈子就别想安宁了。"他松开手，整了整衣服，回过头来对仍在喘着气的健一说，"你要是不老实，就再也别想起来了。"他出门的时候，健一还可以听见这家伙的手指关节发出咯咯的响声。

石原纯缓缓转过身来，石原健一也慢慢从地上爬起，两人默默对视。健一问："父亲，究竟发生了什么事？"

石原纯痛苦地摇了摇头，"健一，有些事还是不知道的好。"

石原健一坚持着，"那家伙是谁？他竟敢对你如此无礼。"

石原纯自言自语，"如果真的发生了什么，那也许就是我的宿命吧。"

健一看到，父亲说这句话的时候，目光是空洞的，像是面对一个遥远的世界。

10

高烧稍稍退去，伯纳德仍感绵软无力，虽然他一如既往地保持着乐观。邵伯骞又来看他，带来一袋米和几个大饼，还有一瓶红乳腐。当然少不了他的重点推荐，他语重心长地对躺在床上的伯纳德说，"我们上海人生毛病都吃这东西。弄一把米烧烧白粥,吃块红乳腐,味道交关好。"

伯纳德笑着说,"看着它的颜色,我就想吃了。不过老邵,你这些东西是偷来的吗?"

邵伯骞一脸严肃,"老白,不要乱开玩笑嘛。我这胆子哪敢去偷啊。你看啊,我们杏珍在读大学,她在学校里吃,我一个人吃饱全家就饱了。你讲对不对?"

"那以后你天天给我送好不好?"伯纳德继续揶揄着。

一边的埃兹拉忙说,"伯纳德,你看你都在说什么?邵先生是接济我们,眼下谁还宽裕啊。你不能,不能……"她突然卡住了。

伯纳德接住了话头,"不能客气当福气。你看,跟你说学学上海话,关键辰光急煞人。"

邵伯骞哈哈大笑,"阿嫂,他这个不叫客气当福气,他是看我不顺眼,寻我开心。不过这样也好,他开心了,毛病就好了,我也开心了。"

"老邵,你真灵光,有你这个上海朋友,我老白这辈子值了。"

两个男人说到后来紧紧抱在一起,他们大笑着,笑出了泪水,泪水又混在一起。在隔离区,在这样的时候,笑是一件多么奢侈的事。

埃兹拉也被感染了,她有点激动,不知说什么才能表达她的激动。

笑过之后,伯纳德忽然抓着邵伯骞的手轻声问:"老邵,你女儿跟你说起过婚姻大事吗?"

邵伯骞说,"啊呀,老白,我这个人其实是糊涂来兮的,女儿大了,她的婚姻她自己做主。"

"老邵,孩子的婚姻大事,你们不是讲究父母之命媒妁之言吗?"

"这个你也晓得啊,早就改规矩喽。老白你不懂,儿孙自有儿孙福,操那么多心做啥?"

"你不管最好啦,以后我们要是真成了亲家,弗兰克尔把她带走了,你可别想她哦。"

邵伯骞面孔一板,"哼,我的女儿带不走的。你想得倒美。"

"哈哈。狐狸尾巴暴露了吧。你是想让弗兰克尔留下来,白白得个儿子。我讲得对不对?"

邵伯骞急了,"对什么对,对什么对。啥人眼热你儿子。不过呢,你儿子的确是不错的,至少我做起衣裳来惬意了。他要是愿意留下来,我可以教他做裁缝,说不定将来成为时装设计大师。到时候,我们两个老头子就沾他的光喽。"

"看来你早就打好算盘啦。你这个家伙,脑子比我们犹太人还精。好啦,过几天,我们选个黄道吉日,给孩子们办个订婚仪式吧。虽然我现在没有多少钞票,也要尽力让生活变得美好些,你讲对不对。"

"老白,你讲得对。不过现在这样子,我看还是算了吧。"

"不,这个不能算了,一定要办。还要在《以色列信使报》刊登启事。这是大事,人生大事。老邵,你想想,如果将来有一天,人家说起我们在这样的日子里还在寻开心,是多么有趣的事啊。"

邵伯骞已经好久没流过泪了。这天他觉得老是控制不住想流泪,他为此感到羞耻,自责,又觉得是受了伯纳德的感染,两个男人流泪实在是难为情。何况在老白的老婆面前。不过既然眼泪水没出息,就让它们痛痛快快流一次吧。

埃兹拉也不再说什么了。伯纳德在他们的同胞温迪斯医生开在汉弥尔顿大厦的诊所治疗期间,临近毕业的邵杏珍奔波于学校和诊所,竭尽全力。她相信了儿子的选择。她需要做的,就是默默祝福两个年轻人。伯纳德说得对,即使生活如此艰难,还得尽力让它变得美好一些。对年轻人来说这更重要,因为他们才刚刚开始。

订婚仪式上双方决定在邵杏珍法学院毕业后举行婚礼。婚礼前三个月,邵伯骞的裁缝铺贴出告示,关门打烊。他要闷头做衣裳,五个人的衣裳,全套中式服装,为此他动用了多年的积蓄。忙得不亦乐乎,不过真是开心的。

将近三个月,邵伯骞把新郎新娘、两位亲家和他自己的五套服装拿出来时,大家的眼睛都直了,豁亮了。衣服们充满喜悦地簇拥着,炫耀着,简直把一间十几平方米的小屋晃成了一座金碧辉煌的殿堂。

伯纳德还在不时地咳,脸膛潮红着。邵伯骞为他做了一件标准的中式长衫,他穿在身上,连连称赞:上下一体,简洁方便。就是有点宽大,很适合太极拳。说着他来了一个太极拳的起始动作,老邵,你看这个动作怎么样?大家被逗得哈哈大笑。邵伯骞认真地说,老白你又瞎讲了。我是想,你生病后人瘦了一圈,过几天还会胖起来的,所以呢还是要宽舒一点。伯纳德一把抱住了邵伯骞,太好了。太好了。

埃兹拉是在晚上试装的,新旗袍一上身,就禁不住赞叹,邵先生真是好手艺,不肥不瘦,恰到好处。暗紫色的绸缎底色和蓝色花卉相得益彰,加上小白花的点缀,显着一种雅致的高贵。伯纳德说,我敢说,如果你穿上这件旗袍去参加一流的时装表演,也会让大师惊讶的。

这是一个中式婚礼。地点就在伯纳德的小屋里。对弄堂居民来说,一桩异国婚姻足以激发他们的兴奋点和群体性关注,而且还是颇具影响力的邵裁缝的千金小姐。他们家门槛挤得都要轧扁头了。人们吵闹着喧嚷着尖叫着,放肆地提高自己的分贝,挤在前面的和主持人一起叫着一拜天地——二拜高堂——夫妻对拜——后面的人不断喊着,新郎官,新娘子出来。新郎官,新娘子出来。片刻,有人从前面挤出来,立即被后面的人包围,即兴开起了现场新闻发布会:人家犹太人公公穿件长衫,不认得了。犹太人阿婆穿旗袍,啧啧,真真漂亮。有人就说,这个是邵裁缝的手艺好。那人反驳道,人家身材也好,不相信侬穿穿看,灵不灵。对方不满了,去去去。侬穿上去也不见得好。这时又有人叫道,闹洞房了闹洞房了。人们尽心煽动着这个闹哄哄的气氛,在这个时刻,聚集在一起的难民和居民把他们共同栖身的这个隔离区遗忘了。

屋里,埃兹拉给邵杏珍披上一件镂空绣花绒线披肩,这是她几天几夜精心编织的成果。邵杏珍的高兴是写在脸上的,她知道这是市面上最时兴的蜜蜂牌绒线。她曾经也想织一条,繁忙的学业使这个念头一拖再拖,想不到犹太人阿婆用她并不怎么样的手工活实现了她的念想。埃兹拉含着羞涩,用生硬的上海话对邵伯骞说,拿不出手的,太不好意思了。邵伯骞忙说,亲家母,这个太珍贵了。我做不来的。伯纳德认真地说,你是大裁缝,怎么会弄这种小儿科呢。一家人都大笑起来。

11

有个犹太女人也在默默注视着这场弄堂婚礼。索尼娅从德国逃亡的时候,英国和德意两国已在大西洋和地中海展开海空战,海上流亡线路因此被切断。陆路的逃亡路线更为艰险,穿越广袤寒冷的西伯利亚,经中国东北,朝鲜或日本再到达上海。索尼娅的住处与丰德里相隔五六条弄堂,作为一个穿着时髦的女人,她很快知道了这一带颇有名气的邵裁缝。有一次,她连续等了两个小时才轮到,她注意到邵裁缝在给她量衣服时看她的那种目光,那里面有什么,不晓得。也许是自己的幻觉。邵伯骞阅女人无数,他的关注点在于身材,这个女人凹凸有致的身材的确引起了他的注意,比起一般犹太女人带着点生硬或者矜持,她显得灵动。邵伯骞很喜欢这样的灵动,她明白他每一个轻微动作的含义,哪个部位转过来,再朝哪个方向转过去,她转来转去的时候,邵伯骞竟然开了小差,想起了他在某个舞厅里遇到过的默契的舞搭子。在后来的日子里,邵伯骞一直等着她来试装,她在约定的时间并没有出现。因为衣服还摆着,邵伯骞就很难忘掉。邵伯骞已经好多年没女人了,当然要想女人。他一天忙到晚,有时晚上继续干活,其实是为了忘掉女人。但女人岂是这么容易就能忘掉的。她们从邵裁缝的记忆深处出发,然后向他的皮肤、神经、肌肉和器官,甚至看不见摸不着的经络缓缓渗透无孔不入。邵伯骞测量的女体常常给他带来难言的欣喜和欢乐,这种隔着一层的体验仍然维持在精神的世界,也强烈地刺激着躯体的反应。邵伯骞把这种反应成功地掩盖于表象之下,偶尔在他的测量和裁剪中幻化为某个女人的躯体想象,偶尔也会去四马路会乐里兜一圈。邵伯骞有点铜钿,毕竟还是节制的。在那些颇具盛名的声色场所中,他光顾最多的还是卡巴莱歌舞、音乐表演。很多像邵伯骞一样的上海人想不到,这些犹太难民在如此艰难的环境中还可以活得有滋有味。

邵伯骞就是在一场歌舞表演中再次看到了她。看到她就想起还挂在铺子里的那件积满灰层的半成品女装,而后他就成了她的热心观众。

终于,索尼娅又一次出现在邵记裁缝铺。邵伯骞给她试装,她挑不出任何瑕疵,可她说不想要了,因为她面临窘境已有多时了。邵伯骞看着她,然后慢悠悠地说,算我送你的。索尼娅的脸色由白转红,又由红转白。邵伯骞说,布料是你的,我只是免费为你做件衣服,无所谓的。你不拿走,反而变成我白拿了你的布料了。两人推来搡去的,两双手就触到了一起。触到一起的时候都有电击一般的感觉。这感觉都不会忘记了。那天晚上,邵伯骞把这种电击的感觉传导到索尼娅的身体里,索尼娅难以想象,一个精瘦男人藏着如此蛮横的精力。她当然不知道,这个男人积蓄了好几年。邵伯骞舒服地趴在索尼娅丰满柔软的躯体上,突然想,自己的身体下面竟是个白种女人,这是他怎么也不敢想的。所以,在电击的感觉如愿撞击了两个人之后,他意犹未尽地研究起了她的身体,包括它的构造,润滑度,凸起,凹陷,色泽,皱褶、体液,皮肤,纹路,肌理,毛孔,毛发,痣……索尼娅在邵伯骞开拓性的探究中被再次启动,于是进入第二轮。后来,邵伯骞拿出那件衣服,亲手穿在她的身上,用他的作品覆盖这个刚刚被他唤醒过的身体。他觉得自己真正开了眼界,索尼娅就像一张新大陆地图清晰地在他面前打开了。然而打开之后,她忽然消失了,消失得无影无踪。

邵伯骞一连几天无精打采,无心干活。他忍不住在心里骂道,婊子养的,老话讲婊子无情,真真不错。不过想想,索尼娅也不是婊子,最多是戏子,跳舞的戏子。

邵伯骞就在附近转悠。日本人全面控制上海后,虹口地面不少表演场所已遭取缔,很是萧条,邵伯骞的生意也大受影响,萧条程度是他从宁波来上海后从来没有碰到过的,倒是有时间和伯纳德聊大天了。他们现在是亲家,关系更近了一层,不过这样的日子不是他想要的。他是个做惯的人,停下来就浑身不舒服,他说自己是贱骨头,伯纳德说他也是,不干活就难受,好像到这个世界就是来干活的。邵伯骞说,所以说你们犹太人勤劳,加上天生的经营头脑,哪有不富的道理。伯纳德长长地叹了口气,对我来说就是一场梦。前几年,幸亏我们还有在美国的同胞和上海赛法迪犹太人救济,日本轰炸珍珠港后就全部切断了。我曾经在温迪斯医生的诊所看到过国际红十字会致华盛顿的一份调查报告,说上海市民处境悲惨,而且还在恶化……最糟糕的可能就是欧洲犹太移民,至少有六千人处于饥饿的死亡边缘。现在日本人发放通行证越来越苛刻,就像那个狗娘养的,那个日军中尉,我们连依靠自身能力维持基本生活的权利都被剥夺了。难民不是饿死就是疾病缠身。狗娘养的。伯纳德又大声咳嗽起来。其实他仍未痊愈,他的肺部感染除了药物,还需要补充足够的营养,但这完全是奢望,每天能吃上一点胡萝卜和洋山芋已算不错。

邵伯骞还是第一次听到伯纳德骂"狗娘养的"。他吃惊地看着这个人,好像突然不认识了。直到伯纳德大声咳嗽,他才醒过来一样去帮着拍他的背。一边拍一边也溜出一句,娘希匹,这只东洋乌龟不得好死。"娘希匹"更像是邵伯骞的口头禅,并没有特指的意思。他觉得,伯纳德骂出这句狗娘养的,是藏在心底里的仇恨。这个温文尔雅的建筑师,根本跟骂人不搭界的。

邵伯骞去了汉弥尔顿大厦,想找温迪斯医生为伯纳德弄点药,至少搞点维他命。那里站着一个荷枪实弹的日军士兵,招牌上仍然是英文,但不是 Doctor,而是 Enemy Aliens Office,(敌侨办公室——美、英、荷、比等国在太平洋战争后被日本宣布为敌国,这些国家在上海的侨民也就成了敌侨)邵伯骞不认识这几个字,又不敢问。突然日军士兵端起枪指着他,用中文说了句"喂,走开"。邵伯骞慌忙后退,一边向士兵鞠躬,一边在心里骂道,娘希匹。又加一句,种生(畜生)。他闷头闷脑在街上走着,想想这个犹太亲家也真真作孽。

走到斐伦路(今九龙路)的时候已近黄昏。一路走下来,邵伯骞感到有点饿了,马路对面正好有家 Venus Bar 吸引了他的目光。见多识广的邵伯骞既不放弃大饼油条乳腐泡饭,也对西式饮食来者不拒。咖啡威士忌鸡尾酒掼奶油样样来。用他的话来说,一个中装洋装都拿得起的奉帮裁缝,哪能可以不吃洋酒洋面包,他邵伯骞是属于跟得上形势的。他不认识 Venus(维纳斯)不要紧,认识那个 Bar 就可以了,酒吧,哪个上海人不认得。既然心里不惬意,就进去喝一杯。

他坐下来,昏暗模糊的灯光中,就有一个外国女子走过来,在他桌上放上一杯鸡尾酒。邵伯骞在阴影中瞄了一眼,感觉那是犹太女人。他又暗自骂娘希匹,就算不是难民,犹太人日子也难过啊。卖淫不去讲它了,听说还有亲娘卖亲生小囡的。一会儿,又有一阵香水味在他周围飘逸,这是另一个女人,他分辨出味道不一样。一定是来陪酒的。这样一想,他下意识摸了摸自己的内袋,不晓得袋袋里够不够。她叫他先生,竟然是上海话,虽然硬呛呛。邵伯骞一惊,啊呀,声音熟得来。回头一看,心就怦怦跳起来,轻声说,索尼娅,是侬啊。女人显然没想到这一幕,她看到的只是客人的背影,加上灯光昏暗,哪里会想到是他呢? 女人眼角一挑,很快恢复了平静,说,先生,看错人了吧。邵伯骞想,分明是她的声音,哪能不是呢? 但是人家说不是。他又看了她一眼,没错,不是索尼娅是谁呀? 他说,你忘记啦索尼娅,我是邵先生呀。邵裁缝。你真的忘记啦。女人还是摇头,说,先生,我不认得邵先生,也不认得邵裁缝。来,请喝酒。说着她端起了酒杯。邵伯骞只得跟着端起酒杯。女人说,干杯。邵伯骞一口干了。心想,她一定故意这样的。困也困过了,何必呢? 我想了她几个月,寻着了,人家装不认得。娘希匹。女人很敬业地请他喝酒,直到他醉醺醺地掏出钱来要给她小费,他特别强调说他是讲规矩的人。但女人坚持不要,后来又说先生你喝醉了,进来就醉了,这里没有索尼娅。邵伯骞感到女人的手在他肩上轻轻抚了抚。然后他就真的醉过去了。

邵伯骞发出呼噜声的时候，索尼娅正抹着清泪。从隔离区逃出来后，她就隐身于这个他们富有的同胞开设的秘密淫窟中，苟且度日。即使不知道哪天是个头，她也发誓再不回那个鬼地方了。我只能跟你说对不起了，善良的邵先生。

12

知了在树上喊着热死了，热死了……无休无止。这种大面积的炎夏告白给人类制造着两种完全不同的心境。如果烦恼，它就是一种鼓噪，如果高兴，则是一种歌唱。所谓境由心生。据说雄性知了鸣叫的时候，硬管一样的嘴插入树干吮吸汁液，腹部的发音膜以每秒伸缩约一万次的频率产生声波，所以声音特别响亮。这种进食和发音器官两不耽误的运作模式，可以使这种昆虫保持长久持续高亢的姿态。

这天，绿荫覆盖之下的汇山难民之家正举行犹太安息日的重要典礼。

屋内空气十分闷热，难民们一如既往地围着祈祷围巾，戴上无边便帽，心情复杂地坐在一起窃窃私语。一会儿，索罗维奇克拉比出现了，难民们顷刻安静下来。拉比神情安泰，穿得一丝不苟。他说道：

"我亲爱的同胞们，以色列联盟安息日今天开幕了。这是一个非常重要的日子，在这个重要的时刻，上海所有的犹太组织代表都到这里相聚一堂，隆重庆贺这个序幕的开始。安息日是犹太民族与上帝的立约，必须世代遵守。我们要感谢神的创造，感谢神在过去的六天里赐予我们的怜悯和恩典。神设立安息日，使我们转向天国，也使我们得以反思人生在世的源头和意义。回想遥远的年代，我们的先祖被劫掳到巴比伦，耶路撒冷成了一片废墟，圣殿和王宫、城墙都被付之一炬。我们国破家亡，任人宰割。如今，历史又重现了这可怕的一幕，但我们从来就没有屈服过。隔离区设立以来，同胞们依然保持着足够的勇气面对困境。这就是安息日赐予我们的力量。安息日使我们永记故乡和上帝,使我们的灵魂复苏,保持道德和智慧的纯洁,不致堕落,使我们保持真正的犹太精神。当我们在安息日专注于神的时候,我们便会明白生活的秩序,让劳作和生活符合神的旨意。我们的难民同胞正在忍饥挨饿,遭受疾病的折磨。不幸的是,这种状态也许还将存在下去。所以,今天上海犹太难民组织联手为隔离区难民提供的免费会餐将是一个开始,以后还将继续下去。这是神的创造和拯救。让我们再次感谢安息日,感谢上帝。"

难民们面呈悦色,互相轻声道贺。伯纳德一家人拥抱在一起,喜极而泣。

知了仍不知疲倦地叫着,在难民们听来,它们的声音摒弃了婉转和悠扬,变得直接而爽利。这种拥有两对坚硬翅脉的古老昆虫从幼体到蛹到最终飞翔,经历了如何艰难的生命蜕变。他们不知道,在古代中国的葬礼中,人们把一个玉蝉放入死者口中以求庇护,其实寄托了复活和永生的愿望。也许,知了正在为他们歌唱。

出入隔离区越来越困难,石原次郎成了难民心中的变态狂。

连石原次郎自己都觉得他的变态正朝着不可遏制的方向发展。那个叫石原纯的老头对他们的关系讳莫如深,闪烁其词。高桥长官依然对他冷嘲热讽,没什么好脸色。他只能把这种越来越恶劣的情绪投掷到难民身上。他最近发现的情况更让他发狂。好几次,有难民朝岗亭走过来,远远看到他站在那里,就掉头回转,连发泄的机会都不给他。于是他在镜子里照自己的脸,发现笑竟是如此艰难,如此难以忍受。他开始拧自己的脸,强迫自己咧开嘴,但是……这难道是笑吗?混蛋。混蛋。他连连抽自己的耳光。这张脸变得更加狰狞,一点都不想跟他妥协。

城市上空飞机引擎制造的轰鸣声越来越频繁,石原次郎发现高桥大佐也越来越烦躁。报纸上三天两头出现粗黑的大字标题——紧急重要通知,如何分辨空袭警报,如何理解旗语和灯语,飞机轰炸时的注意事项。

诸如此类,反复刊登。某次空袭结束后,所有报纸都会发出千篇一律的公告:日前空袭警报拉响,系因美军飞机侦察,被日本空军侦知,美机仓皇逃遁。

有一天,高桥拿着一张报纸问石原次郎,"石原中尉,你觉得我们在这里还能待多久?"

"报告大佐,我不知道。我毫不怀疑帝国军队的实力,山本大将连美军太平洋舰队都敢炸,就足以说明一切了。"

"我也不怀疑,但是山本大将已经殉国了。美军 B-29 轰炸机航速极快,而且在五万英尺的高空飞行,可我们的雷电战机至今都没上天。我很担心啊。"

"大佐,我觉得用不着担心。美国人是虚张声势,制造紧张空气,我们在上海的空中防线固若金汤,不是都把他们赶跑了吗?"

"石原中尉,难得你还有如此信心,看来让你到这里来真是对极了。我听说,你在犹太难民那里都有了封号,他们叫你什么?"

"叫我犹太王。是我让他们这么叫的。哼,在隔离区,无论是谁,见了我就变得老实了。"

高桥突然笑了起来,"也有人叫你变态狂吧,当然,是私下里的。"

石原次郎狠狠地切着牙齿,"我知道这帮犹太佬恨我,因为我从来不给他们好脸色。大佐,你当时不是跟我说,要让他们都服我,才是本事吗。我做到了。我就是要在犹太佬心里扎上一道铁丝网。"

"好,非常好。石原中尉,继续当你的犹太王吧。接下来,我们看看美国佬还能怎么干。"

美国人很快就干了。就在七月中旬一个潮湿闷热乌云密布的下午,连续七次空袭警报过后,炸弹开始在隔离区倾泻下来,然后爆炸。所有人都可以清晰地看到涂在飞机上的"B-29",不是一架,而是一个机群,呼啸而过。隔离区在战区内,B-29 的目标是隐藏于此的一个日本海军电台,这个电台遥控着太平洋上的日本战舰。所以,当高桥在他的办公室里看到"B-29"时,心就宕了一下。又宕了一下。他忽然意识到什么,立刻冲出了办公室。石原次郎的反应是神经质地对着机群破口大骂,似乎"B-29"都要听他的摆布。就在这时,"B-29"俯冲下来,把他逼到了一个角落里。他本能地抱住了头,虽然嘴里并没有停止。

一平方公里的弹丸之地顷刻成了一片火海,简陋的住宅纷纷倒塌。弗兰克尔感到房屋剧烈晃动,窗帘向一边倾斜,一块窗玻璃被震碎。他正准备赴伦敦的考试,心里装的全是考题,连爆炸声都不能使他分心。埃兹拉站在他身边,大声喊着,弗兰克尔快躲到床底下去。弗兰克尔只是捂住耳朵,拼命摇头,以示拒绝。躺在床上的伯纳德这时缓缓说道,顺其自然。老邵说过,我们命大。

就在他说出这句话后,又一颗炸弹把房子震裂了一道巨大的缝,然后整个一堵墙松松垮垮地掉落下来,正是伯纳德那张床的位置。伯纳德想爬起来,但他的身体被那些震碎的瓦砾埋了起来,他大叫的同时,埃兹拉扑了上去,弗兰克尔也转身跨到那里,两个人拽着伯纳德往外面拉,伯纳德痛苦地扭着脸,他的腿被压断了。不远处又是一颗炮弹剧烈的爆炸声,伯纳德邻居的房屋像被无形的砍刀削去了半边,然后传出几声惨叫。一团正遭遇阻挡的火欢呼着掠过刚刚形成的残垣,携着炸弹的气浪蔓延到伯纳德家,火球在被震落的歪斜墙体上端一截木头上找到了驻足的地方,兴奋地跳着舞。埃兹拉的后背烧了起来,但她仍紧拽着伯纳德,弗兰克尔想去找水,很快发现是徒劳。邵伯骞满头大汗闯进来的时候看到了这一幕,他脱下汗衫对着火奋力抽打,火势渐渐萎缩,埃兹拉的衣服后背已经烧出了一个洞,裸露出被火舔舐过并夹杂着被抽打的青红色,皮肤已有灼伤。那团被压服下去的火在邵伯骞脸上涂上了烟熏的灰黑。邵伯骞打着赤膊推开埃兹拉,然后使劲把伯纳德从瓦砾里拽了出来。伯纳德被剧痛和虚弱压得几乎失去了睁开眼睛的力量,他喘着气,脑门和身体大量分泌着汗液,身体开始变冷。伯纳德,爸爸,老白……三个人用不同的称呼连续喊着伯纳德,伯纳德似乎想睁开眼睛,但没成功。他一直嗫嚅着。埃兹拉用手拨开伯纳德耷拉的眼皮,一放便无力地垂下了。她又开始拍打伯纳德的脸,仍是死灰一般。邵伯骞猛掐他的人中,伯纳德从鼻腔里微微呼出气来,邵伯骞感到这气明显是凉的。伯纳德的嘴又动了一下。弗兰克尔赶忙凑了上去,他听见了几个断断续续的字,明……年……给我……生个……

一切归于静谧。埃兹拉再次拨开伯纳德的眼皮,反复喊着他的名字……即使她明白他再也不会响应她了。房子的另一边墙体也有了坠落的迹象,邵伯骞说,快,赶快离开这里,房子要塌了。他拉着埃兹拉冲了出去,弗兰克尔刚跨出门,那边顷刻塌了下来。邵伯骞对两人说,快跟我走。望着塌陷的房子,埃兹拉瘫倒在地。她脑子里仅有一个念头,伯纳德还在里面,还在里面,他还在里面啊。邵伯骞和弗兰克尔都蹲下来,三人默默流着泪。邵伯骞说,埃兹拉,人死不能复生,你要想开点。此地十分危险,我们快离开吧。弗兰克尔也说,妈妈,听邵爸爸(结婚后,弗兰克尔把原来的邵伯伯改成了邵爸爸,邵伯骞也觉得很受用)的,我们快走吧。埃兹拉被两人搀扶起来,艰难地迈着步子,脚好像不是自己的了。因为她的心丢在这间坍塌的房子里了。

13

轰炸过去大约一小时后,被撕扯得一片狼藉的隔离区开始出现五花八门的人,他们试图救护伤者或者寻找死者。他们发现原来彼此都似曾相识,有犹太难民,更多的是他们的上海邻居。难民的表现更为专业,他们中的不少人先前职业不乏医生和护士,上海邻居们就自愿为他们打下手。找到死者并不难,难的是发现还剩一口气的人。人们把布匹撕成碎条包扎那些仍在流着血的伤口,或者为死者洗去脸上的尘埃和血迹。当清点死伤人员超过了一千之后,渐渐不敢再数下去。

忽然来了一个骑自行车穿白大褂的人,他随身携带着一个医药箱,非常惹眼。人们自觉为他让开一条路。一间没被炸塌的房间充当了临时手术室。他的手法很熟练,但医药箱里的东西明显不足应付。他皱起了眉头,轻声用英语对周围人说,等一下,我再回医院去取。他把药箱放在自行车后座上。人们才发现这辆车上写的是日文。半个多小时后,白大褂带着一个更大的药箱回来,继续埋头他的施救。一会儿,白大褂就沾上了斑斑点点的灰尘、血迹和污渍。因为他的口罩一直都没摘下,所以人们只看见他的一双眼睛。这双眼睛的视觉仅仅局限于那些汩着鲜血或乌黑结痂的肉体和器官。房间里弥漫着消毒药水的味道和手术器械的声音,这样的味道和声音分泌着生命的希望。

门外突然响起一阵窸窸窣窣的躁动,然后,一个日军军官走进了屋子。所有人都认识他,自称犹太王的变态狂石原次郎。"B-29"逼着他在角落里躲了一个多小时,出来的时候,隔离区已是一张被撕裂的巨大的黑色碎片。石原次郎嘴里骂着美国佬,抖落军服上的尘垢。他惊讶地发现,轰炸并没有影响到他的职业情绪,即使这张巨大的碎片,依然是他的领地。前面这一堆人围着干什么?让我过去看看。少迪斯奈,原来是个医生,做手术的医生。给谁做手术?他径直走到白大褂面前,问:who are you?白大褂头也不抬,继续他的操作。石原次郎又问了一次,对方全然不睬。石原次郎觉得自己成了白大褂眼睛里的空气,他在临时手术台边转着,忽然伸手一把扯下白大褂的口罩,啊,这不是在石原纯那里见到的那个人吗?他脑筋一下子蹩住了,他是个医生?

白大褂也是一惊,看了看来人,他很快反应过来,用日语说,"军官先生,请不要妨碍我给伤员手术。拜托了。"

"伤员,是谁?犹太佬吗?"

"医生从来不问伤者是谁,只要还有救,都要救。"白大褂是石原健一。他说着,重新戴上口罩,并向身边一位犹太护士伸出手,示意递给他手术剪刀。

石原次郎感到鼻孔里气息粗重,在这里,竟然有人对他如此轻蔑。他又转了起来,忽然停下来,指着石原健一,"我命令你停下来。立刻。"

石原健一理也不理,继续埋着头。

"八格!"石原次郎被激怒了。他一把从健一手中夺过手术刀,那把刀把刚刚缝合的伤口重又挑开,鲜血飙出,伤员揪心地喊出声来。健一也不示弱,他大声喊道,"混蛋,你这个混蛋,你这是在屠杀。"

"哼,犹太佬。不用我屠杀,他就得死。是美国人扔的炸弹,让他们来救吧。"

"混蛋。我再说一遍,你给我出去,别再妨碍我。否则,我会把此事报告皇军驻上海宪兵司令部。"

这句话并未震慑石原次郎,却对他形成了一种反刺激。他冷笑着走到健一面前,说,"在我的地盘,你竟敢威胁我,不要说犹太佬,就是你,也得听我的。这里所有人都叫我石原次郎犹太王。你去宪兵司令部,看他们能把我怎么样。"

健一不想再跟次郎争执,向护士示意继续手术。但石原次郎把医药箱端了起来,然后狠狠摔在地上,一双脚使劲踩踏着。健一面呈紫色,脖子上青筋暴绽。他竭力控制着自己,对面这个家伙正以挑逗加讽刺的神情看着他。健一突然捡起一把刀,冲向了次郎,次郎躲过,然后就扭住了健一的头。健一挣扎着,一只手肘顶着次郎,另一只手仍抓着刀,次郎一拧健一的手腕,刀就掉了。次郎狂放大笑,"你这混蛋,看我怎么收拾你。"他强壮的手臂把健一的脑袋勾成一个死角,"我告诉你,在这个地方,从来没人敢跟我说不,你竟敢对我动刀。在这么多人面前坏了我的规矩,我可得好好教教你。"健一不能动弹,脑子却一点都没停下来,他知道自己不是这家伙的对手,硬拼不行,只能默默地积蓄力量。少顷,健一悄悄抬脚反踹,猛蹬对方的膝盖半月板,他知道,这是一个软肋。次郎立刻松手蹲了下去。健一再捡起那把刀指着次郎的脸说,"你我是同胞,我不会杀你,我还要继续工作。否则就别怪我了。"就在这一瞬间,次郎突然迅疾夺过刀刺向健一的腹部,健一慢慢地仰天倒了下去。很快,他的白大褂上洇出了鲜红。石原次郎看着，神情变得讶异。一个犹太难民突然喊了一句什么，石原次郎感到自己的身体立即被拳脚覆盖了。不一会儿，屋外响起一阵整齐的皮靴声。然后，高桥冲了进来，众人散开。高桥见趴在地上的石原次郎，踢了他一脚，让他起来，次郎扭着脸努力了一下，却未能如愿。高桥又踢了次郎一脚，然后清晰地看到了他头上沁出的豆大的汗珠。高桥蹲下，把次郎的下巴抬起来，这是一张青红相间的脸，眼皮耷拉着，嘴角淌着血，高桥以一种鉴定某种器具的神态把这张脸向左右两边摆弄着，后来他终于找到了一个令他满意的角度，次郎的头颈和下巴都被拉长到极限，这样更便于脸部的抽打。次郎咬着牙，嘴里新冒出来的血又把原来的覆盖了一层，显得更加悦目。高桥打累了，他站起身，从口袋里掏出哨子猛吹了起来，屋外的士兵封锁了这间临时手术室。

因为失血过多，石原健一不治身亡。日本皇军上海方面驻军司令按军法宣布对石原次郎执行死刑。石原次郎提出申诉，被驳回。执行前的一天，他要求去一趟乍浦路上的西本愿寺上海别院。他早就知道此地，也早就想来，却一直未能成行。现在，他膝盖上缠着厚厚的绷带，一步一挪，他似乎听见了那个死在他刀下的人发出的笑声，那是一种嗤笑，使他惶惑而惊恐。高桥和一名宪兵紧跟在他的身后。石原次郎目光呆滞，眼睛里完全是空的。他曾经憧憬过自己战死沙场或者切腹之后成为寺里供奉的牌位之一，然而，他将以一种耻辱的方式结束生命，他还有资格到这里来吗？他会不会受到那些阵亡官兵的唾骂？他终究不甘心。

高桥对他说，无须去祭拜战死的亡灵，那些牌位是天皇陛下的英灵忠魂，他是戴罪之身，杀的还是同胞，是一位令人尊敬的医生。他去祭拜，会玷污了牌位。所以他只能站在寺门口，远距离地感受。越过缭绕的香火，他看到了一个老头。似曾相识的老头。真的是他吗？次郎仰着脖子，专注地往那个方向看，他担心那是幻觉，更担心老头会突然脱离他的视线。老头结束了他的仪式，回过头来了。两人的目光打了个照面。老头过来了。果真是他，石原纯。老头突然加快脚步到了他跟前，极其认真地看他的脸。老头似乎有点泄气,因为这张脸的青紫还未褪去,眼皮肿胀,这给老头带来了极大的困惑。就在老头神情沮丧将要离开时,次郎突然说,"请问是石原纯先生吗?"

老头停下了,然后反问:"你是石原次郎?"

"是的,就是我。您是石原纯先生吗?"次郎的眼睛终于闪出一丝光来。

老头答非所问:"啊,真是你。"不由分说就在他脸上狂抽了一个巴掌,又是一个。次郎躲闪着。老头的手臂第三次抬起来的时候,高桥终于响亮地喊了一声,阻止了他。

"你是谁?"高桥问道。

"我是谁不更要,重要的是他,石原次郎。"他盯着高桥问:"他不是被处死刑了吗?怎么会到这里来?"

"你是石原纯先生吗,在我回答你的问题之前,你可以告诉我你跟他的关系吗?"

"我为什么要告诉你?"

"因为你刚才打了他,对他使用了暴力,我可以拘捕你。我希望你对此作出解释。"

石原纯低下了头,痛苦万分。他重新抬起头的时候已经老泪纵横,"我,我是他的父亲。"石原次郎这时大叫了一声,复又死寂一般。石原纯又指着次郎的脸,"你知道你杀的是谁吗?是谁吗?……"

石原纯又垂下了头,然后他听到了次郎的哭喊,"爸爸,爸爸,那你当时为什么不承认?……他是谁?石原健一究竟是什么人?"

"他是你的,你的……哥哥……"石原纯艰难地挤出了这几个字。

次郎一下子瘫坐在地上,浑身抽搐。

高桥看着这一幕,有点不知所措了。容不得他多思考,他的袖子被石原纯拽住了,老头睁着一双被泪水渍红的眼睛说,"长官,我已经失去了一个儿子,恳求您向司令官阁下求情,留下他一条命吧。"

高桥不知道如何回答这个可怜的老头,想了想,他说,"石原先生,这是军法,恐怕司令官阁下也无能为力啊。"

次郎突然怪笑起来,声音十分瘆人,高桥厉声喝道,"石原中尉,这里是寺院。请冷静点。"

次郎置若罔闻,他慢慢站了起来,宕着一条膝盖肿胀的腿,唱起了九州老家的歌谣。他一边唱一边怪笑着,显得非常专注,好像这里成了他一个人的世界。他的膝盖忽然又崴了一下,发出惊恐的大叫,像一扇突然折断的门板一样仰天倒了下去。

他继续唱着,眼睛朝天,目空一切……

石原纯和高桥蹲下去,看着这张青紫肿胀的脸,看着他呆滞的,连转都懒得转的眼球。石原纯摇着他,把他的脑袋抱起来,失声地喊,次郎,我的次郎……

石原次郎没有响应,依然哼着歌谣,依然眼珠朝天,死鱼一般。

他疯了。

14

弗兰克尔至今还记得当时那个情形,在中国军队的监督下,日军士兵沮丧地拆除了隔离区的铁丝网。九月初的上海依然热浪袭人,士兵们的汗衫湿透了,散发着浓烈的酸味,还夹杂着来不及从战场上挥发的雄性荷尔蒙。之前在美军轰炸后的第三周,日军士兵荷枪实弹监督上海居民夜以继日地抢挖防空洞,以至于人行道变得千疮百孔,霞飞路许多商店门口都被挖出硕大的深坑。天知道这些防空洞在空袭时能发挥什么作用。人们暗地里传播着来自英国广播公司的消息,美军潜艇和盟军飞机已在日本海岸附近投下了水雷,以切断日军战争物资补给。几天后,几乎所有的上海英文报纸都以醒目的字体头条转载了东京《每日新闻》报道:日本当地时间八月六日八时十五分,敌机侵入广岛市上空,投掷多枚炸弹,致使该市相当数量房屋被毁,多处起火。从这天开始,电台里几乎全是关于"小男孩"的消息。"小男孩"是原子弹的代号,也是人类首次使用的核武器。它的任务是命中广岛,并使它从地图上彻底消失。"小男孩"的任务完成得堪称完美。仅仅三天之后,日本全国惊恐未消,另一座城市长崎再度遭受冠名"胖子"的原子弹的毁灭性打击。承担这两次轰炸任务的就是曾经出现在虹口隔离区上空的"B29",只不过机型更大。不日,日本昭和天皇裕仁黯然神伤地宣读了《终战诏书》。他要尽力维持一个帝国元首的尊严,但语调中的干涩和无奈还是泄露了内心的仓皇。成千上万的日本人失声痛哭。隔着日本海的另一端,上海虹口区内的日本军人和日本居民开始撤离。石原次郎因为精神错乱被延缓执行死刑,这并不能抵消他战俘的身份,就和他的上司高桥昌一起关押于战俘拘留所。石原纯花了整整几天时间才清理完他的所有财产家当,离开的时候一步一回头,十分地不忍。他明白,这个在上海开拓了几十年的家族从此一去不复返了。他在这里获得了很多,但失去更多。两个儿子,一个成了战争和刑事双料犯人,只是因为疯癫才得以苟延,另一个,成了一坨令人痛心的骨灰。

隔离区撤销了,留下了一千七百余名犹太难民的遗骸。上海最大的难民组织中欧犹太协会圣葬社这些年来一直在为死难同胞操办葬礼。犹太葬礼尊重一切从简,但这一次为在美军轰炸中丧生的难民举行的葬礼却十分隆重。每个棺柩上都覆盖着鲜花,所有家属和送葬者唱着悲哀的圣歌。他们被安葬在倍开尔路(今惠民路)的犹太人公墓。上海犹太人社团的很多重要人物都参加了葬礼。集体葬礼结束后不久,又举行了纪念仪式。仪式就在伯纳德设计的新会堂举行,很多人想起了这位优秀设计者。人们唱完晚祷圣歌后全体起立,索罗维奇克拉比诵读经文并为逝者特别祈祷,随后开始他激动人心的布道。他说到了隔离区,说到了上海虹口,还说到了丰德里,说到了这条弄堂的上海居民对难民的种种帮助。他说,比起我们那些没从纳粹德国逃出来的同胞,上海的犹太难民已足够幸运。埃兹拉抽泣起来,弗兰克尔和邵杏珍在她的两边搀扶着她。作为伯纳德的亲家和挚友,邵伯骞心里的痛苦无以复加。他强忍着,不让眼泪流下来。人家说男儿有泪不轻弹,我一个年过半百的老头,眼泪水却越来越不值铜钿。所以他告诫自己不能在这里出洋相,要流也到家里去流。老白啊,老兄弟啊,我真想你啊。站在他旁边的女儿明显感觉到爹爹在发抖。

接下来的一个月,邵伯骞在家里再次亲自缝制婚礼西装。这是一个事先的约定,隔离区解除之后,再为弗兰克尔和邵杏珍按照犹太习俗办一次教堂婚礼。

伯纳德不在了,邵伯骞还是决定为他做一套西服。他的手老是发抖,邵杏珍看着心疼,说,"爹爹,要么侬歇几天再做吧。"

邵伯骞说,"歇几天辰光来不及啊。"他执着地拿起剪刀,双手还是发抖,剪不下去了。他颓丧地把裁缝剪刀狠狠拍在裁衣板上,忽然他的右手五指摊开,左手握着剪刀举了起来。邵杏珍失声叫了起来,"爹爹,侬要做啥?"

邵伯骞把剪刀重重地戳在了裁衣板上,他心里很乱,厌恨自己不争气的手。见邵杏珍难过的样子,又有些不忍,"杏珍啊,侬讲爹爹是哪能啦,手这么抖下去,手艺会不会废掉?"

"爹爹,不是,侬心里还是放不下白先生。"邵杏珍随邵伯骞叫,既然爹爹叫他老白,她就叫他白先生,当面也这么叫。她接着说,"爹爹,侬要想开点。"

很久,邵伯骞才说,"是啊,老白回不来了。回不来了。杏珍侬晓得吗,四〇年头上伊到上海,第一桩事体就是到我这里来做西装,是侬婆婆陪伊来的。尺寸量好来试样子,身上一套就服帖侬爹爹了。从此我们两个人就变成莫逆之交了。莫逆之交你懂吗,情投意合,投机啊,缘分啊。嗨,只有几年啊,满打满算也就五年多,伊就走脱了。老白啊,侬叫我哪能办啊?这套西装,无论如何要做的。"邵伯骞长吁短叹,喉咙里好像哽着异物。

邵杏珍别过头去,十分难过。

一个秋风送凉的傍晚,弗兰克尔和邵杏珍的婚礼在新会堂举行。

主持仪式的犹太教教士手里举着一杯酒,宣布婚礼开始。

弗兰克尔头戴一顶蓝色小帽,黑色西服,白衬衫,纽扣一直扣到颈部,不系领带。埃兹拉戴着棕色绒线帽,这是邵杏珍的手艺,和那条披肩水平相当。埃兹拉爱不释手。邵杏珍穿着爹爹亲手缝制的白色婚纱,幸福满溢。虽然弗兰克尔和邵杏珍已经生活在一起,但在这个场合,他依然表现出一种特有的期待。邵伯骞带着邵杏珍走进会堂,然后把她交到他手中。教士朗诵祝福词后,一对新人喝下了第一杯祝福酒。弗兰克尔给邵杏珍戴上结婚戒指,接着朗诵爱慕新娘的颂词。两人互相祈福。教士以七段婚礼经文祝福新人,夫妻两人再喝第二杯祝福酒。最后,弗兰克尔将一个玻璃酒杯打破的声音让邵伯骞眉头皱了一下,看看身旁的埃兹拉和来宾们一点都没有紧张的意思。他后来才知道,此举是犹太教婚礼仪式一个赋予了特殊意义的结束桥段,提醒人们在欢乐的气氛中不忘当年祖先的圣殿被毁,犹太人被赶出家园流浪世界的苦难。

简短的婚礼仪式结束后,来宾们被邀请到汇山路百老汇戏院楼顶的麦司考特屋顶花园参加结婚派对。对于众多居住在虹口的犹太人来说,这是一个相当重要的社交圈。在艰难中不放弃生活质量的追求,犹太人才得以在世界各地漂移和生存。每天晚上七点之后的屋顶花园就成了虹口犹太人的市面。人们换上自己最满意的服装来到这里,音乐演奏,咖啡蛋糕,跳舞,聊天。

现在,宾客们踏上屋顶花园,竟有恍若隔世之感。隔离区隔离了人身自由,也使屋顶花园变成无声无息的死寂。人们只能在夜空中把孤独的眼神投向那个曾经带来快乐的地方。

大提琴奏出一段沉郁厚重的旋律。这是一支小型乐队,领衔的是约阿希姆兄弟。这对兄弟来自莱茵河畔的科隆,一位是作曲家,一位是科隆室内乐团首席大提琴手,因为他们的犹太身份辗转逃到上海避难。他们联袂演出的室内音乐会曾是那座城市的艺术盛事。为了谋生,两个人白天打工,晚上回到他们的主业,在咖啡馆或者舞厅拉琴,凌晨三四点拖着疲惫的身体回到窄小的住所,一间亭子间。亭子间主人是一个上海本地人,坚持不要他们的租金。他说他喜欢音乐,与他们兄弟结识是他与音乐的缘分。所以兄弟俩一直认为,这个窄小的栖身空间一定是上帝赐予他们在这个世界上幸存的安全港,这个上海人就是他们的恩人。

琴声变得欢快,弗兰克尔和邵杏珍切开蛋糕,分送众人。人们再次为他们祝福,然后随着音乐翩翩起舞。一九四六年的这个深秋之夜,皓月当空,云淡风轻。街上再也不见日本人再也不闻枪炮之声,一切重归安宁。犹太人还在虹口。

人群散去,弗兰克尔和邵杏珍静默地站在深夜凛冽的秋风中,向倍开尔路公墓遥祭。那里躺着他们的亲人,伯纳德先生,一位来自奥地利的犹太建筑师。他把作品留在了故土,也留在了上海,他也将在这片土地上长眠。

战争结束了,苦苦等待着亲人们的犹太难民获得的消息令他们震骇,超过六百万犹太人在纳粹集中营死于大屠杀。中欧犹太协会天天挤满了前来寻找亲人的难民们。

埃兹拉不敢去问。这个毛骨悚然的数字一直缠着她,六百万,六百万……血淋淋白森森的梦魇。她的亲人都在哪里,她却不想知道,她不敢想象他们还幸存着。伯纳德刚刚离去,她承受得了吗?

弗兰克尔从中欧犹太协会获知了真相。早在一九四二年,当年失踪的祖父母和舅舅在奥斯维辛集中营的毒气室惨遭毒杀。他不敢告诉母亲。不久前,他拿到了圣约翰大学的毕业文凭,即将离开上海赴伦敦参加高级剑桥考试。

一九四八年初,邵杏珍在公济医院产下一个女婴,取名莎拉。这是弗兰克尔和邵杏珍离别时的约定。如果是男孩,就叫以色列,女孩就叫莎拉。当年,纳粹德国为了清除犹太人,强令犹太男性名字中间必须加上以色列,女性则加上莎拉。许多犹太人为了逃避灾难隐姓埋名,然而犹太难民在他们的逃亡目的地上海,重新找到了尊严。为了铭记耻辱,他们可以自豪地宣告,我是犹太人。邵伯骞为外孙女起了一个中文名字叫邵岚馨。岚就是弗兰克尔,馨就是杏珍。他说这样两家都照顾到了,大家不吃亏。这样好不好?邵杏珍说,好,爹爹,我晓得侬做生意一向一碗水端平。有道理。邵伯骞眼睛一抬,这是当然。不过侬勿搞错,这桩事体不是生意,是情意。两代人的情意。等我外孙女大了,侬拿这段故事告诉伊,伊就一生一世也不会忘记这桩事体了。

15

弗兰克尔从神学院毕业,然后回到自己真正的家园——建国不久的以色列,成为一名拉比,还兼着一所大学的哲学教授。

一直以来,弗兰克尔和邵杏珍保持着两周一次的通信频率,但到了一九五〇年代,通信突然阻断了。

邵伯骞被宣布为小业主后不久,他原先的房子住进了三个家庭,他们一家四口只能挤在这间十几平方米的小屋里。

埃兹拉至今没有去问过亲人们的下落,她情愿这样,留着仅存的一丝希望,哪怕是自欺欺人。更让她揪心的是弗兰克尔。快两年了,没见着他一封信,而他的妻子尽管很忙,仍然坚持着两周一次的执着书写,执着地进行着默默的交流。邵杏珍早已成为一名律师,一个对女性来说凤毛麟角的职业。

那天吃晚饭的时候,埃兹拉突然问莎拉:"莎拉,你愿不愿意和奶奶一起到你爸爸那儿去?"

莎拉看着奶奶,一双大眼睛瞪了半天,好久没反应过来。

莎拉刚上小学,她见过爸爸的照片,也常常看着镜子里的自己发呆。

小朋友都说她长得像外国人,妈妈不是外国人,那爸爸是外国人吗？奶奶说爸爸是犹太人,可妈妈坚持说爸爸是跟你一样的上海人。爸爸在以色列,他会来找我们的。莎拉有点摸不着头脑了,就去找外公做裁判。外公听到她的问题老是打哈哈,不说奶奶对还是妈妈对,反而让她自己猜。莎拉就更糊涂了。外公和她在一起的时间最多,也最疼她。奶奶常说,小孩子就是自己长大的,邵先生你别老护着她。为这个问题他们有时会发生一点争执,外公发急了就说,我就是护着她。我至今都后悔当初没护着老白……奶奶听了这话转身就走。外公就狠抽自己,连说臭嘴巴臭嘴巴。莎拉问过外公老白是谁,外公一声不响,沉默着,只是轻轻抚摸她的头。

外公这时就说,"莎拉,跟奶奶去看看你爸爸吧。"

莎拉又把眼睛转向妈妈。她觉得应该听妈妈的。

事发突然,邵杏珍有点不知所措,脑子里乱糟糟的。她努力咽下一口饭,噎着了。然后问莎拉,"你想去吗？"

莎拉不知道想不想去,就实话实说,"我不知道。"

"嗨！"埃兹拉叹了一声。她有点伤感。又一想,慢慢来吧。她抚了抚莎拉的肩胛,说,"莎拉,什么时候想去了,就跟奶奶说。好吗？"

莎拉点了点头。

这以后,莎拉变得有点沉默了。在未来的日子里,她一直没跟奶奶说这句话,因为她怕见不到妈妈和外公了。随着年龄的增长,她越来越开不了这个口。她想,等她长大了,就可以和外公、奶奶和妈妈一起去找爸爸,那样就谁都不缺了。

可惜,没等到莎拉长大,就到了"三年困难时期"。

这天晚上,埃兹拉非常奢侈地吃了邵杏珍给她做的六十六岁生日饭。邵杏珍告诉她,按照本地习俗,父母过六十六岁生日,女儿要把一块肉切成大小均等的六十六块,红焖烂熟后覆盖于蒸熟的糯米饭上,请父母享用,并要一次吃完。邵杏珍用的是政府专为犹太居民提供的牛肉。埃兹拉很激动,她没想到在这个生日还有儿媳妇这份厚礼,况且眼下的生活如此困难。记忆中的上一次还是几个月前的事。当她撅起第一块肉时,莎拉正好放学回家,埃兹拉看着发育不良的莎拉,放下了筷子。莎拉闻到肉香,下意识地咽了一口口水,但她什么都没说,马上就到靠窗的桌上伏案读书去了。埃兹拉用眼神佐以手势告诉邵杏珍,她要把这碗饭分一半给莎拉,但邵杏珍用更坚硬的眼神把她的想法顶了回去,那意思很明白,这是给父母的,绝对不可。埃兹拉无话可说,开始慢慢咽下这顿特殊的生日佳肴。

当晚,是否带莎拉去以色列的问题再次提到三个长辈的议事日程中。使他们游移不定的是,因为封闭,弗兰克尔的情况完全不知,以色列的情况也是完全不知。邵伯骞说,埃兹拉先去,如果找到弗兰克尔而且他还有养活两个人的基本条件,再来接莎拉也不迟。三人达成了共识。

一九六〇年初冬,埃兹拉终于离开她生活了二十余年的上海。之前几天,一家四口特地到王开照相馆去拍了照。她没有多少行李,那顶绒线帽戴在头上,全家照放在贴身的衣服内袋里。那天一早,埃兹拉拥抱了莎拉很久很久,摘下自己的一双耳环给她留作纪念,然后目送她背着书包的纤细背影走到弄口,直到看不见为止。惆怅无限。

邵伯骞和邵杏珍一直把她送到十六铺码头,三人十分不舍。埃兹拉拥着邵杏珍说,"杏珍,妈妈一定会找到弗兰克尔把他交还给你。"邵杏珍只是默默点头,不说话。邵伯骞对埃兹拉说,"埃兹拉,不管你到哪里,蹲不下去,你就回来。你只要记牢,上海虹口丰德里的大门永远向你敞开。"

埃兹拉用手帕擦拭着咸涩的泪水,说,"邵先生,我记得的,我也是上海犹太人。要不是去找弗兰克尔,我是不会走的。当初我认为我们只是这里的过客,现在我真正明白了伯纳德说的话。他一直想做个真正的上海人,终归没有做成功。"

"在我心里,他早就是上海人了。你放心,我会照顾好老白的。"

他们谁都不会想到,埃兹拉这一去,音讯中断竟又是三十余年。

16

　　埃兹拉回国后才知道她是最晚离开中国的犹太人之一。弗兰克尔生活稳定，是一位令人尊敬的拉比，还在一所大学讲授哲学。但他再也无法获知有关中国的消息。埃兹拉一直后悔对邵杏珍作了把弗兰克尔交还给她的许诺。弗兰克尔不高兴，也毫无办法。他去过外交部，说自己的妻子和女儿还在上海，还带去了她们的照片，他说他要去找她们，但官员无奈地表示无法向他提供任何帮助。

　　一九九二年，弗兰克尔在中以建交后的第一个春天以学者身份访问上海。尽管年逾七十，他依然精神矍铄。行前两个月，他连续写过两封信，但一直没有收到回信。九十多岁的老母亲埃兹拉颤抖着青筋凸起的双手把那顶绒线帽交到他手里，反复念叨那几句话，邵先生和杏珍见了这个就会想起我的。我当时答应过杏珍，把你交还给她，可是你们一直不能见面，我闭不上眼睛啊。弗兰克尔愁肠百结，安慰着母亲。

　　出了虹桥机场，弗兰克尔就叫了一辆出租，说了句"虹口丰德里"。司机一愣，这个老外，上海话这么标准。司机不知道丰德里，就说虹口很大，丰德里是啥地方？弗兰克尔看着司机，一拍脑袋，啊呀，怪我，没讲清楚。丰德里勒了(在)舟山路，我年轻辰光就住了伊面(那里)了。司机惊讶地说，原来老先生是老上海啊。弗兰克尔爽朗地笑了，那是当然。

　　一路上，弗兰克尔看着飞驰而过的建筑，连连感叹，不认得了。不认得了。一直到司机说，老先生，舟山路到了。他才醒过来似的，格愣了一下。然后又听司机说，我哪能寻不到丰德里，老先生侬记错了吧。弗兰克尔没应答，他在专注地睃巡。周围的一切都变了。他对司机说，先生，我自己下来慢慢寻吧，总归寻得到的。太麻烦你了。司机连说不麻烦不麻烦，老先生侬走好。弗兰克尔拿出在机场买的上海市区地图仔细看起来，然后就在这里慢慢寻觅记忆中的痕迹，直到那一片红灰相间砖砌房子进入他的视野,他不动了。他思索着应该从哪一条弄堂进去,那些字迹模糊的"××里"还能告诉他多少信息,或者根本就不复存在了。他走了好几条弄堂,还是没有找到当年凿刻在石头门檐上的"丰德里"三个字。现在他站在一条弄堂的尽头,那里有几间杂乱无章的房子,顶部盖着沾满尘垢肮脏不堪的塑料毡子,下面是他那时就见识过的煤球炉,还有马桶,还有墙角繁衍的霉潮气息。此情此景把他当年的嗅觉完全勾连起来了。弗兰克尔凝神许久,这就是他岳父邵爸爸的房子吗?这条弄堂就是丰德里吗?

杏珍啊,你在哪里,在哪里呢?弄堂里的人我一个也不认得啊,哪能寻侬呢?

弗兰克尔只能寻求以色列驻沪领馆的帮助。

将近七十的邵杏珍才刚刚歇下来。在过去的二十余年里,她的经历近乎怪异。在一个红彤彤的充满火药味的世界,律师这个职业简直逆天。然后在一片高亢嘹亮的批判声中消失了,好像从未留下过痕迹。邵杏珍成了一名中学教师,很快教育也濒临消失。邵杏珍茫然若失打量周围的时候,又被差遣到其他行业。小业主家庭出身加上本人海外婚姻关系的双料黑色背景,使她不敢有半点违拗,但仍未能幸免被揪出来的命运。这样她就有了另一个称谓,叫做阶级异己分子。从那时起,她一波接着一波迎接着各种形式的思想和行为的监督改造。父亲在病入膏肓之中再次经历了抄家后撒手而去。她真想步父亲后尘离开这个世界,又想起远在安徽农村插队的莎拉,最终没有横下这条心。待到荒唐终结,秩序恢复,她最初的职业由逆天毁灭到逆袭成功,她已经接近退休了。她心无旁骛,倾注全力弥补失去的岁月,成了这座城市享有盛誉的几位职业律师之一。她没想到,人生暮年却绽出了青春一般的华丽。爹爹平反了,人已在九泉之下,毕竟可以告慰老人家了。莎拉也回来了。邵杏珍从十几平方的小屋搬进了尚属稀少的公寓。尽管父亲当年的老房子至今被别人占着,无法归还,她也不再埋怨什么了。将近而立之年的莎拉经过连续两年努力考上大学生物系。

一对被时光阻隔了四十余年的夫妻在他们的古稀之年重新团圆。邵杏珍把那些没寄出的信一封封拿出来，竟有厚厚一沓。弗兰克尔急切地把它们一封封打开，像考古学家发现珍藏多年的宝藏那样充满了欣喜。他久久抱着那些信，好像抱着一团滚烫撩人的青春火焰。邵杏珍说从丰德里搬出来后就再也没回去过，因为怕想起往事。公公的生命终结于弄堂，婆婆从弄堂走了，爹爹也永远告别了弄堂，莎拉走出弄堂去了安徽。那些事像一串纷乱黯淡的碎片，撕扯着她的人生，她没有能力去改变，只能选择逃避。但弗兰克尔说，这条弄堂曾经给了他们一家生命，给了他未来的起点，还给了他一辈子的爱情。两颗花白的头颅紧紧靠在一起，就像当年伯纳德与埃兹拉在摩西会堂的重逢。

莎拉有过一段仅仅五年的短暂婚姻，正上高一的儿子罗青由她一手带大。也许是基因赋予了她承受艰辛的能力，她并不抱怨生活。在她年逾四十的时候终于相见生父，心里的喜悦是无法抑制的。父亲已经满头银丝，须髯全白，这张面孔里藏着自己朝思暮想寻找的身世，找到了真相的莎拉有理由高兴。

清明时节，一家三代先去了青浦的墓地。倍开尔路公墓早已改建为公园。按照邵伯骞生前的意愿，他和伯纳德继续做伴。在弗兰克尔的坚持下，第二天一大早，他们又一次来到丰德里。拎着篮头买菜回家的老邻居谢阿姨认出了邵杏珍。谢阿姨是跟邵杏珍一起长大的小姊妹。她热络地挽着邵杏珍的胳膊，说，"杏珍啊，侬有多少日脚没有回来啦，大家想侬啊。"说这句话的时候，她飞快地瞥了一眼弗兰克尔，"是侬老头子吧，我记得他叫弗兰……"

邵杏珍接过话去，"弗兰克尔。你还记得啊。"

谢阿姨夸张地拍了一下她，"哪能不记得啊。伊额辰光侬在弄堂里办酒水，多少闹猛啊，阿拉一道来闹洞房的。哎，这个是莎拉对吧？男小人是侬外孙？啧啧，挺括，卖相真好。杏珍侬真好福气啊。来，到阿拉屋里厢坐一歇。"

"大清老早的,太麻烦侬啦。阿拉随便转转蛮好。"

谢阿姨又拍她一下,"啊呀,啥麻烦,十多年,不对,几十年不碰头了,一定要去坐坐额。杏珍,阿拉屋里门面房现在也开店了,卖点心。儿子当老板,我帮伊收账。生意好得热昏。"

"那太好了。一定要去看看。"

一行人从后门进入谢阿姨家,迎面是一段很陡的楼梯。莎拉和罗青想要搀着弗兰克尔,他说不要紧,我老早三日两头走的,晓得的,晓得的。他走得很稳当,邵杏珍和谢阿姨都翘起大拇指,身板还是这样挺括。到了楼上,弗兰克尔才发现房间逼仄,光线昏暗,家具拥挤着。一台显像管电视机和一台冰箱非常引人注目,不过摆放毫无章法。

前门便是迎着马路的小店。六七平方米,几张小桌供客人堂吃。店门口正排着队。几人坐下后,谢阿姨和一个伙计咬了下耳朵,十几分钟后,几份大饼油条豆浆就端了上来。邵杏珍看着外面的长队有些不忍。谢阿姨说,吃客都是老邻居,住了一条街上的,人家晓得我今朝接待外宾。不碍事的。说得弗兰克尔笑了起来,阿拉是上海人,不算外宾。他又自问自答,谢阿姨,侬晓得阿拉到上海第一顿年夜饭勒啥地方吃额?搭侬讲,就是我邵爸爸,我丈人阿爸屋里吃的。这才叫接待外宾呢。众人又大笑。弗兰克尔熟练地搛起油条,咬了一口,说好,还是老味道。不过四大金刚好像还有一样东西。邵杏珍说,侬还记得吗?想想看。弗兰克尔说,问问我的外孙。莎拉说,伊才不晓得呢。爸爸,是粢饭。弗兰克尔恍然大悟,对,粢饭。粢饭。我本来想讲乳腐。大家又笑。弗兰克尔认真地说,我对乳腐印象深刻,当时我丈人阿爸给我爸爸妈妈送过乳腐,还是广东名牌。一次是我刚刚来,一次是爸爸生病胃口不好。我丈人阿爸说,乳腐是好东西,开胃下饭。不瞒你们讲,我在以色列还经常想起它,可惜吃不到。众人沉默。谢阿姨说,这趟到上海来可以吃畅了,我这里有的是。弗兰克尔感慨,伊额辰光,这样子丰盛的早饭是吃不到的。我想了几十年了。大家看到,他说这句话时,褐色的眼睛里竟有影影绰绰的泪光。

17

特拉维夫。

接到弗兰克尔的电话后,埃兹拉就坐在阳台上等着了。她已经九十五岁高龄,除了生理意义上的衰老之外,并无特别的疾病困扰。昨天保姆把房间打理了两次,她还是皱眉头,忍不住自言自语,要是我现在还能做,一定要再来一遍。一定的。保姆咂咂嘴,也不敢反驳。在埃兹拉看来,就要见到阔别三十几年的儿媳、孙女,哦,还有重外孙呢。即使再隆重也不为过。

弗兰克尔说他们中午就应该到了,可现在已是下午二点,怎么还没到啊。她重复问保姆这个问题,保姆告诉她,询问过机场,飞机误点了。她又自言自语,误点,误点。真麻烦。

她抱怨时,门铃响了。保姆打开可视门铃,埃兹拉叫道,让我看看。视屏里的弗兰克尔说,妈妈,我们回来啦。埃兹拉笑了。她按下了打开键。

一进门,邵杏珍和莎拉都愣了一下,然后她们一起把埃兹拉抱住了。一边,弗兰克尔抱住了他的外孙。

邵杏珍发现,房间的布置没有她想象中的异国情调,却像回到了当年。中国瓷器,八仙桌,大衣橱镜子玻璃上贴着剪纸,活脱脱一个中式房间。弗兰克尔说,妈妈回来后,经常去家具市场上淘货,看到喜欢的就买回来。她说,这些都是爸爸喜欢的东西。那个梳妆台,是请木匠定做的。邵杏珍发现梳妆台上放着三个小镜框,镜框里的照片邵杏珍都见过,泛着淡淡的黄色。一张是伯纳德一家在上海团聚时的留影,另一张是她和弗兰克尔在新会堂的结婚照,还有一张就是埃兹拉回以色列前的四人合影。

弗兰克尔和邵杏珍一起拿着照片,久久凝视,然后又给了莎拉和罗青。他们看得有些贪婪,泛黄的色泽穿越了半个世纪,人祸天灾,家族艰辛。

埃兹拉颤巍巍地戴上绒线帽,说,"杏珍啊,你看,我外出的时候还戴着这顶帽子。"邵杏珍也有点哽咽,"妈妈,你给我织的绒线披肩我一直藏着,前些年是不敢披出去的,只好在家里偷偷披一披,过过念头。"埃兹拉叹了口气,"可惜邵先生给我做的旗袍我穿不下了。这条旗袍真是,真是弹,弹……哎呀,我想不起来了。"弗兰克尔说,"妈妈,叫弹眼落睛。"埃兹拉立即眼睛发亮,"是呀,弹眼落睛。我当时穿上这件旗袍,人家都讲赞啊,赞啊。"

这时莎拉说,"阿奶,姆妈,这几样东西都送给我,好吗?"

埃兹拉和邵杏珍对视了一下,然后说,"好,好。不过,一定要藏好,要传代的。"

罗青对莎拉说,"妈妈,传给我。"

"对,传给你,传给你。"众人异口同声。

吃饭的时候,埃兹拉拿出一套清一色的筷子,筷子上部镶着精美的京剧脸谱,连弗兰克尔都惊奇地端详着。埃兹拉说,"这是当年大富翁麦齐逊先生送给伯纳德的礼物,我一直珍藏着舍不得用,可惜这里找不到中国碗,否则就成双成对啦。"

莎拉在以色列注册了一家公司,以自己的专业结合传统中医研制营养素开发生产。罗青高中毕业后去了以色列,几年后,以这家颇具规模的食品生物科技跨国公司驻中国首席代表身份回到上海。

特拉维夫"前中国居民协会"会长弗兰克尔在他八十岁生日那天出版了一本书,该书真实记录了侥幸逃离纳粹集中营的幸存者的惨痛经历和犹太难民在上海的生活。他在扉页中写道,谨以此书献给我的父母亲,我的中国岳父,我的中国妻子、我的女儿和外孙。他的叙述并不止于描述苦难,更意在探讨走出阴影,寻找生活的意义。而后,他又担任了由十五个国家二百多名成员组成的上海犹太社团中心拉比,往返于特拉维夫和上海。每次到上海,弗兰克尔的第一站雷打不动,丰德里,那是他心目中的圣地。

二十世纪末的一个夏天,八十多岁的弗兰克尔在摩西会堂陈列室看到了自己六十年前的中国签证和身份证复制品。他久久凝视着,长长的胡须都抖动起来。要不是泪腺干涩,他一定会控制不住的。第二天一早,他赶往北京西路上的上海犹太社团中心,和来自世界各地的"上海犹太人"汇聚。那天下午,一场盛夏时节的倾盆大雨在沉闷和厚重的云团孕育之下如约而至,一位来自美国的幸存者后人伴着酣畅的暴雨朗读了她父亲在集中营里写下的一封没有寄出的信,人群中渐渐有了零星的啜泣。

弗兰克尔拉比把他的书分发众人,说起昨天不期而遇的惊喜,仍然难抑激动。静默了一会儿,他开始布道,略显苍老的嗓音中含着遒劲:"我们曾在巴比伦的河边坐下,一追想锡安就哭了……"

窗外,雨后的天空湛蓝如洗。

斗　纱

1

汽笛声响起的时候,船猛地抖了一下。比尔·摩根意识到,终于靠岸了。

他站起身来,满眼的惺忪顿时溜走。他扯了一把乱蓬蓬的胡子,缝隙间竟泛着微微的酸腐气息。从曼彻斯特到加尔各答,都闷得发馊了。看着那些熟悉的建筑,河流,街道,现在回想起来,不知当年怎么度过这整年的潮湿炎热。正因如此,他的肤色泛着当地人特有的带着暗褐的油亮,小时候就有人叫他小印度人。他是父亲最小的儿子。父亲说他就诞生在恒河的支流胡格利河边,他们家就在胡格利河对岸的乔林基街上。那是加尔各答最热闹的大街,矗立着高低错落的欧式建筑。父亲是加尔各答一家英商棉纺公司的高级工程师,每天辛勤工作,比尔和他才二十几岁的母亲,棉纺公司老板的女儿凯特琳过着安逸舒适的生活。后来比尔随母亲去了新西兰和澳大利亚,并在那里完成了中高等教育。成年之前,比尔一直在祖国之外的地方生活。有次他问父亲,英国到底是什么样子的,父亲抬手在空中划了一个很大的圆,骄傲地说:"你看,地球上这么多地方都是大英帝国的属地,你随时随地都可以看到她的国旗。这是帝国臣民的骄傲。"比尔没太听懂父亲的话,也就想不了更多。父亲六十多岁后,比尔才第一次随他一起回到祖国。在伦敦、伯明翰、格拉斯哥、纽卡斯尔转了一圈,最后回到曼彻斯特的老家。老摩根一直想拥有一家属于自己的棉纺厂,老了非但没有放弃,反而越来越想,却离梦想越来越远。比尔同父异母的几个兄姐一待在老家,连伦敦都没去过,不像他那样游历世界,见多识广。但老摩根怎么也没想到,回到老家后竟一病不起,弥留之际他握着比尔的手重复着一句话,比尔,只有你才能帮我实现这个愿望了。比尔默默握着父亲的手,心里说不出的悲伤和惆怅,他该如何回答父亲呢?他能实现父亲的愿望吗?

比尔的兄姐都得到了他们的那一份遗产,包括老摩根名下的不动产和家当,还有现金。比尔惊讶地发现一切都没他的份。父亲让他再回印度,去加尔各答银行取一张支票,然后继续做棉纺业。

不管怎么说,他必须琢磨父亲这个遗愿了。但比尔担心,他过惯了安逸舒适的生活,没有一点从业经历,如何踏入这个行业呢?外祖父在印度的棉纺业也不再景气,这张谜一样的支票……比尔脑子里纷乱一团,毫无头绪。

曼彻斯特的小镇上,成排成排夜以继日吐着浓烟的大烟囱,把天空染成一块灰黑的大抹布。工人的脸上涂了油泥一样,只有一双眼睛闪烁着奇异和疲惫的光芒。他们栖息在厂区周围低矮肮脏粗鄙嘈杂的棚屋里,绵延数公里,一眼望不到边。比尔想,未来他就是这样一个棉纺厂主吗,这不是他喜欢的,却是父亲希望的。他握着父亲那双冰凉的手的时候,没有拿定主意,此刻,心里更迷茫了。

迷茫之中他回到了加尔各答。

此刻,比尔站在乔林基大街上,慢吞吞的行人和闲庭信步的牛从身边缓缓而过。意识中一直是父亲对他说的那句话:"比尔,你要把我的事业继承下去。"

从父亲去世的那一刻起,这句话就像一个不会停歇的钟摆,越来越清晰地在比尔耳边盘桓。钟摆的声音越来越响,越来越快。一阵风吹过,带着印度紫檀特有的芳香,把他童年的感觉一下子拽回来了。他快步向外祖父的棉纺公司走去。因为担心母亲接受不了父亲的突然离世,他没有给母亲发电报,他想当面告诉她。

他第一次到这个棉纺公司的时候还是个孩子,五岁还是六岁记不清了。只记得当时一走进公司,就被隆隆的机器声和热浪包围了。父亲在车间里穿梭着,大声说着什么。有时还会对谁大声吼叫。这个场景就像一部陈旧的电影,带着星星点点的闪烁出现了。可是现在,他走进这幢楼的时候,感觉到的是静谧,静谧得可怕。粗纱车间没几个工人,梳棉机纺丝机发出的声音有气无力。他跑上四楼的总经理办公室门口,定神,喘气,然后敲门。里面传出了沉重的脚步声。门开了,老乔治张开双手抱住了他,他感觉到外祖父长长的胡子,现在他也成一个大胡子男人了。外祖父的胡子明显稀疏了,黄白相间,但依然很漂亮,比自己的漂亮多了。老乔治对比尔说,他的公司快破产了,得另谋出路了。

老乔治捏了捏油光光的鼻子说,你进来的时候都已经看到了,我不知道还能维持几天。老乔治带比尔下楼,从车库里开出他的宾利,招呼比尔上车。比尔想,看来外公不是开玩笑。果然老乔治说他已经辞了司机。

比尔默然。出了乔林基街,车缓缓行驶着。老乔治捋一把胡子,连续摁喇叭,但行人和牛依然故我。比尔心不在焉,钟摆的声音完全盖过了车外的喧闹和老乔治不时发出的抱怨,他被这魔力一般的声音控制了。

直到老乔治打开车门,比尔才梦醒一般回过神来。几个月前,他和父亲一起在这个小花园里和母亲道别,现在他孤身一人回来了。

正在浇花的凯特琳放下水壶,欢欣地叫着奔了过来:"比尔,亲爱的,你回来啦。太好了。"比尔一把抱住母亲,眼睛突然潮湿了。

凯特琳立即有了反应。

仿佛真有冥冥之灵。

一旁的老乔治说,"比尔,你怎么哭啦?一大把胡子的男人,这可不好看。"

凯特琳也感觉到了,她从儿子的拥抱中挣脱出来,问比尔究竟发生了什么事?

比尔再也熬不住了,哽噎着,父亲……父亲去世了。

热烘烘的空气瞬间冰冻一般凝固了。

凯特琳渐渐啜泣起来,老乔治把她揽在怀里。

这天晚上,一家人为摩根做了追思仪式,默默祈祷。

第二天早餐时,凯特琳突然对老乔治说,爸爸,我们离开这儿吧。

老乔治吃惊地看着她。

凯特琳显得深思熟虑:"棉纺公司开不下去了,我们不能等着破产。我不想在这里再待下去了。比尔你说呢?"

比尔看着母亲,又看看外公,十分茫然。

凯特琳沉默了一会儿,然后决绝地说:"我们去上海吧。"看老乔治不解,凯特琳继续说,语气也越来越坚定,"我觉得那里有我们的机会。三十多年前,怡和洋行就在那里筹建了纱厂。虽然中国政府一直在限制,华商也顽强抵制,但他们从没放弃过。与其在这里渺茫等待,不如尽快寻找新的机会。"

比尔也被母亲的说法激动了,他虽然没去过上海,但知道那里有最时髦的英国货,当然也包括英国棉纺织品。

老乔治皱起眉头,当年摩根也曾跟他提起过上海,但那时他的生意忙不过来,就淡忘了。眼下的境况使他不得不承认,在加尔各答待下去,前景堪忧。也许上海真是一个机会呢。他很快做出决定,让凯特琳带着比尔去上海,自己回曼彻斯特。临别时,他用力握了握比尔的手说,比尔,看你的了。

比尔以更有力的紧握回应着外公。他在想,上海是实现父亲理想的地方吗?

他按照父亲的遗嘱去加尔各答银行的保险柜取了支票，上面的数字不禁让他一惊。他先是怀疑自己看错了，然后瞪大了眼睛，没错啊，八十五镑八十八便士，这是英镑面值之和。天哪，这张支票真够寒酸的。可就在这一刹那，比尔明白了，父亲是想让他把所有的英镑都赚够。这要求是不是太高了？

2

铁质脚踏轧花机发出嘈杂而单调的响声，在中村健太听来却是悦耳的享受。他转了一圈，满意地欣赏着轧花机的转动，就像一个司令检阅他的士兵。士兵们俯首帖耳，不，是那些一刻不停工作的女工们。每当中村踏进车间，就有一种异乎寻常的悸动。如此动听的声音，如此俯首帖耳的女工，真像一幅美妙的浮世绘啊。

晚上，中村回到寓所，摊开信笺写下一行字：阁下，三个月来，我在浦东轧花厂看到的情形非常高兴……忽然他搁下了钢笔。

他走出室外，仰着微酸的头颈，望着夜空中点点繁星，伸展着自己。一阵带着露水清甜的风扑面而来，他贪婪地闻着，甚至张着嘴去吸吮。他十分庆幸自己的这次考察。不过，还有几天就要回去复命了，心里真有点不舍。

空气多好啊，这个叫白莲泾的地方，有点像自己的长崎老家。两地隔海相望，并不遥远。更为相近的是，长崎是锁国时代屈指可数的开放港口，和上海一样，洋房教会随处可见。前辈选择这个地方，真是很有眼光啊。

中村听祖父说过，半个多世纪前，英法德美和日本五国商人为在浦东建这家机器轧花局费尽心思。李鸿章曾下令，绝不允许外商染指中国的纺织和织布厂，设在浦东的轧花厂必须严厉查禁。日本三井洋行出资最大，如遭查禁，损失也最厉害，于是就和英商携手顶着禁令开工。上海道台三次照会英国公使，英国公使不予理睬，设备按原计划陆续到位，最终上海道台只能不了了之。祖父说，其实我们也冒着极大的风险，英国人在上海的势力根深蒂固,我们当时还不能与他们平起平坐,就只能隐忍,暗中以雄厚的财力控股轧花局。我的大哥是三井的创始人之一,可惜英年早逝,但毕竟在上海打下了根基。到现在,上海的纺织业已经是大和民族的天下,英国人被我们挤得差不多了,更别说法国人德国人美国人了。祖父说起这段往事来总是亢奋不已。中村每次听他讲的时候,也感觉血液流动加速。这是他的家族在隔海相望的那个大陆,那个曾使日本国几代人崇敬的大陆的伟大开拓。中村越想越觉得自己不应该离开这里,他负有把先辈的事业开拓下去的重大使命,他怎么能走呢?

回到屋里的时候,中村打好了呈请继续留在浦东轧花厂的腹稿。

第二天中村一直睡到太阳高悬屋顶,才从床上爬起来。昨晚一直写到凌晨就寝,空寂袭来,就想起了他的理惠子,他在老家的恋人。然后他就手淫了。早上醒来还是昏昏沉沉的。

匆匆洗漱之后,他一路直奔虹口而去。

中村在吴淞路上逛着,寻着两年前他第一次来上海的足迹。啊,现在,日式店铺越来越多了,那些在风中飘荡的旗幡和灯笼,和东京几乎一模一样。

一个柔软的声音招呼他,是纯正的长崎口音:"先生是长崎人吧。"

中村一愣,回过头来一看,他也笑了,这不就是长崎人的脸吗?除了长相,还有姿势,一点也瞒不过老家的人啊。不过,她比理惠子可差多了。柔软的声音又说,"先生请到里面看看吧。"他就不知不觉被柔软的声音拽了进去。中村一看,就知道是什么地方了。柔软声音说:"我叫幸枝,请问怎么称呼先生?"

"叫我中村吧。"

"中村君喜欢我吗?"

中村又笑了。虽说幸枝的相貌不能和理惠子相比,但理惠子远在长崎啊,何况幸枝的声音很好听。声音好听的幸枝把他拉进了一个小房间,然后就褪去了和服。啊,活色生香的肉体,两条短短的嫩嫩的充满肉欲的白腿明晃晃地灼着他的眼睛,这不正是我需要的吗?免去对理惠子的相思之苦吧。中村对自己说。他脱去了衣服,如风驰电掣,硬着身体扑向幸枝。啊,她的身体比她的声音还要柔软,像一泓滑润剔透的水淋在他绷紧的肌肉上,让他更加坚硬。中村贪婪地沐浴在水中,坚忍地控制着自己的身体,他要好好享用,不能一触即溃。但越是这样,中村就好像回到了和理惠子的欢愉之中,那是无法控制的。幸枝喃喃着,"中村君,爱我,爱我。"中村坚硬的身体久久伏在幸枝身上,然后在她的喃喃中渐渐疲软,疲软之后的中村轻轻地叹气。

幸枝帮他整理好衣服,问:"中村君,您这是……"

"不,你别介意,我没事。"

"是我让您不快了吗?"

"不,是我想起了一些往事。"

"那,可以跟我说说吗?"

"不,你别问了。"中村突然凶狠地说道。

幸枝赶紧站起来,退到了一边。

中村又笑了:"抱歉,我失态了。"他从口袋里掏出几张纸币,"你看,这些够了吗?"

"中村君,您给的太多了。"

"不,一点都不多,请你拿着。幸枝,今天遇见你,我非常高兴。感谢了。"中村也站起来,向幸枝鞠躬。

迈出门口的时候,中村才明白,一时的畅快根本抹不掉他对理惠子的思念,但他已决意要留在上海,这个抉择真是太难了。他叫了一辆人力车,架着二郎腿,眼神散逸,与一个多小时前的专注判若两人。

快走完吴淞路的时候,中村突然喊停了人力车。让他调头,去杨树浦。

船靠十六铺码头,比尔和凯特琳母子到达上海。比尔抬眼望去,觉得这不是他想象中的上海,在他对祖国有限而短暂的记忆中,这里与他看到的伦敦或者伯明翰那些城市建筑非常相像。比尔踌躇满志,祈祷父亲的庇佑,让自己在这里实现他的理想。

一天后,母子俩就拿着老乔治给他们的一封信去了杨树浦的老公茂纱厂,找他的朋友布莱德利先生。乔治说过,一八九七年,老公茂纱厂在杨树浦开工,但这是一个违反中国当局禁令的壮举。上海道台坚持对从曼彻斯特运抵上海的四十万纱锭和五千台织布机不予放行,可怡和洋行那帮家伙不屈不挠。布莱德利是老公茂的第三代,比乔治年轻几岁,当年他父亲曾邀请乔治来上海跟他一起办厂,可乔治一直未能践约。现在,他的后人到了这个码头,也算续上前缘了。

出乎意料的是,布莱德利一开口就说到了他此刻面临的窘境。华商的裕源、公益等纱厂已被日本三井洋行旗下的上海纺织会社收购了,全部变成了日商产业。日本人的产业越来越庞大,老公茂都被挤得喘不过气来了。

"那我们为什么不收购呢?"凯特琳问。

"我们已经没有这个财力了。再说,日本人早就有完整的计划,我们却没有。我们在苦心经营的时候,他们避开与我们竞争的锋芒,暗中布局,以低廉的价格把那些互相倾轧的上海本地纱厂一个个揽到手中,生产成本大大降低。这招高啊。连李鸿章都痛心疾首,说他十余年心力,数百万资财,尽数落入日本人之手。"布莱德利无奈地摊了摊手。

"布莱德利先生是否认为我们现在来得不是时候?"

"不,我没有这个意思,我只是把我目前的困境直言相告。"

"那你觉得我们的纱厂在上海还生存得下去吗?"

"也许还没有坏到这个地步吧。"布莱德利喝了一口咖啡,说,"夫人,你看,就像这杯咖啡,毕竟还有奶昔沉淀着,而且还冒着热气呢。"

比尔被这个比喻逗笑了。他觉得,这位布莱德利先生实在,直爽,把实情告诉你,然后乐观以待。

凯特琳也微笑着。不过她还是转了个念头,难道自己的选择错了?在布莱德利先生描述的纱厂困境中,还能开辟一条新的生路吗?

比尔似乎猜中母亲此刻的想法,说:"妈妈,我相信,我们一定可以的。"

布莱德利看了比尔一眼:"有这样的自信就好,听我父亲说,乔治先生一向很自信,我想,你一定很像他。"

比尔说:"也许我更像我的父亲。"

布莱德利和凯特琳都笑了。

第二天一早,布莱德利陪着比尔和凯特琳一起在厂区和车间里走动。比尔发现,这里的规模要比印度大多了,而且工人的勤奋全非加尔各答可比。布莱德利一扫昨天那种无奈和不安,显得生气勃勃,指点江山一般向他们介绍各种纺织机械和用途,他的大嗓门在隆隆作响的机械运转声中丝毫不显下风,反而充满了诱惑,一种来自机械的诱惑,他似乎附身于它们了。比尔觉得自己也渐渐亢奋起来。他在加尔各答根本没这么完整地听过这些机械的声音,现在置身其中,这声音竟如此迷人。父亲一定是被这声音迷住了,一辈子还没听够,想让他延续他的听觉。

一晃过去了大半天,布莱德利开出他的劳斯莱斯,要带比尔和凯特琳去用餐。他用生硬的上海话对他们说:"我要为你们接——风,对,接风。"

"接风……是什么意思?"

"等一会你们就知道了。"

车驶出厂区,右转,一会儿,布莱德利从反光镜里看到一个身影,他疑惑了一下,自言自语,他怎么会在这里?

比尔和凯特琳一点都没注意,他们透过车窗看着马路两边。天哪,这里和外滩完全是两个世界,那些简陋至极的房屋,好像随时都有倾覆的危险。

车停下时,布莱德利抢先打开车门,对比尔和凯特琳做了个请下车的手势:"现在揭晓谜底,接风,就是请你们吃饭。但是,只有这一顿哦。下不为例。"

布莱德利说这话的时候，心里还盘桓着反光镜里的那个人。此人叫中村。布莱德利忍不住想，他到这里干什么来了？

3

离开这个破旧的小旅馆之前，斯泰格对着邋遢的床铺啐了一口痰，又蹬了一下床脚，粗糙的大头皮鞋立即在上面留下一道新鲜的凹痕。苍蝇在周围肆意盘旋着，嗡嗡地唱着自己的歌谣，似乎嘲弄着这个大英帝国前驻印军中尉眼下的窘迫。斯泰格再踹上一脚房门，门很不服气地弹回来，再踹，再弹回来。他恨不得一脚踹破这块薄薄的门板，但是，最后还是收住了临门一脚。

从军队离职之后，窘境就如影随形地粘着斯泰格。他曾在澳洲昆士兰买下一个农场，却因经营无方，两年不到就宣告破产，赔了本。随后远赴非洲东南部那个叫尼亚萨兰的大英帝国属地，期望重新开始。他在一家同胞经营的贸易公司落了脚。不过这一次是他经营自己不善，在账目上作假，非但没有咸鱼翻身，反而身陷囹圄。两年监禁结束后，他决定重回东方，当然不再是印度，而是人们传说中黄金遍地的上海。他并不知道上海是不是真的黄金遍地，但光是这个动听的词就显得那么诱人，诱人的感觉让他最终决定倾其所有买了一张去上海的船票。他用五年时间把自己的人生行程在地球上画了一个大圈，去迎接最后的押注。他会不会是捡到黄金的那个人呢？

船靠十六铺，斯泰格已经身无分文。

那两个晚上的住宿，是他赊的账。第三天，戴着金丝边眼镜留着时髦分头的上海老板一口吴侬软语加洋泾浜英语，说情愿让他再白住两晚，也不能继续赊账了。斯泰格先是拉下脸皮苦苦相求，然后使出威胁手段。上海老板依旧两种语言穿梭，就是不让步，并警告说如果再闹就要打电话给巡捕房。斯泰格不懂巡捕房是啥意思,上海老板慢条斯理地说就是"抛力士",警察局。你懂吗?后缀的"外国赤佬"被他吞进了肚里。一句话把斯泰格带回往事,心想不能在这个刚踏上的地方就被警方拘捕,只得悻悻而退。他对自己说,看来这第三个夜晚只能露宿街头了。不过,他记住了"巡捕房"这个词,也许正是他的去处。

斯泰格在街头上一睡就是几天,屋檐下,凉亭边,街角处,都是他的栖身之地。他惊讶自己竟然习惯了。他一直打听着巡捕房,第七天他被一名胡须覆盖到脖子的印度巡捕带到了警务处长马丁那里。马丁询问了他的情况,觉得这个前驻印军官履历复杂,似乎还在刻意隐瞒什么。斯泰格的第一次求职以失败告终。不过,念在同胞的份上,考虑到斯泰格的窘境,马丁还是破例以接济的名义给了他一个月的生活费,告诉他,如果一年之后他仍然居无定所,可以再来找他。这话在斯泰格听来完全是一种嘲讽。不过眼下,他先得安抚自己的肚子,然后找个地方住下。有意思的是,虽然连安定的迹象都没有出现,但斯泰格觉得自己再也不会离开这里了。一个月的生活费很勉强,他斯泰格可不是循规蹈矩的人,克俭克己干等着简直要他的命。那个晚上闸北弄堂旅馆的一张窄床上,他阔绰地在一个白俄妓女身上发泄了煎熬经久的欲望。斯泰格体格健壮,白俄妓女年轻丰腴,可谓棋逢对手。憋足了劲的斯泰格在妓女面前摆开阵仗,把他的手段一一祭出,妓女阅人无数,多为迎合,这一位的刚猛既让她欣喜,又有点怯阵。结束后,妓女竟然不走,还说免费。斯泰格很是感激。这真是大雪中的一块热炭啊。斯泰格于是抱着俄妓酣睡到天明。醒来的时候,臂弯里早已空空荡荡。不过,这次免费的猎艳使他心潮澎湃,也让他对自己充满信心。巡捕房去不了,我单干,私家侦探。无需投资,只凭自己一张嘴两条腿。几天后,这个侦探所就开张了。

真的有人找上门来。斯泰格兴奋异常地接待了他的第一单生意。斯泰格的一张嘴确属上乘,对方不仅成了他的第一个主顾,而且还给他一份预付的定金,数目超出了他的想象。兴奋还在继续,斯泰格一整天居然签下三个单子。有了第一份定金的垫底,他开出价码的时候就好像附身正在蹲红的阿加莎·克里斯蒂笔下的那些名侦探,比如大侦探波洛,仿佛他已胜券在握。当年在澳洲买下农场的感觉再次重现,但那是一个惨痛的结局。罢了,一切从头开始,希望上海带来好运。

很快就遭遇了困境,斯泰格根本不懂私家侦探。他完全凭自己的想象,甚至是拙劣的想象,所以无法兑现承诺。雇主找上门来,要求退还定金,还要求赔偿。雇主们的理由大体相似,你非但没把事情办好,还弄得更糟。定金早已被斯泰格换成了高档旅馆和高级妓女。他只能东躲西藏,就像一个被真正的私家侦探追踪的对象。他的照片很快出现在租界法庭的传唤栏上,前雇主们成了他共同的原告。

法庭上的斯泰格依然一张利嘴,声称自己的业务还在进行之中,由于他不幸成为被告,只得中止。至于合同期间未能履约,则是因为私家侦探工作充满风险,随时可能发生意外之事。原告律师对他的辩词十分不屑,坚持要求退还定金并予赔偿。斯泰格向法庭表示,如果不让他继续侦探业务,他将无力返还定金,更别提赔偿了。最终法庭裁决,限斯泰格一个月内向原告退还定金,原告所提赔偿不予支持。

虽然这个裁决和斯泰格的预估相差无几,但哪儿去筹这笔钱呢?当然,他还可以上诉,但结果也是一样,拖延时间罢了。程序走完,还是逃不了。这辈子,大概是诉讼缠身了。从昆士兰到尼亚萨兰再到上海,一直没有摆脱过。难道说这里也不是他最后的落脚地?

走出法庭,斯泰格仰天叹息,十分怅然。今晚他又该去哪儿呢?

有个人一直跟在他身后。

斯泰格走进一家小饭铺的时候,这个人就在他对面坐了下来,用英语跟他打招呼。斯泰格眼神迷茫,含糊地回应了一下。对方却问:"先生想吃点什么?"

斯泰格这才注意到说话的是个东方人,英语不太地道,但能听懂,因为眼下对"吃"这样的词太敏感了。是中国人?日本人?朝鲜人?有一点可以肯定,上海人说的英语不是这样的,就像那个至今想起来还让他窝火的小旅馆老板。眼前这家伙穿着西服,发际线很高,脑门锃亮。他这句问话是要请客的意思吗?斯泰格不太明白。锃亮脑门却不理他了,兀自把伙计招呼过来,用生硬的中文说,这个,那个……斯泰格想,自己的判断是对的,他不是中国人,当然也不是上海人。锃亮脑门已经点好,也不看斯泰格,好像忘了刚才说的话。斯泰格咽着口水,偷瞄了对方一眼,然后也把伙计叫过来,学着锃亮脑门的样子点餐。锃亮脑门笑了。两人稀里呼噜各自吃完一碗面,只不过斯泰格吃面的样子比锃亮脑门笨拙多了。然后,锃亮脑门再叫过来伙计,用手指指了指自己,又指了指斯泰格,说:"两个。"就掏钱付了账。

斯泰格用手捂住嘴,克制地把半个饱嗝噎了回去,然后问:"先生,为什么?"

锃亮脑门笑了:"因为你没钱。我帮你的忙啊。"

"哦,那真是太感谢了。"这个解释斯泰格接受得了,这下毫不收敛地把刚才那个咽回去的饱嗝充实地释放出来。

"萍水相逢,同舟共济。"锃亮脑门补充道。

斯泰格摸了摸脑袋,又听不懂了。

"这是一句支那成语,我很喜欢。"

"请问先生是?"

"哦,自我介绍一下,中村健太,日本纱厂老板。请问先生想不想到我这里来工作?"

斯泰格一愣,这太突然了:"这个……我完全不懂。哦,我叫斯泰格,大英帝国驻印军中尉。不,那是五年前的事了。"

中村诡谲地问:"那先生懂私家侦探吗?"

斯泰格尴尬地咧了咧嘴。

中村趁机确立了自己居高临下的姿态:"所以,关键不在于懂还是不懂,重要的是怎么做。明白吗,斯泰格先生?"

斯泰格真诚地摇了摇头:"不,懂了才知道怎么做。"

中村也摇摇头,其实是一种倨傲:"这话不错,懂了当然好,不懂就是莽撞,就像你。不过,我很快就可以教会你,至少可以让你有饭吃有地方睡。"

斯泰格射出了贪婪的目光,但显然在竭力克制着。中村微微牵动他的笑肌,非常善解人意地说:"斯泰格先生,没关系的,人生总有不如意,对不对?"

斯泰格只能点头了。

"这么说,你愿意到我这儿来了?"

"让我干什么,纺纱吗?"

中村笑出了声:"哈哈,会纺纱的人太多了,这可不是你干的事。支那人说得好,天生我材必有用。"

不管斯泰格听没听懂这句中国话,跟着中村走只能是他的唯一之选了。

中村心里很焦躁,上次寄给董事会的信至今未见回音,这些日子他一直在杨树浦偷偷考察英国纱厂和华商纱厂的情况,尽管日本棉纺业已占了上风,但寻找新的发展机遇才是长远之计。规模越来越大,就越要考虑经营的结构和模式。当年他留学德国学习经济学,自然而然会动用他的理论素养。按他的测算,如果购进地块投入机器设备,建造一个四万余枚纱锭规模的纱厂,至少需要银两七十万。而他要用这七十万收购两家华商纱厂,与英商形成新的竞争犄角。那天他是信步踏进租界临时法庭的,发现这个散发着汗臭衣着邋遢的英国佬的口才倒是可圈可点,联想到自己在杨树浦的考察,他灵机一动,就有了招致麾下为己所用的念头。此时把这个倒霉蛋揽过来是最好的时机,他正落难,拒绝不得。何况在他看来,这家伙并不是一个废物。至少,他敢玩私家侦探这种从没玩过的东西就颇值得欣赏。凭直觉,这个混世不恭的家伙在他的调教下一定会对自己有用。

斯泰格就成了中村的跟班。一个多月下来,中村对他的预估很满意,斯泰格的确不是废物。更重要的是,这家伙很喜欢钱。

三井洋行上海纺织株式会社给中村的回信终于来了,同意他继续留在上海。

双喜临门啊。中村很高兴。这天晚上他请斯泰格到吴淞路上的竹内餐馆喝清酒,还有歌伎表演,对斯泰格来说都是第一次,让他大开眼界,以前听说过日本清酒,今天一尝,加上歌伎婀娜的表演,酒色齐全,斯泰格喝得尽兴,直到烂醉。

几天后,中村把斯泰格叫到办公室,告诉他,杨树浦有一家新开的英商怡信纱厂正在招聘,他可以去应聘。中村说:"你在我这里快两个月了,也学了不少,现在应该用得上了。"

斯泰格不解:"我在这里很好,为什么要去那里?"

"斯泰格先生,你不能一直在我这里。你在这里太舒服了,现在,我要让你吃点苦了。"

"吃点苦?"斯泰格张大了嘴。

中村脸上漾起他一贯的微笑:"斯泰格先生,现在纱厂的竞争很激烈,你如果应聘成功,我们就可以知己知彼,对我们的发展有好处。我相信,你应该懂我的意思。"

斯泰格想了想,说:"我懂了,中村先生。"

"你还可以获得两份薪水。"

"那真是太好了。先生,你放心,我会让你满意的。"

"如果我真的满意,你还可以拿得更多。斯泰格先生,跟着我,你会发大财的。"

"OK!"斯泰格打了一个很响的榧子。

4

实际上,摩根早就给了凯特琳一笔钱,足够开出一家纱厂。凯特琳给比尔讲这件事的时候显得既沉重又含着一种欣喜。比尔想,原来父亲早有考虑来上海办厂了。他那张支票只是一个象征。

凯特琳说:"纱厂开出来后,一切都将由你来做了。比尔,要相信自己一定做得到。"

"妈妈,您放心,我记着父亲握着我的手的时候对我说的话。在我的心里,这比什么都重要。我们的招聘广告刊出后,应聘人很多,也很热闹。我想,怡信纱厂的名字很快会在上海传开的。"

"也许,你不应该这么乐观。布莱德利先生说过,日本纱厂很厉害,我们面临的竞争将会很残酷。"

"我知道。我绝不会输给他们的。"

见比尔信心十足,凯特琳觉得不必再说什么了。拉上董事长办公室的门之后,她默默在胸前画了一个十字。

斯泰格应聘的时候,刚刚积累起来的那点东西就变成了一个纺织从业人员的履历。经过他的口舌修饰,这份履历显得颇为妥帖,也让比尔当场就决定把这个人留下来,毕竟他是大英帝国的臣民,他也需要自己的同胞加盟。

斯泰格在怡信如鱼得水,踏入上海之后从未感到如此气顺,他终于像一个正经的英国人了,就像人们常挂在嘴边的绅士那样。这个词在洋泾浜英语里被滑稽地叫做"尖头鳗",斯泰格想,上海人难道认为绅士是一条滑溜溜的鳗鱼吗?斯泰格有时会在镜子前穿上新买的西服,再戴上一顶礼帽,拿一根拐杖之类的东西当道具,上海人叫它"司的克",他斯泰格也有成为英国绅士的一天吗?他不敢奢望,但十分向往。看看年轻的老板比尔先生,衣着笔挺严谨,少言寡语,不怒自威,即使不拿"司的克",也像个绅士。那个偶尔得见的凯特琳夫人,举止端庄,气质高雅,一看就是富有教养之人。可惜,我在这里用心不良,还拿着一份薪水。但是话说回来,如果不是中村先生,我哪有今天。嗨,想起这个心里就烦。我太需要钱了,我不想再回到被小旅馆的上海老板赶出来的日子,我也不想再玩喷着劣质香水的白俄妓女,我害怕回到过去,就让我在这里好好待下去吧。

狄思威路(今溧阳路)与杨树浦保持着不远不近的距离,这是一个清静的地方,深秋时节梧桐树叶撒落一地却不显颓废。在最后一缕晚霞隐身之前,它们被抹上一层雍容的金色,忽然变得高贵起来。

中村在狄思威路的一家咖啡馆和斯泰格见面。

上午接到中村的电话后,斯泰格就兴奋地把这些天来积攒的东西梳理了一遍。因为生怕自己不得要领,所以一上来就迫不及待地全部倒了出来。中村一直在静静地听,保持着招牌式的微笑。他的大脑像一台精密仪器过滤着接收到的信息。他不断地安慰自己,这家伙还是个小学生,不得要领很正常。

斯泰格略显惶恐地说完,等着中村的评判。中村没说什么,只是悠闲地喝咖啡。他喝的是不加糖块不加牛奶的纯咖啡,他很享受。他玩味着斯泰格的忐忑,终于说:"斯泰格先生,你说的这些非常好,我非常喜欢。以后,我随时可能通知你见面,地点还是在这里。你以为如何?"斯泰格的一块旧怀表滴滴答答地划拨着他的心,他觉得自己从没这么紧张过,中村说话的时候他都不敢对视,听完这段话的最后一个字,他连连说,"我随时听候中村先生通知。"中村从西服内衣口袋里掏出一张支票,在上面写了几个数字,然后推到斯泰格那边:"斯泰格先生,这是你的,请收好。"斯泰格不自觉地挺了挺一直弓着的背,说了声:"谢谢中村先生。"

半年之后,一家新的日本纱厂在杨树浦开业了。没有喧哗,也没有剪彩。第二天报纸的报道也很低调,日商大纯纱厂在杨树浦开业。

布莱德利把这个消息告诉比尔:"你们来的那天,我在车窗里看见他,就觉得奇怪,原来他是到这里布局来了。早有预谋啊。"

比尔掩饰着自己的仓促:"那个老板是谁?"

"他叫中村健太,很早就到了上海,在棉纺业圈子里有点名气。"

"我听母亲说,杨树浦早就有日本人的纺织业,他再来凑这个热闹,是针对怡信的吗?"

"很难说。老公茂在杨树浦的历史比任何日本纱厂都老,他早已了如指掌。怡信拥有新的机器和规模,也许他认为遇到了威胁。"

"那就是要跟我们抢地盘了。"

"即使他不跟你抢地盘,怡信也遇到了一个强硬的对手。哎,其实这些年,我们已经在日本人的挤压中习惯了。"

比尔轻轻吁出一口气:"不管怎么样,我都必须接招了。"说这句话的时候,钟摆的声音又出现了。他想,他的决断是对的。

布莱德利拍了拍比尔的肩:"还有我呢,亲爱的比尔先生。"

仗着年轻,比尔把自己的工作时间延长到了十二个小时以上。几个月下来,他感到了明显的压力。市场是最重要的,但怡信的产品销量始终在原地徘徊,甚至还有下滑的趋势。

凯特琳更急。几天不见,大纯纱厂周围的平房一排接着一排,变戏法一样蠹起。这种被称为新式里弄的住宅区内还设有花园和花坛,水电煤卫一应俱全,道路两旁绿树成荫。进出此地的日本妇女和孩子越来越多,显然是纱厂日本职员的家属。是长期驻扎的意思。

比尔意识到,在越来越膨胀的日商纱厂面前,英商纱厂已无优势可言,要保住自己的一席之地,只有在技术上做文章,开发出新产品,抢先出手,占据市场。凯特琳给老乔治去了信,向他求救。几天后,老乔治一笔钱到位。不久,怡信纱厂高薪聘请工程师的大幅广告连续出现在报纸上。

短短半年,怡信就遭遇强劲的挑战,远远超过了比尔的心理准备。他是个新人,不谙经营之道。乔治外公说商场险恶,母亲说日本人厉害,很快让他见到了真相。

5

中村看到报纸广告,知道怡信急了。他暗暗笑了。招聘工程师,一定是因为技术问题。他从斯泰格那里获悉了最想知道的情况,是印染技术的革新。不过,新产品的图案样式完全处于保密状态,那就需要斯泰格冒点险了。这件事难度很大,他做得到吗?但斯泰格自信爆棚,还说绝不辜负中村先生的信任,中村就顺水推舟让他试一试了。

比尔亲自监督革新工艺,规定除两名参与的工程师向他报告革新进度外,任何人不得接触与该项目有关的一切事宜。这段时间,日旰忘食是比尔的生活常态。

竟然让斯泰格成功了。

中村看着样本的照片,不断赞赏着,当然也赞赏着斯泰格。斯泰格心里洋溢着欢愉,这次他总算做成一次"私家侦探"了。听听,中村说出来的话与他此时的想法不谋而合,"斯泰格,你真的可以当侦探啊,我简直怀疑,当时你是故意欺骗你的雇主,让自己下不来台吗?"

斯泰格的脸抽搐着:"不,不是,中村先生,那可是我的耻辱。"然后他又笑了,把抽搐的神经完全抹平了。

"我没看错你,斯泰格。"中村从内袋里掏出支票,又写上一串数字交给斯泰格,"这是你的。"

斯泰格接过,看了一眼,再仔细看,不敢相信自己的眼睛。中村问道:"看不清吗?"

"不,中村先生,您是不是写错了。"

中村摇了摇头:"在这张纸上我从没写错过。你觉得是多了还是少了?"

"多了,多了。"

中村拍了拍斯泰格,哈哈大笑:"斯泰格先生,那就当我写错了。我从来不写第二次。"

斯泰格忙站起来,学着日本人的样子给中村鞠躬,中村被他笨拙的样子逗得大笑。

斯泰格给中村鞠躬的时候,弓着的脊背后映着一双犀目。

几个月后,大纯纱厂投放市场的布料就有了改变,引人瞩目。几乎同时推出的怡信纱厂纺织新产品紧接着在市场上引起不小的轰动。媒体争相报道,还分别采访两家纱厂。可谓旗鼓相当。

虽然这一轮较量的结局还算不错,但比尔的心情非常复杂。他把自己关在办公室,不迈出一步。直到接到布莱德利打来的电话,他的情绪才稍有好转。布莱德利的声音有点沙哑,比尔问:"你病了吗?"

布莱德利说:"没有,通常我高兴的时候就会这样。"

比尔大笑起来:"我还是第一次听到竟然还有这样的高兴。"

"对我来说也许是生理反应。"

比尔笑得更厉害了。布莱德利继续哑着嗓子说:"比尔,我要祝贺你,一出手就跟强劲的对手打了个平局,了不起。"

比尔停止了笑,严肃地说:"亲爱的布莱德利先生,我知道您是宽慰我。但我觉得,我将面对更艰难的状况。"

"为什么这么说?"

"我有预感。"预感是什么,比尔还说不清楚。那天他听他的小跟班告诉他在狄思威路咖啡馆里看到的情形让他不寒而栗。这怎么可能呢,斯泰格先生,自己亲自拍板招聘的管理人员,怎么可能出卖我?他究竟跟那个日本人说了什么,跟大纯纱厂新面世的布料究竟存在什么联系?为什么在我们之前投放市场?是巧合还是偶然?比尔反复梳理着这些细节,都没有找出满意的答案。

凯特琳来了,看着比尔的样子,她说:"比尔,你不觉得你正在向你的员工展示你的不安吗?哦,这对怡信可不是件好事。"

比尔站起身来:"妈妈,让你担心了。我会很快恢复到最佳状态的。"

"不必过于担心,一切都会好起来的。"

"是的,妈妈。"

比尔看出来了,母亲很担心,也很克制,他这样的状态不是母亲想看到的。

母子共同进餐时,比尔说:"妈妈,我知道您也高兴不起来,但我太沉不住气了。请您原谅。"

凯特琳微笑了一下说:"这没什么,只要我们的产品受到市场关注就是成功。虽然目前的情况对我们很不利,但我们毕竟迈出了这第一步。你作为董事长,一定要让员工明白这一点。"

"妈妈,我想,我们是不是应该开个新闻发布会?"比尔突然问。

"新闻发布会?"

"我想,我们必须造出声势,公开我们的产品开发,让市场和客户都来关注我们,对我们有所期待。"

凯特琳有些犹豫,明明是在问比尔,却又像在问自己:"你觉得这样可行吗?"

"日本纱厂已经在杨树浦建立了稳固的基础,他们想全面掌控上海纺织市场。不仅在上海,他们在天津和青岛也有同样的布局。面对这样的格局,我们已失去了全面抗衡的主动,所以只能舍弃。舍弃是为了守住一方,打出值得人们赞赏的品牌,这样才能继续生存下去。所以,我们要把这个想法告诉市场和客户。"

"那你要告诉对手什么?"

"我觉得我们应该调整策略,我们要的是市场份额,只要我们占有一席之地,就不会被挤出去。毕竟,我们的机械和技术是一流的,他们用的是我们的淘汰货。"

"但你不能无视他们在机械革新上的能力。"

"如果我们承认他们的能力,就更应做好自己的事。您说呢?"

"那好,就按你说的,开新闻发布会。"

"妈妈,这个发布会由您来答记者问,您看怎么样?"

"这又是为什么?"

比尔坏笑着:"妈妈,我可是董事长啊。再说,您的口才比儿子强多了。"

凯特琳看着比尔的神情,故作严肃地说:"比尔,你好像突然变成另一个人了。"

"哦,是吗?"比尔看起来比凯特琳更严肃。

在中村看来,怡信是在施展一种营销策略,看起来主动,其实含着不安。但在这位女士的侃侃而谈中,人们听到的是诚恳,是善意,她成功地把公众的目光吸引到了自己身上。这位叫凯特琳的新闻发布人让混在记者群里的中村对她得体完美的答记者问而激赏。持续几天,中村都被凯特琳在新闻发布会上的形象拥塞着,不能忘怀。

贝当路上的梧桐树叶又在秋风中开始泛黄。那天凯特琳又去了徐家汇的上海国际礼拜堂。这是凯特琳来上海之后去的最频繁的地方,她能感受到它带给她的慰藉。

每次来到这里,她总会抬头仰望这个仿哥特式砖木建筑的交叉型顶端,它不高,更不巍峨,清水红砖的外墙像一个经历丰厚的长者在宁静诉说,翠绿的大草坪展示着一种气度和胸怀。她常常在凝望中想起她肯特郡家乡的坎特伯雷大教堂,这种记忆在她随父亲到印度之后逐渐淡化。然而现在,教堂的尖拱长廊、弧拱形的窗框和镶嵌梅花纹的斑斓玻璃把她的思念格外强烈地勾了出来。

她常常陶醉于优美的圣乐,如同沐浴在主的荣光中,心灵透过教堂的尖顶徐徐飞升。那是最幸福的时刻。

去礼拜堂后第二天,凯特琳到纱厂的时候,发现人们的神色有些异样。她一改平日先去厂区里走一圈的惯例,径直去了比尔那里。

这几天比尔都没回家,就睡在厂里。但他不在办公室。

凯特琳问比尔的小跟班,一个刚满二十的英国青年。小跟班摇着脑袋说没看见董事长。既然连小跟班都不知道,就无需再问别人了。

下午,凯特琳接到比尔的电话,让她立即去他那儿。凯特琳刚想问,比尔就挂断了电话。凯特琳不高兴地把听筒重重搁在机座上。

见母亲到来,比尔却是很高兴的样子。他亲自给凯特琳冲了一杯咖啡,平时这类事通常由小跟班来做。而现在,小跟班被比尔安排在门口当门卫,谢绝一切人进入。

见凯特琳疑惑的样子,比尔又笑了:"妈妈,今天我办了件大事。"

"大事,什么大事让你这么兴奋?"

"您猜猜。"比尔故作神秘。

"我可不愿做这种小学生的游戏。"

"好啦,我来揭开谜底。我今天侦破了一个案子。"

"比尔,别油嘴滑舌的。你又不是警察,破案可不是你的事。"

"妈妈,我真的破案了。作案人就在我们厂里。"

"谁?"

比尔抑扬顿挫地说:"斯—泰—格先生。对,就是斯泰格先生。"

"斯泰格,他不是你亲自聘用的吗?"

比尔一下子沉静下来,顿了好长时间,才缓缓地说:"所以,我除了高兴,还很沮丧。"

凯特琳把咖啡杯拿起来,又放下,说:"这怎么可能呢?你有证据吗,比尔?"

"在我怀疑之后,我决定再次试探一下,我其实非常希望那是我的幻觉,但不幸是真的。而且,他情愿不解释。也就是说,他无法解释。"

"他不解释,为什么?"

"因为他觉得解释已经没有意义了。因为一切都发生在我的眼皮底下。"

凯特琳仰起头,出神地看着天花板,仿佛研究它奇形怪状的图案,然后长吁一口气:"哦,天哪,怎么会这样。"

"妈妈,您还记得我们的新产品投放市场之前,大纯纱厂的产品一改以前的风格了吗?"

凯特琳想起来了:"是的,他们想捷足先登。这难道是斯泰格向他们透露的?"

"正是。"

长长的沉默后,凯特琳问:"那你决定怎么办?"

"我还没有想好,所以我想请您帮我拿主意。"

凯特琳说:"这件事还是由你自己来决定。"

"我也很矛盾。我得好好想想。"说这句话的时候,比尔的眼里充满无助。

6

乔治外公发来电报说,他在曼彻斯特新注册了一个公司,专营纺织机械贸易,如果抽得出时间,比尔应该来熟悉一下这里的环境,这对上海的工厂太有用了。

比尔确实遇到了麻烦,让他心烦意乱。正好趁此机会去请教一下乔治外公。临行前告诉母亲,绝不能让员工知道他外出的消息,尤其是斯泰格。

比尔到达的时候,曼彻斯特已是深秋,淅淅沥沥的雨丝并没有给他带来不快,倒是与上海的天气无缝衔接起来,只是这里的雨势比上海温柔。比起被持续高温和热烘烘的气息包围的印度记忆相比,舒适多了。

老乔治还是精神矍铄,比尔开心地一把抱住了他。问起上海的情况,比尔立即变得沮丧了。比尔告诉外公,他遇到了非常烦心的事。他的员工向竞争对手出卖了技术秘密,可这个人还是自己的同胞。真不知道该如何处置。

乔治沉思好久,告诫比尔,任何人都有资格权衡利害关系,即使对自己存在某种危险,也绝不放弃,何况这个人还是英国人。

比尔咀嚼着乔治的话,他知道该怎么做了。

比尔去了曼彻斯特市中心南部,这里有一大片十九世纪遗下的老棉花仓库。就在这片老旧的砖墙内,华人开了餐馆,然后逐渐延伸为尽人皆知的中国城。比尔绕着夏洛特街和牛津街信马由缰,眼睛里全是中国的景物。走进一家面馆,就被一股热烘烘湿腻腻的麦香味黏住了。他已经在上海习惯了这样的味道,一脚踏进去,那种感觉立即重现了。靠近门口的小隔断里,一个矮小的中国人正以与他身材不相称的手劲揉着一团发酵过的面团。在那些挂着的小招牌上,比尔居然看到了焖蹄爆鱼面。这是小跟班带他去五马路德兴馆吃到的第一碗上海面,然后就再也无法忘怀。现在,他坐了下来,静静等待这碗吊着他馋水的面。

"先生,这是您要的面。"地道的伦敦口音。比尔抬头一看,单眼皮,鼻梁不高,一张嘴弯成一个可爱的月牙,牙齿整齐雪白,一张典型的中国女孩的脸。比尔不禁多看了一眼,说:"小姐,你的英语说得太棒了。你是这家餐馆……"

"我是来这里打工的。"

"那我猜你一定是留学生吧。"

"先生猜对了,我是曼彻斯特大学二年级留学生。"

"啊,太棒了。"

"先生,您快吃吧,这面要趁热吃。"

"好的,谢谢小姐。"比尔用筷子熟练地挑起面条,放进嘴里。

"原来先生是老吃客啊。"

"是啊,我在上海学会的。"

"先生去过上海?"

"岂止去过,上海还有我的工厂。"

女孩惊讶地把嘴张成一个圆,又慌忙用手捂住。那边传来一个短促而粗犷的男声,"阿卉,别闲扯了。"女孩赶紧对比尔说了句"先生您慢用",就匆匆离开了。比尔望着女孩左右晃荡着的两根辫子,兀自一笑。

准备启程回上海前的一个晚上,比尔再次来到面馆,举目四眺,却未见女孩的身影。这碗面吃得有点兴味索然了。

大纯投放市场的力度越来越大,而且还降价销售。怡信也只得忍痛降价,虽然比尔对工程师提出了再次革新降低成本的要求,但他明白,如果大纯持续这样的节奏,怡信早晚会被拖垮。但他必须坚持下去,哪怕到了山穷水尽的地步。

凯特琳颇觉诧异,她与洋行素无来往,为什么突然收到这样一份庆典活动的请柬。去还是不去,她与比尔商量了半天,最后决定去。怡信开业至今,她太忙了,连静安寺路的乡村俱乐部都挤不出时间去,那里聚集了很多她的同胞,但她来得晚,跟儿子一起打天下,得先站稳脚跟。参加一场庆典活动也不见得奢侈。

她按着请柬的地点来到四川路上的三井洋行上海分行。这是一幢文艺复兴时期风格的四层砖混结构建筑,清一色的红砖外墙,顶部、边角和窗框用白色勾勒,窗与窗之间有精美的雕塑,三层楼的窗顶上有山花纹饰,底层的门和窗框上饰有羊头图案,整个建筑稳定对称,简洁和谐。

凯特琳把请柬交给门童后步入大厅。人已来了不少,大都正装,男士头发纹丝不乱,胡须要么泛着青光,要么经过精心修剪。女士装扮粉饰,趁机显示时髦。相对而言,凯特琳觉得自己过于严谨了。来者大多是东方面孔,她不太分得清楚是日本人还是中国人,但他们的身体动作似乎更能显示国籍,趾高气扬的自然是日本人,卑微谨慎的应该是中国人。三井洋行在上海举足轻重,当然有理由趾高气扬。

这是一个冷餐会,长条形的餐桌上放着葡萄酒、威士忌和煎鱼、烤肉、水果。主角是日本清酒和色彩鲜艳的刺身、寿司。她正看着,一位穿着随意的男子向她走来,用英语跟她打招呼。虽然听上去不太纯正,却很真诚。男子说:"冒昧打扰您,是凯特琳女士吗?"凯特琳说是,刚想问您是,却被打断:"自我介绍一下,我叫中村太郎,《上海每日新闻》记者。上个月我参加怡信纱厂的新闻发布会,有幸聆听到凯特琳女士的谈话,十分钦佩,今天在这里再次见到您,实在是我的荣幸。如果您能给我一个单独的采访机会,我会欣喜若狂的。"

凯特琳有点意外,也有点晕,意外是必然的,太意外了,晕是因为欣喜,欣喜之后的晕像刚刚绽放的花蕾,像即将熟透的果实,又像从酒窖里窜出来的酒香,也许更像那种叫做荷尔蒙的东西,这种细微之感瞬间就被中村太郎捕捉到了。他心中一喜。只要是女人就都喜欢恭维,这是一条真理。

不过,凯特琳说出来的话却是这样:"谢谢你的理解和好意,但我可能要对你说抱歉了,中村太郎先生。"

中村太郎不退缩:"我是不是可以理解,以后会有这样的幸运?"

凯特琳又感到晕,然后说:"您真是个敬业的记者啊。"

中村太郎说:"凯特琳女士,您过奖了。我是被您的谈话吸引过来的。"

"中村先生,我觉得我要怀疑您是不是记者了。"

"这,这是为什么?"中村太郎突然语气怪异地问。

"不是说记者是无冕之王吗?您太没有记者的脾气了。"

"哦,原来是这样。"这一句是用日语说的。不过他马上又补充道:"这是您对我的抬举。"

凯特琳缓缓拿起一杯葡萄酒,说:"中村先生,认识您很高兴,我敬您一杯。"

"不,应该是我敬您呀。"

"也算女士优先吧。"凯特琳说着,端起酒杯一饮而尽。

中村太郎只能仰起了脖子。

中村太郎,不,中村健太对这个开场很满意,让凯特琳参加这次庆典是他亲自筹划的。以记者的身份出场,看来这个设计还不错。

斯泰格非常害怕失去这份工作。他领着两份工资,心里是不安的。当时一到怡信纱厂,年轻的比尔董事长给他留下了行事稳妥理性豁达的印象,就有点后悔了。他毕竟是英国人,这种勾当总是让人鄙夷,假如日后他在人们眼中是一个所谓的"英奸",那实在是太辜负自己来上海的初衷了。

斯泰格又想起那天比尔对他说的话,比尔说可以让他走,从此再也不要见到他。但他却不想走,他说他做了对不起比尔先生和怡信纱厂的事,不能就这么一走了之。比尔问他想怎么样,他说他想演一场戏,给他一个将功赎罪的机会。比尔对他的说法未置可否。这几天斯泰格一直在琢磨面临的将是什么结局。他忽然想起,再过两天又是和中村约定见面的时间了。

接近黄昏的时候,斯泰格终于看见比尔进入了仓库。

比尔看斯泰格的时候,发现他的眼神是渴望的,他在等着自己。比尔拉过来一把椅子,说:"斯泰格先生,你想好了吗?"

"比尔先生,我还是不想离开这里。至少我想为怡信做点事。"

"那好,我尊重你的选择。这件事,就让它悄悄过去吧。"

"比尔先生,你真的不追究了?"

"我追究什么?去报告巡捕房吗?什么罪名呢,间谍,不,你还不够格呢。"比尔甚至笑了一下。

"比尔先生,我真是太惭愧了,您的大度让我无颜以对。"

"我一向不喜欢盯住人不放。如果你真想留下来,就像没发生过这事一样。你可以继续和中村见面,但是我想,你知道应该怎么做了。"

斯泰格站起身来,深深地鞠了一躬:"我明白了,比尔先生。"

7

中村对怡信的降价颇感意外,他以产品的大批量投放和廉价销售相逼,却没有出现期盼中的阻吓,这使他暗暗吃惊。根据斯泰格提供的情况,怡信不可能以降价对降价来稳定市场份额,因为他们的压力越来越大,即使通过银行贷款,也已很难支撑。中村想起了往事。三井洋行把日本纺织业大规模转移到上海后,日本棉纺业在上海的地位已不可撼动,英国佬儿家苟延残喘的纱厂根本不在他眼里,可是怡信却大有抗衡的态势。他中村健太执念至深,追求理想和极致,怡信强硬的存在让他非常不舒服。

斯泰格按时到了竹内餐馆。见中村进来,斯泰格站起来向他鞠躬,他习惯了。中村还礼后坐下。少顷,中村对侍者招了招手,耳语了几句。一会儿,侍者端上一瓶包装精美的日本清酒和一个托盘的日式料理。

中村指着这瓶酒说:"斯泰格先生,这瓶清酒我珍藏了多年,和上次喝的那一瓶,不可同日而语啊。"

斯泰格凑近瓶身看,不明究竟。中村笑了,"很多日本人都看不懂,你一个英国人怎么看得懂。"他拿起酒,神情专注地说,"这瓶酒产自奈良,是日本清酒中最负盛名的特级酒。"他吩咐侍者打开酒盖,一股清冽纯净的酒香立刻弥漫在餐桌上。

斯泰格认真地听着,闻着酒香,忙不迭端起了酒杯:"中村先生,我敬你。"然后一饮而尽。

中村也端起杯子,但只是抿了一口。

斯泰格喝得尽兴,没多久,一瓶酒被喝掉了一半。中村很高兴,不断为斯泰格斟酒,斯泰格来者不拒。他是好酒量,又到过不少国家,适应能力超强,更是嘴大吃四方。这种感觉让他很自信。他知道中村今天不是随意打开这瓶珍藏多年的好酒的。果然中村就开口了:"斯泰格先生,怡信的老板比尔真的那么年轻?"

"那当然。"斯泰格继续专注着清酒和料理,丝毫不影响他的思考。

"他这个人怎么样?"

斯泰格沉吟着说:"比尔先生虽然年轻,但很有主见。"

"你的意思是说,在怡信,他很独断吗?"

"这倒不是,据我所知,他十分重视他母亲凯特琳夫人的意见。"

"哦。"

中村端起了酒杯："斯泰格先生，我也敬你一杯。我先干为敬。"接着夹起一块金枪鱼刺身，沾上酱油和芥末，放在嘴里咀嚼，显得非常过瘾。又问道："斯泰格，这位凯特琳夫人在怡信是什么角色？"

"虽然比尔先生很尊重她，但凯特琳夫人很少过问纱厂的事务。"

"哦，是嘛？"

"是的，中村先生。至少我没见凯特琳夫人干预过什么。"

"但我在报纸上看到的怡信新闻发布会是由她来答记者问的。"

"这个嘛，我想应该是比尔先生的安排吧。"

"这一阵，比尔的革新还在继续吗？"

"不，那两个工程师已经被他辞退了。"

"真的吗？"

"真的，中村先生。我有一个多月没见到他们了。"

"这么说，他是不想再和我交手了，或者说，他已经达到了目的。"

"中村先生实力雄厚，上海人有几个不知道大纯啊。"

"哈哈……斯泰格先生，你这是恭维我呀。我可不需要。"中村酣畅大笑，其实他对这样的恭维很受用。他再次把斯泰格的酒杯斟满，拿起自己的酒杯："斯泰格，我非常希望我们的合作像清酒一样纯净，毫无杂质。来，再干一杯。"

"中村先生说得对。"斯泰格嘴里正塞着一个鲑鱼寿司，鼓着腮帮含糊地回应着。

"斯泰格先生的胃口可真好。"中村微笑着说。然后，他拿出一个照相机："这是刚在东京市场上面世的理光照相机。我希望下一次我们见面的时候能看到你的作品，尤其是有关怡信的。"

斯泰格瞬间愣了一下，他当然明白中村在说什么，他接过照相机看着，不禁感叹："啊，这么先进的照相机啊。我不知道能不能让中村先生满意啊。"

"试试看吧。"中村一如既往地微笑着。

凯特琳接到一个神秘电话。电话里的声音说:"凯特琳夫人,我们老板要见你,请您于今晚六点光临汇中饭店。"凯特琳刚问"你是谁",电话就挂断了。

凯特琳立即告诉了比尔,比尔想了想说:"先不要理睬他。"第二天,凯特琳再次接到电话。电话里的声音依旧冷冰冰的:"凯特琳夫人,我们老板今天还会在老地方恭候你,不见不散。"凯特琳又问:"如果你不告诉你们老板是谁,我是不会出现在那个地方的。""夫人,我们老板说,在电话里说不方便。请你原谅。""你们老板是政界要人还是商界巨贾,我怎么能承受得起呀。"说完,凯特琳先挂了电话。但就在她转身离开的时候,电话再次响起,她盯视着电话,决定不接。

第三天,凯特琳接到一份请柬,打开,是漂亮的英文:凯特琳夫人,请于今晚六时光临汇中饭店。谨此。落款是中村太郎。

凯特琳拿着请柬想,怎么是他呢。汇中饭店是上海数一数二的豪华饭店,是外滩建筑群中最引人瞩目的英式建筑,也是大马路上第一幢高楼。他一个记者,哪来这么大的排场。这个老板又是谁呢?

凯特琳从轿车里出来的时候,一眼就看到了站在饭店门口的中村太郎。她想,还很有诚意。中村太郎微笑着迎过来,作出拥抱的姿态,但凯特琳却伸出了手。中村尴尬地一笑,只得把手递过去。

中村引着凯特琳进入一个包房。门口一个穿西服的男子恭候着。

中村为凯特琳拉开一把椅子,待她坐下,站到她的对面,低下头向凯特琳行礼:"凯特琳夫人,打扰了,请恕中村冒昧。"

凯特琳站起身,微笑着说:"中村先生,我不太明白为什么独享如此尊荣?"

中村把脖子弯成几乎九十度:"这正是中村今天邀请夫人的理由。夫人,中村特别选在这家上海最豪华的饭店备宴,向您请罪。"

凯特琳有点疑惑:"先生何罪之有啊?"

中村忽然压低了声音:"中村欺骗了夫人。"

凯特琳更糊涂了。

"夫人,中村的真实身份不是记者,而是大纯纱厂总经理。"

"总经理?大纯纱厂?你就是那个电话里称的老板?"凯特琳懵懂中听中村继续说道:"夫人,上一次在洋行庆典上中村自称记者,实是出于无奈。因为中村想借记者之名结识夫人,后来一想此举实在不堪,所以专此向夫人致歉,还望夫人谅解。"

凯特琳听完,面有愠色,却不知如何应答。

"夫人请坐。"中村只能自顾自说下去,"如果大纯能与怡信合作,将是中村莫大的荣幸。"

凯特琳渐渐理出了头绪:"中村先生,你也请坐吧。如果我没想错的话,让我参加庆典是不是也是你的安排呢?"

"不瞒夫人,的确如此。"

"可以给我一个理由吗?"

"那天怡信的新闻发布会使我非常仰慕夫人。很抱歉,这是我第一次冒充记者。"

凯特琳又是一惊:"怡信并没有和大纯抢市场啊。"然后语气一转,"虽然中村先生所为令人不解,不过我还是欣赏先生的诚实。"

"夫人,我对怡信感兴趣是因为它在英商纱厂全面缩减的情况下却反其道而行之,所以我非常想知道究竟是什么使怡信对市场如此充满信心,这也是我想合作的原因。我不知道我的表达夫人是否明白。"

凯特琳想,这个说法倒是合乎情理,但她看到的却不是这样。她沉思着说:"怡信只是在做自己想做的事。大纯如果想合作,准备怎么做呢?"

"我一直仰慕怡信的印染技术,大纯资金雄厚,市场占有率稳居前列,如果我们两家联手,那就找不到竞争对手了。"

"中村先生太乐观了吧。其实我们并不想合作。"

"凯特琳夫人,您是否以为我们两家只是对手,只能竞争不能合作呢?"见凯特琳沉默着,中村抿了抿嘴角,继续说道,"我们为什么不可以尝试打破它呢?"

"对手不也是一种平衡吗?"

"但是夫人,我想您不会否认,在这个市场上,怡信,包括贵国别的纱厂,已经毫无优势可言。我说的是事实吗?"

"所以,你就想来拯救我们了,是吗?"虽然凯特琳暗暗觉得自己有点被他说动,但嘴上绝不饶人。

"不,不是拯救,是合作。大纯需要怡信的印染技术,怡信需要资金,这不是双方都有所求吗?"中村尽量表现着自己的诚恳。

凯特琳沉默着。

中村又站了起来:"也许我说得太多了。为了表示我对夫人的尊敬,我特别聘请了一位日本厨师制作了一些日式料理,请夫人品尝。"

凯特琳欠了欠身,说:"让先生费心了,我是却之不恭啊。"

对于日式食品,凯特琳是完全陌生的,上一次的庆典上只是沾了沾嘴。现在品尝了大阪烧、金枪鱼刺身和味噌汤后,她觉得与印度饮食相比,它们是走了两个极端,一个注重清淡简洁,一个过于强调味觉。当然,她对前者的印象更好,十多年的印度生活并没能使她的舌头背叛。

中村端起一杯清酒说:"夫人请。"

凯特琳略一迟疑,端起了小酒杯,"谢谢中村先生。"

中村知道,凯特琳已经接受了他的道歉,也接受了这次宴请。侍者端过来一个小托盘,中村指着托盘里的食物说道:"夫人,我特地选了两种日本传统甜点,一个是赤小豆饭,另一个叫做樱花糕。樱花是日本的国花,日本国民非常崇拜。"说到樱花,中村的神情特别专注。

凯特琳并不知道樱花是日本国花,这种浅粉红看起来的确非常优雅。她尝了一口樱花糕,绵软酥滑,这种味觉绝对是新鲜的。赤小豆饭饱满劲道,满口生香。凯特琳觉得自己的舌头被这种味觉征服了。

中村微微躬身前倾:"夫人喜欢令中村非常欣慰。"

"先生刚才说到樱花,恕我不知,先生是否能为我讲解?"

"樱花在日本非常神圣,花开时十分绚烂,却很快凋谢,犹如美人突然殒命,惊心动魄。人们为它疯狂,又为它魂不守舍。日本有一种说法,叫做物哀,说的就是樱花飘落时的那种离别愁绪。"

"物哀?"这种说法凯特琳也是闻所未闻。

"是的,世上万物都有自己的情致,樱花之美在于它的含蓄和婉约,它并不热烈,但每一朵初绽的蓓蕾和每一瓣散落的花瓣都藏着它的哀愁,它带给人们无限的美感和愁感,无不令人感怀。每年我们目睹它的盛开和凋落,那种心情便是物哀之感。"

凯特琳如痴如醉,没想到一瓣粉红色的花还有这么多、这么美的说法,犹如聆听牧师布道。

中村没有停止他的叙述:"我的老家长崎樱花品种繁多,有的一株居然可以长出几十片花瓣,极品啊。至今我还常常想起小时候和家人一起在樱花树下吃便当的情形。如果你端着一杯清酒,一片飘落的樱花恰好落在杯中,那种滋味和感觉真是无与伦比啊。"中村似乎沉浸在那个场景之中,怅然而忘我。抬起头来的时候,发现他的听众显出了神往之色,他忽然站起身来,对凯特琳一个鞠躬:"夫人,对不起,我有点走神了。"

"不,不,你说得太美了,我都被你带到那个景色之中了。如果我设身处地,也许比你更多愁绪,哦,就是你说的那种物哀。"

中村再次低头鞠躬,心里笑成了涟漪。

8

比尔庆幸的是,和裕昌印染厂老板严彤江的谈判还算顺利。

五十出头的严彤江是土生土长的浦东人,他三十多岁创办裕昌印染厂,随着日本纺织业在上海市场越做越大,他苦撑的日子也越来越难熬,就连苦撑也坚持不下去了,他实在不甘心。

比尔对白莲泾的关注还是因为大纯纱厂。布莱德利告诉他,大纯就是从白莲泾迁到杨树浦的。不久他和布莱德利一起实地考察了这家日资的上海机器轧花厂旧址。就是在这里,华商裕昌印染厂引起了他们的注意。比尔想,这是不是一个新的契机呢?华商棉纺织厂很多已被日本收购,那些硬撑着的步履维艰,就像这家裕昌印染厂。比尔发现,裕昌用的是英国早已淘汰的印染技术,如果他这个时候提出合作,是不是有可能呢?当比尔试探着向两鬓斑白的严彤江先生提出这个问题时,对方并没有表示反感。因为比尔开出的条件比日本人合乎情理,再说技术上的英国基因也使双方的距离拉近得比较快。

走在不太硬实的泥地上,看着成排粗陋的小屋,远眺却是黄浦江对岸繁华的外滩,比尔觉得大为可惜。当年在回曼彻斯特老家的飞机上,父亲曾对他说,曼彻斯特印染公司占据了英国国内市场百分之八十五的份额。但世界大战爆发后,英国的棉纱出口市场就遇到了日本这个强劲的对手,重心逐渐转移到了埃及、印度、澳洲和爪哇。如果我能抓住这个机会,那将是我们在中国重新振作的开始。他感到心里的钟摆声又响了起来。

听完凯特琳和中村会面的经过,比尔不觉浑身一凛,中村究竟想干什么?实力雄厚的大纯凭什么要和夹缝中生存的怡信联手呢?既然中村以冒充记者来接近母亲,那么这种合作的真实性就大可怀疑。而在凯特琳看来,即使中村另有用意,大纯的资金注入对怡信太重要了,毕竟怡信面临严重的资金短缺。她不否认印染技术对于怡信的重要性,但怡信有把握控制。所以她认为,考虑到成本和发展的因素,怡信目前收购裕昌风险太大。

对于比自己更强的合作者,比尔没底气,何况还是一个值得怀疑的合作者。但他需要给母亲一个理由。

傍晚,比尔把玩着斯泰格给他的理光照相机啧啧赞美:"这照相机太棒了,不得不佩服日本人啊。不过,中村很快就会失望的,因为这次我们真的可以演一出戏了,就像你说的那样。"

"比尔先生,您的意思是……"

"这是个物证,不是吗?当然对你来说,这等于出卖了中村。"

斯泰格显得尴尬不安:"比尔先生,我已经考虑好了,否则我不会把这事告诉你。"

"我相信你。但我担心中村会报复你。"

"既然决定了,就这么干吧。我毕竟是女王陛下的臣民。"

"那好吧。谢谢你,斯泰格先生,你可以把你认为他喜欢的东西拍下来,然后交给他。我终究是要当面跟这个传说中的厉害角色对话的。"

比尔是在国际饭店和中村见的面。来之前,比尔从斯泰格那里看到了中村的照片,照片上的中村眉头微蹙,卧在唇上的一撮小胡子微微上翘,难掩自信。比尔暗自一笑,想象这个关于合作的交谈会遇到什么问题。出乎他的意料,一顿饭的工夫,就有了口头约定。气氛和谐,握手言欢。

比尔告诉母亲,一切都很顺利,他和中村有了口头约定,接下来就会进入实质性阶段。到时候就要请她亲自出马了。凯特琳没想到比尔这么快就接受了她的意见。

几天后,百乐门舞厅里,中村挽着凯特琳笨拙地踏着舞步,凯特琳忍不住笑出声来。中村局促地看着凯特琳说:"夫人,不瞒你说,我练习多年,可还是笨手笨脚。如果不是你的邀请,我根本不敢下舞池。"

"那我就收下你这个学生了。"

"那我真是受宠若惊啊。就是不知道在你这样高水平的老师面前,我这个笨学生能不能学得好。"

"老师和学生也是合作,如果你合作得好,我就保证你学成一个舞会王子。"

一阵电击般的颤栗后,中村感到自己手心里微微沁出些许汗来。她是什么意思呢,谁是老师谁是学生?"哦。"他听到凯特琳轻轻叫了一声。

啊,步子又乱了,踩到了她的脚。他赶紧停下来,站直身体,对凯特琳垂下头:"看来,我真不是个好学生。"凯特琳一把拉住他的手:"中村先生不必拘礼。你只要跟着我的脚步走,就一定不会错。"中村点着头说:"夫人,我一定尽力。"心里想,我怎么会跟着你的脚步走。

中村送凯特琳回家的路上,拿自己笨拙的舞姿当谈资,凯特琳只顾了自己的嬉笑,把中村的得意完全忽略了。这场舞没跳得尽兴,但凯特琳觉得有所收获,至少这位中村先生没她原先想象的那么,那么……她忽然觉得找不出一个适当的词来形容,是"可怕"吗,她立刻掐断了这个一瞬即逝的念头,他不是还很可爱么。

中村知道,凯特琳的这次邀请不会是一时兴起,也不是所谓的礼尚往来,英国人可不讲究这一套。她是想来摸我的底。尽管他对这个女人有太多好感,有时甚至怀疑自己是否被那种毫无理由的情感左右,但对他来说,是为了接近她提出合作,还是为了合作去接近她,这是两个完全不同的命题。中村确认自己内心还是有所戒备的。

中村喜欢在早春的静夜里看那种细长绵密的雨丝,有时它们会幻化成从织布机里吐出来的长长的棉纺丝,让他心旷神怡。眼下又到了这个季节,中村从车里出来,就看到了飘飘洒洒的雨丝,想起刚才在车里和凯特琳的说笑,他有点陶醉。他忽然想喝酒了。换上和服,打开窗户,拿出一瓶清酒,给自己斟上一杯,伴着窸窸窣窣的雨声,喝了起来。不知不觉就见瓶底了,他摇晃着身体站起来,哼起了长崎的小调,然后手舞足蹈起来,这才是他的强项。他忽然发现两个女人闯进了舞蹈,他想去拉她们,却屡屡扑空。她们是谁呀,理惠子还是凯特琳,还是幸枝。啊,我抓住你了,这下你可跑不了了。你别跑啊,你再跑,"撕啦"一声,袖子扯了下来。手怎么被牵着了?他使劲一拉,又是"撕啦"一声,和服宽大的袖子被撕开一大截,惶惑地耷拉在小臂外,他一把扯掉,嘴里含糊地喏喏,理惠子,你还跑,跑什么呀,你还跑……他终于追不上了,跌坐在地,然后一头歪倒,鼾声汹涌。

第二天醒来,已将近中午。看着扯破的和服和歪倒的酒瓶,中村依稀记得昨晚看到了理惠子,还有凯特琳。昨天不是和凯特琳一起跳舞的吗?这是怎么回事,她们怎么会同时出现?

理惠子在长崎乡下,凯特琳离自己很近,凯特琳的魅力远胜理惠子。凯特琳,凯特琳,嘿,这个女人真的把我迷住了。

合作就能达到我的目的?这真是我想要的吗?他不去想那个所谓的命题了,让他头疼。混蛋。去他的吧。

凯特琳觉得危机正在向自己逼近,太可怕了,又太令人期盼了。她不敢对比尔讲。她和中村,他们的约会越来越频繁,但她拒绝不了,甚至殷切等待着下一次。这太可怕了。可怕得令人窒息。多年来,不,二十多年来,这种可怕而惊喜的生活在比尔出生之后就戛然而止了,现在突然降临,让她颤抖,惊异,也让她欣喜。她宁愿不知道自己在干什么,那就这么承受着吧,不,享受着。隐秘地享受着。

看着大纯的支票,比尔的心情十分复杂,难道怡信真的需要靠大纯的资金注入才能生存吗?他感到自己遇到了莎士比亚"to be or not to be"式的诘问。

几天后,凯特琳的诘问来了:"比尔,你是想违约吗?"

"不,妈妈,我不想这么做。我……"

"但我看到的就是这样。"

"我想……"比尔从来没有这么难堪过。

"你究竟想说什么?"

"妈妈,你真的确认把我们的印染技术给大纯没有任何问题吗?"

"比尔,谈判的难道不是你自己吗?"

"是的,是的,这真是太糟了。太糟了。"

"比尔,这没什么糟的,按合同去做不就好了吗?"

比尔沉默着,然后说:"不,再等等。"

"再等等,什么意思?你是想让大纯控告你吗?"

"妈妈……对不起,给我一点时间吧,不会太久,你会明白的。"

"我不会明白。"凯特琳突然大声说道,愤然转身离去。

9

一年一度,比尔弄不清这是到上海后的第几度"黄梅"了。傍晚,云好像被灼热的炭火烤过一般,通红着,再过渡到褚红,等到炭火完全冷却下来,才渐渐被越来越黑的天幕遮蔽。

比尔同样弄不清楚究竟是暗示还是生理反应,他的皮疹总是在这个季节不请自到。真是糟透了。糟糕的还有那张悄无声息躺在保险柜里的支票,不过大纯至今没有做出任何反应。他打算过用这笔钱在曼彻斯特购置新的纺织机械,然后成为接收裕昌后他的新厂的第一套设备,很快他又犹豫了。这样做违背父亲的原则吗?符合自己的为人之道吗?即使撇开这些,这笔钱来自大纯,一家主动与他"合作"的日本纱厂,他放得下这份自尊吗?这些天来他一直扪心自问,却找不到答案。母亲很不理解他的举动,他也不会把自己的想法和盘托出,他只能答应母亲给他一点时间,但之后母亲再也没有来找过他。这让他更加苦恼。

下午他去了上海总会。当年英国设计师在完成设计草图后不久遽然离世,由日本设计师下田菊太郎接盘室内装饰,仿照的是日本皇宫式样,所以这个上海第一幢钢筋混凝土建筑也被人们称为东洋伦敦。

距离上一次到这儿来大约有一年时间了。印象最深的是那张据称全球第一的一百一十英尺(将近三十四米)的黑白大理石长吧台,还有放在吧台上的马提尼酒。他非常喜欢马提尼酒的芬芳气味,混合着苦艾酒和伏特加的原始和纯真,加上洋葱和柠檬的点缀,好像一匹等待驯服的烈马,挑战人们的味觉神经。比尔像一个技巧娴熟的猎人那样坐下来,马提尼就是他的猎物。侍者过来为他斟上一杯,他喝了一口,真是难言的惬意。这样的惬意太难得了。他每天都被纺织机器声和热浪包围着,就像缠在团团绕绕的棉丝里不能自拔。真想长久地陷在这惬意里啊。这念头太奢侈了。嗨,先把自己灌醉再说。就像上海人说的,醉倒算数,最好不醒。他第一次喝得酩酊大醉,直到趴在吧台上打起了呼噜。也许是呼出的气息都荡漾着酒精的味道,连站在一旁的侍者都有点昏昏欲睡了。

是斯泰格来接的他。

斯泰格把身材高大的老板搀扶上一辆强生汽车,浓烈而喷薄的酒气连酒量极好的斯泰格都自叹不如。他知道,老板一定遇到什么大事了。他想象不出这位一向理智的老板竟被酒精弄成这样。按约定时间,明天他又得和中村见面了。老板说过要跟他一起演一出戏的,可现在他像一坨糨糊一样糊在他身上。车窗上的雨点越来越大,车内也越来越闷热。斯泰格突然觉得肩上沉重的身体颠了一下,又颠了一下,忽然"噉"的一声,令人作呕的酸腥立刻在车厢里弥漫开来,同时到达的还有车辆急刹发出的尖啸。斯泰格抬头看到司机一张愠怒的脸,立刻掏出钱来:"我赔钱,赔钱。"

第二天,斯泰格发现,比尔的脸上泛着大小不一的红色突起,比尔有点难堪地摸了一下脸,说:"斯泰格先生,我为我昨天的举止真诚地向您道歉。"

斯泰格听到比尔说的是"您",赶忙说:"不不,比尔先生,您别介意。"

"昨天您是怎么找到我的?"

"我没找到您,就去问夫人,是夫人告诉我的。"

"啊,明白了。您是有急事找我吗?"

"今晚我和中村约定见面,您说过我们要演一出戏,我想……"

"这该死的黄梅天,每年我都要忍受它的煎熬。"比尔又摸了一下脸,然后低声说:"今晚你别去了,我叫他过来。"

"您是说,叫他过来?"

"对,想想。他只要过来,我们这场戏就可以开演了。"

"我明白了。先生,我听您的吩咐。"

电话里的比尔有点不高兴,中村听得出他在克制着。比尔想请他来怡信谈谈有关合作的未尽事宜,中村答应了。

中村走进比尔的办公室,发现除了站着的比尔,坐在一旁的斯泰格,还有,凯特琳。这是什么意思?

比尔走到有点惶惑的中村面前,向他伸出了手,中村忽然感觉手像是被蜇了一下,松开了,对方的手透着一股寒气。比尔说话了:"中村先生,我们正等候您的光临。"

中村确认自己没听错,对,他说的是"我们"。难道是三个人跟我谈他说的未尽事宜吗?所以他问:"比尔先生,不是您和我谈合同的吗?"他指了指比尔和自己。

"是的,中村先生,不过这件事超出了合同的条款。"

"比尔先生请直接说吧。"

比尔从抽屉里拿出理光照相机:"这个照相机是中村先生交给斯泰格先生的吧?"

中村迟滞了一会儿:"是啊,这是我送给斯泰格先生的。我知道他是个业余摄影家。"

斯泰格抬起头来,诧异地看了一下中村,发现中村正盯着他,盛着一种难言的笑意,他的诧异顷刻被笑意摧毁了。

比尔说:"我倒是第一次听说斯泰格先生还有如此雅好。不过,我看过他的摄影作品,实在不敢恭维。中村先生请看。"比尔摆出几张,"这是我们的印染车间,那是新印染工艺,这是新设备的草图。"凯特琳站了起来,拿起照片端详着,然后愤怒地甩向斯泰格。斯泰格痛苦地看着凯特琳,欲言又止。

中村的神色渐渐变得难看,他走向斯泰格,从牙缝里挤出一句话:"斯泰格,我没想到,你竟然是这样一个人。"他把手抡到了空中。比尔在他身后说:"请冷静,中村先生,千万别干让自己后悔的事。所幸这些照片还待在这里,我也不想追究什么。只是考虑到万一他不认账,我想有必要留下这台照相机为证。中村先生没有异议吧。"

中村沉默着。比尔又说:"因为此事,我想我们之间的合作是否应该中止了。"中村继续沉默着。凯特琳说:"比尔,这件事完全是斯泰格的个人行为,和中村先生无关,也和合作无关。"

"但是母亲,您不能否认,由于这件事的存在,必然使合作蒙上阴影。我想,中村先生一定会和我有同感。"

中村突然大声说:"比尔先生,我的想法和您完全不同。我同意夫人的看法,这件事是斯泰格所为,不会对我本人和我们之间的合作蒙上阴影。至于照相机嘛,您要是喜欢,就当我转送给你了。如果比尔先生坚持己见,那我也无话可说,不过,您要考虑单方面终止合同带来的后果。"

"这个请中村先生放心,在此之前,我已经考虑过了。但我想,中村先生更需要考虑,是谁导致了这种令人不愉快的结局,如果公之于众,恐怕后果难料啊。"

因为扭着脸,中村的小胡子翘得更厉害了:"那我倒要看看,比尔先生还有什么招数。"

"说到招数,中村先生已经祭出不少,可这次恐怕要自食其果了。大纯是一块金字招牌,可不要玷污了它。"

中村气咻咻的样子:"是的,大纯不会倒,可是我想,我很快就会看到怡信的末日了。"

凯特琳声色俱厉地截断了比尔要回驳中村的话:"比尔,你不要一意孤行,不能因为斯泰格这个败类坏了怡信的大事。"

斯泰格忽然喊了一声:"夫人,我……"被凯特琳厉声呵斥:"你这个可恶的犹大,你将为自己的行为付出代价。我后悔当时没坚持让比尔开除了你。"

比尔缓缓走向凯特琳说:"妈妈,我只能对您说抱歉了。我相信,无需多日,您就会看到,我今天的决定是正确的。"

凯特琳看着比尔,似乎成了一个完全不认识的人,但她不想再说什么,怒气冲冲地走了出去。

她的身后,三个男人和空气一起陷入可怕的寂静。

10

理惠子突然出现了。这是中村下班回到家门口时最先跳进他视线中的影像。中村就地放下公文包抱住了理惠子。理惠子静静地让他抱着,只重复着一句话,中村君,我好幸福,我好幸福。中村想,她还是老样子,安静得像一尊菩萨。松开她之后,中村才仔细看她的脸,唔,她怎么变得这么憔悴,头发枯黄,面色无华,完全不像三十岁的年龄。中村有点惊讶她怎么找到的他。理惠子说这里的人全认识你,是他们把我带到这里来的。因为怕打扰他,所以她事先没写信,就直接乘船过来了。她叹道,国内工厂都在造武器,市场上连普通生活用品都很难买到。上海比长崎好多了。

中村很感慨,是啊,我们在上海发展得很好,今后还将延续下去。因为我们是征服者,征服者的侨民是安全的,也有更多的机会。中村打开了窗户,指着外面的街道对理惠子说,这一片都是日本棉纺织业的地盘。理惠子,你一定会为这里的生活自豪的。

理惠子两眼发直,痴痴地看着眉飞色舞的中村。

今天值得让中村眉飞色舞。斯泰格,这个拿着他的钱又出卖了他的英国佬,被他锁在一个不为人知的小房间里。那是一个终日不见阳光的房间,待上几天就会发疯的。我要让这家伙看看,倒戈是什么滋味。

理惠子的到来更像一个等待多年的兑现。中村想,这一定是佛赐予他的礼物。这天晚上中村隆重地享受了这礼物带来的欢愉。后来理惠子在他的身体下面呜呜地哭了起来,他听得出来,这是理惠子高兴的呜咽。这声音和他久违了。

斯泰格看上去很痛苦,不敢和他对视。中村把斯泰格的下巴抬起来,看到一双死鱼眼。他颇为欣赏地看着这张曾经对他俯首帖耳的脸,然后听到了沙哑的声音:"中村先生,我是无辜的。我太冒险了,结果被比尔发现了。"

"是这样的吗?可那天我看到的情形完全不是。你怎么证明呢?"

"那些洗出来的照片难道不是证明吗?"声音很低落。

"啊,你还说那些照片。照片拍得如此清晰,构图如此严谨,难道就是你所谓冒险的结果吗?斯泰格先生,别装了。我不是傻瓜。"

就在中村背转身想关门走人的时候,一声沙哑的呼喊把他覆盖了。斯泰格凶狠地扑上来,把中村死死抱住,中村呜呜着发不出声音,斯泰格的声音和刚才判若两人:"中村先生,别逼我啊,一个疯子什么都能干出来。"

"你想干什么?"

"我不想干什么,我就为了混口饭吃,可你竟把我关起来,你想把我闷在这儿等死吗?"

"你要知道斯泰格,背叛是要付出代价的。"中村竭力喊着,由于被斯泰格扼着脖子,气流受到阻滞,听起来有点怪异。

"中村,如果我愿意,关在这里的将是你,而且无声无息。"

中村忽然瘫软下去,背上立刻挨了一脚,他有气无力地问:"你想怎么样?"

"很简单,我回不去怡信了,这损失必须由你来承担。毕竟我为你干过这么多。"

"斯泰格,你知道这是讹诈吗?"

斯泰格的声音显得不可违拗:"这不都是你带我上这个道的吗。听着,如果不想惊动巡捕房,你最好现在就跟我了结了。这样,你我就谁都不欠谁的了。"

"怎么了结?"中村无奈的样子。

"你一个大老板,这还不明白?"

中村吁出一口长气:"好吧,就当我养了一条喂不熟的狼。你等着我。"

"哼,我等着你,我怎么信你?"斯泰格在中村身上翻找,中村一副死鱼样:"再找也是白找,我不可能天天把支票带在身上的。明天你到我办公室来。"

斯泰格手里的力道紧了紧:"如果你食言,我可不会放过你。你知道的,我曾是陆军中尉,还吃过不少苦。"

两人出门的时候,斯泰格搭着中村的肩,像是扶着他愁眉苦脸的兄弟。

那天回去后,斯泰格立即去找了比尔。比尔安抚着他,然后从保险箱里拿出一沓钱,装进信封推到斯泰格面前。斯泰格没动,说:"不,比尔先生,我不需要。"

比尔把钱交到斯泰格手里:"不,这是你该得的。不过斯泰格,中村那里就算了吧。"

"算了?他把我关了两天,如果不是我自救,恐怕就得死在里面了。"

比尔摇摇头:"斯泰格,你给我听着,中村心机很深,你绝对不是他的对手。日本对上海的控制日甚一日,中村有了依靠,下手会更狠。"

"比尔先生,这几年我像个木偶一样被他操控,我不甘心。不跟他作个了断,就无法洗去我的耻辱。"

比尔沉默了,然后拥抱了斯泰格,在他背上拍了两下。

送走斯泰格,比尔叫来了小跟班,把理光照相机交给他,跟他耳语了几句。

翌日中午,两名巡捕赶到广慈医院急救病房的时候,被告知斯泰格已在半小时前死亡。死因不明。

中村对巡捕的突然而至深感惊讶,巡捕说明找他的理由是几天前他曾私下禁闭过死者,所以不能排除他的作案嫌疑。中村低着头向巡捕行礼,然后又独自鞠躬几分钟,说这是为斯泰格先生的。他承认所谓的"禁闭"，但这只是他们两人之间的一种游戏，而且就在昨天他还准备给斯泰格先生一笔钱享受度假。中村拉开抽屉，拿出那张签了字的支票给巡捕。巡捕咂着嘴说可惜了，然后就告辞了。

小跟班的照片记录了斯泰格一早出门到被送往医院的各个环节。虽然因为距离较远稍显模糊，但斯泰格的形象还是清晰无误。关键是他身后的两个人，矮个的头戴礼帽，高个子却亮着个光头，看起来并驾齐驱的样子。两人与斯泰格形影不离，只是在离大纯纱厂不远的一个拐角处，三个人突然同时消失了。

比尔反复看着照片，问小跟班："他现在怎么样？"小跟班说："医院里的人说，巡捕房介入了，他们不便说。"比尔自言自语地说："看来事情比我想象的还要糟啊。"

一个礼拜后，斯泰格死亡的消息见报。比尔整天没出门，直到母亲来敲门。凯特琳问："这到底是怎么回事？"

"我也想了一天，但还是理不出头绪来。"

"听说中村把斯泰格先生关在一个密室里？"

"他曾跟我说过，他说要跟中村有个了断，我劝他歇手，他终究还是没听。可我不信他的死会与中村有关，简直不敢想象。"

凯特琳沉默了。

比尔说，"不管怎么说，我们应该为他举办一个葬礼，他毕竟是我们的同胞，在这里他没有任何亲人了。"

"比尔，你真的不知道事情的真相吗？"

比尔抬起头来看着凯特琳："妈妈，你想说什么？"

"哦，不，我什么都不想说。我觉得一切都太乱了。"

11

比尔又和严彤江在他的厂房里见了面，相谈甚欢。比尔把合并后的一些想法告诉严彤江,严彤江连连点头,然后告诉比尔,几年前,他女儿从南通纺织学校毕业后就去了英国学习印染技术,而他现在正在跟一个英国纱厂老板谈判,这是不是一件很有趣的事。比尔欣喜地说:"这是不是你我的缘分?"严彤江说:"是,就是缘分。我早已通过女儿了解了英国最新的印染技术,否则,你我的谈判哪有这么容易。"比尔说:"原来严先生还有商业情报啊。"两人开怀大笑,哈出的气很快在窗上凝成一层薄霜。严彤江伸出手指在上面画出一个圈,又一个圈,然后说:"比尔先生,今天我带你吃浦东老八样去。"

空中洋洋洒洒飘起了雪花,比尔跟着严彤江兴致高昂地到了一家挂着灯笼的饭馆。严彤江感慨,淞沪会战后,好久不见他们的灯笼了。再过半个来月,又是新年了。辰光过得真快呀。也不知道比尔能听懂多少严彤江夹杂着浦东方言的洋泾浜英语,反正他能对这个比他大了二十几岁的男人的意思理解得八九不离十就可以了。

菜端上来的时候,比尔感到他的视线太忙碌了,啊,太丰富了。严彤江一个个介绍着,但他犯难了,菜名怎么说,洋泾浜英语也没有啊。就按照自己的理解来了,反正好不好舌头说了算,扣三丝、肉皮砂锅……他夹起一块肉皮,说:"来,比尔先生,你尝尝。这个砂锅现在吃正好,外头落雪,里厢砂锅。"

比尔试探着用汤匙舀了一块肉皮,小心翼翼放进嘴里,一嚼,吱吱的响声,片刻之后,他向严彤江伸出了大拇指。严彤江看他吃得开心,又叫店家温一壶黄酒,放上姜丝。严彤江啜了一小口,说这是中国威士忌,示意比尔依样画葫芦。比尔端起了酒杯,用舌尖沾了一点,皱了皱眉。严彤江替他把小酒杯端起来,又把自己的酒杯和他的碰了一下,一饮而尽,说:"喝下去你就知道它的好处了。"比尔皱着眉头喝了一口,觉得喉咙里慢慢发热,然后,整个胸腔都热了。后来就吃得放开了,也不管绅士风度了。再后来他打着酒嗝说严先生,这是我吃得最开心的上海饭。不,是浦东饭。我们的新厂建立后,我就可以随时到这里来吃饭了。

一个月后,协隆纺织有限公司隆重挂牌。比尔憧憬着未来几个月内,簇新的厂房初具规模。老乔治在曼彻斯特的公司将为他们提供机器。更重要的是,停泊在外滩的英国海军舰艇使比尔的安全感大增。那里距离白莲泾并不太远。

严少卉回来了。本来随她一起到达的还有协隆在曼彻斯特订购的纺织机械,但英国和日本已成敌国,日本控制下的上海口岸拒绝放行这些铁家伙。

严少卉一出现,比尔就一眼认出了她。两年前在曼彻斯特中国城面馆邂逅之后,这个女孩给他留下的最深印象就是标准的伦敦音和后脑勺上两根闪着油亮的辫子。

严少卉瞬间发呆的时候,比尔说话了:"还认识吗?"严少卉也想起来这一幕了,她微笑着:"您就是比尔先生,爹爹说的大老板原来是您呀?"

比尔也不谦虚:"我当时就告诉过你的,我不像吗?"

"不是您不像,而是我不敢想象。"

"严小姐真会说话。"

一旁的严彤江一头雾水,凭他那点洋泾浜英语,根本不知道他们在说什么,只是觉得他们很熟,就问女儿:"阿卉,你认识比尔先生?"

"爹爹,我在曼彻斯特读大学时打工,比尔先生来中国城面馆吃面,我们就认识了。"

比尔对严彤江说,"不过当时,我们只说了两句话,小气的面馆老板就把她叫走了。"

严少卉立即反驳:"不,也许他怕你把中国小姑娘拐跑了。"

三人都哈哈大笑起来。

严彤江拍着比尔的肩说,"比尔先生,我说过的,我们有缘分。这下,你相信了吧。"

"我太相信了。严先生,我更相信我们的合作。"

严彤江对严少卉说:"阿卉,接着就要检验侬的学成,为协隆尽力了。"

比尔说:"不过,我们的机械被日本人扣着进不来,这一定会影响产品的产量和更新啊。"

严少卉立刻接住了话头:"但他们扣押不了我脑袋里的东西啊。"

比尔的眼睛里闪出一丝光亮:"是啊,我忘了严小姐脑袋里装着最先进的印染技术呢。"

"阿卉,可不作兴夸海口啊。"

"爹爹侬不相信我啊,我从小到大说过大话吗?"

"唔,这小囡倒是从来不吹牛的。"

比尔说:"坦率地说,也许只有印染技术才是我们占有市场份额的一条生路了。严小姐,你有把握吗?"

"比尔先生,我爹爹说过,我从来不说大话,但我会尽全力。"

"那好,明天你就开始。"

那天晚上,布莱德利来了,表示把自己的老公茂纱厂作为股份抵押给协隆:"日本人惹了美国,那就等着报复吧。而且我打赌,这报复会很残酷。比尔,反正我的市场份额也不大,所以抱在一起还可以增加点实力。度过了这段困难时期,局面一定会改观的。"

比尔很激动:"布莱德利先生,有您的支撑,我就有底气了。"

当晚的洗尘宴还是老八样,这也是严少卉从小吃到大的。上一次是严彤江和比尔两个人,这次是五个人了。凯特琳和布莱德利瞪大眼睛看着一盘盘菜端上来,着实有点惊讶。紧实而丰满的菜肴把一个个硕大的瓷碗撑得满满当当,相比起来,无论是英国还是印度大餐,盘踞在一个大盘中间那点东西,像是大海中孤独的小岛。

比尔说因为喜欢"老八样",就当自己是半个上海人了,他周围的上海人听得懂他说的上海话,严少卉也说听得懂。他为此很得意。严彤江告诉凯特琳,因为日本人的控制,像这样的大餐自己也是几个月才吃一次啊。饭桌上的空气凝重起来。比尔说我来上海这些年,在这里经历了很多事。我觉得,日本人快撑不住了,到时候不知又会是一个怎样的上海。

但不管如何，我是喜欢上这个地方了。

严少卉在比尔的陪同下在新建的厂房里转，她看得非常仔细，问题全是印染专家的专业口吻，比尔惊讶之余，不禁叫好。但严少卉的另一个问题让他踌躇了很久："比尔先生，你能告诉我收购我父亲纱厂的动机吗？"

比尔字斟句酌地说："严小姐，我和你父亲是经过谈判的。我们总共谈了三次，双方都认为可以从合并中获得各自的利益。而且，你父亲还是新的协隆纺织有限公司第二大股东。"他用了"合并"这个词。

严少卉顺着他的思路再问："你认为合并后的新公司能保证股东们的利益吗？"

"这一切要看公司的管理和运作，我一定会竭尽全力的。"

"那我跟你交个底吧。父亲送我去曼彻斯特，也就是你的家乡学习印染技术，就是要我把裕昌振兴起来，所以我刚听到这个消息时，曾经是反对的。但我毕竟不能左右我的父亲。"

"我非常能理解严小姐的想法，说实话，我到上海来办纱厂是为了实现我父亲的遗愿。但来之后，发现远不是我想的那样。日本纱厂太强大了，我们的发展空间非常有限，但我既然来了，就绝不撤退。我看到大批华商纱厂被日本无条件收购了。不，这不是收购，这是可耻的吞并。严先生在如此险境中没有屈服于日资，令我十分钦佩。所以我和严先生谈判的前提是尊重他的意愿，而且全盘考虑双方的利益。当我听说严小姐在曼彻斯特学印染，又增加了我的信心。"

"对不起，比尔先生，我的问题勾起了你痛苦的回忆。"

"哦，我不会介意的，我感谢你的坦率。我想，我们合作的目标是国际市场，如果我们的产品打开了国际市场，前景将是不可估量的。"

严少卉听着，觉得自己心跳加速。她想，这个男人的确有煽动性，父亲一定是被他的说辞打动了，不过看得出来他是真诚的。那就相信他，至少他没有强取豪夺吧。

几个月后，严少卉主持研发的"龙和"牌印染织品投放市场。

那天,比尔邀请严少卉去外滩走了走,路过上海总会的时候,门外有日军士兵把守着。现在,剧院影院跑马厅俱乐部,包括上海总会,都是禁止盟国公民进入的。比尔叹了口气说:"其实上海的奢侈场所除了上海总会,我几乎没去过别的地方。"

后来严少卉就随比尔去了他家。令她稍感惊讶的是,除了壁炉和画框,这个家与一般上海家庭无多区别。比尔指着一把藤椅对严少卉说:"这是我一年前买的,休息的时候,我就坐在这里看书,非常舒服。请坐。"他做了个请严少卉就座的手势。然后他从柜子里取出一瓶酒来,说:"这是我最喜欢的马提尼酒,不知道你是否喜欢?"

"我没喝过,但我很愿意尝尝。"

"太好了。"他拿出两个杯子,各自斟了少许,拿起自己的一杯抿了一口,非常惬意。

严少卉谨慎地啜了一口,皱了皱眉。比尔注意到了:"什么感觉?"

"唔,自然,纯粹,优雅,也有点尖锐。你应该喝这酒。"

比尔又咽下一口酒,然后专注地看着对面精致的五官。严少卉忍不住笑了:"你这是干什么?"

"你还在英国进修了读心术?"

"什么意思?"严少卉也瞪大了眼睛,睫毛也被撑开了。

"你的意思是说马提尼很像我,对不对?"

"也许是吧。"

"按照中国人的说法,我一定要敬你一杯。我干了。"比尔仰起脖子一干而尽。

"这又是?"

比尔显得很激动:"你知道吗,这是我一直在想的问题,想我究竟是什么样的人。今天才突然明白了。不,是被你破解的。"

倒是严少卉有点局促了:"我不过随便说说,你用不着当真的。"

"不,你随便说说,这就叫歪打……"

"歪打正着。啊呀,我不是这意思……"

比尔仍沉浸其中:"或者是醉翁之意……"

"不在酒。嗨,也不对。"

比尔捶了一下自己的脑袋,"我怎么总是只记住半句,中国成语太难了。不过,有你就没问题了。你知道马提尼酒为什么有这样的感觉吗,因为酿酒师在它的制作后期加了烈性白酒和蜜糖。"

严少卉端起酒杯,这次是学着比尔的样子抿了一口,细细品味着:"唔。我感觉到了。辣中带甜,香气清爽。看来,我也会喜欢上它的。"

"那就让我们干杯。"

几杯酒下肚,都有了点酒酣耳热的感觉。这感觉非常好。

比尔的目光停留在这个纤细娇小眉眼精致的女人身上,那种自在和自信或许和这个躯体并不相称,她对协隆的未来意味什么,对我又意味着什么?两人四目相对,感觉着对方此刻的心思。

12

连浦东低矮的建筑物也飘起了太阳旗。中村发现,皇军士兵中也有长崎口音的。但这些士兵实在太稚嫩了,连喉结都还没形成一个应有的角度,所以他们的声音没有男子汉的浑厚和粗犷。他们显得亢奋,抖擞,感觉却像虚张声势。他们的军用靴踩在浦东的泥地上,也没有发出触碰柏油马路时咔咔的声响。

白莲泾,当年的机器轧花厂早已物是人非,眼帘往前抬,百余米之外那个新矗起的厂房就是协隆纺织有限公司。中村似乎又回到了几年前的那个夜晚,仰望星空,体味清新的夜露。不远处,稚嫩的长崎口音在空气中游荡。

但他分明看到了协隆的烟囱里吐着浓黑的烟。

一连好几天,中村持续奔波于被太平洋战争终结的"孤岛",蓝眼睛高鼻子们,尤其是灰溜溜的英国佬,哪里还有绅士的矜持?他再次庆幸自己当初留在上海的选择,这里是日本纺织业最值得骄傲的地方,也是他中村健太建立功勋的地方。

这天他回到家已是半夜。

理惠子不见了。

这一夜,中村在厂区家属区里到处寻找,但哪里有理惠子的踪影?

她来了一年还不到,去哪儿了?这个问题在后来的日子里一直执拗地占据着中村的思维,每一次寻找未果就像一道绳索把他的大脑又勒紧了一点,勒得生疼。他无数次向自己发问,直到他确认已成为一道无解之题。

中村的脚步不知不觉又到了竹内餐馆。他忽然想,多久没来这里,连自己都搞不清楚了。幸枝还在吗?正想着,身后响起熟悉的声音:"是中村君吗?"中村猛一回头,激动立刻变成一连串问号:"幸枝,真的是你吗?你一直在这儿吗?你还记得我?"幸枝也显得特别激动:"中村君,我一直记得你啊。您好久没光顾了。您请坐。"中村坐下来,那种惬意的感觉立刻就回来了:"照以前的样子来一份吧。""是,中村君。"她的木屐发出急促的嗒嗒声。几分钟后,幸枝端着一个托盘过来了:"中村君,您请用。"中村微微点头致谢,然后问:"幸枝,你陪我一起吃吧。"幸枝退到一边,连连摆手。中村再次向幸枝点了点头,说:"不必拘礼,幸枝,请接受我的邀请吧。"幸枝扭捏着在中村对面坐下来。

中村喝了一口清酒,问道:"幸枝,你是什么时候来的上海?"

"我到上海已经十多年了。"

"啊,那你想过要回去吗?"

"我没想过,我在上海过得很好,为什么要回去?"

"是啊,很多人都这么想,我在上海开纱厂,事业兴旺。这里不愧是远东第一啊。"

"中村君说得太对了。"

"不过,昭和十二年(1937)第二次上海事变(指淞沪会战),你也没被领事遣送回国吗?"

"我被遣送了。但是,年底我又回来了。我家在宫崎县,离上海很近。搭上船,很快就到了。"

"你是宫崎县的? 我是长崎的。原来我们都是九州人啊。"

"真的,中村君,真是太巧了。"幸枝激动得都不知怎么表达了。

"幸枝,这么说我们真是很有缘啊。来,干一杯。"

这一晚,幸枝对中村百般缱绻,中村情绪高昂,后来他又把幸枝当成理惠子了,幸枝一点都不恼,反而全力迎合。问题是,此时的中村怀着的不仅是思念,还有怨愤。所以借着酒劲的中村就把自己变成了一头暴戾凶狠的狼,幸枝带着虐痛的呻吟助长了他的暴戾,也使他病态的亢奋不断攀升到新的高度。当他终于像垂死的狼那样低吼着停下来的时候,发现幸枝弓着的臀部上出现了一道道抓划的红印,那是他指甲的战绩。他已经拉上了裤子,这个带着抓痕的臀部却依然朝他挺着,纹丝不动。中村一惊,再一看幸枝,她歪着脖子,脸色煞白。中村俯下身去,喊着:"幸枝,幸枝,你怎么啦?"幸枝好久才睁开眼睛,吃力地看了中村一眼:"中村君,我很高兴。"说完身体一歪,倒在地上。她已经麻木了。"幸枝,你怎么啦,我送你去医院。""不要,中村君,我没事。"中村忽然一头扑倒,抱起幸枝的脸,狂吻起来。

这样的疯狂并没有结束,中村欣喜地发现,和幸枝在一起的感觉超过了理惠子,难道这才是他的真爱吗?

冬天来临的时候,大纯纱厂也与严寒越来越近。

中村知道这一天总会来的。这是纱厂高压政策的必然结局。日夜轮班,工资微薄,连去厕所也要领牌子,五百个人仅有两个牌子。工人们三四家甚至七八家挤在一起。中村曾想作些调整,但遭拒绝。纺织株式会社高层坚持,规定沿袭了很久,不能擅自更改。对工人的管理历来如此,何况是猪一样的支那工人。中村并不认为支那工人是猪,但也无能为力。

所以当他看到夜幕中的工人们高喊着"摇班"(罢工)、"日本纱厂搬回日本去"蜂拥而出的情形时并不惊讶。他拿起电话吩咐关闭厂门,接着透过窗帘的一角目睹工人们扛起巨木把门撞开,或者爬墙而出。有人把纱厂的工作帽脱下,高声大喊,我们不戴东洋帽了!然后丢在地上猛踩,更多的工人如法炮制……这一幕是中村最不愿意看到的,大纯的工作帽源于他的亲手设计,这顶帽子是上海棉纺市场的一块招牌,是他在上海的事业的象征。放下窗帘的时候,中村觉得自己的手居然有点颤抖。他不敢再看了。

他连灯都不想开,就让屋里暗着吧。连心情都和这空间一样一团漆黑。他倒在沙发上沉沉睡去。

这一觉睡到了第二天上午。连续好几个阴霾笼罩的天气了,是个难得的艳阳高照,却与他当下的心绪十分别扭。读报是中村早餐的一部分。当他把第二个寿司塞进嘴里的时候,眼睛就被这一版报屁股上的一个黑色小方块粘住了。那是一个讣告,上面写的是斯泰格的追悼讯息,发布人是比尔。寿司噎在喉咙口不上不下,紧接着感到一股气直冲上来,把寿司顶了出来。他站起来,打开窗户,大口呼吸着,还是觉得气息急促。

葬礼上,中村和凯特琳的眼光遇上时,他避开了。

凯特琳觉得自己被罩在一张莫名的网中,周身冷彻。难道斯泰格的死真和他有关,真相究竟是什么?

比尔拿着那些照片去了巡捕房,探长来回翻着照片表示可以立案,但因缺乏关键证据,结局也许并不乐观。

中村沮丧之余,决定不向凯特琳作任何解释。他既想压过怡信一头,又想保持与凯特琳的关系,看来是痴心妄想了。就算他真的爱上了这位优雅的英国女人,又能有什么结果呢?就让这一段似是而非的男女之情无疾而终吧。可葬礼后他就接到了她的约请。她质问他和斯泰格究竟是什么关系,他对斯泰格做了什么。他知道她在等他解释,或者辩驳,但他打定主意不解释不回应。她一把夺过他的咖啡杯,狠狠地扣在桌上,杯子的碎片使深褐色的汁液渗着鲜血的暗红像一朵诡异的花突然绽放在她的手心里,刺一般射向他的眼睛,他用眼角的余光胆怯地瞟了她一眼,她脸色煞白,潜着隐隐的青紫……

13

店铺里和街上的同胞都在议论山本五十六大将在所罗门群岛布干维尔岛上空殉国的事。据说他的座机在三十秒之内被打成了筛子,奉命寻找的日军士兵发现他的尸体一直保持端坐握着指挥刀的姿势。这位海军大将出生时父亲年已五十六岁,这个年龄就成了他的名字。山本五十六之死使日本举国上下像一个巨大的气球那样瞬时破裂,包括中村在内的日本国民只知道太阳旗下的勇士们所向披靡高歌猛进,而现在谁都看得出来,日本处于守势了。中村想起那天看到的士兵,这么年轻就到国外为天皇陛下效忠,谁知道还能撑多久呢?

山本是中村心目中的神,神的背后是帝国的命运,这座神倒下了,大纯的命运又将如何呢?后来的日子里,这个疑问如同一张充满阴影的大网绷着他的身心,直到他亲耳聆听裕仁天皇陛下向全世界发布终战诏书。中村听得泪流满面,很想痛哭一场,却发不出声音来。他也理解了天皇陛下的嗓音为什么如此枯涩。

经过了几天的沉默后,中村和所有居住在虹口的日本居留民都接到了通知,进入日侨集中营。去溧阳路日本侨民管理处登记的时候,中村看到那个几乎可以摸黑走到他的专座的咖啡馆,心中隐隐作痛。

结束了。彻底结束了。

中村的生活场景被颠覆了,晚上八点之前必须"回营"。作为战败国国民,这是必须承受的。那天他作为日本居留民代表之一受到上海方面总司令汤恩伯将军的召见。出乎所有人的意料,中国国民政府的战争赔偿条件竟如此宽大,中村也深感震惊。震惊之余,他拒绝被遣送回日本。

上海是他的福地,留下来是最好的选择。他想,既然纱厂被作为敌产没收,那么他继续在这里工作,也算为中国工作,总是可以的吧。他向遣送机构提出了要求,然后静静等待。

不久后宣布成立的国营中国纺织建设公司就是上海的日本纱厂班底,包括了中村的大纯公司,但在留用的一百二十多个日籍技术人员名单中,没有中村健太的名字。他失望之极。这意味着他离被遣送回国的日子越来越近了。

那天他再次来到杨树浦,在心里对他的大纯进行最后一次祭奠。许多日本居留民称上海为"宝山",中村喟叹,的确是一座宝山啊。现在都要离开了,没有选择地离开了。此生还有再回来的那一天吗?时势决定命运啊,庞大的日本纺织业变成了战胜国的财产,苦撑坚持的怡信却变成了更大的协隆。这时就有一个人潜入了他的内心。凯特琳。凯特琳。很久没想起她了。忽然很想见她一面,跟她说点什么。他立刻又嘲笑自己,这个愿望太不着边际了。

这天晚上,他铺开信纸,写下自己到上海后的种种遭际,一个风头健硕的青年变成了即将进入中年头发开始稀疏的男人。从白莲泾的创业到杨树浦的发达,大纯和怡信的恩怨,对斯泰格的内心忏悔,与凯特琳的纠缠,写到了他欲留上海而不达的惆怅,写到了对协隆的祝愿……最后极其庄重地在信封上写下了收信人的名字,凯特琳夫人。

他想,也算是对自己十几年上海生涯的一个交代吧。中国人说,尘埃落定。

一九四六年一月,上海进入严冬的一天,间或日出,间或阴霾。

一早,抹着泪水的幸枝被中村拽着登上了停泊在十六铺码头的"江鸟丸"。这条货船被大刀阔斧地改装成了遣送船。货舱上面搭起的一个大棚里竟然挤着四千多人,全部通铺,光线昏暗,密密匝匝。所有人都静默着,鱼贯进入自己的位置。

中村走上甲板,视线始终在黄浦江两岸的建筑上徘徊。十六铺向东的白莲泾,是他到上海的第一站。近在咫尺的西岸,日清洋行、横滨正金银行阴着哭丧的脸向他告别。他忽然想起沿外滩的四川路上还有他最熟门熟路的三井洋行上海分行。唉,结束了。此生再也无缘相见了。直到漆黑将天幕完全覆盖,他才万般无奈地向大通铺走去。

清晨醒来,船已驶入舟山海面,突然猛地一震,又是一震,紧接着是一连串剧烈的爆炸声。黑烟越来越浓,像一个志得意满的蒙面大盗迅速扩张着地盘。船长一面发出求救信号,一面在广播室里接连呼叫:本船触碰水雷,即将沉没,请大家保持镇静。

没有惊叫,所有人都把恐慌藏在心里。中村在人群中忽然瞥到一个身影,啊,是她吗?他不禁激灵了一下,再定睛看,真的是她,理惠子。他刚想喊,看着周围的静谧,又把喊声吞了回去。他寻找机会慢慢向她靠近,看来也是徒劳,因为他和她相隔了至少有十几个人。最好的办法就是自己弄出点动静来,让她的目光注意到他。所以他咳了一声,又响亮地咳了一声。果然他的余光就感觉到周围的目光正向自己聚拢。有她的吗?他抬起头来的时候,她向来抑郁的眼神正盛满抑郁地与他相遇,闪出惊异,然后她捂住了嘴。中村知道,这是她下意识的一个动作,表示极度的惊讶。她当然惊讶。他也惊讶。他一动不动地看着她,好像要把她盯到自己的眼睛里去。两人的目光在船缓缓下沉的时候凝神交汇。幸枝诧异地在中村身后问道,中村君,你怎么啦?中村背对着她一言不发。中村的后背让幸枝感觉到了复杂。幸枝其实看到了那个捂着嘴的女人,她与中村君对视着,她捂着的嘴里一定藏着什么。

船长开始向人们发放木板,是从大棚上卸下来的,每个家庭一块。船长告诉大家,如果无法获得救援,就只能跳海逃生了。人们有序而沉默地领走自己的木板。幸枝对中村说:"我也领一块吧。我和你一起。"中村没回过头来,只轻轻地说:"还有她。"

大约三海里远处一艘挂着美国国旗的"百利华"号正向"江鸟丸"驶

来,救援和被救援的都知道,第二次爆炸的危险还在,救援的成功概率很难把握,"江鸟丸"上不见嘈杂,反而一片寂静。

两条船靠近时,"江鸟丸"才响起克制的欢呼声。美国船员指挥人们一个接着一个踏上"百利华"的甲板,忽然有人发出惊呼。一个少妇把婴儿交到美国船员手中时,自己不慎失足掉入海里,恰被"百利华"的推进器卷入,渗着鲜血的海水打着旋,又被更大的旋涡吞没。已经和中村会合的理惠子又一次捂上了嘴巴。船上的人默默向少妇致哀。中村忽然对理惠子和幸枝说:"你们先走,我留到最后。"两人盯着他:"为什么?"中村说:"现在很危险,还有两百多人在'江鸟丸'上,越早离开越好。"幸枝问道:"那你为什么不走?"中村说:"我只是想让别人先走。""为什么?""没有为什么。"理惠子忽然说:"你想知道我为什么离开你吗?"中村默然。理惠子说:"因为我看到你的时间太短了,甚至几天都看不到你。"中村一把抱住理惠子,眼睛里盈满泪水。幸枝也嘤嘤着抱住了中村。突然,中村觉得有人狠劲地拉他,要把他和这两个女人分开,他死死地抱住她们,声嘶力竭地叫喊起来:"啊,斯泰格,你怎么来了,是找我复仇吗?对,是我找的浪人干掉了你,这是你的劫数。现在,我的劫数也要到了,你别扯着她们,我要跟你对决。来呀。你这个混蛋。恶棍。骗子。"

理惠子和幸枝被中村的样子惊呆了,他眼睛通红,凶狠而惊惧,鼻翼急促收缩,嘴里含糊不清,他疯了吗?他死死盯着她们,嗓音一下子变得沙哑:"你们快走,走啊。斯泰格来了,终于来了。我不怕你,我……不怕你。我要和你决斗。决斗。"理惠子和幸枝倒退着上了"百利华"的甲板。中村看着她们,然后双手掩脸,号啕起来。

"江鸟丸"继续下沉,还有几十人没登上"百利华"。更可怕的是,被"江鸟丸"拴着的"百利华"也在缓缓下沉,船长决绝地割断了连接"百利华"的绳索。中村忽然紧紧抱住船长,大喊跳船。他和船长合抱着一块木板在湍急的海水中挣扎,船长喘着气告诉他,刚才我想对所有人说一句话,但我一直没说出来,再不说就没机会了……我告诉你,根据我的经验,

311

这是一个固定的水雷,一定是帝国军人干的。中村惊讶得张大了嘴,一个浪头打来,把他完全淹没了。船长想去拉他,又一个巨浪接踵而至……

14

比尔和严少卉从曼彻斯特带着一批新的纺织机械回到白莲泾,已是一九四八年的冬日。出了机场,严寒就给了他们当头一击。比尔把严少卉搂进怀里,感到她的身体微微颤抖。

积雪把协隆厂区变成了白色世界。

一年前,在老乔治的安排下,严少卉再去曼彻斯特学习最新的印染技术。这一年里,她和比尔用情书精心构筑了他们的爱情城墙,她也成了一个真正的印染专家。

严彤江病了,病得很重,为了不影响严少卉的学业,他一再要求比尔不能告诉她。

第二天上午,比尔带着严少卉来到仁济医院病房里。严少卉好像认不出父亲了,一下子变得这么老迈,她挨着父亲蹲下来,泪水滴滴答答掉落在他枯槁的手上,严彤江抚摸着女儿的头发,说:"阿卉,侬回来了就好啊,看到侬,我今天精神好多了。"

"爹爹,怎么会这样啊?"

"生老病死,谁都逃不过。爹爹四十二岁才有了侬这个奶末头宝贝女儿,侬有出息,给爹爹争光,也给严家宗祠争了光啊。"

"这全是爹爹的心血。现在协隆经营得越来越好了,多需要爹爹啊。"

"爹爹晓得阿卉孝顺。协隆主要还是靠比尔先生,侬回来了,就可以做伊助手了。"

"爹爹放心,我晓得。"

严彤江向比尔招了招手:"比尔,你过来。"比尔俯下身凝视着严彤江,"严先生,您有什么事,尽管说。"严彤江的声音忽然轻了起来,气息也急了:"比尔……我把女儿交给你了。可惜呀……我没有福气看到你们的婚礼了……你要照顾好阿卉……"

"严先生,您放心。我一定记住您的话。"比尔紧紧握着严彤江冰凉的手。

严少卉挂着泪水,硬挤着笑:"爹爹安心养病,侬一定会好起来的。"

比尔忽然想起父亲对他说过的一幕,当年在印度,乔治外公把母亲交给了父亲。而他的岳父兼股东对他却是临终嘱托。他陡然感到沉重起来。

一个星期后,严彤江去世。守候了两天的严少卉红肿着双眼对匆匆赶来的比尔说:"爹爹走得很安详,临终前他一直叫着亲人的名字,其中也有你。"比尔紧搂严少卉,轻抚着她的肩说:"我知道,我知道岳父的心意。少卉,我从心里感谢我的岳父,他给了我一个好妻子。我想,有我岳父的保佑,协隆一定会给我们带来好运的。"这时,久藏他心里的那个钟摆再次响了起来。

冬去春来,比尔带着严少卉又去了上海总会。比尔慢慢看着,像一个好学的小学生那样重温着它的每一个细节,他对严少卉感慨道:"四年前我们与它擦肩而过。幸运的是,它的一切都没变。你看这个一百一十英尺的长吧台,是日本设计师的大手笔。我在上海的对手也是日本人,我不得不承认,他们是充满智慧和力量的。这段经历对我来说难能可贵。"

严少卉沿着长吧台默默走着,忽然问:"比尔,想喝马提尼吗?"

"马提尼,太好了。我们是该庆贺一下了。你看到长吧台尽头转弯的那一段了吗,那里与黄浦江是并行的,据说是大银行和洋行老板的包座,除非他们邀请,别人不能坐在那里喝酒。"

"那我们今天就坐在那里喝酒,看我对岸的家。"

"说得好。"

这一次,他们喝得很尽兴。

第二年夏季来临之前,协隆公司宣布迁往曼彻斯特。临行之前,凯特琳再次打开中村的那封信重读了一遍,悄悄烧了。然后,她又去了国际礼拜堂。

几年后,协隆研制的"龙和"系列产品相继问世,行销国际市场。比尔想,我可以告慰父亲了。

一九八〇年深秋。

英格兰北约克郡霍华德城堡,优雅精致的雕塑与山丘、森林、河水和牛群遥遥相望。年届九十的凯特琳拄拐站在开阔的城堡主楼前,看着阳光从拱形大窗透出来,铺洒一片金黄。接着,她信步进入主楼后面的意大利花园小礼拜堂里,精美绝伦的雕饰和彩色玻璃让她的思绪跳回到徐家汇的国际礼拜堂。那是永远留驻在她心里的一个场景,光线从顶部窗户缓缓泻入,那个狭小的空间立刻温馨起来,流光溢彩。那时候,她的身心如与阳光约会,互相交融。

陪伴着母亲的比尔却想着上海总会,那条远东著名的黑白大理石长吧台,梦中他都能触摸到它们的纹理。抬头望天,晴空万里,一片灿烂。他的目光忽然与那个金黄耀眼的中心碰了一下,眼前立刻金星飞溅。啊,长吧台竟变成了一段一段……他痛苦地闭上了眼睛。

牵扯比尔的不仅是上海总会,还有隔着黄浦江的东岸,那个叫白莲泾的地方,协隆的诞生地。

那天晚上,比尔忽然问约克大学教授严少卉:"亲爱的,你想回老家看看吗?"

跋

进入不惑之后,我似乎对"过去时态"有了一种特殊的迷恋。确切地说,是对"老上海"的迷恋。我有点疑惑这是不是表示自己已开始迈入"老旧"的状态。后来发现,同道中人还真是不少。其实,"今生"的上海仍受着"前世"的庇荫和眷顾。我父亲早年从定海来到上海,在丹麦人的店里学过生意,后来又追随他的民族企业家长辈。少年时代依稀听过的这些故事逐渐发酵成对上海"前世"的关注。

海外"上海史研究"早成显学,近年来本埠学界对上海"前世"的关注也持续升温。我以为,这种关注具有打通筋脉还原精华的真义和为今所用的识见,更有一种重拾江山的大气和意蕴。我自觉又非常享受地加入到这个关注的行列之中。

关注之后发现,开埠后的上海不经意间成了全球化的中心地带。

开埠就像一块粗砺而尖锐的玻璃打破了平静,东西方文化激烈碰撞、冲击,然后杂糅,然后精致,盛装和疮痍同在,锦绣和陋鄙共存。

二十世纪三十年代,一个外国人曾如此描述上海:"在那里世界各地的人你都看得到,走在花园街(今南京东路)上的时候,你会觉得好像在参加世界各族大聚会。有高高的大胡子俄国人、胖胖的德国佬。没准你一头撞上一个瘦小的日本军官,他显得趾高气扬,认为大和民族征服整个欧洲都不在话下。老于世故的中国人坐在西式马车里,精瘦的美国人则乘人力黄包车。摩托车飞驰而过,差点撞到一乘帘子遮得密密实实的轿子,轿中坐的是中国的官太太。一个法国人在上海狭窄的人行道上向人脱帽致敬,帽子正好打在一个穿着精美黄色丝绸外套的印度人脸上……"这画风确实令人忍俊不禁,却是彼时上海的真实场景。

据相关统计,从二十世纪二十年代后期到一九四二年,上海外侨人数迅速增长,最高时多达五十八个国家和地区。更值一提的是,很多外侨自称"上海人"(即所谓 shanghailander)。他们在这里买地建房、生儿育女、办学行医、开厂经商、传教办报,当然也有走私贩毒……以外侨精英命名的马路如赫德路(常德路)、文监师路(塘沽路)、福开森路(武康路)、麦特赫斯脱路(泰兴路)、哈同路(铜仁路)、汉璧理路(汉阳路)等寓意了纪念,也例证了租界文化和地域文化的融洽。

我们无需在"开拓者"或"冒险家"两者之间纠缠,反正外侨也没把自己当"外人"。"万国建筑博览会"就是在这种错综混合的杂居生态中奇妙而惊艳地矗起于外滩。要知道,原来这里还是一片芦苇滩。中西文化在这里平视,纠葛和冲撞也是异质文化交织的常态,却并不妨碍共存共处,进而抵达共融之境。万国商团、多教杂处、洋泾浜英语就是这种境界之展示。

上海外侨先以英国人为最,随后美、法、德、日、葡、意和主要欧洲国家侨民纷至沓来。日侨原来地位很低,到二十世纪二十年代初反超英美跃居第一,虹口一带变成"小东京",连神社都复制了过来。英、美、德侨主业经商,法国人热衷传教,俄侨(包括十月革命后避难的白俄及部分俄籍吉卜赛人)虽不能与前者匹敌,却在饮食、音乐、艺术等方面影响甚巨。而第一波前来上海捞金的犹太人(代表人物沙逊、哈同、嘉道理)和第二波逃避纳粹追杀的犹太难民(最多时达三万余人),都对上海形成了不小的冲击波。除了欧侨,亚洲的印度、越南和韩国侨民也在上海寻找着生机。外侨把民族文化和生活方式带到了上海,各国设立了同乡会,比如著名的上海总会（又称英国总会）、德国总会、法国总会、美国总会等。还有各种专业总会，比如跑马、棒球、划船总会等，类似当下的俱乐部。堪称世界各民族展示自身文化品格和文化融合的大平台。

上海的"海纳"就在这种对外侨的敞开和包容之中灿烂呈现。

于是又有了市政管理、法治建设、经济金融、新闻教育、文化体育、医疗卫生等无数个"率先"和"先行先试"。

世界文明演进史表明，不同文明的互动是文明发展的重要动力和源头。近代上海的全球化尽管是个"意外"，但她的先行和成功已经并将继续证明她对不同文明的接纳和分享正是这个魅力无限的城市最值得发掘的优厚资源。

二〇一四年三月底，一则新闻吸引了我：二战期间有幸在上海躲过纳粹迫害的五名犹太人在过去一周内陆续回到当时的犹太难民聚居地寻访故人，并向这座"拯救生命的城市"表达感恩之情。来自美国芝加哥的哈娅·斯莫尔女士拿着一张泛黄的相片，期待此行能找到当年全家在避难时照顾自己日常起居的一位上海阿妈。

作为拯救避难纳粹屠戮的"诺亚方舟"，上海提篮桥的知名度越来越大，这里的建筑还保持着当年的原样，不动声色地诉说着那段辛酸的历史。我忽然意识到，这正是我一直关注的老上海旧事之一，这段历史不就是一个故事的源头吗？

我把这个想法与我经常撰稿的《东方剑》杂志主编王健和我的责编浦建明先生进行了沟通，他们表现出浓厚的兴趣，觉得可以选择几个代表性国家的上海外侨一一写来，开一个专栏。一个外侨故事的构思变成了系列，使我陡感沉重。我十分感怀两位仁兄的信任，连说不敢奢望，但他们说你一定可以的。不管怎么说，我的"野心"被激起来了。凭着这份爱好与执念，我应诺下来。一方面激情荡漾，一方面倍感压力。不久，斯莫尔女士寻找上海阿妈的故事脱胎成《庇护之城》，专栏名称也水到渠成——"魔都侨影"。大家都认可，尤其一个"影"字，把它的魅力和虚幻都凸显了出来。随后,一年十二个短篇相继从我敲击键盘的声响中流泻出来,但我居然还觉得不过瘾,有了写中篇的念头,这个念头一出现,就欲罢不能了。所幸王健兄和建明兄的包容和再度支持,于是陆续有了现在这五个中篇。

感谢著名小说家、上海市作家协会创联室主任薛舒女士对我创作的指导和鼓励。更要感谢文汇出版社社长桂国强先生。我知道他主编过很多重大题材,眼界不凡,虽然不揣浅陋把书稿交给了他,但心里还是软怯的。静候几月后,他告诉我已通览,并充分肯定,我终于放下一颗心来。也感谢出版社审读和编辑老师的辛勤劳动。

城市需要记忆,昂首向前的时候也不能忘了回望,一座国际化大都市的来龙去脉更值得静思。"发掘和发现"不仅是一种文学表达,还是对人类共通的情感的收藏与召唤。

二〇一八年六月

图书在版编目(CIP)数据

魔都侨影 / 孙建伟著. —上海：文汇出版社，2018.7
　ISBN 978-7-5496-2598-7

　Ⅰ. ①魔… Ⅱ. ①孙… Ⅲ. ①中篇小说—中国—当代 Ⅳ. ①I247.5

中国版本图书馆 CIP 数据核字(2018)第 108191 号

上海文化发展基金会资助项目

魔都侨影

著　　者 / 孙建伟

责任编辑 / 徐曙蕾
封面装帧 / 王　翔
封面书法 / 孙建伟

出版发行 / 文汇出版社
　　　　　上海市威海路 755 号
　　　　　(邮政编码 200041)
经　　销 / 全国新华书店
排　　版 / 南京展望文化发展有限公司
印刷装订 / 上海颛辉印刷厂
版　　次 / 2018 年 7 月第 1 版
印　　次 / 2018 年 7 月第 1 次印刷
开　　本 / 640×960　1/16
字　　数 / 260 千字
印　　张 / 20.5

ISBN 978-7-5496-2598-7
定　　价 / 45.00 元